NIEMAND IST SICHER

DIE LUCA-MYSTERY-REIHE

DAN PETROSINI

ISBN: 978-1-960286-88-8

Naples, Fl, USA

Die Luca Mystery-Serie

Bin ich der Mörder?

Verschwunden

Der Serenity-Mord

Eine Dritte Chance

Ein kalter, harter Fall

Polizist oder Mörder?

Tödliches Schweigen

Ein Killer Macht Einen Fehler

Ungewisse Einsätze

Der Opa-Mörder

Gefährliche Rache

Wo sind sie

Am See begraben

Der Preserve Killer

Niemand ist sicher

Mord, Geld und Chaos

Goldenes Schweigen

Spannende Geheimnisse

Corys Dilemma

Corys Flug

Corys Verschiebung

Reihe: Die Kunst der Rache

Im Namen der Rache

Jenseits der Rache

Die Abrechnung

Andere Werke von Dan Petrosini

Der letzte Feind

Completciccitic Zeuge

Zurückschieben

Ehrgeiz Klippe

Sie können über mein Schreiben auf dem Laufenden bleiben und Zugang zu Büchern haben, die frei von Discounter sind, indem Sie sich meinem Newsletter anschließen. Normalerweise ist es einmal im Monat ausgestiegen und enthält auch Notizen zu Selbstwertgefühl, Motivationsstücken und Weinartikeln.

Es ist kostenlos. Siehe meine Website: www.danpetrosini.com

KAPITEL EINS

Wɪʀ ʜᴀᴛᴛᴇɴ ᴋᴇɪɴᴇ Lᴇɪᴄʜᴇ, ᴀʙᴇʀ ᴊᴇᴍᴀɴᴅ ᴡᴀʀ ɢᴇꜱᴛᴏʀʙᴇɴ.

Der Raum war dunkel und die Luft stand still. Was von Lisa Ramos übrig war, saß uns am Tisch gegenüber. Ein Perverser hatte die junge Frau getötet, die ihre Familie und Freunde als lebensfroh beschrieben hatten.

Ein Türriegel, der seit dem gestrigen Besuch angebracht worden war, spiegelte ihre schreckliche Angst wider. Ich hatte Eltern und Ehepartner interviewt, deren Angehörige ermordet worden waren. Sie hatten Spuren bei mir hinterlassen, aber dies hier zählte zu den emotionalsten Gesprächen meiner gesamten Laufbahn.

Ramos hatte nicht viel sagen können, aber es bestand kein Zweifel daran, wie sehr sie gelitten hatte. Zweimal täuschte ich vor, auf die Toilette zu müssen, um meine Fassung wiederzuerlangen.

Diesmal saß Sophia Livoti neben mir, eine Beraterin von Project Help. Wie konnte diese Frau nur schlafen, wo sie doch mit solchen gebrochenen Frauen arbeitete?

Livoti sagte: »Du musst jetzt stark sein und Frank erzählen, was passiert ist. Frank und ich kennen uns schon lange und er hat Opfer von sexuellem Missbrauch immer unglaublich unterstützt.«

Ramos kaute an einem Fingernagel.

Livoti sagte: »Möchtest du ein Glas Wasser?«

Ramos schüttelte den Kopf.

»Mit Frank zu reden, ist der beste Weg, den Täter, der dich angegriffen hat, von der Straße zu holen. Okay?«

Sie zuckte mit den Schultern.

»Das wird schon wieder. Frank ist ein guter Kerl und weiß, was er tut.«

Ich hatte eine gewisse Ausbildung im Umgang mit Vergewaltigungsopfern und war vielleicht sogar ein guter Kerl, aber hier schwamm ich in tiefem Wasser. Ich sagte: »Wann immer Sie so weit sind. Es eilt nicht.«

Das war nicht ganz die Wahrheit. Je mehr Zeit verging, desto schwieriger war es, die meisten Verbrechen aufzuklären. Aber sexuelle Nötigung war eine Kategorie für sich. Obwohl es unmöglich war, die genaue Zahl zu kennen, meldeten nur 16 Prozent der Vergewaltigungsopfer den Übergriff bei der Polizei.

Ramos flüsterte: »In Ordnung.«

Ich beugte mich vor, und sie wich zurück, rückte näher an Livoti heran. Ich zog mich zurück und sagte: »Danke. Wenn Ihnen unwohl ist oder Sie eine Pause brauchen, sagen Sie es mir einfach. Okay?«

Sie nickte.

Ich fingerte nach dem Aufnahmegerät in meiner Tasche. »Erzählen Sie mir, was passiert ist, angefangen ganz am Anfang.«

Sie schluckte. »Ich gehe jeden Abend im Park spazieren, und er, er hat mich einfach von hinten gepackt.«

Hatte sie jemand im North Collier Park beobachtet? »Ist Ihnen vorher niemand aufgefallen?«

»Nein. Es war kurz nach sieben, und der Park war ruhig.«
Sie schüttelte den Kopf. »Es gab keine Spiele oder so etwas.«

Der Park war bis zehn Uhr geöffnet. »Verstehe. Nehmen Sie
sich Zeit und erzählen Sie mir, was geschah, als er Sie packte.«

»Normalerweise laufe ich bis zu den Baseballfeldern, aber,
na ja, bei den Fußballfeldern habe ich gerade die Musik auf
meinem Handy gewechselt, und plötzlich wurde mir ein Sack
über den Kopf gestülpt. Ich war, äh, wie betäubt und habe mein
Handy fallen lassen ...« Sie schloss die Augen.

Livoti sagte: »Atme tief durch, Süße.«

Ramos atmete ein.

»Gut. Fühlst du dich besser?«

Ramos nickte.

»Wann immer du bereit bist, mach weiter.«

»Ich habe versucht, den Sack abzuziehen, aber er, er hat mir
ein Messer reingestochen, genau hier« – sie berührte ihre linke
Hüfte – »und gesagt, er würde mich umbringen, wenn ich
nicht tue, was er sagt.«

Ich sagte: »Das tut mir leid. Das muss schrecklich gewesen
sein.«

Sie verzog das Gesicht.

»Was für ein Sack war das Ihrer Meinung nach?«

Sie zuckte mit den Schultern. »So einer aus Plastikstoff,
irgendwie rau. Vielleicht wie eine wiederverwendbare
Einkaufstüte?«

»Das ist gut. Und haben Sie sein Gesicht gesehen?«

»Nein. Ich bin nicht sicher, aber ich glaube, er trug eine
Skimaske oder so etwas.«

»Wie kommen Sie darauf?«

»Als er, äh, na ja, auf mir war, konnte ich sie an meinem
Hals fühlen. Es war wie diese Mützen, die wir früher in
Michigan getragen haben.«

»Was geschah, nachdem er Sie bedroht hatte?«

»Er stach immer wieder mit dem Messer auf mich ein und drängte mich vom Weg ab ... Ich wusste, dass es schlimm werden würde ...«

»Möchten Sie eine Pause machen?«

Ich hoffte, sie würde Ja sagen, doch sie schüttelte den Kopf. »Ich muss das hinter mich bringen.«

»Sicher. Also, Sie werden vom Weg gedrängt, und dann ...«

»Ich konnte nicht wirklich sehen, wohin ich ging, aber ich schaute irgendwie unten über meine Nase aus dem Sack heraus, und ich wusste, wir ... gingen in den Wald ... bei den Fußballfeldern ...«

»Er zwang Sie zu Boden?«

Sie nickte. »Er riss mir die Kleider vom Leib wie ein Tier. Ich habe einfach, na ja, abgeschaltet. Als wäre ich da gewesen, aber auch nicht, wissen Sie, als würde ich zusehen.«

Eine Welle der Übelkeit überkam mich, als Livoti ihre Hand tätschelte. »Es tut mir so leid.«

Ramos' Lippen zitterten. Ich dachte, die Tränen würden fließen, aber sie atmete tief durch und warf die Schultern zurück. »Danke. Es ist schwer, sich daran zu erinnern, aber das Schlimmste war, meinem Dad zu erzählen, was passiert ist.«

Mein Mittagessen kam mir hoch. »Entschuldigung.«

Ramos schniefte. »Er ist ein Marine. Ich habe ihn noch nie weinen sehen bis jetzt.«

Sie griff nach einem Taschentuch und schnäuzte sich.

»Ich bin selbst Vater und kann mir nicht vorstellen, wie fertig er war.«

»Meinem Vater wird es besser gehen, wenn er gefasst wird.«

»Es ist kein *ob*. Es ist ein *wann*.«

Sie senkte den Kopf. »Ich hoffe es.«

»Ich weiß, das war extrem traumatisch, aber gibt es irgend-etwas an das Sie sich bei ihm erinnern?«

»Sein Atem. Er war widerlich. Wie Wasser aus einem Goldfischglas, das man nicht gewechselt hat.«

Da ich den Geruch kannte, nickte ich. »Was können Sie mir über die Größe des Angreifers sagen?«

»Er war stark und größer als ich.«

Ein Feigling war er, das war er. »Was ist mit seiner Stimme? Irgendetwas Besonderes?«

Sie schauderte. »Die werde ich nie vergessen.«

»Irgendein Akzent?«

»Nein. Aber er hatte einen schleppenden Tonfall. Und sprach irgendwie rau.«

Rau? Wenn ich den Bastard nicht erwürgte, bevor er vor Gericht kam, würde er hinter Gittern herausfinden, was rau war. Die Genugtuung, dass er im Knast wahrscheinlich rangenommen werden würde, linderte meine Wut nicht.

»Hat Sie irgendetwas, das passiert ist, an jemanden erinnert?«

Entsetzen breitete sich auf ihrem Gesicht aus. Ich sagte: »Bitte missverstehen Sie mich nicht, das war in keiner Weise Ihre Schuld. Menschen, auch solche, die wir kennen, haben, sagen wir mal, verdrehte Gedankengänge. Ich versuche nur zu verstehen, ob es jemanden gibt, den Sie kennen und der ein möglicher Verdächtiger sein könnte.«

Sie schüttelte heftig den Kopf. »Nein. Nein. Das ist niemand, den ich kenne.«

»Ich hoffe, Sie verstehen, dass ich fragen musste.«

Sie schüttelte langsam den Kopf. Es war an der Zeit, sie nicht länger zu bitten, den schlimmsten Tag ihres Lebens noch einmal zu durchleben. »Ich möchte Ihnen nochmals danken. Sophia wird noch eine Weile bleiben, und ich werde mich an die Arbeit machen.«

Normalerweise jagte ich Mörder, aber das Timing war gut; da ich den Preserve-Killer geschnappt hatte, konnte ich mich

darauf konzentrieren, den Mistkerl zu fassen, der Ramos angegriffen hatte.

ZWEITES KAPITEL

Auf dem Weg zurück zum Büro wählte ich die Kurzwahl. Der Klang von Mary Anns Stimme war eine gewisse Erleichterung. Ich sagte: »Hey, wie geht's dir?«

»Mir geht's gut, aber ich langweile mich.«

»Hast du heute was von Jessie gehört?«

»Nein. Sie hat Uni. Warum?«

»Ich frage nur.«

»Was ist los, Frank?«

»Nichts. Ich dachte nur, ich melde mich mal.«

»Neuer Fall?«

Erwischt. Ich erzählte ihr alles.

»Ich weiß nicht, wie oft ich es dir noch sagen muss: Du kannst nicht jeden Fall auf unsere Familie übertragen.«

»Das tue ich doch gar nicht. Ich stelle nur sicher, dass es dir und unserer Tochter gut geht. Ist ja nicht so, als hätte ich erst gestern angefangen, mir Sorgen um eure Sicherheit zu machen.«

»Ich weiß, es ist hart, bei dem, was du tust. Es gibt so viel Böses da draußen. Ich will nur nicht, dass du davon zu sehr mitgenommen wirst.«

Mitgenommen war besser als davon abzustumpfen. »Du weißt, dass ich das nicht werde.«

»Ich passe nur auf dich auf.«

»Nicht auf mich muss man aufpassen. Irgendein Wahnsinniger macht da draußen Jagd auf Frauen.«

»Du wirst ihn schnappen. Verlier dich nur nicht selbst dabei.«

Ich wollte ihr erzählen, was Ramos über ihren Vater gesagt hatte. Vielleicht würde Mary Ann mein Unbehagen dann verstehen. »Ich weiß, wie ich meinen Job vom Rest meines Lebens trenne.« Sobald der Satz aus meinem Mund war, wusste ich, dass es eine Lüge war.

»Zählt eine Observation mitten in der Nacht auch dazu?«

»Äh ...«

»Schon gut, Frank. War nur ein Scherz. Wann bist du zu Hause?«

»In ein paar Stunden, so gegen halb sieben.«

Ich rief Derrick an. »Hey, der Verkehr ist die Hölle. Ich fahre noch mal kurz beim North Collier Park vorbei, um mir den Tatort der Ramos-Vergewaltigung anzusehen.«

»Wie ist es mit ihr gelaufen?«

»Herzzerreißend. Ich weiß nicht, ob sie jemals wieder dieselbe sein wird.«

»Das ist fast unmöglich. Sie wohnt allein, richtig?«

»Ja. Ihr Alter ist ein Marine und das hat ihn schwer getroffen.«

»Wenn jemand mein Mädchen anrührt, jage ich ihm eine Ladung Blei in den Kopf.«

»Ich weiß, aber das würde auch nichts ändern.«

»Ist mir egal. Ich würde ihm den verdammten Schädel wegpusten.«

»Wenn so etwas passiert, wäre das Wichtigste, sich um sie zu kümmern, ihr zu helfen, wieder ins Leben zurückzufinden.«

»Sie wäre nie wieder dieselbe.«

»Natürlich nicht. Alles, was passiert, beeinflusst dein Leben, und so etwas wie eine Vergewaltigung ... Ich kann es mir nicht einmal vorstellen.«

»Wir müssen uns diesen Drecksack schnappen.«

»Das werden wir. Wir sehen uns morgen früh.«

Während ich die Livingston Road entlangfuhr, überlegte ich, Ramos Dr. Bruno zu empfehlen. Aber sie war keine Spezialistin für den Umgang mit Vergewaltigungsopfern. Vielleicht kannte sie aber den besten Therapeuten.

Der North Collier Park war riesig. Am Nordeingang befand sich das Golisano-Kindermuseum. Es gab dort jede Menge interaktiver Ausstellungen, die Jessie geliebt hatte. Auf der anderen Straßenseite war die Sun-N-Fun Lagoon. Jedes Mal, wenn wir dort gewesen waren, war ich klatschnass nach Hause gefahren.

Es war ein Ort zum Spaßhaben, aber ich würde nie wieder an den Park denken können, ohne den toten Blick in Ramos' Augen zu sehen. Ich umrundete das Hauptgebäude: Fußballfelder zur Linken und ein Waldstück vor den Baseballfeldern.

Ich fuhr rechts ran und stieg aus. Es gab jede Menge Orte, an denen ein Perverser auf der Lauer liegen konnte. Es war schwer, nicht an jemanden zu denken, der meine Jessie beobachtete, wie sie mit Stöpseln in den Ohren irgendwo hinging. Hatte sie das Pfefferspray dabei, das ich ihr gegeben hatte?

Wir hatten Besucher des Parks befragt, aber niemand hatte etwas Verdächtiges gesehen. Zwei Männer sollen sich in der Nähe der Baseballfelder aufgehalten haben, aber Alter und Beschreibung der Männer unterschieden sich von Zeugen zu Zeugen. Das war enttäuschend, aber nicht ungewöhnlich; auf Augenzeugen war kein Verlass.

Der Blick in den Wald erinnerte mich an die Jagd auf den Mörder, der seine Opfer in unseren Parks drapiert hatte. Dieser Vergewaltiger nutzte das wilde Gebiet, um seine

Perversion zu verbergen. Er war außerdem vorsichtig. Er hatte nichts Offensichtliches zurückgelassen.

Der Park wurde täglich von Hunderten von Menschen besucht. Obwohl der Vergewaltiger Ramos beobachtet hatte, schien sie eine Zufallswahl gewesen zu sein. Wenn er nicht erneut zuschlug, würde es fast unmöglich sein, ihn aufzuspüren.

Auf dem Weg zurück zum Auto verfluchte ich, wie schlecht die Chancen für mich standen. Ramos lebte in Angst. Ich musste tun, was ich konnte, und ihr ein gewisses Maß an Erleichterung verschaffen, indem ich den Mistkerl erwischte.

Während ich nach Hause fuhr, wurde ich das Bild nicht los, wie dieses Biest sich an Ramos verging. Zu allem Übel hatten wir nichts außer seinem schlechten Atem und seiner Ausdrucksweise.

ICH GAB MARY ANN EINEN KUSS AUF DIE WANGE. »WIE GEHT'S dir?«

»Gut. Und dir?«

Ich zuckte mit den Schultern. »Die arme Frau verlässt sich auf uns, und wir haben nichts in der Hand.«

»Ihr habt doch gerade erst angefangen. Ihr werdet schon noch Spuren finden.«

Ich atmete aus. »Ich hoffe, wir schnappen den Mistkerl, bevor er es wieder tut.«

»Habt ihr seinen Modus Operandi überprüft?«

»Derrick geht gerade sexuelle Übergriffe und versuchte Angriffe durch.«

»Meinst du, es ist ein Wiederholungstäter?«

»Könnte sein. Es scheint, als sei er vorbereitet gewesen, aber wir werden sehen.«

»Viel Glück. Weißt du, ich habe gerade gehört, dass Dana Foyle weggelaufen ist.«

»Dana Foyle? Wer war das noch mal?«

»Sie war mit Jessie in der Schule, aber zwei Jahre unter ihr.«

»Hast du mit Jessie gesprochen?«

»Ja, ihr geht es gut.«

»Gut. Was weißt du über das Foyle-Mädchen?«

»Ich war spazieren und bin Lee begegnet – sie ist gut mit Danas Mutter befreundet –, die meinte, Dana sei letzte Nacht nicht nach Hause gekommen.«

»Und sie ist, was, sechzehn?«

»Ja. Sie hatte einen Streit mit ihrem Vater und ist aus dem Haus gestürmt.«

»Oh, sie hat wahrscheinlich nur einen Trotzanfall gehabt. Sie wird schon wiederkommen.«

»Ich hoffe es. Ihre Eltern machen sich bestimmt krank vor Sorge.«

»Kinder begreifen nicht, was sie ihren Eltern damit antun. Streit hin oder her, sie hätte sie anrufen sollen.«

»Da hast du recht.«

Die Zustimmung war ein guter Punkt, um das Gespräch zu beenden. »Ich gehe mich umziehen.«

Auf dem Weg ins Schlafzimmer ließ mich der Gedanke nicht los, dass Danas Eltern sicher die Freunde ihrer Tochter angerufen hatten, das Mädchen aber immer noch verschwunden war.

KAPITEL DREI

Ich schaute auf meinen Monitor; es war zehn nach zehn.

»Derrick, wo sind die Akten von der Sitte?«

»Sie haben gesagt, sie bringen sie runter.«

»Sag ihnen, sie sollen ihre Ärsche bewegen.«

»Du glaubst, es ist ein Wiederholungstäter, nicht wahr?«

»Ich bin nicht sicher, aber es ist ein guter Ansatzpunkt.«

»Ein Haufen verdammter Widerlinge. Man sollte sie alle kastrieren, so wie im Römischen Reich.«

Ich sagte: »Da es eine psychische Krankheit ist und sie nicht resozialisiert werden können, sollte man den Einsatz der chemischen Kastration ausweiten, um ihren Sexualtrieb zu reduzieren.«

»Die Zwangskastration ist seit über zwanzig Jahren gesetzlich verankert, wird aber viel zu selten angewendet.«

»Das liegt daran, dass die American Civil Liberties Union dagegen ankämpft und es als grausame und ungewöhnliche Strafe bezeichnet.«

»Und als was zur Hölle bezeichnen die eine Vergewaltigung?«

Das war ein ausgezeichneter Punkt. »Fang bloß nicht damit an.«

»Das regt mich ohne Ende auf. Diese Bastarde melden sich freiwillig für die chemische Kastration, um früher aus dem Gefängnis zu kommen –«

Eine Praktikantin kam mit einer Handvoll Akten herein. »Detective Luca? Die sind für Sie.«

»Danke.«

Ich reichte Derrick die Hälfte des Stapels. »Teilen wir die auf und machen uns an die Arbeit.«

Collier County leistete gute Arbeit bei der Überwachung von Sexualstraftätern, aber es gab Lücken im System. Wenn man eine Haftstrafe wegen eines sexuellen Übergriffs abgesessen hatte, überwachten wir ihn und benachrichtigten die Nachbarschaft, wenn man her zog.

Wenn man von außerhalb des Countys kam, war man verpflichtet, sich zu registrieren. Aber das erforderte die Kooperation des Straftäters. Wenn er in die Gegend kam, um jemanden zu vergewaltigen, tappten wir im Dunkeln.

Kriminelle waren dumm, aber ein paar Meilen in ein anderes County zu fahren, um anonym zu bleiben, war etwas, das selbst die Dümmsten wissen würden. Im Glauben, dass wir über Collier hinausblicken mussten, schlug ich den obersten Ordner auf. Ein Bild von Jorge Blanco starrte mich an.

Es war schwer, leidenschaftslos zu bleiben; der kahlrasierte Blanco hatte ein Grinsen auf seinem hässlichen Gesicht. Es kam mir nicht in den Sinn, es ihm aus dem Gesicht zu wischen. Ihm den Schädel wegzublasen schon. Nachdem er sechs Jahre wegen des sexuellen Übergriffs auf eine Frau aus North Naples abgesessen hatte, wurde er entlassen.

Blanco war kleiner, als Ramos ihn beschrieben hatte. Aber es war natürlich, seinen Angreifer für riesig zu halten. Zu dem Schleier der Hilflosigkeit kam noch die Klinge, mit der er sie bedroht hatte.

Was ihn interessant machte, war, dass er vor einem Monat freigelassen worden war und sein ursprüngliches Opfer nachts spazieren gegangen war. Dagegen sprach das Alter des Opfers von fünfundsechzig Jahren.

Blanco hätte die Frau für jünger halten können, oder machte die Befriedigung seines gestörten Triebs das Alter unerheblich? Man musste ihn überprüfen. Ich schob die Blanco-Akte an den Rand meines Schreibtisches und öffnete die nächste.

John Craven. Wenn Namen etwas zu bedeuten hatten, war er unser Mann. Craven saß fünf Jahre ab, bevor er vor acht Monaten entlassen wurde. Mit eins neunzig und sechsundneunzig Kilo passte Cravens Statur zu Ramos' Angabe.

Sein Modus Operandi war anders, aber räuberisch. Eine Frau hatte eine Panne auf dem Golden Gate Parkway in der Nähe des Santa Barbara Boulevards. Unter dem Vorwand, helfen zu wollen, hielt Craven an. Dem Bericht zufolge unternahm er einen flüchtigen Versuch, das Auto zu starten, bevor er anbot, die Frau nach Hause zu fahren.

Anstatt sie zu ihrem Haus zu bringen, fuhr er auf den Parkplatz einer Mittelschule und vergewaltigte sie. Ein Hausmeister notierte sich Cravens Autokennzeichen, und das Schwein wurde am nächsten Tag festgenommen.

Fünf Jahre vor seiner Verurteilung wegen Vergewaltigung war Craven im Zusammenhang mit einer Schlägerei in der Center Bar auf der Promenade von Bonita Springs verhaftet worden. Die Anklage wurde fallen gelassen, aber laut Zeugen war Craven nur fünf Minuten in der Bar gewesen, bevor er sich mit einem Mann prügelte, mit dem er keinen vorherigen Kontakt gehabt hatte.

Die spontane Entscheidung zu kämpfen hatte Ähnlichkeit mit dem Ausnutzen einer gestrandeten Frau. Außerdem war er bei seiner Verhaftung mit einem Messer bewaffnet. Es war klein, aber dennoch eine Waffe.

Ich zog Craven Blanco vor, griff zum Telefon und rief Mary Ann an. »Wie geht es dir?«

»Ziemlich gut. Ich habe gerade mit dem Sheraton telefoniert.«

»Fahren wir irgendwohin?«

»Nein. Sie haben eine Stelle frei, und sobald ich mich beworben habe, haben sie angerufen.«

»Ich habe dir gesagt, ich will nicht, dass du arbeitest. Das ist nicht gut für deine Gesundheit.«

»Herumsitzen ist auch nicht gut. Außerdem müssen wir unsere Ersparnisse wieder aufbauen.«

»Ach, komm schon. Das ist lächerlich.«

»Lächerlich? Nach dem, was wir für meine Spritzen ausgeben und was Jessicas College kostet?«

»Die Versicherung übernimmt jetzt das Meiste davon –«

»Ja, aber wir haben keine Ersparnisse. Außerdem langweile ich mich. Ich habe das Gefühl, ich verkümmere.«

»Was für eine Stelle?«

»Kundenbetreuung.«

»Kannst du von zu Hause aus arbeiten?«

»Es ist eine Remote-Stelle, nur drei Tage die Woche.«

»Was haben sie gesagt?«

»Ich glaube, sie werden sie mir anbieten. Wir werden sehen.«

Ich konnte nicht behaupten, dass ich dagegen war. Ihre MS war in Remission, aber Stress war ein Auslöser. »Okay. Viel Glück.«

»Danke. Was ist bei dir los?«

»Ich ermittle Verdächtige im Vergewaltigungsfall.«

»Muss ja ein Spaß sein.«

»Ja, nachdem ich ein paar Akten gelesen habe, muss ich erst mal duschen.«

»Halt durch. Wann bist du zu Hause?«

»Gegen sechs.«

»Also gut, hab einen schönen Nachmittag.«

»Sag mal, ist dieses Kind, Dana Foyle, aufgetaucht?«

»Nein. Amy hat mir erzählt, dass sie eine Vermisstenanzeige aufgegeben haben.«

»Es ist noch nicht so lange her. Ich bin sicher, der Sarge kümmert sich darum.«

»Hoffen wir, dass es nur ein Fall ist, in dem sie es ihrem Vater heimzahlt.«

»Hast du mit Jessie gesprochen?«

»Sie hat heute bis drei Uhr Vorlesung.«

»Okay. Wir sehen uns später.«

Ich legte auf, schickte Jessie eine SMS und rief Bilotti an. »Hey, Doc, wie geht es dir?«

»Gut, Frank. Woran arbeitest du?«

Ich setzte ihn über den Vergewaltigungsfall ins Bild.

»Klingt übel.«

»Ist es auch, aber ich habe wegen etwas anderem angerufen.«

»Schieß los.«

»Mary Ann will wieder arbeiten, und ich mache mir Sorgen, dass der Stress ihrer MS schaden wird.«

»Stress könnte Schübe auslösen, aber es müsste mehr sein als der gewöhnliche Stress, den die meisten Jobs mit sich bringen. Was will sie denn machen?«

»Irgendeinen Job im Kundenservice beim Sheraton.«

»Hmmm. Wenn sie sich nicht mit Beschwerden herumschlagen muss, sollte es ihr gut gehen.«

»Siehst du? Das ist es, was ich befürchte. Die Leute beschweren sich liebend gern bei den Preisen, die für die Zimmer verlangt werden. Ich bin dagegen.«

»Geht es um die finanziellen Aspekte?«

»Wir können das Geld auf jeden Fall gebrauchen, aber sie sagt, sie langweilt sich.«

»Dann sollte sie etwas tun. Herumsitzen ist für sie auch

nicht gut. Den Geist zu beschäftigen, ist gut für die allgemeine Gesundheit. Ist es eine Remote-Stelle?«

»Ja.«

»Gut. Pass nur auf, dass sie es nicht übertreibt.«

»Ich werde es versuchen, aber sie hat ihren eigenen Kopf.«

Er lachte. »Ich weiß, was du meinst. Bevor du auflegst, wollte ich dir von einem preiswerten Wein erzählen, den ich bei ABC Wines auf der Immokalee gekauft habe. Er kommt aus Montsant, Spanien. Das ist eine relativ unbekannte Region, die das Priorat umschließt. Sie bringt ein paar nette Weine hervor.«

»Welche Traube?«

»Grenache.«

»Hätte ich mir denken können. Wie viel?«

»Zweiundzwanzig. Aber er schmeckt wie eine Fünfzig-Dollar-Flasche. Ich schicke dir die Details per SMS.«

Nachdem ich aufgelegt hatte, überprüfte ich mein Handy. Jessie hatte nicht geantwortet. Ich nahm eine weitere Akte zur Hand und hätte fast gewürgt. Mit fettigen Haaren und stechenden Augen war Tim Bowler das Aushängeschild für einen Perversen. Während ich die Details seines Angriffs las, ploppte eine SMS auf.

In der Annahme, es sei Jessie, wischte ich sie auf. Bilotti hatte den Namen des Weins geschickt. Ich dankte ihm und schickte eine weitere SMS an meine Tochter.

KAPITEL VIER

DIE SONNE GING UNTER, ABER MEIN MAGEN KNURRTE UND LIEß mich finster durch die Schiebetür auf Mary Ann blicken. Sie telefonierte. Nachdem ich Jessie jahrelang eingetrichtert hatte, dass sie erst essen durfte, wenn alle am Tisch saßen, blieb mir nichts anderes übrig, als eine Ofenkartoffel aufzuspießen.

Mary Ann beendete ihr Gespräch und trat auf den Lanai. »Du hättest nicht auf mich warten müssen.«

Ich schnitt in einen Putenburger und sagte: »Schon gut. Was hatte Marilyn denn zu sagen?«

»Dass Dana schon einmal abgehauen ist, direkt nachdem sie auf die Highschool gekommen war.«

»Oh, das ist gut. Wie lange war sie beim letzten Mal weg?«

»Nur über Nacht.«

»Aber es ist ein Muster. Haben sie es Gessos Leuten gesagt?«

»Ich bin sicher, die Eltern müssen etwas gesagt haben.«

»Sie sollten wissen, dass wir nicht die Leute haben, um Gespenstern nachzujagen.«

»Es sind jetzt mehr als zwei Tage.«

»Verdammt, mir gefällt gar nicht, wie sich das anfühlt.«

»Niemand hat etwas von ihr gehört, nicht einmal ihr fester Freund.«

Das beunruhigte mich. »Worum ging es bei dem Streit mit dem Vater?«

»Darum, dass sie den Bruder ihres Freundes an der FSU besuchen wollte.«

»Das ist ein Ausflug mit Übernachtung. Ich wäre davon auch nicht gerade begeistert. Das Mädchen ist erst sechzehn.«

Sie seufzte. »Es ist nicht leicht, ein Elternteil zu sein.«

»Die Untertreibung des Jahrhunderts.«

Mary Ann fragte: »Willst du noch einen Burger?«

»Nein, zwei sind mein Limit.« Ich räumte den Tisch ab. »Ich kann immer noch nicht glauben, dass Jessie nicht zurückgerufen hat.«

»Sie hat eine SMS geschickt.«

»Die könnte von jedem sein.«

Sie verdrehte die Augen. »Es war Jessica. Ich weiß, dass sie es war.«

»Tja, warum hat sie mir dann nicht geantwortet?«

»Ich weiß es nicht, Frank. Vielleicht hat sie es übersehen oder dachte, ich würde dir sagen, dass es ihr gut geht. Sie ist beschäftigt ...«

»Das dauert eine Minute. Das ist alles.«

»Ich gehe mit Karen spazieren.«

»Sei vorsichtig, achte darauf, dass ihr zusammenbleibt.«

»Du bist ja unglaublich.«

»Du warst Polizistin, du solltest wissen ...«

»Und du solltest wissen, dass ich mir der Gefahren bewusst bin und weiß, wie ich mich verteidigen kann.«

Sie hatte recht. »Okay, okay, sei einfach vorsichtig.«

Sobald sie das Haus verlassen hatte, rief ich Jessie an. Nach fünfmaligem Klingeln sprang die Mailbox an. Ich hinterließ eine Nachricht und schickte noch eine SMS. Dann ging ich auf den Lanai und versuchte, meine Angst zu rationalisieren. Mein

Vergewaltiger war in Florida, und Jessie war auf dem Campus von Princeton, zwölfhundert Meilen entfernt.

Aber das bedeutete nichts; Vergewaltiger machten überall Jagd auf Frauen. Was war die wirkliche Bedrohung? War Jessie in Schwierigkeiten oder einfach nur mit dem Collegeleben beschäftigt?

Ich zog mein Handy heraus und tätigte einen Anruf.

Mary Ann kroch ins Bett, und ich schaltete meine Lampe aus. Gerade als ich Gute Nacht sagen wollte, meinte sie: »Ich kann immer noch nicht fassen, dass du bei ihrer Uni angerufen hast.«

»Ich habe mir Sorgen gemacht.«

»Sorgen machen ist eine Sache. Die Campus-Polizei anzurufen, um nach Jessica zu sehen, grenzt an eine Angststörung.«

»Ich bin ihr Vater; was soll ich denn tun, wenn sie mich nicht zurückruft?«

»Hattest du nicht etwas von begrenzter Personaldecke gesagt, um ...«

»Okay, schon gut. Ich mache mir nur Sorgen.«

»Ich habe dir gesagt, sie hat gesagt, es geht ihr gut. Du hast sie in Verlegenheit gebracht, indem du sie wie eine Zehnjährige behandelt hast.«

Es gab viele junge Leute, die aufs College gegangen und in Schwierigkeiten geraten waren, aber es würde nichts bringen, meine Sichtweise zu verteidigen. »Wenigstens weiß sie, dass ich mich um sie sorge, oder?«

»Sie ist eine Erwachsene, und zwar eine verantwortungsbewusste.«

»Sie wird immer unser Kind sein. Ich will nur nicht, dass ihr etwas zustößt.«

»Du musst ihr vertrauen.«

»Das tue ich. Es ist der Rest der Welt, mit dem ich meine Probleme habe.«

———

Ich bog von der Route 41 auf den Wiggins Pass ab und fuhr Richtung Osten. John Craven wohnte in Lake San Marino, einer Wohnmobilsiedlung. Sie war nicht durch ein Tor gesichert, was mir ein Werkzeug weniger ließ. Eine Ansammlung von Fahrzeugen, von denen viele abgeschleppt werden müssten, um mobil zu sein, säumte die Hauptstraße. Craven wohnte am Sea Breeze Place. Ich hielt vor einem cremeweißen Winnebago mit einem braunen Streifen an der Seite.

Das Fahrzeug war mindestens dreißig Jahre alt. Mit einer Zigarette im Mundwinkel fächelte ein Nachbar Rauch von einem Grill weg. Es lagen viele Gerüche in der Luft, und keiner davon kam vom Meer.

Ich hörte den Fernseher über dem Summen einer Klimaanlage und hämmerte gegen die Aluminiumtür. Mit einem Bier in der Hand kam Craven zur Tür. »Was ist los?«

Seine Schultern sackten in sich zusammen, als ich ihm meine Dienstmarke zeigte. »Ich würde Ihnen gern ein paar Fragen stellen.«

»Worüber?«

»Dienstag, den zehnten Mai.«

Craven verlagerte sein Gewicht. »Ich hab nichts getan.«

»Wo waren Sie in dieser Nacht zwischen fünf und neun Uhr?«

»Dienstag?«

»Ja.«

»Welche Uhrzeit noch mal?«

Er versuchte, Zeit zu schinden. »Zwischen fünf und neun Uhr abends.«

»Ich war angeln.«

»Die ganze Zeit?«

»Äh, nein. Ich, äh, glaube, ich war so gegen sieben fertig. Vielleicht später.«

Der Angriff fand um sieben Uhr statt. »Waren Sie allein?«

»Ja, meine Freunde gehen nicht gern angeln.«

»Schade, ich genieße die Einsamkeit.«

»Ja, ich auch, Mann.«

»Wo bewahren Sie Ihre Angeln auf?«

»Meine Angeln?«

Ich ignorierte das Aufleuchten einer SMS. »Ja. Ich bewahre meine in der Garage auf, aber Sie haben keine.«

»Oh, die lasse ich bei einem Kumpel.«

»Welcher Kumpel?«

»Ach, kommen Sie, Mann. Was soll die Fragerei? Ich hab nichts getan.«

»Wo waren Sie am Dienstag?«

»Ich hab Ihnen gesagt, ich war angeln.«

»Wo?«

»Am Strand, bei, äh, Wiggins.«

»Wann sind Sie gegangen?«

»Wie gesagt, gegen sieben.«

»Und was haben Sie dann gemacht?«

»Ich hab mir was zu essen geholt.«

»Wo?«

»Bei Panera.«

»Mit wem waren Sie da?«

»Niemandem. Ich hab mir ein Sandwich geholt und bin nach Hause gegangen.«

Bei Panera gab es Kameras. »Welches Panera?«

»Das hier, gegenüber von der Old 41.«

»Was haben Sie nach dem Essen gemacht?«

»Ich bin nach Hause gegangen.«

»Sie waren die ganze Nacht dort?«

»Ja.«

»Sie waren erst angeln, dann bei Panera und dann zu Hause?«

»Äh-huh.«

Er hatte nicht erwähnt, dass er seine Angel weggebracht hatte. Er log über das Angeln. Mein Handy klingelte. Ich warf einen kurzen Blick darauf; es war Derrick. Ich wischte den Anruf weg und bemerkte, dass er derjenige war, der die SMS geschickt hatte. Eine weitere SMS plingte auf. Ich erstarrte, als ich die Vorschau sah. »Die Foyles haben eine Lösegeldforderung erhalten.«

KAPITEL FÜNF

SERGEANT GESSO SAß AUF DER KANTE MEINES SCHREIBTISCHES, als ich hereinkam. »Was haben wir?«

Derrick sagte: »Das hier ist eine Kopie von dem, was die Eltern bekommen haben. Das Labor untersucht gerade das Original.«

Gesso sagte: »Für mich sieht es so aus, als ob sie den Stift mit der Faust gehalten haben.« Er hob seine Hand, als ob er ein Messer wie eine Waffe hielte.

Derrick sagte: »Das wird für die Schriftsachverständigen nicht einfach.«

Ich las die Nachricht: »Zwanzigtausend in kleinen Scheinen oder ihr seht sie nicht wieder.«

Derrick sagte: »Zwanzig Riesen sind nicht viel Geld –«

»Ich wette, es ist ein Drogensüchtiger, wahrscheinlich ein Meth-Junkie«, sagte Gesso.

»Könnte sein. Eine Entführung für zwanzig Riesen Lösegeld steht in keinem Verhältnis zum Risiko. Es wirkt wie eine spontane Sache.«

Derrick sagte: »Könnte ein dummer Junge sein, der in der Klemme steckt und einen schnellen Ausweg sucht.«

Ein plausibles Szenario. »Könnte sein.«

»So oder so, es ist ein relativ kleiner Betrag, den man aufbringen muss, besonders wenn das Leben des eigenen Kindes auf dem Spiel steht.«

Gesso sagte: »Ich hasse es, die positive Stimmung zu vermiesen, aber wer auch immer es war, wusste genug, um zu verhindern, dass ihr Handy geortet werden konnte. Vielleicht haben sie das Mädchen umgebracht.«

Derrick sagte: »Du meinst, er hat sie getötet?«

Ich sagte: »Ich nicht. Die Lösegeldforderung ist unterm Strich was Positives. Er muss damit rechnen, dass wir einen Beweis wollen, dass das Mädchen am Leben ist, bevor Geld den Besitzer wechselt.«

Gesso sagte: »Hoffen wir's. Ich glaube nicht, dass wir einen professionellen Verhandlungsführer brauchen, aber ich habe das FBI-Büro in Fort Myers angerufen, damit einer in Bereitschaft ist.«

»Gute Idee. Falls das eskaliert, ziehen wir sie hinzu.«

»Also gut, wenn ihr was braucht, lasst es mich wissen.«

»Danke, Sarge. Wenn du dem Labor Dampf machen könntest, damit es die Nachricht bearbeitet, wären wir dir dankbar.«

»Geht klar.« Als Gesso verschwand, sagte ich: »Lass uns mit den Eltern reden.«

Auf dem Weg zum Parkplatz sagte ich: »Ich glaube, dem Mädchen wird nichts passieren. Wenn die Eltern den Schock überleben, wird alles gut.«

»Meinst du?«

»Ich will es nicht verschreien, aber es wirkt dilettantisch. Die Sache mit den ›kleinen Scheinen‹ ist direkt aus einem Film.«

»Wirst du den Eltern sagen, dass sie zahlen sollen?«

»Zu neunundneunzig Prozent. Zu viele Menschen werden für weniger umgebracht, aber bei Entführungen werden über siebzig Prozent nach Zahlung des Lösegelds freigelassen.«

»Dann ist es den Versuch wert.«

»Nur zwanzigtausend zu verlangen, lässt mich denken, dass derjenige, der sie hat, sie unbedingt wieder loswerden will.«

»Stimmt.«

»Bringen wir das Mädchen nach Hause und machen wir dann Jagd auf den Vergewaltiger.«

———

DERRICK RASTE DIE GOODLETTE-FRANK ROAD ENTLANG, wurde langsamer und bog rechts in eine bewachte Wohnanlage namens Lemuria ein. Ich sagte: »Hier war ich noch nie. Du?«

»Nein. Aber Lemuria bedeutet einen versunkenen Kontinent, der im Indischen Ozean untergegangen ist.«

»Wann soll das passiert sein?«

»Vor etwa achtzig Millionen Jahren.«

»Hast du das vom Discovery Channel?«

»Nein, meine Mutter hat es mir erzählt, als ich ein Kind war, und ich habe es nie vergessen.«

»Park hinter dem Streifenwagen.«

Das Reihenhaus der Foyles grenzte an einen See wie die anderen in der kleinen Wohnanlage auch. Ich schätzte das Anwesen ab. »Was meinst du, für wie viel die hier weggehen?«

Derrick sagte: »Wer weiß? Ich würde fünfhundert schätzen, aber bei dem Preisanstieg –«

»Zu niedrig. Das sind jetzt eher sieben- bis achthundert.«

»Das bezweifle ich nicht.«

Bevor ich klingeln konnte, öffnete ein uniformierter Beamter die Tür. »Detectives.«

»Wie geht's, Bennett?«

»Gut.« Er beugte sich vor. »Sie sind in der Küche, aber sie sind ziemlich durch den Wind.«

»Sind sie allein?«

»Ja, ich habe die Nachbarn rausgeschmissen, wie du gesagt hast.«

»Okay, aber sobald wir fertig sind, sorge dafür, dass Leute bei ihnen sind. Sie machen die Hölle durch.«

Wir traten in einen offenen Wohnbereich. Mrs. Foyle putzte sich die Nase. Ihr Mann schnellte aus seinem Stuhl. »Sie müssen Dana zurückholen!«

»Wir arbeiten daran.« Ich stellte uns vor und sagte: »Erzählen Sie mir, wie Sie die Lösegeldforderung erhalten haben.«

Mr. Foyle sagte: »Sie kam mit der Post. Könnte schon gestern dagewesen sein; wir haben die Post nicht reingeholt. Wir drehen durch, seit sie entführt wurde.«

»Kam sie in einem Umschlag?«

»Nein. Die Nachricht lag lose drin.«

»Haben Sie jemanden bei Ihrem Briefkasten bemerkt?«

»Nein, niemanden.«

»War noch andere Post im Kasten?«

»Ja, wie gesagt, die von gestern.«

»Um welche Zeit wird Ihre Post normalerweise zugestellt?«

»So gegen zwölf.«

»Kommt Ihnen die Handschrift bekannt vor?«

»Sie denken, jemand, den wir kennen, hat das getan?«

»Nicht unbedingt, aber wir wollen eingrenzen, wer es getan haben könnte –«

»Hören Sie, das ist alles schön und gut. Ich will, dass die im Gefängnis verrotten, aber im Moment lassen Sie uns diese Leute bezahlen und unser Baby nach Hause holen.«

»Ich weiß, es ist schwierig. Ich habe eine Tochter, die etwas älter ist als Dana, aber um ihre sichere Rückkehr zu gewährleisten, brauchen wir so viele Informationen wie möglich.«

»Okay, okay.«

»Ich habe gehört, es gab einen Streit, von dem man

ursprünglich dachte, er hätte Dana dazu veranlasst, abzuhauen.«

»Oh, das war nichts.«

»Worum ging es dabei?«

»Sie ist nicht weggelaufen; sie wurde entführt.«

Das Handy des Vaters klingelte. Er sah mich an. »Schon gut. Bleiben Sie ruhig und gehen Sie ran.«

»Hallo?«

Sein Gesicht entspannte sich. »Ja, alles gut, Kommt rein. Die Polizei ist hier.« Er legte auf. »Das ist *WINK News.*«

»Sie sollten nicht mit den Medien reden.«

»Hören Sie, ich muss denjenigen, der sie hat, wissen lassen, dass wir bezahlen werden.«

»Das ist keine gute Idee.«

»Wir können nicht einfach hier rumsitzen und hoffen, dass sie sich melden. Ich muss etwas tun.«

»Wir ermitteln –«

»Wir können keine Zeit verschwenden. Im Internet stand, dass bei Entführungen die Zeit der Feind ist; je mehr Zeit vergeht ...«

Das stimmte bis zu einem gewissen Grad. Eine Geisel zu verstecken, war riskant. Manchmal knickten die Entführer unter dem Druck ein und verletzten oder töteten ihre Gefangene. Bei dem Gedanken, es könnte ein Sexualstraftäter sein, drehte sich mir der Magen um.

»Ich habe noch zwei Fragen, bevor Sie mit einem Reporter sprechen.«

»Schießen Sie los.«

»Hat Ihre Tochter jemals erwähnt, dass sich ihr jemand genähert oder sie beobachtet hat? Jemand Unheimliches?«

»Nein, wir haben versucht, über so etwas nachzudenken, aber da ist nichts. Das kam aus heiterem Himmel.«

»Okay, denken Sie weiter über alles Ungewöhnliche nach.«

»Glauben Sie mir, wir zerbrechen uns die Köpfe.«

»Falls, äh, wenn sie sich melden, sind Sie darauf vorbereitet, das Geld zu haben? In kleinen Scheinen?«

»Ja. Wir haben einen Freund bei der Bank America. Er besorgt das Geld und hat gesagt, dass er heute Nachmittag hier sein wird.«

KAPITEL SECHS

Eine Frau führte einen Kameramann und einen Beleuchter ins Haus. Derrick sagte: »Ich glaube, das ist Emma Heaton von den Sechs-Uhr-Nachrichten.«

»Ja, die ist es. Hör zu, wir dürfen keine Zeit verlieren. Wir müssen die Nachbarn befragen, ob jemand etwas gesehen oder gehört hat.«

»Der Zettel wurde wahrscheinlich spät in der Nacht hinterlassen.«

»Ich bin mir sicher, das war im Schutz der Dunkelheit, aber wir können nicht davon ausgehen.«

»Jep.«

Ich musterte das Haus der Foyles von außen. »Sie haben keine Kameras.«

»Vielleicht einer der Nachbarn. Manche dieser Türklingel-kameras nehmen Autos auf, die die Straße entlangfahren.«

»Ich weiß nicht, wie die Leute mit dem Geklingel leben können, jedes Mal, wenn ein Auto vorbeifährt.«

»Man blendet es wohl aus.«

Die Palmen schwankten, als ein Windstoß durchfegte. »Wir müssen uns Mr. Foyle mal ansehen.«

»Meinst du, er steckt mit drin?«

»Ich gehe nur auf Nummer sicher. Er ist derjenige, der die Lösegeldforderung gefunden hat und behauptet, Dana sei wegen eines Streits abgehauen.«

»Deshalb hast du nach dem Streit gefragt.«

»So emotional das auch alles ist, müssen wir methodisch vorgehen.«

»Ich hatte nicht in Betracht gezogen, dass er den Zettel platziert haben könnte.«

»Ich sage nicht, dass jemand einen Mord vertuscht, aber wir dürfen nicht kalt erwischt werden, wenn die Sache eine Wendung nimmt.«

»Ich klappere ein paar Häuser ab und nehme mir dann die Eltern vor.«

»Okay. Ich gehe wieder rein.«

Mit in die Hüften gestemmten Händen sagte Mr. Foyle: »Such einfach eins aus!«

Seine Frau hob einen Bilderrahmen hoch. »Auf dem hier sieht sie doch gut aus, oder?«

»Es ist perfekt.«

Während ich das Paar betrachtete, ermahnte ich mich selbst, keine voreiligen Schlüsse zu ziehen. Wenn sie nichts mit dem Verschwinden ihrer Tochter zu tun hatten, würde der Druck eines vermissten Kindes selbst einen Stein erweichen.

Ich blinzelte, als der Fotograf die Scheinwerfer einschaltete, und trat zur Seite. Er hielt einen Monitor hoch. »Das ist gut.«

Emma Heaton nickte und wandte sich der Kamera zu. »*WINK News* meldet sich live aus dem Haus der Familie Foyle. Dana Foyle wird seit drei qualvollen Tagen vermisst. Ihre Eltern wollten sich direkt an unsere Zuschauer wenden, in der Hoffnung, dass dies ihre Heimkehr beschleunigt.«

Sie drehte sich zu den Foyles um. »Wir wissen, dass dies sehr schwere Zeiten für Sie sind. Was möchten Sie unseren

Zuschauern sagen, um ihre Hilfe bei Danas sicherer Rückkehr zu erbitten?«

Während seine Frau schniefte, starrte Mr. Foyle in die Kamera. »Wir werden das Lösegeld zahlen. Sie brauchen sich keine Sorgen zu machen; alles, was wir wollen, ist, Dana wieder zu Hause zu haben.«

»Sie haben eine Lösegeldforderung erhalten?«

»Ja.«

»Wann? Wie viel fordern die Entführer?«

Kopfschüttelnd trat ich vor und fuhr mir mit dem Finger über den Hals. Foyle sagte: »Es waren zwanzigtausend Dollar, aber mehr kann ich dazu nicht sagen.«

»Glauben Sie, dass Dana freigelassen wird?«

»Ja. Wir vertrauen darauf, dass, wer auch immer sie entführt hat – und es ist uns egal, wer es war –, sie freilassen wird. Sobald sie freigelassen wird, werden wir vergessen, dass das hier je passiert ist.«

Er vielleicht, aber ich würde einen Entführer auf keinen Fall davonkommen lassen. Der Vater würde seine Meinung auch noch ändern. Alles war relativ. Wenn seine Tochter befreit wurde, würde sich sein Fokus auf die Entführer richten.

»Aber wollen Sie nicht Gerechtigkeit?«

»Alles, was wir wollen, ist, dass Dana nach Hause kommt. Danke.« Foyle zog seine Frau aus dem Blickfeld der Kamera.

Ich eilte zu ihm. »Ich weiß, Sie tun, was Sie für richtig halten, aber Entführungen sind eine, äh, heikle Angelegenheit. Wir brauchen so viel Kontrolle wie möglich.«

»Ich verstehe, Detective, aber wenn sie ihr Wort halten, werden sie Dana freilassen, nachdem wir bezahlt haben.«

Er verließ sich auf eine gefährliche Mischung aus Leichtgläubigkeit und Hoffnung. Oder spielte er die Verzweiflung nur als Ablenkungsmanöver? Die Reporterin sagte: »Wir würden wirklich gerne über die Lösegeldgeschichte berichten. Wie wurde der Kontakt hergestellt?«

Ich hob eine Hand. »Tut mir leid, Ma'am, aber die Foyles haben alles gesagt, was sie zu diesem Zeitpunkt sagen können. Alles Weitere könnte ihre Tochter gefährden.«

»Aber ...«

»Der Detective hat recht. Wir haben gesagt, was wir zu sagen hatten«, sagte Mr. Foyle.

Es war gut, dass er zustimmte, aber es stand im Widerspruch dazu, überhaupt mit der Presse zu reden. Er wollte an die Öffentlichkeit gehen, aber nur bis zu einem gewissen Grad, was bei den Medien nie funktionierte. Mit einer Kopfbewegung in Richtung der weinenden Mrs. Foyle sagte ich: »Kümmern Sie sich um Ihre Frau. Sobald die hier weg sind, reden wir.«

Die warme Luft tat gut. Ungefähr dreißig Nachbarn hatten sich auf der anderen Straßenseite versammelt. Ein Reporter kam geradewegs auf mich zu. Ich winkte ihn ab, als mein Handy klingelte.

»Detective Luca.«

»Entschuldigen Sie die Störung, Sir. Hier ist Felix Ramos, Lisas Vater.«

»Hallo, Mr. Ramos. Was kann ich für Sie tun?«

»Lisa hat gesagt, dass Sie für die Ermittlungen in dem Fall verantwortlich sind, in dem ihr, äh, angetan wurde.«

»Ja, ich leite sie.«

»Wie ist der Stand der Dinge?«

»Ich kann einen laufenden Fall nicht diskutieren.«

»Haben Sie einen Verdächtigen?«

»Es ist noch früh, aber wir entwickeln erste Spuren.«

»Entwickeln? Bei allem Respekt, Sir, das klingt, als hätten Sie noch gar nichts getan.«

»Das ist nicht der Fall, Sir. Mein Partner und ich arbeiten daran, aber ich habe im Moment andere Verpflichtungen.«

»Es ist offensichtlich, dass ihr Fall nicht die Priorität hat, die er haben sollte.«

»Das hat er ganz gewiss.«

»Dann zeigen Sie es – verstärken Sie die Anstrengungen, den Mistkerl zu fangen, der, der, äh, meine Tochter angegriffen hat.«

»Ich verstehe, dass Sie beim Militär waren.«

»Lieutenant Colonel im Ruhestand, Marine Corps.«

»Ich weiß Ihren Dienst zu schätzen, Sir.«

»Danke.«

»Mit Ihrer Erfahrung wissen Sie, dass es für die Öffentlichkeit so aussieht, als würde nichts passieren, aber hinter den Kulissen laufen die Dinge. Es mag mehr Zeit in Anspruch nehmen, als Ihnen lieb ist, aber wir werden den Verantwortlichen zur Rechenschaft ziehen.«

»Das ist bedauerlich, und bei allem Respekt, ich habe nicht das gleiche Vertrauen wie Sie.«

»Ich verstehe, Sir. Geben Sie mir nur die Gelegenheit, es zu beweisen.«

»Das werde ich.«

»Danke. Ich muss jetzt auflegen.«

Ich überflog die Straße mit dem Blick. Die Menschenmenge unterhielt sich aufgeregt. Sie waren bestürzt und schockiert, dass eine von ihnen verschwunden war. Sie sympathisierten mit den Foyles, aber sie hatten keine Ahnung, was Danas Eltern durchmachten. So nah ich auch daran war, konnte ich mir nicht vorstellen, in Mr. Foyles Haut zu stecken.

Ein Reporter, der ans Handy ging, rief mir das Gespräch mit Lisa Ramos' Vater ins Gedächtnis. Nur seine militärische Ausbildung hielt seinen Zorn im Zaum. Wer könnte es ihm verübeln, dass er auf eine Festnahme drängte? Da es keine Möglichkeit gab, das Geschehene ungeschehen zu machen, war es das Einzige, worauf er sich konzentrieren konnte.

Ich schüttelte die Gedanken ab und ging zurück zum Haus der Foyles, um mich einem weiteren Vater in Not zu stellen.

KAPITEL SIEBEN

Bᴇɪ ᴅᴇᴍ Gᴇʀᴜᴄʜ ᴠᴏɴ Kɴᴏʙʟᴀᴜᴄʜ ᴋɴᴜʀʀᴛᴇ ᴍɪʀ ᴅᴇʀ Mᴀɢᴇɴ. Mary Ann sah mich und beendete ihr Telefonat. Ich gab ihr einen Kuss auf die Wange. Sie sagte: »Hungrig?«

»Ja. Was hast du gemacht?«

»Spaghetti mit Venusmuscheln. Ich dachte mir, nach dem Tag, den du hattest, könntest du etwas Seelenfutter gebrauchen.«

Aus irgendeinem Grund dachte sie, das sei eines meiner Lieblingsgerichte. Es war gut, aber wenn es eine Weile stand, verklumpte es, als wäre es mit Leim vermischt. »Klingt gut.«

»Wie seid ihr mit den Foyles verblieben?«

»Jetzt heißt es abwarten. Gesso hat ein paar Beamte bei ihnen postiert. Sobald sie sich melden, lege ich los.«

»Ich hoffe, das ist bald. Ich kann mir nicht vorstellen, was die durchmachen.«

»Der schlimmste Albtraum aller Eltern.«

»Zwanzigtausend ist eine merkwürdige Summe.«

»Ja. Irgendetwas stimmt da nicht.«

»Glaubst du, sie haben zu schnell zugesagt? Und werden die mehr verlangen?«

»Zweifellos besteht das Risiko, aber ich glaube nicht, dass das passieren wird.«

»Du glaubst nicht, dass sie vielleicht ...«

Es hatte keinen Sinn, sie zu beunruhigen. »Nein, nein. Das wird wahrscheinlich alles klappen; wir müssen nur die Geld-übergabe hinter uns bringen.«

Die Mikrowelle piepte und Mary Ann holte die Schüssel mit der Pasta heraus. Sie beträufelte sie mit Olivenöl und sagte: »Haben sie das Geld schon parat?«

»Ja, sie haben einen Freund bei einer Bank.«

»Wirst du die Scheine mit UV-Tinte markieren?«

»Nein, obwohl ich ihnen gesagt habe, dass man es nicht sehen kann, meinte Foyle, es könnte seine Tochter in Gefahr bringen.«

Sie stellte mir die Muscheln und die Pasta hin. »Sie ist unsichtbar.«

Ich spießte die Linguine mit der Gabel auf und drehte sie auf. »Ich weiß. Er hat mir Schwierigkeiten gemacht, als ich ihm gesagt habe, dass wir die Seriennummern der Scheine notieren müssen.«

»Er ist ganz schön angespannt.«

Mein Handy klingelte. Bevor ich abnahm, sagte ich: »Mag sein.«

»Hey, Derrick. Was ist los?«

»Störe ich?«

Ich legte meine Gabel hin. »Nein, ist schon okay. Was gibt's?«

»Du musst dir das Video von einer Ring-Türklingel gegen-über vom Haus der Foyles ansehen.«

Derrick stieg aus seinem Wagen, als ich hinter ihm parkte. Bevor ich die Schlüssel abzog, flog die Tür des *WINK-News-*

Fahrzeugs auf der anderen Straßenseite auf. Als sie auf uns zukamen, sagte ich: »Wir geben keinen Kommentar ab.«

Ich folgte meinem Partner zu einem grauen, verputzten Haus, schräg gegenüber vom Haus der Foyles. Der Besitzer loggte sich in sein Ring-Konto ein, rief die Aufnahme auf und reichte Derrick sein Handy.

Derrick schaltete in den Vollbildmodus und drückte auf Play. Man konnte die Haustür der Foyles nicht sehen, aber ihr Gehweg zur Bordsteinkante war sichtbar. Nach zwanzig Sekunden erschien ein Mann, der den gepflasterten Weg der Foyles hinunter zur Straße ging.

Ich flüsterte: »Sieht aus wie Mr. Foyle.«

Er drückte auf Pause und zoomte heran. »Das denke ich auch.«

»Der Zeitstempel sagt 21.55 Uhr. Ist der korrekt?«

Derrick ließ das Video in Zeitlupe weiterlaufen. »Scheint so.«

»Er geht zum Briefkasten.«

»Ja, aber warte.«

Eine Sekunde später kam ein UPS-Wagen die Straße herunter. Er verlangsamte die Fahrt und versperrte die Sicht auf Foyle und seinen Briefkasten. Als er vorbeigefahren war, hatte sich Foyle zum Haus umgedreht.

»Jesus! Wir haben nicht drauf, wie er zum Briefkasten geht.«

»Er könnte die Nachricht dann platziert haben.«

»Spiel es noch mal ab.«

Ich starrte auf Foyle, als er den Weg entlangging. »Er sieht sich um.«

»Könnte sein, dass er prüft, ob die Luft rein ist.«

»Aber warum geht er nicht mitten in der Nacht raus? Anstatt ein Risiko einzugehen?«

»Vielleicht wollte er nicht, dass seine Frau misstrauisch wird.«

Das war ein gutes Argument. »Frag den Nachbarn, ob er uns die Genehmigung für eine Kopie des Videos gibt.«

Der Mann war einverstanden und Derrick sagte ihm, er würde den Papierkram in die Wege leiten. Ich sagte: »Reden wir mit Foyle.«

Ein Beamter, mit dem ich bei einem Fall von fahrlässiger Tötung im Straßenverkehr zusammengearbeitet hatte, ließ uns rein. Die Foyles saßen um einen Küchentisch mit Glasplatte.

Mrs. Foyles Augen suchten mein Gesicht ab. »Haben Sie Dana gefunden?«

»Noch nicht, Ma'am. Wir würden gern mit Ihrem Mann sprechen.«

Mr. Foyle versteifte sich, bevor er aufstand. »Sicher. Was ist los?«

Ich trat ins Wohnzimmer. »Sagen Sie mir, was Sie letzte Nacht gemacht haben.«

»Letzte Nacht?«

»Ja.«

»Nichts, ich war hier, mit Judy. Wir haben uns krank vor Sorge um Dana gemacht.«

»Sind Sie irgendwo hingegangen?«

»Nein. Wir waren die ganze Zeit im Haus.«

»Sind Sie sicher?«

»Ja, ich bin mir sicher.«

»Wir haben Berichte darüber, dass Sie das Haus verlassen haben.«

»Berichte? Was zum Teufel soll das heißen?«

»Ganz ruhig, Sir. Wir versuchen nur, die Ereignisse zusammenzufügen, die zu der Sache Ihrer Tochter ...«

»Was? Sie denken, ich hätte etwas damit zu tun?«

»Das haben wir nicht gesagt, Sir.«

»Vielleicht nicht, aber Sie benehmen sich so.«

»Haben Sie nun das Haus verlassen oder nicht?«

Er zögerte. »Ich meine, ich bin vielleicht rausgegangen, um

etwas Luft zu schnappen oder so. Oder, wissen Sie, ich glaube, ich bin nach draußen gegangen, um auf der Straße nachzusehen, ob Dana da draußen ist.«

»Sind Sie zum Briefkasten gegangen?«

»Zum Briefkasten? Warum sollte ich die Post holen?«

»Aus Gewohnheit ...«

Foyles Telefon klingelte. Er kramte es hervor. »Die Nummer ist unterdrückt.«

»Könnte ein Wegwerfhandy sein. Gehen Sie ran.«

Foyle sagte: »Hallo?« Er nickte schnell und formte mit dem Mund: *Die sind's.*

Ich beugte mich vor und er nahm das Handy vom Ohr, damit ich mithören konnte. Er sagte: »Sie haben aufgelegt.«

»Was haben sie gesagt?«

»Ich soll das Geld in eine Einkaufstüte packen und losfahren. Er hat gesagt, ich muss allein sein, und wenn irgendwelche Polizisten oder Hubschrauber da sind, würden sie Dana töten.«

»Wohin sollten Sie fahren?«

»Sie haben gesagt, sie rufen noch mal an.«

Es war fraglich, ob er lange genug telefoniert hatte, um all das zu erfahren. »Holen Sie das Geld.«

Foyle ging und ich drehte mich zu Derrick um. »Das war ein cleverer Schachzug. Ruf Gesso an und sorge dafür, dass er ein paar Zivilfahrzeuge in die Gegend schickt.«

»Okay.«

»Bleib bei der Dame des Hauses. Ich werde versuchen, ihn zu beschatten.«

Foyle kam mit einer mit Geld gefüllten Whole-Foods-Tüte zurück. Ich sagte: »Sie müssen hier extrem vorsichtig sein. Wir wissen nicht, mit wem wir es zu tun haben.«

»Das ist mir klar.«

»Versuchen Sie nicht, den Helden zu spielen. Sobald sie Sie anrufen, rufen Sie mich an.«

»Sie haben gesagt, keine Polizei.«

»Sie werden es nicht merken ...«

»Doch, das werden sie; sie werden Dana etwas antun.«

»Ich werde nicht in Ihrer Nähe sein, aber wenn die Sache aus dem Ruder läuft, muss ich in der Lage sein, zu helfen.«

»Sie bringen meine Tochter in Gefahr.«

»Wir wissen nicht, mit wem wir es zu tun haben. Sie könnten sich selbst in Gefahr bringen.«

»Ich bin mir selbst egal. Ich will nur Dana zurück.«

»Sehen Sie, wir müssen das auf meine Art machen. Ich werde nicht auffallen, aber ich muss in der Nähe sein, wenn die Übergabe stattfindet. Wenn etwas schiefgeht, habe ich Hubschrauber in Bereitschaft. Wir sperren die Straßen ab und schnappen uns die Bastarde.«

»Sie haben gesagt, keine Flugzeuge oder Hubschrauber ...«

»Sie bleiben am Boden, bis sie das Geld nehmen. Alles, was Sie tun müssen, ist, mich anzurufen, wenn sie Ihnen den Übergabeort nennen und wenn die Übergabe abgeschlossen ist. In Ordnung?«

Er nickte.

»Gut. Dann los, holen wir Dana nach Hause.«

Als ich mich hinters Steuer klemmte, schätzte ich, dass wir eine gute Chance hatten, denjenigen zu erwischen, der hinter der Entführung steckte. Die meisten Erpressungspläne, besonders die von Amateuren ausgeheckten, führten zu deren Festnahme.

Während Foyle aus seiner Einfahrt zurücksetzte, schossen mir Szenarien durch den Kopf. Ich musste den schnappen, der eines der Kinder aus unserer Gemeinschaft entführt hatte.

Ob die heutige Nacht ein Erfolg werden würde oder nicht, hing größtenteils davon ab, ob Foyle die Anrufe tätigte. Aber seine Angst, die Entführer zu verärgern, würde ihn warten lassen, bis sie Kontakt aufgenommen hatten. Er würde es hinauszögern, bis er die Tüte mit dem Geld abgeworfen hatte. Sein Fokus lag darauf, sein Kind zurückzubekommen.

Als Foyles Rücklichter verschwanden, rief ich mir in Erinnerung, was auf dem Spiel stand. Als ich losfuhr, spannten sich meine Schultern an. Dana musste heute Nacht in ihrem eigenen Bett schlafen.

KAPITEL ACHT

F oyles Rücklichter waren rote Lichtpunkte. Er fuhr auf der Goodlette-Frank Road nach Norden. Es waren noch zwei andere Autos auf der Straße. Ich ließ meine Scheinwerfer aus. Foyles Wagen näherte sich der Ampel an der Kreuzung zur Immokalee Road. Sie war grün. Er würde wahrscheinlich links abbiegen, um auf die Route 41 zu kommen.

Foyle bog rechts ab. Noch vor der Ampel. Er fuhr in das Einkaufszentrum, in dem sich die Bone Hook Brewery befand. Ich umklammerte das Lenkrad. Wollte jemand sein Auto kapern? Was die Lösegeldforderung nur ein Trick, um zwanzig Riesen abzustauben?

Ein Aufblitzen von Foyles Scheinwerfern deutete darauf hin, dass er auf dem Parkplatz in Richtung des Landmark Hospitals abbog. Ich versuchte, mir die örtlichen Gegebenheiten bei dieser Spezialeinrichtung ins Gedächtnis zu rufen. Der Veterans Park war in der Nähe, ebenso der Arthrex-Komplex und ein paar Bürogebäude.

Er hatte den Anruf bekommen, aber mir nicht Bescheid gegeben. Ich griff zum Funkgerät, und mein Blasen-Alarm ging los. Schon wieder. Jetzt war nicht der richtige Zeitpunkt, um mit der Blase, die die Ärzte mir gebastelt hatten, auf Nummer sicher zu gehen. »Hier ist Detective Luca. Ich brauche Streifenwagen im Bereich Airport und Immokalee und um Mercato. Sagen Sie ihnen, sie sollen das Blaulicht auslassen und sich versteckt halten. Ich melde mich, wenn es so weit ist.«

Foyle schaltete sein Licht aus. Er parkte am hintersten Ende des Krankenhausparkplatzes. Ich bog links ab und fuhr in eine Parklücke bei BurgerFi.

Ich drückte mich an das Gebäude und spähte um die Ecke. Foyle stieg wieder in sein Auto. Hatte er das Geld abgelegt?

Ich wählte seine Nummer, als er sich der Goodlette-Frank Road näherte. »Haben Sie sie getroffen?«

»Nein. Sie haben gesagt, ich soll das Geld auf dem letzten Parkplatz liegen lassen.«

»Was haben sie über Dana gesagt?«

»Dass sie in einer Stunde zu Hause sein würde, nachdem sie sicher waren, dass ich die Polizei nicht mitgebracht hatte.«

»Okay. Fahren Sie nach Hause. Ich treffe Sie dort.«

Während ich den leeren Parkplatz im Auge behielt, überlegte ich, ob ich Straßensperren errichten sollte. Jemand würde kommen, um das Geld zu holen, oder wartete im Wald, um sich die Tasche zu schnappen. So oder so, sie würden einen Fluchtweg brauchen.

Ich suchte die Umgebung ab. Ein winziger Lichtpunkt fiel mir ins Auge. Er senkte sich. Es dauerte einen Moment, bis ich es kapiert hatte. Es war eine Drohne.

Ich schoss zwei Fotos davon und rief Gesso an. »Sarge, sie benutzen eine Drohne für die Übergabe bei Foyle.«

»Verdammt.«

»Ich brauche eine von unseren Drohnen, um sie zu verfolgen.«

»Es wird zehn Minuten dauern, bis wir eine in der Luft haben. Was ist mit einem Heli?«

»Nein. Den werden sie sehen.«

»Sie müssen die Drohne ja irgendwo runterholen. Willst du Straßen sperren lassen?«

»Nein, vergiss es. Ich spüre die Mistkerle auf, sobald das Mädchen wieder zu Hause ist.«

»Bist du sicher?«

»Ja. Wir reden später.«

Die Tasche mit dem Geld hob vom Boden ab. Ich schoss weitere Fotos, während sie nach Osten flog. Sie schwebte knapp über den Baumwipfeln und verschwand aus meinem Blickfeld.

KAPITEL NEUN

Es war meine dritte Tasse Kaffee, aber der war nicht der Grund, warum meine Nerven blank lagen. Die Foyles standen am vorderen Fenster und warteten darauf, dass Dana auftauchte. Es waren bereits zwei Stunden vergangen.

Derrick beugte sich zu mir. »Meinst du, ihr wird es gut gehen?«

»Das will ich doch sehr hoffen. Aber die ganze Sache passt nicht zusammen.«

»Ich weiß.«

»Eine Drohne für die Abholung zu benutzen, war eine verdammt gute Idee. Die passt nur nicht zu einer Forderung von gerade mal zwanzig Riesen.«

»Vielleicht doch. Das wiegt ungefähr zwanzig Pfund. Leicht für eine Drohne, das wegzutragen.«

»Dann kann es also keine Spielzeugdrohne sein.«

»Stimmt. Ich hab's gegoogelt. Die für den Freizeitgebrauch schaffen nur drei bis fünf Pfund.«

»Das müssen wir im Hinterkopf behalten. Vielleicht sollten wir uns auf Leute konzentrieren, die wissen, wie man diese Dinger fliegt.«

»Es braucht nicht viel, um das zu lernen. Einer unserer Nachbarn hat sich ein paar YouTube-Videos angesehen, und zwei Tage später ließ er das Ding überall herumschwirren.«

»Na super.«

»Ich sage es nur ungern, aber diese ganze Drohnensache könnte ein Testlauf sein.«

»Willst du mich deprimieren?«

Derrick kicherte. »Du sagst doch immer, nichts ist unmöglich. Es mag schwer sein, aber es ...«

»Da kommt sie!«

Ich atmete aus, als die Eltern zur Haustür rannten. Ich packte Derrick am Arm. »Lassen wir sie einen Moment allein. Aber sorg dafür, dass ein Rettungswagen kommt. Das Mädchen muss durchgecheckt werden.«

Mrs. Foyle ließ Dana nicht aus ihrem Griff, und ihr Vater küsste ihr immer wieder auf den Scheitel. Es wirkte aufrichtig. Ich ermahnte mich, dass es bei diesem Job darum ging, jede Möglichkeit zu prüfen. Der Vater war Freiwild, und es war eine Erleichterung, dass eine üble Situation nicht noch übler wurde.

Mrs. Foyle hatte ihren Arm um Danas Taille gelegt. »Möchtest du etwas essen?«

»Nein. Mir geht's gut.«

»Haben sie dir wehgetan, mein Schatz?«

Sie schüttelte den Kopf. »Nein.«

»Haben sie dich gut behandelt?«

Sie nickte.

»Ich habe mir solche Sorgen um dich gemacht.«

»Ist schon okay, Mama. Es ist vorbei.«

Dana sah mich und wandte den Blick ab. Ich trat vor. »Hallo, Dana. Wir sind froh, dass Sie in Sicherheit sind.«

Sie senkte den Blick, als ihr Vater näher kam. »Nicht jetzt. Sie ist gerade erst nach Hause gekommen.«

»Es ist am besten, wenn wir jetzt reden, solange noch alles frisch in ihrem Gedächtnis ist.«

»Ich weiß nicht.«

»Es wird nur ein kurzes Gespräch. Eine vollständige Befragung machen wir dann am Morgen.«

Dana runzelte die Stirn. »Muss das sein?«

Mr. Foyle sagte: »Das geht schnell. Nicht mehr als zehn Minuten. Nicht wahr, meine Herren?«

»Damit sind wir einverstanden.«

»Okay. Wir können das Arbeitszimmer benutzen.«

Ich wollte Mr. Foyle nicht im Raum haben, aber er war im Beschützermodus. Wir würden morgen die Chance haben, allein mit ihr zu reden.

Foyle holte Klappstühle für uns heraus, bevor er hinter einen kleinen Schreibtisch glitt. Dana ließ sich in einen Sessel mit niedriger Lehne fallen.

Ich sagte: »Sie sind sicher müde, aber Erinnerungen neigen dazu, schon nach einem Tag zu verblassen.«

Dana zupfte an einer Naht ihrer Jeans. »Ich bin irgendwie müde.«

»Wir machen schnell. Sagen Sie uns, wohin man Sie gebracht hat.«

»Ich weiß nicht, wo ich war.«

»Wo waren Sie, als man Sie entführt hat?«

»Ich war auf dem Heimweg von Carmen. Und ich hatte gerade, so quasi, die Goodlette bei der Kirche überquert.«

»Welche Kirche?«

»Die an der Ecke bei der Vanderbilt.«

Mr. Foyle sagte: »Das ist die Naples Christian Church.«

»Okay, was ist passiert?«

»Es – es ging alles so schnell, und dieser Lieferwagen – er fuhr vor mir rechts ran, und als ich vorbeiging, wurde ich einfach reingezerrt, und das war's.«

Mr. Foyle streckte die Hand aus und drückte die Schulter seiner Tochter. »Es tut mir so leid.«

»War der Lieferwagen vor Ihnen? Rechts rangefahren?«

»Ja, sozusagen in der Zufahrt zur Kirche.«

»Haben Sie das Nummernschild gesehen?«

»Nein. Aber ich glaube, es war aus Georgia oder so.«

»Welche Farbe und Marke hatte der Lieferwagen?«

»Äh, weiß. Ich bin mir ziemlich sicher, dass er weiß war, aber ich kenne mich mit Autos nicht aus.«

»Aber es war ein Lieferwagen?«

»Ich glaube schon.«

»Hatte er eine Seitentür?«

»Ja. Es war ein Lieferwagen.«

»Wie viele Leute waren drinnen?«

»Wie viele Leute im Lieferwagen?«

»Ja.«

»Äh, zwei, glaube ich.«

»Männlich oder weiblich? Wie sahen sie aus?«

»Es waren Männer. Aber ich habe sie nicht gesehen. Sie haben mir, äh, einen Sack über den Kopf gezogen.«

Mr. Foyle atmete aus und schüttelte den Kopf. »Mistkerle.«

»Ist schon okay, Papa. Es ist jetzt vorbei.«

»Wissen Sie, wer das getan haben könnte?«

»Nein. Keine Ahnung.«

»Was haben sie gesagt, als man Sie in den Lieferwagen gezerrt hat?«

»Dass ich still sein soll, und wenn ich das täte, würde mir nichts passieren.«

»Hatten sie einen erkennbaren Akzent?«

»Nein.«

»Was ist mit ihrem Alter? Können Sie mir etwas darüber sagen, wie alt sie ungefähr gewesen sein könnten?«

»Ähm, sie waren definitiv älter. Einer hatte so eine kratzige Stimme.«

»Haben sie miteinander geredet?«

»Nein.«

»Sind sie schweigend gefahren?«

»Ja. Außer einmal, da hat einer den anderen Frank genannt.«

»Hieß einer der Männer Frank?«

»Ja, ich bin ganz durcheinander, aber ich glaube, er hat den Namen zweimal gesagt.«

Das Mädchen hatte eine traumatische Erfahrung durchgemacht, aber warum hatte sie nicht als Erstes den Namen eines ihrer Entführer genannt? »Was ist mit dem anderen Mann? Haben Sie seinen Namen mitbekommen?«

»Ich weiß nicht. Ich bin ganz durcheinander. Ich will mich nur noch hinlegen.«

»Wir verstehen das. Ruhen Sie sich aus. Wir werden das morgen im Detail durchgehen.«

Ich stand auf und sagte: »Sie brauchen sich keine Sorgen zu machen. Wir werden zur Sicherheit eine Streife vor dem Haus postieren.«

Mr. Foyle sagte: »Glauben Sie, diese Leute sind eine Bedrohung?«

»Nein. Schlimmstenfalls wird es die Presse davon abhalten, Sie zu belästigen.«

Derrick schloss die Autotür. »Das Mädchen hat eine Menge durchgemacht, aber das passt alles nicht zusammen.«

»Ich verstehe dich nur zu gut.«

ZEHNTES KAPITEL

REMIN TRAT AN DAS PODIUM. AN SEINEM ANZUG WAR KEINE einzige Falte zu sehen. »Guten Morgen.«

Der Raum voller Reporter wurde still. »Danke, dass Sie gekommen sind. Wir freuen uns, Ihnen mitteilen zu können, dass Dana Foyle freigelassen wurde und wieder bei ihrer Familie zu Hause ist.«

Applaus brandete im Raum auf.

»Bevor ich Ihre Fragen beantworte, möchte ich Ihnen allen und den heute nicht anwesenden Pressevertretern danken. Ihre Kooperation und die Befolgung unserer Anweisungen bei der Berichterstattung über diese Entführung wissen wir sehr zu schätzen. Ich bin zuversichtlich, dass wir auf diesem Erfolg aufbauen und zusammenarbeiten können, um die Einwohner und Besucher von Collier County zu schützen. Nun, wer hat eine Frage?«

Fast jede Hand schoss in die Höhe. In Anerkennung der Tatsache, dass *WINK News* mit dem Büro des Sheriffs mitge-spielt hatte, zeigte Remin auf die Reporterin, die über den Erpresserbrief berichtet hatte. »Emma Heaton, *WINK News*. Wie ist der Stand der Ermittlungen gegen die Entführer?«

»Ich kann mich nicht zu einer laufenden Ermittlung äußern, aber ich kann Ihnen sagen, dass keine Mittel gescheut werden, um die Verantwortlichen zu fassen. Die Männer und Frauen dieser Abteilung werden sicherstellen, dass sie sich vor Gericht verantworten müssen.«

»Haben Sie einen Hauptverdächtigen?«

»Tut mir leid. So sehr ich es auch möchte, kann ich das nicht beantworten.«

Remin wandte sich einem Mann in einer gelben Jacke zu. »Earl Hening, die *Naples Daily News*. Angesichts der kurzen Zeitspanne zwischen der Entführung und der Lösegeldzahlung sind Sie besorgt, dass Entführungen von manchen als schneller Weg genutzt werden könnten, um an Geld zu kommen?«

»Nein. Erpressung ist weder ein schneller noch ein einfacher Weg, um Geld zu machen. Und ich kann Ihnen versprechen, dass diese Abteilung wachsam bleiben wird, wenn es darum geht, allen Bedrohungen für die Sicherheit und das Wohlergehen unserer Bürger und Besucher zu begegnen.«

Remin war von Natur aus ein Politiker, der viel redete, ohne etwas zu sagen. Er schwafelte noch zehn Minuten weiter, bevor er die Pressekonferenz beendete.

Ich folgte ihm ins Vorzimmer. Er sagte: »Ich zähle auf dich, dass du die Sache schnell abschließt.«

Anstatt zu sagen, warum du dann meine Zeit damit verschwendet hast, dir beim Schwafeln zuzuhören, sagte ich: »Ich befrage Dana Foyle in einer Stunde und Derrick führt Hintergrundüberprüfungen durch.«

———

WÄHREND ICH DIE PRESSEKONFERENZ IM KOPF NOCH EINMAL durchging, bog ich auf die Vanderbilt Beach Road ab. Hatte der Reporter recht mit seiner Andeutung, dass die Zahlung von

Lösegeld andere dazu motivieren würde, Leute von unseren Straßen zu zerren?

Das hier waren die Vereinigten Staaten, nicht Mexiko oder Nigeria, wo täglich ein paar Leute gegen Lösegeld entführt wurden. Ich rutschte auf meinem Sitz herum; der Reichtum in Naples machte es für Kretins tatsächlich einfach, Schnell-reich-werden-Maschen zu planen. Eine schnelle Aufklärung würde sicherstellen, dass solche Ideen im Keim erstickt werden.

Als ich nach Lemuria einbog, entdeckte ich die Satelliten-schüsseln von Übertragungswagen. Ich hoffte, die Foyles würden unsere Anweisung respektieren und erst nach unserem Gespräch mit Dana mit den Medien sprechen.

Eine Handvoll Reporter strömte auf mein Auto zu. Als ich ausstieg, sagte ich: »Ich werde heute keine Erklärung abgeben, also würde ich es begrüßen, wenn Sie mir und der Familie etwas Freiraum geben.«

Summend, um die zugerufenen Fragen auszublenden, winkte ich den Beamten zu, die vor dem Haus parkten, und drückte auf die Türklingel.

Ich schüttelte Mr. Foyles Hand. »Wie geht es Dana heute?«

»Sie ist nicht sie selbst. Ich schätze, es wird eine Weile dauern, bis sie über das, was passiert ist, hinwegkommt.«

»Vielleicht möchten Sie ihr professionelle Hilfe besorgen. Es könnte gut für sie sein, mit einem Fachmann zu sprechen.«

»Ich weiß nicht recht.«

»Vertrauen Sie mir, ein Therapeut kann viel Gutes bewir-ken. Ich kenne jemanden Ausgezeichneten, falls Sie interessiert sind.«

»Wir lassen es Sie wissen.«

Ich nickte. »Wie geht es Ihrer Frau?«

»Ihr geht es gut, aber ob Sie es glauben oder nicht, sie schläft immer noch. Ich schätze, der Stress hat ihr zugesetzt.«

»Kein Zweifel. Sie selbst sind auch nicht immun dagegen, wissen Sie.«

»Mir geht es gut. Machen Sie sich keine Sorgen um mich.«

»Das habe ich auch immer gesagt. Seien Sie vorsichtig.«

»Werde ich.« Lassen Sie mich Dana holen. Sie sitzt draußen, telefoniert ununterbrochen.«

Ich lächelte. »Davon kann ich ein Lied singen. Wir haben eine Tochter, die älter ist als Dana.«

»Diese Jugend klebt an ihren Handys.«

Ich nickte. »Sehen Sie, Sie haben das Recht, dabeizusitzen, aber ich denke, es ist am besten, wenn wir allein reden. Sie könnte sich zurückhalten, wenn Sie dabei sind.«

Er zögerte. »Meinen Sie?«

»Vertrauen Sie mir da.«

Er nickte und ging. Eine Minute später trottete Dana in Flip-Flops und abgeschnittenen Jeans hinter ihrem Vater her. Sie sagte kaum Hallo, und ich folgte ihnen ins Arbeitszimmer.

»Dana, nur wir beide werden uns unterhalten.«

Ihre Augen huschten zu ihrem Vater, der sagte: »Das ist in Ordnung. Detective Luca ist hier, um zu helfen.«

»Wir wollen sicherstellen, dass Sie und Ihre Familie in Sicherheit sind. Wenn Sie sich zu irgendeinem Zeitpunkt unwohl fühlen, können Sie das Gespräch beenden.«

»Okay.«

Ich nahm denselben Klappstuhl wie letzte Nacht. »Gut, wieder zu Hause zu sein, nicht wahr?«

»Ja.«

»Wo haben sie Sie festgehalten?«

»Äh, ich glaube, es war ein Keller oder so.«

In Südflorida gab es weniger Keller als Marsianer. »Sind Sie sicher, dass es ein Keller war?«

»Äh, vielleicht nicht. Ich bin durcheinandergekommen, weil sie mir einen Sack über den Kopf gestülpt hatten.«

»War es eine Papiertüte oder eine aus Stoff?«

»Irgendein Stoff. Er war total kratzig.«

»Haben sie ihn die ganze Zeit aufbehalten?«

»Ja. Sie wollten nicht, dass ich sie sehe.«

Ihr Gesicht zeigte keine Anzeichen von Hautreizungen. »Lassen Sie uns zu dem Zeitpunkt zurückkehren, als es passiert ist. Ich weiß, Sie haben es mir letzte Nacht erzählt, aber ich wäre Ihnen dankbar, wenn Sie es noch einmal durchgehen würden.«

Sie blieb bei ihrer Geschichte, aber sie wirkte einstudiert. »Und Sie sind sicher, dass es ein Lieferwagen war? Ein weißer?«

»Ja, ich habe darüber nachgedacht, und er war definitiv weiß.«

»Und die Männer waren älter, sagten Sie.«

»Definitiv. Ich hatte Angst, dass sie, Sie wissen schon, äh, Sie wissen schon?«

Ich wusste es. Ich konnte ihr nichts von der Vergewaltigung erzählen, an der ich arbeitete. »Gott sei Dank haben sie das nicht.«

Sie zuckte mit den Schultern.

»Wo haben Sie geschlafen?«

»Äh, auf einer Couch.«

»Welche Farbe hatte sie?«

»Blau. Sie war ...«

Sie ertappte sich, aber es war zu spät. »Machen Sie weiter.«

»Ich habe etwas davon gesehen, wissen Sie. Ich habe den Sack vom Kopf gehoben. Ich meine, es war schwer zu atmen.«

»Was haben Sie noch gesehen?«

»Äh, nichts. Es war dunkel.«

»Waren Sie allein?«

»Ja, aber ich glaube, sie hatten Kameras oder so.«

»Wie kommen Sie darauf?«

»Ich weiß nicht. Es fühlte sich an, als würden sie mich beobachten.«

»Waren Sie gefesselt? In irgendeiner Weise fixiert?«

»Nein. Aber ich konnte nicht weg, ich wollte, aber ...«

»Sie hatten Angst?«

»Es war wirklich unheimlich.«

»Haben sie Sie gefragt, ob Ihre Eltern Geld für ein Lösegeld haben?«

»Es war nicht so viel Geld.«

»Haben sie Ihnen den Betrag genannt?«

»Ich, äh, ich weiß nicht, ob sie es getan haben oder mein Vater. Aber es waren doch so um die dreißigtausend Dollar, oder?«

»Zwanzigtausend.«

»Oh, stimmt.«

»Was haben Sie gegessen, während Sie festgehalten wurden?«

»Gegessen? Wozu wollen Sie das wissen?«

»Ich weiß, es ist eine dumme Frage, aber wir müssen sie stellen.«

»Wir hatten Pizza.«

»Haben sie mit Ihnen gegessen?«

»Nein. Sie haben sie nur in den Raum gestellt, in dem ich war.«

Es war merkwürdig, dass sie »wir« benutzte, wenn sie nicht zusammen gegessen hatten. »Woher wissen Sie, dass sie Pizza hatten?«

»Ich habe es mir einfach gedacht.«

»Woher hatten sie die Pizza?«

»Von Rosedale ... glaube ich. Ich bin müde und komme durcheinander. Ich möchte das hier wirklich beenden.«

»Nur noch eine Frage, okay?«

»Na gut.«

»Sie sagten, einer von ihnen hieß Frank.«

»Ja, dem Kerl ist sein Name rausgerutscht.«

»Kennen Sie jemanden, der Frank heißt?«

»Nein. Niemanden.« Sie stand auf. »Ich bin wirklich müde.«

Meine Erfahrung mit Entführungen war begrenzt, aber so oder so war dies ein seltsames Gespräch.

KAPITEL ELF

WÄHREND ICH AUF EINE LÜCKE WARTETE, UM AUF DIE Goodlette-Frank Road abzubiegen, holte ich mein Handy heraus, um Derrick anzurufen, und bemerkte eine Voicemail. Ich drückte auf Wiedergabe: »Detective Luca, hier ist Felix Ramos. Sie haben gesagt, Sie würden mich auf dem Laufenden halten. Ich hätte gern ein Update. Bitte rufen Sie mich an.«

Ich starrte auf das Handy. Mein Versprechen war eher eine Redewendung gewesen. Ich hoffte, er erwartete nicht, dass ich mich täglich bei ihm meldete. Als ein Auto an mir vorbeizog, rief ich Derrick an.

»Hey, Frank. Wie ist es gelaufen?«

Das Mädchen verdiente einen Vertrauensvorschuss, aber ich schob meine Vatergefühle beiseite. »Ihre Geschichte hatte mehr Löcher als ein Nudelsieb.«

Er kicherte. »Was hat sie gesagt?«

Ich brachte ihn auf den neuesten Stand und sagte: »Die Tatsache, dass sie den Namen Frank nicht auf Anhieb erwähnt hat und behauptet hat, niemanden namens Frank zu kennen? Das kaufe ich ihr nicht ab. Sie hat nicht einmal versucht, darüber nachzudenken, wen sie kennen könnte – das Mädchen hat einfach nur Nein rausgespuckt.«

»Eine einstudierte Antwort?«

»Klang jedenfalls so. Die Frage ist nur, warum?«

Derrick sagte: »Da ist was faul.«

»Sie sprach von ›wir‹, als ob sie sie kannte.«

»Und du sagtest, in einem Moment hat sie den Sack über dem Kopf und im nächsten ist er ab?«

»Sie kennt die Täter und will sie beschützen.«

»Meinst du?«

Ich gab Gas und fuhr von Lemuria los. »Kann man nicht ausschließen.«

»Ich habe mit ihren Freundinnen gesprochen. Keine konnte sich was denken. Sie schienen nette Mädels zu sein und haben nur Gutes über Dana gesagt, außer dass anscheinend niemand ihren Freund mag.«

»Was haben sie über ihn gesagt?«

»Sein Name ist Bradley Richter. Er ist ein Jahr älter als sie und sie sagten, er sei kontrollsüchtig.«

»Wie lange sind die beiden schon zusammen?«

»Seit ungefähr zwei Jahren.«

»Zwei Jahre? Warum war er nicht bei der Familie?«

»Gute Frage.«

»Haben ihre Freundinnen erwähnt, ob die beiden Streit hatten oder so?«

»Ich habe gefragt, aber sie sagten nein.«

»So oder so müssen wir ihn uns genauer ansehen.«

»Ich bin gerade auf dem Weg zu ihm. Er wohnt bei der Golden Gate Middle School.«

»Okay. Sieh mal, was er zu sagen hat. Schick mir seine Daten per SMS; ich lasse eine Überprüfung laufen, wenn ich zurück bin.«

»Bis später.«

Ich legte auf, bog rechts in die Vanderbilt Beach Road ein

und fuhr auf den Grünstreifen. Dieser Anruf konnte nicht bis zur nächsten roten Ampel warten. »Mr. Foyle, hier ist Detective Luca.«

»Oh. Ist etwas nicht in Ordnung?«

»Nicht direkt, aber Danas Freund, Brad Richter ...«

»Was ist mit ihm?«

Sein Tonfall änderte sich. »Ich nehme an, sie sind seit zwei Jahren in einer Beziehung. Man sollte meinen, er wäre im Haus gewesen, bei Ihnen und Ihrer Frau –«

»Bradley ist in diesem Haus nicht willkommen.«

»Verstehe. Darf ich fragen, warum Sie so denken?«

»Er ist nicht gut genug für Dana.«

Es war eine übliche Klage von Eltern. Eine, derer ich mich selbst schuldig gemacht hatte. Die längste Zeit hatte ich jedem die kalte Schulter gezeigt, mit dem Jessie ausging. Sie brachte niemanden mit nach Hause, was es noch schlimmer machte. Ich vertraute ihrem Urteilsvermögen immer noch nicht hundertprozentig, aber Mary Ann meinte, ich hätte Fortschritte gemacht. »Gibt es etwas Bestimmtes bei ihm?«

»Nein. Es ist alles.«

»Gab es einen Vorfall, der die Sache noch verschlimmert hat?«

»Vom ersten Tag an gefiel mir nicht, wie Dana mit ihm umging. Seit sie ihn getroffen hat, hat sie sich verändert.«

»Würden Sie sagen, er ist kontrollsüchtig?«

»Ich weiß nicht, was zwischen den beiden vor sich geht, aber er ist nicht gut für Dana.«

»Ich verstehe. Entschuldigen Sie, dass ich ihn angesprochen habe.«

»Schon gut. So sehr ich Brad auch nicht mag, glaube ich nicht, dass er etwas mit der Entführung zu tun hatte.«

Ich konnte niemandem sagen, dass ich enttäuscht war, dass es nicht der Freund war. Eine schnelle Aufklärung würde es mir ermöglichen, mich wieder ganz auf die Vergewaltigung im Fall Ramos zu konzentrieren.

———

NACHDEM ICH DIE BILDER, DIE ICH VON DER DROHNE GEMACHT hatte, hochgeladen hatte, rief ich im Labor an. »Hey, Charlie, ich habe dir gerade Handybilder von der Drohne geschickt, die bei der Foyle-Entführung benutzt wurde.«

»Warte mal. Lass mich nachsehen.«

Er tippte auf einer Tastatur. »Ja, ich sehe sie.«

»Ich brauche Hilfe bei der Identifizierung des Typs und wo sie verkauft werden.«

»Mein Sohn hat eine ähnliche. Ich vergrößere sie und mache Vergleiche.«

»Ich muss ja nicht sagen, dass es Priorität hat, oder?«

»Ist das nicht dein zweiter Vorname?«

Ich legte auf. Das würde ein langer Tag werden, und ich brauchte einen Muntermacher.

Die Cafeteria war leer. Ich drückte den Hebel herunter, und als dampfender Kaffee in meine Tasse tröpfelte, hörte ich Schritte. »Hey, Frank. Wie geht's dir?«

»Gut, Brian.«

»Hey, wie geht's dem Foyle-Mädchen?«

»Ihr scheint es gutzugehen.«

»Gut. Hör zu, wir hatten heute früh einen versuchten Raub –«

»Au!« Ich ließ den Hebel los und schüttelte den Kaffee von meiner Hand.

Brian reichte mir eine Handvoll Servietten.

»Danke.« Ich wischte meine Hand und den Tresen ab. »Erzähl mir von dem Versuch.«

»Ich weiß nicht viel, aber ich wusste, dass du dich um den

im North Collier Park gekümmert hast, als du zum Fall Foyle abgezogen wurdest.«

Vielleicht hatte Ramos' Vater recht. »Ich arbeite an beiden. Oben in Jersey hatte ich zehn Fälle gleichzeitig laufen.«

»Mann, das kann ich mir nicht vorstellen.«

»Was ist passiert?«

»Diese Frau, Joan Samus, ist in der Stadt, um ihre Mutter zu besuchen, und ist auf dem Weg zu ihrem Auto angegriffen worden.«

»Um wie viel Uhr war das?«

»Nach ein Uhr nachts.«

»Wo ist es passiert?«

»Sie parkte an der Third Avenue bei der Mittelschule.«

Es war eine Herausforderung, einen Parkplatz in der Nähe der Fifth Avenue zu bekommen. »Wie ist sie entkommen?«

»Der Kerl hat sie zur Rennbahn gezerrt und versucht, ihr etwas über den Kopf zu ziehen, als sie ihn gebissen hat. Der Widerling hat losgelassen und sie ist zum CVS-Laden abgehauen.«

»Es könnte derselbe Typ sein; er hat dem letzten Opfer auch den Kopf verdeckt.«

»Daran habe ich mich erinnert.«

»Ich rede mit dem Sarge, aber tu mir einen Gefallen und bring mir den Bericht so schnell wie möglich.«

KAPITEL ZWÖLF

DIE ACHTUNDDREIßIGJÄHRIGE JOAN SAMUS STAMMTE AUS LAKE George, New York. Sie besuchte ihre Mutter und war lange ausgeblieben. Sie hatte sich in Vergina's Bar herumgetrieben, bis diese um 2:00 Uhr nachts schloss.

Um diese Zeit waren die Straßen menschenleer. Die meisten Einwohner von Naples schliefen schon seit vier Stunden, als Ms. Samus das Restaurant auf der Fifth Avenue verließ. Wir waren dort schon zu ein paar alkoholbedingten Schlägereien gerufen worden, aber noch nie zu einem schweren Verbrechen.

Während ich überlegte, ob ein Gast sie ausgekundschaftet haben könnte, kam Derrick ins Büro gestürmt. »Rate mal, wer meiner Meinung nach die Entführung begangen hat?«

»Was hast du herausgefunden?«

Er grinste. »Rate mal. Du wirst es nicht glauben.«

Ich war keine sechzehn mehr, und ich hatte auch nicht mehr die Geduld von früher. »Sag mir einfach, was du herausgefunden hast.«

Sein Lächeln verblasste. »Dana und ihr Freund, Bradley Richter, haben sich die ganze Sache ausgedacht.«

Ich sprang von meinem Stuhl auf. »Wie kommst du darauf?«

»Der Freund hat gelogen und sich in Widersprüche verwickelt. Ich habe ihn gefragt, wo er war, als Dana verschwunden war, und er hat gesagt, er war zu Hause. Aber seine Mutter sagte, er sei erst spät nach Hause gekommen und habe das Abendessen verpasst.«

»Du hast mit der Mutter getrennt gesprochen?«

»Ja, und weißt du, was das Beste war?«

»Sie hat dir Kekse gebacken?«

»Tut mir leid, ich kann nicht anders.«

»Glaub mir, ich weiß. Was ist mit der Mutter?«

»Bradley hat bestritten, eine Drohne zu haben, aber seine Mutter sagte, sie hätten ihm vor einem Monat eine gekauft, nachdem er plötzlich Interesse daran gezeigt hatte.«

»Was für eine haben sie ihm gekauft?«

»Das wusste sie nicht und sagte, sie sei normalerweise in der Garage, aber sie habe sie seit ein paar Tagen nicht mehr gesehen.«

»Wir müssen herausfinden, was für eine sie gekauft haben.«

»Sie wollte ihren Mann fragen. Sie sagte, er sei derjenige gewesen, der sie besorgt habe.«

»Du hast hier großartige Arbeit geleistet. Ich bin stolz auf dich.«

»Danke, Frank. Ich mache nur meinen Job.«

»Was hältst du von dem Freund? Knacken wir den leicht, wenn wir ihn in die Mangel nehmen?«

»Er hat sich hart gegeben, aber er ist noch ein Kind.«

»Ich habe die Fotos ans Labor geschickt. Wenn wir eine Bestätigung für das Modell bekommen, die zu dem passt, was er hat, holen wir die beiden rein.«

»Klingt nach einem Plan.«

Ich setzte mich. »Hast du gehört, dass es in der Innenstadt eine versuchte Vergewaltigung gab?«

»Ja. Wollte ich dir erzählen, aber nach dem Gespräch mit dem Freund war ich wohl zu aufgeregt.«

»Kein Problem.« Ugh, ich hasste diesen Ausdruck. »Ich glaube, das hängt zusammen. Der Angreifer hat versucht, ihren Kopf zu bedecken.«

»Könnte sein.«

»Sie hat ihn gebissen.«

»Geschieht dem Mistkerl recht. Ich hoffe, sie hat ihm ein Stück Fleisch rausgebissen.«

»Ich auch, das ist etwas, worauf wir bei einem Verdächtigen achten können.«

Ich fuhr auf der 41 ostwärts und bog rechts auf den Thomasson Drive ab, auf der gegenüberliegenden Seite des Tamiami Trail. Er hieß Rattlesnake Hammock Road. Das war eine weitere Straße, die ihren Namen änderte und damit Besucher wie Anwohner verwirrte.

Ich fuhr langsamer, als ich mich dem East Naples Community Park näherte. Ich hatte von den über sechzig Pickleball-Plätzen dort gehört. Naples war die amerikanische Hauptstadt für diesen aufstrebenden Sport. Da ich noch zehn Minuten bis zu meinem Termin hatte, bog ich links in den Park ein.

Nach einer kurzen Besichtigungstour fuhr ich aus dem Park. Überraschenderweise waren die meisten Plätze belegt. Es sah nach Spaß aus. Vielleicht könnten Mary Ann und ich es mal ausprobieren.

Die Mutter von Joan Samus wohnte in einem neuen Komplex mit Mietwohnungen in der Nähe des Parks. Ein knapp zwei Meter hoher Zaun umgab das Grundstück, aber das unbemannte Tor stand offen.

Ich klingelte an der Tür der Erdgeschosswohnung. »Wer ist da?«

»Detective Luca vom Sheriffbüro des Collier County.«

»Haben Sie einen Ausweis?«

»Ja, Ma'am.«

»Halten Sie ihn an den Türspion.«

Ich tat, wie mir geheißen, und die Tür öffnete sich. »Entschuldigen Sie. Man muss heutzutage vorsichtig sein.«

»Sie haben das Richtige getan.«

Ich war erstaunt, wie leichtfertig die Leute jemanden, der sich als Polizist oder Beamter ausgab, in ihre Häuser ließen. In neunzig Prozent der Fälle, in denen ich meine Dienstmarke zeigte, warf die Person nur einen flüchtigen Blick darauf. Bei der Qualität heutiger Fälschungen war das ein Fehler.

Unzählige Male hatten wir Jessie gesagt, wenn jemand an die Tür kam und behauptete, ein Polizist zu sein, oder wenn sie von einem Zivilfahrzeug angehalten wurde, sollte sie die Polizei anrufen, um die Situation zu überprüfen.

»Joanie ist im Gästezimmer. Sie ist dort, seit es passiert ist. Sie hat Angst, herauszukommen.«

Ich folgte ihr zu einer geschlossenen Tür. Die Mutter klopfte. »Schatz, der Polizist ist da.«

Die Tür öffnete sich langsam. Joan Samus, in einem Fleece gekleidet, war vogelgleich. Es war ein Wunder, dass sie in der Lage gewesen war, ihren Angreifer abzuwehren. »Hallo, Joan.« Ich streckte meine Hand aus. »Ich bin Detective Frank Luca.«

Sie nahm meine Hand nicht. »Hi.«

»Ich habe einige Fragen zu dem, was Ihnen passiert ist. Mir ist klar, dass Sie erschüttert sind, aber es ist am besten, wenn wir heute reden.«

»Okay.« Sie setzte sich aufs Bett und umklammerte ihre Knie.

»Erzählen Sie mir so viele Details, wie Sie sich erinnern können. Sie waren in der Bar im Vergina, also fangen Sie dort an.«

Sie schluckte. »Ich habe nur die Musik genossen und etwas getrunken.«

»Waren Sie allein?«

»Ja. Ich meine, ein paar Männer haben mich angesprochen, aber das war nichts.«

»Jemand, der der Angreifer hätte sein können?«

Sie schüttelte den Kopf.

»Haben Sie jemanden bemerkt, der Sie beobachtet haben könnte?«

»Nein, ich meine, da waren viele Leute drin. Aber ich war ganz auf die Musik konzentriert. Der DJ war gut.«

»Wann sind Sie gegangen?«

»Als sie »letzte Runde« gesagt haben.«

»Wie viel haben Sie getrunken?«

»Ich hatte den ganzen Abend zwei Drinks.«

Es waren wahrscheinlich vier, und bei ihrer Statur würde sie alles über zwei Drinks merken. »Als Sie gingen, haben Sie bemerkt, dass Ihnen jemand gefolgt ist?«

»Nein! Sonst wäre ich doch nicht zu meinem Auto gegangen.«

»In welche Richtung sind Sie gegangen?«

»Geradeaus, über den Platz.«

»Also sind Sie links am Sugden Theatre vorbeigegangen?«

»Ja, bei diesem Restaurant, Truluck's.«

An der Straße, auf die sie hinausging, befand sich ein Parkservice. Vielleicht hatte jemand etwas gesehen, wenn er so spät noch da war. »Und was ist dann passiert?«

»Ich ging und schaute auf mein Handy, und im nächsten Moment packte mich dieser Mann von hinten.«

KAPITEL DREIZEHN

Alles war vorbereitet. Aber anstatt vor Vorfreude zu kribbeln, war ich zwiegespalten. Ich fummelte nicht an den Temperaturen der beiden Räume herum. Es hatte keinen Sinn, eine schlimme Situation für beide Elternpaare noch zu verschlimmern.

Derrick traf mich im Flur. »Es wäre schön, wenn wir die Eltern überzeugen könnten, uns die Jungs ohne sie im Raum befragen zu lassen.«

»Ich habe nichts dagegen. Es könnte uns in die Karten spielen.«

»Inwiefern? Sie werden vor ihren Vätern doch nichts zugeben.«

»Ich weiß nicht. Vielleicht öffnen sie sich, wenn Papa im Raum ist. Es mag peinlich sein, wenn sie es getan haben, aber mit ihrem Vater dabei fühlen sie sich vielleicht beschützt. Es ist unheimlicher, allein zu sein und einem Polizisten etwas zu gestehen.«

»Ich hoffe, du hast Recht.«

»Ich auch. Hör zu, ich will das allein machen. Wenn wir zu zweit im Raum sind, könnte es zu einschüchternd wirken.«

»Kein Problem. Es ist auch so schon einschüchternd genug.«

Ich war froh, dass er es mir nicht übel nahm. Die dämliche »Kein Problem«-Floskel ließ ich durchgehen.

»Also gut, mal sehen, wohin das führt.«

Ich klopfte an die Tür des Vernehmungsraums 1. »Guten Morgen, ich bin Detective Luca.«

Mr. Richter stieß seinen Sohn an, während er aufstand, und streckte seine Hand aus. »Frank Richter.«

Bradley nickte nur knapp.

Ich legte eine dicke Akte auf den Tisch und rückte sie gerade. »Dies ist keine formelle Befragung, aber ich bin trotzdem an Regeln gebunden, die mich zwingen, sie aufzuzeichnen.«

Sein Sohn zupfte an seiner Nagelhaut herum, als Mr. Richter sagte: »Wir verstehen.«

Ich drückte den Aufnahmeknopf und nannte die Namen der Anwesenden. »Also gut, sehen wir mal, ob wir aufklären können, was mit Dana passiert ist.«

»Ich habe Ihnen gesagt, dass ich nichts weiß.«

Ich schlug den Ordner auf und nahm eine Handvoll Bilder heraus. Ich legte sie nebeneinander aus, woraufhin Mr. Richter sagte: »Das ist unser Haus. Haben Sie unser Haus beobachtet?«

»Ihr Sohn kennt Dana gut. Das ist ein Standardvorgehen.«

Ich legte die Bilder der Drohne, die die Geldtasche abgeholt hatte, hin. Daneben positionierte ich Internetfotos von dem Modell, das Mr. Richter seinem Sohn gekauft hatte.

Ich tippte auf die Drohne, die das Lösegeld transportierte, und sagte: »Hier findet die Übergabe statt.«

Mr. Richter schüttelte den Kopf. »Das ist verrückt.« Bradley rutschte auf seinem Stuhl herum.

»Und Bradley, das ist die Drohne, die Sie haben. Es ist exakt dieselbe.«

»Na und? Davon gibt es jede Menge.«

»Es sind weniger. Um genau zu sein, wurden im Collier County einhundertachtundvierzig davon verkauft, und nur dreizehn im Tech World am Naples Boulevard.«

»Entschuldigen Sie, das muss ein Zufall sein. Ich hoffe, Sie wollen damit nicht andeuten, dass mein Sohn beteiligt war, nur weil wir eine Drohne wie die haben, die benutzt wurde?«

»Ich glaube nicht an Zufälle.«

»Sie glauben, mein Sohn hatte etwas damit zu tun?«

»Nach dem, was Dana uns erzählt hat, sieht es ganz danach aus.«

Bradley fuhr hoch. »Was hat sie gesagt?«

»Das kann ich nicht preisgeben, bevor die Vereinbarung mit ihr nicht abgeschlossen ist.«

Mr. Richter sagte: »Was für eine Vereinbarung?«

»Eine zur Zusammenarbeit. Sie wird Sie von jeglicher—«

»Das ist doch Schwachsinn! Ich will einen Anwalt.«

»Bradley! Mäßige deinen Ton!«

»Aber Dad!«

»Kein Aber. Sei still.« Mr. Richter wandte sich an mich. »Muss ich einen Anwalt für meinen Sohn hinzuziehen?«

»Das kann ich Ihnen nicht beantworten, aber er hat das Recht auf einen Rechtsbeistand.«

Er schürzte die Lippen. »Kann ich ein paar Minuten mit ihm allein sein?«

Ich stand auf. »Sicher.« Ich drückte auf den Stoppknopf und sagte: »Sie brauchen sich keine Sorgen zu machen, niemand hört zu. Ich gebe Ihnen eine halbe Stunde und hole Ihnen etwas zu trinken.«

Derrick stand vor der Tür. »Ich wette zwei zu eins, dass er sich einen Anwalt holt.«

»Wahrscheinlich. Ich werde mir Foyle vornehmen.«

REMIN RÜCKTE SEINE KRAWATTE ZURECHT. »FRANK, BIST DU sicher, dass du keine Fragen von der Presse beantworten willst?«

»Da würde ich lieber eine Wurzelbehandlung über mich ergehen lassen.«

Remin kicherte. »So schlimm ist es nicht. Man muss nur wissen, wie man mit ihnen umgeht. Gib ihnen das, was die Leute wissen sollen, und sie können ein Gewinn sein.«

»Dieser Fall wird mehr Aufmerksamkeit bekommen, als er verdient. Das Interesse ist jetzt größer als damals, als das Mädchen verschwand.«

»Das legt sich in ein paar Tagen wieder. Gehen wir.«

Remin stieß die Tür zum Presseraum auf und steuerte auf das Podium zu. Ich hielt die Tür offen und überflog die Menge der Reporter. Emma Heaton saß in der ersten Reihe, wieder ein erstklassiger Platz.

»Warte mal, Frank.«

»Hey, Sarge. Was gibt's?«

»Mr. Ramos ist hier. Ich habe ihm gesagt, dass du beschäftigt bist, aber er will nicht gehen.«

Mein gutes Gefühl verflog so schnell wie eine positive Botschaft in einem Glückskeks. »Soll Derrick sich um ihn kümmern?«

»Er weigerte sich, mit Dickson zu sprechen. Sagte, er würde nur mit dir reden.«

»Also gut, bring ihn in mein Büro.«

Der Anblick von Ramos ließ mich die Schultern zurückziehen. Dieser Kerl musste ein Brett im Rücken haben. Er trug glänzende Schuhe und wippte auf den Fußballen, hatte aber Ringe unter den Augen.

»Mr. Ramos.«

»Detective Luca. Entschuldigen Sie, dass ich darauf bestanden habe, Sie zu sehen, aber—«

»Das ist in Ordnung. Wie ich bereits sagte, hat der Fall Ihrer Tochter Priorität.«

»Wie ist der Stand der Dinge?«

»Es gibt keine Veränderung, aber werten Sie das nicht negativ. Wir verfolgen Spuren, die zu verdächtigen Personen führen werden.«

»In der Zwischenzeit läuft dieser Kretin frei herum; meine Tochter verbarrikadiert sich in ihrem Haus, und ich kann nicht schlafen.«

»Das tut mir leid. Ich fühle mit ihr und mit Ihnen.«

»Sie haben keine Ahnung, was das für eine Belastung für uns ist.«

»Sie haben recht. Aber ich habe auch eine Tochter und ich weiß, es muss—«

»Wenn es Ihre Tochter oder die eines anderen Polizisten wäre, bin ich sicher, jeder wäre da draußen und würde diesen Mistkerl jagen.«

»Das stimmt nicht. Wir behandeln alle Verbrechensopfer mit derselben Dringlichkeit und Sorgfalt.«

»Nichts für ungut, Detective, aber nach dem, was ich bisher gesehen habe, ist das nicht gut genug. Ich kann nicht zur Ruhe kommen, solange ich weiß, dass er da draußen ist.«

»Vertrauen Sie mir, Mr. Ramos, wir sind dran, und ich kann Ihnen sagen, ich setze alles daran, den Täter zu finden und ihn seiner gerechten Strafe zuzuführen.«

»Bringen Sie ihn zu mir. Ich werde ihm zeigen, was Gerechtigkeit ist.«

KAPITEL VIERZEHN

Als ich ins Haus kam, schlug mir der Duft von angeschwitzten Zwiebeln und Knoblauch entgegen. Daraus sollte man ein Rasierwasser machen. Ganz gleich, was es zum Abendessen gab, ich machte einen guten Rotwein auf.

Durch die Schiebetüren sah ich, dass der Tisch auf der Veranda mit Weingläsern gedeckt war. Diese Frau hatte einen sechsten Sinn. Mary Ann kam aus dem Schlafzimmer. »Hi.«

Ich küsste sie auf die Wange. »Riecht fantastisch.«

»Ich oder das Essen?«

»Beides.« Ich rieb ihr die Schultern. »Was machst du denn?«

»Du grillst Garnelen. Publix hatte Jumbos im Angebot und ich habe mal zugeschlagen, da wir beide etwas zu feiern haben.«

»Was gibt es denn?«

»Ich fange am Montag mit dem Job an.«

»Großartig. Überanstreng dich nur nicht.«

»Werde ich nicht. Erzähl mir, was mit Dana passiert ist. Ich habe die Pressekonferenz gesehen, aber die war nicht sehr detailreich.«

»Lass mich erst eine Flasche Wein holen.«

»Oh, warte mal.«

»Was?«

»Jans Vater, Freddie, ist heute gestorben.«

»Er war ja schon ziemlich alt.«

»Vierundneunzig.«

»Was ist passiert?«

»Im Schlaf gestorben.«

»Er war ein guter Kerl, der alles richtig gemacht hat.«

»Was denn?«

»Lange leben und schnell sterben.«

Mit der Flasche in der Hand gingen wir auf die Veranda hinaus. Mary Ann stellte eine Tupperdose mit marinierten Garnelen ab. Ich schaltete den Grill an und schnappte mir den Korkenzieher.

»Ein wunderschöner Abend. Was für ein Wein ist das?«

»Er ist aus Spanien. Bilotti meinte, die 2020er wären richtig gut.«

»Teuer?«

Ich ließ den Korken knallen. »Nein. Überhaupt nicht. Hier, probier mal.«

»Nur ein kleines bisschen, zum Feiern.«

Ich füllte ihr Glas halb und schenkte mir selbst einen großzügigen Schluck ein. Ich stieß mit ihrem Glas an und schwenkte meines. »Schau dir die Farbe an: tiefes Violett.« Ich atmete ein. »Hat keine große Nase.«

»Nase?«

»Das Aroma.«

»Du gehst da ja richtig drin auf, was?«

»Es macht Spaß. Außerdem macht es mich wuschig.«

Ich küsste sie am Hals.

»He, nicht jetzt.«

»Später?«

»Wenn du ein braver Junge bist.«

»Versprochen. Ich mache sogar den Abwasch.«

Sie lachte. »Leg die Garnelen auf und erzähl mir, was mit Dana passiert ist. Ich kann's immer noch nicht fassen.«

»Wir hatten Dana mit ihrem Vater in einem Raum und den Freund mit seinem Vater in einem anderen. Ich habe einen Haufen Fotos von ihren Häusern und von ihnen ausgebreitet. Das hat den Eindruck erweckt, als hätten wir sie überwacht.«

»Ich weiß nicht, ob mir das gefällt. Woher hast du die Idee?«

»Erinnerst du dich an die französische Krimiserie, die wir geschaut haben?«

»Die mit den Untertiteln?«

»Ja, die in Paris spielt.«

»Bei Untertiteln schlafe ich ein.«

»Jedenfalls wollte der Freund nicht auspacken, aber Dana hat nicht lange durchgehalten. Sie sagte, Brad sei auf die Idee gekommen, ihre Entführung vorzutäuschen, um an Geld zu kommen.«

»Aber sie hat ihre eigene Familie bestohlen.«

»Ich weiß. Sie sagte, er habe die Idee aus einem YouTube-Video aus England, wo Hunde von ihren Besitzern entführt wurden, um Lösegeld zu erpressen.«

»Warum hat sie bei so was mitgemacht?«

»Ihrer Aussage nach hatte sie Angst vor ihm und konnte nicht Nein sagen. Er sagte, er brauche das Geld für ein Auto, und versprach ihr, dass sie eine Reise machen würden.«

»Es ist unglaublich. Er hat sie voll im Griff. Ich habe online einen Artikel gelesen, in dem stand, dass ein Viertel der High-school-Mädchen in gewalttätigen Beziehungen steckt.«

»Schrecklich, aber das Gute ist, dass das das Ende von Dana und Brad ist.«

Während ich die Garnelen auf den Grill legte, sagte ich: »Ich hoffe, du hast recht. Solche Beziehungen sind klebriger als Sekundenkleber.«

»Wird Anzeige erstattet?«

»Mr. Foyle wollte keine Anzeige wegen Diebstahls erstatten, und die Leute von der Jugendgerichtshilfe haben den Fall jetzt. Es sieht so aus, als ob beide Sozialstunden bekämen, wenn sie dem Landkreis die entstandenen Kosten erstatten.«

»Wie peinlich für die Foyles. Ich müsste umziehen, wenn uns das passieren würde.«

»Teenager sind nicht gerade die hellsten Kerzen auf Gottes Torte.«

»Ich kann mir nicht vorstellen, was die Eltern gerade durchmachen. Was hat Remin dazu gesagt?«

»Er war einfach nur froh, dass es für die Behörde ein gutes Ende genommen hat. Remin hat keine Kinder und versteht die emotionale Seite der Sache nicht.«

Als ich die Garnelen umdrehte, dachte ich an Ramos. Der Vater versuchte, die Fassung zu bewahren, aber die Anspannung war ihm anzusehen. Wenn es keine Aufklärung gäbe, würde er sich vielleicht eine Kugel in den Kopf jagen.

Ich wollte Mary Ann vom Fall Ramos erzählen, brauchte aber eine Pause von der Negativität. Außerdem wollte ich meine Chancen für die Nachtruhe nicht verspielen. Ich nahm einen Schluck Wein. »Du fühlst dich gut, oder?«

»Ja, warum?«

Ich küsste sie auf die Wange und sagte: »Ich wollte nur sichergehen. Du weißt, dass du vorhin ein Versprechen gemacht hast.«

Sie lachte. »Du denkst auch nur an das Eine.«

»Ich bin ein Mann. Was hast du erwartet? Also, erzähl mir von dem Job.«

Da ich meine Chancen auf ein Schäferstündchen nicht verderben wollte, willigte ich ein, noch einen Hallmark-Film anzusehen, und unterließ es sogar, bissige Kommentare abzugeben. Als er zu Ende war, sagte ich: »Also gut, lass uns ins Bett gehen.«

»Warte ein paar Minuten. Die Nachrichten fangen gleich an. Ich will sehen, was sie über die Foyles sagen.«

Sie schaltete zu *WINK News* um, und der Nachrichtensprecher sagte: »Guten Abend. Heute Abend haben wir einen Bericht über das glückliche, aber bizarre Ende des Verschwindens von Dana Foyle.«

Auf einem geteilten Bildschirm war Dana auf der linken und das Haus der Foyles auf der rechten Seite zu sehen.

»Sheriff Remin aus Collier County hielt heute eine Pressekonferenz ab und bestätigte den Bericht, dass das Verschwinden ein Schwindel war. Dana Foyle und ihr Freund, Bradley Richter, inszenierten die Entführung, um zwanzigtausend Dollar von Danas Familie zu erpressen.

»Obwohl unbestätigt, sagen unsere Quellen, dass Richter die Gaunerei geplant habe und Dana unter Druck gesetzt habe, bei dem Plan mitzumachen. Anstatt von zwei Männern in einem Lieferwagen von der Straße entführt zu werden, wie ursprünglich behauptet, versteckte sich Dana im Haus von Bradleys Großmutter, die auf einer zweiwöchigen Kreuzfahrt war.

»Nachbarn, die die Foyles unterstützt hatten, waren schockiert, als sie die Wahrheit erfuhren. Wir sprachen mit einer, die früher auf Dana aufgepasst hatte und sich betrogen fühlte.

»Der Fall wurde an das Jugendstrafrechtsdezernat von Florida übergeben, und wir werden Sie über weitere Details informieren, sobald sie bekannt werden.«

Das Bild hinter dem Nachrichtensprecher wechselte zu zwei maskierten Personen, die aus einem Haus rannten. »Bei einem dreisten Diebstahl in Livingston Estates brachen zwei Personen in ein abgelegenes Haus ein. Aber sie hatten es nicht auf Schmuck oder Bargeld abgesehen. Wenn Sie sich die Person links genau ansehen« – die Kamera zoomte heran –, »haben diese Einbrecher einen geliebten Terrier gestohlen, der den Besitzern des Hauses gehörte.«

Mary Ann sagte: »Oh mein Gott. Die stehlen jetzt Hunde?«

»Im letzten Interpol-Bericht, den ich gelesen habe, wurde eine Welle von Haustierdiebstählen in England erwähnt. Bei den Preisen für einige dieser Rassen verkaufen sie die gestohlenen Tiere auf dem Schwarzmarkt.«

»Das ist schwerer Diebstahl.«

»Ja, aber ich bin sicher, die Gerichte verhängen keine harten Strafen.«

»Nicht, wenn der Richter kein Hundefreund ist.«

»Wo wir gerade bei Liebhabern sind ...« Ich stand von der Couch auf und legte meine Hände auf ihre Schultern. »Können wir bei der menschlichen Art bleiben?«

»Ah, das fühlt sich gut an.«

»Ich fange doch gerade erst an.«

KAPITEL FÜNFZEHN

Das Foyle-Mädchen war so dumm, wie man nur sein kann, aber sie war in Sicherheit und zu Hause. Das sorgte für eine großartige Nacht. Sechs Stunden Schlaf waren ein Bonus.

Die Sonne schien und die Luftfeuchtigkeit war niedrig. Es war nahezu perfekt, doch es gab eine dunkle Wolke: der Fall Ramos.

Als ich über den Parkplatz zum Büro ging, sagte ich mir, dass wir uns, nachdem der Fall Foyle aus dem Weg geräumt war, auf die Vergewaltigung konzentrieren würden. Ich stieß die Tür auf und betrat mein Büro.

Derrick spähte über seinen Monitor hinweg. »Morgen, Frank. Wie geht's dir?«

»Gut.« Ich schnappte mir den Kaffee, den er mir gekauft hatte. »Danke.«

Mein Partner hielt die *Naples Daily News* hoch. »Hast du die Zeitung gesehen? Es geht nur um die Foyles.«

»Ich habe gestern Abend die Nachrichten gesehen.«

»Woher nehmen die nur diese Schlagzeilen? »Drohnen-streich von Teenie geht den Bach runter.««

»Ich weiß, Teenager machen Fehler, aber ich kann mir nicht

vorstellen, dass meine Jessie so etwas tun würde. Ich würde kündigen und nach Idaho ziehen.«

»Man möchte meinen, dass das Leuten in unserem Job nicht passiert, aber erinnerst du dich an McCloskey?«

»Sobald Drogen im Spiel sind, ist alles egal. Wer süchtig ist, bestiehlt sogar seine eigene Oma.«

»Dieses Land muss Fentanyl besser in den Griff bekommen, sonst macht es uns alle fertig.«

»Das meiste davon kommt aus Mexiko und China. Wir sollten sie zwingen, dem ein Ende zu setzen.«

Ein älterer Beamter, der einen Postsack auf einem Wägelchen schob, hielt an der Tür an. Er nahm einen mit einem Gummiband zusammengehaltenen Stapel und kam herein. »Bitte sehr, die Herren.«

»Danke, Judd. Wie geht's dir?«

»Ganz gut. Sechsundfünfzig Tage bis zum Dauerurlaub.«

»Nicht schlecht.«

»Keinen Scheiß mehr wie zum Beispiel Hundeentführer aufzuspüren.«

»Irre, oder?«

»Ich habe gehört, sie haben eine Lösegeldforderung gestellt.«

»Was?«

»Ja, hat mir Tommy D erzählt.«

Ich schüttelte den Kopf und er sagte: »Wir sehen uns morgen.«

»Derrick, prüf mal, ob das stimmt.«

»Glaubst du, wir bekommen den Fall?«

»Auf keinen Fall. Aber ich wette, diese Typen ahmen das Foyle-Mädchen nach. Die Eltern haben vor ein paar Tagen das Lösegeld bezahlt und jetzt das hier?«

»Das muss ein Zufall sein.«

Ich zog die Augenbrauen hoch.

Er sagte: »Ich weiß, du glaubst nicht an Zufälle, aber hast du je das Video *The Dog Detective* gesehen?«

»*The Dog Detective*? Nein, nie gesehen.«

»Gibt's auf YouTube. Ist ziemlich gut. Einer dieser britischen Inspektoren spürt Leute auf, die wertvolle Hunde stehlen und verkaufen.«

»So was Ähnliches stand im Interpol-Bericht. Sie verkaufen sie mit einem Rabatt auf die verrückten Preise, die für manche Rassen verlangt werden.«

»Mit einer Lösegeldforderung an den Besitzer würden sie mehr bekommen. Die Leute lieben ihre Haustiere und würden alles bezahlen. Lynn hat unseren Hund zur Zahnreinigung gebracht, und das hat vierhundert Dollar gekostet, mehr als für unser Kleinkind verlangt wird.«

»Ich weiß. Ein Nachbar hat neuntausend Dollar für eine Hüftsache bei seinem Hund bezahlt. Ich glaube, er hatte Krebs.«

»Die Leute sind verrückt. Wie viele siehst du heutzutage in Restaurants? Das nimmt Überhand.«

»Diebe sind in einer Sache gut – darin, eine Schwachstelle zu finden. Wenn die Besitzer zahlen, werden wir mehr davon sehen. Finde heraus, ob es stimmt, und dann lass uns an den Fall Ramos gehen.«

Derrick nahm den Hörer ab. »Ich habe heute Morgen, als ich reinkam, noch ein paar Namen von der Sexualverbrechenseinheit bekommen.«

Er wartete nicht mehr so oft auf meine Anweisungen wie früher. Ich war stolz auf ihn, aber es war nicht leicht zuzusehen, wie meine Bedeutung langsam schwand. Ich streckte meine Finger und atmete ein; ein Vergewaltiger war auf freiem Fuß.

Es war Zeit, die Notizen zu John Craven zu lesen. Er hatte nicht nur über das Angeln gelogen, er hatte es auch noch schlecht gemacht. Es war nicht meine Art, einem Kriminellen

Anerkennung zu zollen, aber normalerweise dachten sie sich eine Ausrede aus, um ihre Spuren zu verwischen. Craven tat es nicht, was im Spiel der Verdächtigen ein Minuspunkt war.

In diesem Fall hatten wir es jedoch mit einem Vergewaltiger zu tun. Experten sagten, Vergewaltiger hätten keine Verhaltens- oder psychischen Störungen. Sie behaupteten auch, es gäbe keine Erkrankung, die jemanden zwingen könnte, eine Vergewaltigung zu begehen.

In ihrer Welt hatten sie wahrscheinlich recht, aber ich war ein Polizist, kein Psychologe. Es war vielleicht nicht der beste Ansatz, aber für mich funktionierte es, Vergewaltiger als Menschen mit einer Geisteskrankheit zu betrachten. Das bedeutete, dass rationales Denken ausgeschlossen war. Es ging um das Bedürfnis nach Macht und das Unvermögen, ihre tierischen Triebe zu kontrollieren.

Es war eine Perspektive ohne Nuancen, aber es war schwer zu argumentieren, dass sie danebenlag.

Craven war der natürliche Ausgangspunkt. Aber da war noch der andere Sexualstraftäter, der sofort aufgetaucht war: Jorge Blanco. Durch den Foyle-Schwindel aufgehalten, hatten wir uns noch nicht mit ihm befasst.

Ich starrte auf den Sexualstraftäter, als Derrick auflegte. »Es stimmt. Die Besitzer haben einen Anruf erhalten, in dem dreitausend Dollar gefordert wurden.«

»Was für ein Hund?«

»Ein Mischling.«

»Das ist verrückt.«

»Du hast keinen Hund. Es kommt nicht auf die Rasse an. Sie sind ein Teil der Familie. Besonders bei Leuten, deren Kinder ausgezogen sind; da sind sie etwas zum Bemuttern.«

»Ich schätze, du hast recht. Ich hatte als Kind nie einen Hund, aber ich mag sie.«

»Du bist definitiv ein Hundemensch. Jedes Mal, wenn du rüberkommst, geht Prince direkt zu dir.«

»Er ist süß. Was für eine Rasse ist er?« Mein Tischtelefon klingelte. »Detective Luca.«

»Hier ist Felix Ramos.«

Dieser Kerl war ein Pitbull. »Hallo, was kann ich für Sie tun?«

»Sie wissen, warum ich anrufe. Ich will wissen, was zum Teufel mit Lisas Fall los ist.«

»Wir arbeiten daran. Und tatsächlich sind wir gerade auf dem Weg, um zwei interessante Personen zu befragen.«

»Wo wohnen die?«

»Das kann ich Ihnen nicht sagen, Sir.«

»Oh, ich frage nur, um zu sehen, ob sie dort leben, wo es, äh, passiert ist.«

»Wir müssen los. Einen schönen Tag noch, Mr. Ramos.«

»War das wieder der Vater von Lisa Ramos?«

»Ja. Der Mann tut mir leid. Seine einzige Tochter hat die traumatischste und entwürdigendste Erfahrung durchgemacht, die man machen kann, und er kann nichts tun, um es besser zu machen. Das Schlimmste für jeden Vater ist das Gefühl, hilflos zu sein.«

»Wir halten ihm den Rücken frei. Wir werden ihm zu seinem Recht verhelfen.«

Er war zuversichtlicher als ich. Es brachte nichts, ihn daran zu erinnern, dass bei zwei Dritteln der bei der Polizei gemeldeten Vergewaltigungen keine Festnahmen erfolgten. »Schau dir jeden der Namen, die du heute Morgen bekommen hast, genau an und erstell eine Prioritätenliste. Ich werde mir diesen Mistkerl, Blanco, ansehen.«

KAPITEL SECHZEHN

Ich bog von der Route 41 ab. Zum Glück war es erst zehn Uhr morgens. Sonst hätte ich bei LowBrow Pizza für ein paar Stücke angehalten. Während ich darüber nachdachte, warum man ein Restaurant nach etwas mit negativem Beigeschmack benennt, klingelte das Telefon. Es war Derrick.

»Was gibt's?«

»Kannst du reden?«

»Ja, ich bin nur ein paar Blocks von Blancos Haus entfernt. Was ist los?«

»Gesso ist gerade reingekommen. Er hat gesagt, dass wieder ein junges Mädchen vermisst wird.«

»Wo ist das passiert?«

»Sie sind sich nicht sicher. Der Vater hat heute Morgen angerufen, und Gesso hat einen Streifenwagen hingeschickt. Das Mädchen ist zu einer Radtour aufgebrochen und nicht mehr nach Hause gekommen.«

»Wie alt?«

»Sechzehn.«

Genauso alt wie Dana Foyle. »Welche Gegend?«

»Das Mädchen heißt Debbie Holmes. Sie wohnt in Briarwood, in einer Nebenstraße der Livingston. Zuletzt wurde sie in der Nähe von Wyndemere gesehen, ungefähr drei Meilen nördlich davon.«

»Der Abschnitt ist nachts ruhig.«

»Das habe ich mir auch gedacht. Aber weißt du, es könnte ein Nachahmungstäter sein. Noch so ein Jugendlicher, der glaubt, an schnelles Geld zu kommen.«

»Haben die Eltern eine Lösegeldforderung erhalten?«

»Noch nicht.«

»Es ist noch früh. Sie wird wahrscheinlich wieder auftauchen. Ich bin überrascht, dass Gesso zu dir gekommen ist. Will er, dass wir uns der Sache annehmen?«

»Noch nicht. Er wollte uns nur Bescheid geben, da wir den Fall Foyle bearbeitet haben.«

»Er glaubt, es ist wieder ein Schwindel?«

»Hat er nicht gesagt, aber die Botschaft habe ich so verstanden.«

»Noch ein Elternpaar, das gerade um Jahre gealtert ist.«

»Soll ich irgendetwas tun?«

»Im Moment nicht. Bleib an Ramos dran.«

»Alles klar, wir sprechen uns später.«

»Warte mal kurz.«

»Was ist?«

»Haben sie das Fahrrad gefunden, mit dem das Mädchen angeblich unterwegs war?«

»Nein. Im Moment ist es verschwunden, aber weißt du, wenn das ein Betrug wäre, hätten sie es mitgenommen.«

»Nicht unbedingt. Ein zurückgelassenes Fahrrad könnte den Eindruck einer Entführung verstärken.«

»Jemand könnte vorbeigekommen sein, das Fahrrad gesehen und es mitgenommen haben.«

»Stimmt. Warten wir mal ab, was die nächsten vierundzwanzig Stunden bringen. Sie wird wahrscheinlich wieder auftauchen.«

Selbst in einem so ruhigen Bezirk wie Collier wurden jährlich über dreihundert Kinder als vermisst gemeldet. Die meisten waren Ausreißer, die entweder zurückkamen oder gefunden wurden. Die Suche nach ihnen entzog dem Kampf gegen die Kriminalität wertvolle Ressourcen.

Ich bog in den Bamboo Drive und fuhr bis zum Mango Drive. Jorge Blanco wohnte in einem großen Haus. Das Gebäude mit Metalldach wurde in den Achtzigern gebaut, war aber in gutem Zustand. Eine einzelne Palme war der Mittelpunkt der Gartengestaltung. Sie war spärlich, aber gepflegt.

Während der Kies unter meinen Füßen knirschte, sah es so aus, als ob sich jemand vom Fenster entfernt hätte. Ich klingelte und ließ meinen Blick über die Straße schweifen. Es war ruhig. Ich zählte bis dreißig und hämmerte gegen die Tür.

Eine Sekunde später öffnete sie sich. Da stand Blanco. Ein kleiner Schorf verunstaltete seinen rasierten Kopf. »Sorry, Mann. Ich war mit einem Kunden am Telefon.«

Ich hielt meine Dienstmarke hoch. Blanco sog die Luft ein. »Was ist los?«

»Ich muss mit Ihnen reden. Kann ich reinkommen?«

Er zögerte. »Ich arbeite.«

»Was für eine Arbeit?«

»Kundenservice für Southwest Airlines. Das ist alles remote.«

Mary Ann fing dieselbe Art von Job an. Mein Magen zog sich zusammen. Einer ihrer Kollegen konnte ein Sexualstraftäter sein? »Das sollte nur ein paar Minuten dauern. Wenn Sie einen Anruf tätigen müssen, warte ich.«

Er runzelte die Stirn. »Wir werden nach unserer Reaktionszeit bewertet.«

Hielt er mich hin oder war das eine berechtigte Sorge? »Wir können das auch im Präsidium machen, wenn Ihnen das lieber ist.«

Er trat zur Seite. »Kommen Sie rein.«

Das vordere Zimmer diente ihm als Büro. Der Hauptraum dahinter war mit einer Couch mit karierten Polstern und einem gelben Cordsessel möbliert. Er lebte nicht nur allein, sein Geschmack war auch zum Davonlaufen.

Er tippte auf seine Tastatur. Seine Hände hatten keine Bissspuren. »Nehmen Sie Platz.«

Ich setzte mich auf einen alten Korbstuhl. Blanco drehte sich um. »Ich habe mich für eine Toilettenpause abgemeldet.«

»Schönes Haus haben Sie hier. Der Job muss gut bezahlen.«

»Nicht wirklich. Mein Daddy hat mir das Haus überlassen. Früher gehörte es seinen Eltern. Wir sind bei ihnen eingezogen, nachdem Mom abgehauen ist.«

Der Weggang seiner Mutter war seine Ausrede, um Frauen zu beherrschen? »Wo waren Sie am Dienstag, dem zehnten Mai, gegen sieben Uhr abends?«

»Zu Hause.«

Er antwortete zu schnell. »Woher wissen Sie das noch so genau?«

»Ich gehe nicht oft aus. Vor allem nicht unter der Woche.«

»Was ist mit Samstagnacht? Dem vierzehnten Mai.«

»Da war ich mit einem Freund zusammen.«

»Wo?«

»Wir haben etwas gegessen und dann ein paar Drinks getrunken.«

»In der Innenstadt?«

»Nein. Im The Cabana am Bayfront.«

Er tat so, als wäre das nicht nur ein Katzensprung von der Fifth Avenue entfernt. »Wann sind Sie gegangen?«

»Ich weiß nicht. Der Laden macht um elf zu. Wir sind noch so fünfzehn, zwanzig Minuten rumgehangen und dann gegangen. Ist etwas passiert?«

»Es gab eine versuchte Vergewaltigung in der Gegend.«

»Ich war das nicht. Ich schwöre es!«

Er konnte es nicht sein. Er schwor es ja. »Mit wem waren Sie unterwegs?«

Er zuckte mit den Schultern.

»Geben Sie mir den Namen des Freundes, mit dem Sie Samstagnacht zusammen waren.«

Sein Kopf glänzte vor Schweiß. »Ich war mit niemandem zusammen.«

»Warum haben Sie dann gelogen?«

»Es macht keinen Spaß, zu sagen, dass man niemanden hat, mit dem man abhängen kann.«

Es war leicht zu verstehen, warum ein verurteilter Sexualstraftäter es schwer fand, Freunde zu finden. »Wohin sind Sie gegangen, nachdem The Cabana geschlossen hatte?«

»Nirgendwohin. Ich bin ein wenig umhergelaufen und dann nach Hause gegangen.«

»Wie sind Sie nach Hause gekommen?«

»Ich bin gefahren.«

»Sie sind nach dem Trinken gefahren?«

»Ich hatte einen, anderthalb Drinks. Das ist alles, ich schwöre es.«

»Woher haben Sie die Schnittwunde am Kopf?«

»Das? Oh, ich habe mich beim Rasieren geschnitten.«

Ich konnte mir nicht vorstellen, meinen Kopf zu rasieren. Mein Gesicht sauber zu halten, war schon mühsam genug. »In Ordnung. Danke für Ihre Zeit.«

Er sprang aus seinem Stuhl auf. »Sicher. Jederzeit.«

Joan Samus hatte ihren Angreifer abgewehrt. Ich musste sie fragen, ob sie ihn vielleicht gekratzt hatte. Wir mussten auch Bilder von Blanco in der Innenstadt zur Zeit des Angriffs zeigen. Vielleicht würde jemand Blanco wiedererkennen.

SIEBZEHNTES KAPITEL

DIE SONNE BRANNTE MIR INS GESICHT, ALS ICH AUF DAS Bürogebäude zuging. Bevor ich hineinschlüpfte, bemerkte ich eine dunkle Wolkenmasse am Horizont. Wenn es regnen sollte, dann am liebsten sofort. Bis zum Abendessen wäre es wieder sonnig und wir hätten das übliche Publikum auf der Fifth Avenue, dem wir Blancos Fahndungsfoto zeigen konnten.

Derrick fragte: »Wie ist es gelaufen?«

»Nicht sicher. Keine Bissspuren, aber ich habe ihn bei einer Lüge ertappt. Er hatte einen Kratzer am Kopf. Wir müssen herausfinden, ob Samus ihn gekratzt haben könnte.«

»Das wäre ein Volltreffer.«

»Am Samstag war er angeblich ein paar Blocks weiter im Bayfront. Er hat gesagt, er war allein und ist nach ein paar Drinks im The Cabana nach Hause gefahren. Gib Gesso ein paar Fotos von ihm und bitte ihn, ein paar Leute in die Fifth zu schicken, um zu sehen, ob wir eine Identifizierung bekommen.«

»Ich kümmere mich darum. Was ist mit der Zeit, als Ramos vergewaltigt wurde?«

»Er hat gesagt, er war zu Hause und ist unter der Woche nicht ausgegangen.«

»Kaufst du ihm das ab?«

»Wir werden seine Nachbarn befragen. Und ich will sein Foto den Stammgästen im North Collier Park zeigen. Wenn wir herausfinden, dass er dorthin geht, nehmen wir ihn uns vor.«

»Klingt nach einem Plan.«

»Was ist mit dem Panera-Video?«

»Ich habe noch mal angerufen. Sie haben gesagt, die Rechtsabteilung hat es noch nicht genehmigt.«

»Wovor zum Teufel haben die denn Angst?«

»Die verdammten Anwälte machen allen Angst.«

»Bleib an ihnen dran.«

»Wird gemacht.«

»Wie läuft's mit der Liste?«

Derrick stand auf und hielt ein Stück Papier in der Hand. »Gut. Ich habe drei neue Namen.«

Er reichte mir das Blatt. Während ich die Namen las, Delvin Cooper, Ricky Shaw und Bernie Lyle, sagte Derrick: »Alle von denen sind verurteilte Sexualstraftäter. Cooper und Shaw sind in den letzten drei Monaten aus dem Gefängnis entlassen worden, und Lyle ist vor einer Woche aus Orlando hergezogen und hat sich hier im County registriert.«

»Lyle? Der Typ mit dem Bart?«

»Genau. Die Sitte zieht gerade die Akten dieser Dreckskerle. Ich schau da vorbei, nachdem ich Blancos Foto zu Gesso gebracht habe.«

Bei Männern wie diesen war Logik fehl am Platz. Mit welchem sollte man anfangen? War es die Unfähigkeit von Cooper oder Shaw, sich länger zu beherrschen, oder war Lyle nach Collier gezogen, wo er unbekannt war, und hatte zugeschlagen, bevor die Informationen über ihn weite Kreise zogen?

Wir hatten Gesetze, die vorschrieben, dass Sexualstraftäter sich registrieren lassen mussten, wenn sie umzogen. Das Problem war, diese wichtigen Informationen in der Gemeinde zu verbreiten. Es war schlicht unmöglich, an jeder Tür zu klopfen, um die Leute zu warnen. Man konnte sich für eine E-Mail-Benachrichtigung anmelden, aber wenn man das nicht tat, und die meisten taten es nicht, war man blind. Das County stellte die Informationen auf eine Website, aber mehr wurde nicht getan.

Es war eine schwierige Gratwanderung für jemanden, der seine Zeit abgesessen und angeblich seine Schuld gegenüber der Gesellschaft beglichen hatte. Mein Problem war die Überzeugung, dass Sexualstraftäter im Grunde unverbesserlich waren, es sei denn, sie wurden kastriert.

Ich hatte achtunddreißig E-Mails in meinem Posteingang. Zehn davon arbeitete ich ab, bevor Derrick mit ein paar Aktenordnern zurückkam. »Habe gerade gehört, dass der Hund zurückgegeben wurde.«

»Haben sie das Lösegeld bezahlt?«

»Ja. Sie haben den Hund im Garten eines Nachbarn gefunden.«

»Wundere dich nicht, wenn wir so was jetzt öfter sehen.«

»Hätte schlimmer kommen können. Sie hätten das Geld nehmen und den Hund verkaufen können.«

»Wenigstens ist heute jemand glücklich.«

»Auf jeden Fall. Gesso hat gesagt, er lässt das Foto herumzeigen.«

»Gut. Was ist eigentlich aus diesem Holmes-Mädchen geworden? Ist sie aufgetaucht?«

»Noch nicht. Aber mein Bauchgefühl sagt mir, dass die Eltern bis zum Ende des Tages eine Lösegeldforderung erhalten werden.«

»Okay, Sherlock, wir werden ja sehen«, gluckste ich. »Solange sie in Sicherheit ist, bin ich zufrieden.«

Er hielt die Akten hoch. »Welche willst du?«

»Die erste, und du nimmst, welche du willst.«

Er reichte mir die Cooper-Akte. Ich schlug sie auf. Coopers zweiter Vorname begann mit B. »Cooper hat denselben Namen wie der Typ, der ein Flugzeug entführt hat und damit durchgekommen ist.«

»Die Geschichte habe ich noch nie gehört.«

»Ich glaube, das war 1971. Ein Mann namens Daniel Cooper ist in ein Flugzeug von Portland nach Seattle gestiegen. Nachdem die Maschine abgehoben hatte, zeigte er der Stewardess eine Tasche mit roten Stäben und Drähten und sagte, er hätte eine Bombe.«

»Mann, das würde heute nie passieren.«

»Vielleicht. Also, Cooper sagt ihnen, er will ein paar Hunderttausend in bar und vier Fallschirme. Der Pilot gibt die Forderung per Funk durch, und als sie landen, kriegt Cooper, was er wollte, und lässt die Passagiere aussteigen. Dann befiehlt er den Piloten, ihn nach Mexiko-Stadt zu fliegen, aber unter zehntausend Fuß zu bleiben.«

»Klingt, als hätte er gewusst, was er tat.«

»Das tat er, denn irgendwo zwischen Seattle und Reno legt er die Fallschirme an, schnappt sich das Geld und springt raus.«

»Heilige Scheiße.«

»Ja. Und trotz einer riesigen Fahndung haben sie ihn oder seine sterblichen Überreste nie gefunden.«

»Wow. Er ist damit durchgekommen.«

»Sieht so aus. Ich glaube, beim FBI gilt das immer noch als einer ihrer wichtigsten ungelösten Fälle.«

»Was für eine Geschichte.«

»Jep. Also gut, machen wir uns an die Arbeit und schauen wir, was wir haben.«

Ich las gerade zum zweiten Mal die Cooper-Akte, als

Derricks Bürotelefon klingelte. Er nahm ab und sagte: »Es ist die Samus.«

Ich nahm den Hörer. »Hallo, Ms. Samus. Hier ist Frank Luca. Danke für Ihren Rückruf.«

»Mir ging es vorhin nicht gut.«

»Das tut mir leid. Geht es Ihnen jetzt besser?«

»Ein kleines bisschen.«

»Ich habe eine kurze Frage. Glauben Sie, dass Sie Ihren Angreifer gekratzt haben könnten, als Sie sich gewehrt haben?«

»Könnte sein. Es war instinktiv. Ich bin mir nicht sicher, was ich getan habe.«

»Ist Ihnen Blut an sich aufgefallen? Selbst die kleinste Spur?«

»Meine Nase hat ein wenig geblutet; er hat sie getroffen, als er versucht hat, mir den Sack überzustülpen.«

»Und unter Ihren Fingernägeln? War da Blut?«

»Ich ... ich weiß nicht.«

»Das ist in Ordnung. Denken Sie einfach in Ruhe darüber nach. Es besteht überhaupt kein Druck.«

»Okay.«

»Wenn Ihnen irgendetwas einfällt, lassen Sie es mich wissen.«

»Okay.«

»Haben Sie sich entschieden, nach Hause zurückzukehren?«

»Am Donnerstag. Mein Flug geht um zehn.«

»Nach Hause zu fliegen, wird Ihnen guttun.«

»Ich hoffe es. Ich ... ich habe Angst, dass etwas passieren wird. Es ist albern, aber ...«

»Es wird alles gut werden. Machen Sie sich keine Sorgen, versprochen.«

Ich legte auf. »Diese arme Frau hat Todesängste.«

»Wir müssen diesen Mistkerl drankriegen.«

»Amen. Aber ich glaube nicht, dass es Cooper ist. Als

Bedingung für seine Bewährung hat er einer chemischen Kastration zugestimmt.«

»Shaw auch.«

»Wir fangen mit Lyle an.«

»Ich weiß, wo er ist. Er räumt Tische im Iguana Mia ab.«

Ich warf ihm die Schlüssel zu. »Du fährst. Ich will die Protokolle lesen.«

KAPITEL ACHTZEHN

A<small>LS WIR UNS DEM</small> I<small>GUANA</small> M<small>IA NÄHERTEN,</small> <small>FRAGTE</small> D<small>ERRICK:</small> »Hast du hier schon mal gegessen?«

»Vor langer Zeit mal. Ich bin kein großer Fan von mexikanischem Essen.«

»Warum nicht?«

»Ich finde einfach keinen Wein, der dazu passt.«

Derrick fuhr auf den Parkplatz des lindgrünen Restaurants. Er parkte rückwärts in einer Lücke bei seinem kaktusförmigen Schild ein. »Deshalb trinke ich Bier. Das passt zu allem.«

»Auf keinen Fall könnte ich ein Bier zu Pasta trinken.«

Derrick lachte. »Da hast du recht. Ein Chianti und italienisches Essen. Ich bekomme schon Hunger, wenn ich nur daran denke.«

»Es ist mehr als das. Das Essen und die Weine sind in Italien regional. Bilotti erzählt mir, dass jede Gegend ihre eigenen Speisen und Weine hat, die zusammenpassen.«

Ich wirbelte herum und musterte den Parkplatz.

»Was ist los?«

»Ich habe das Gefühl, dass uns jemand beobachtet.«

Er sah sich in der Gegend um. »Ich sehe nichts.«

»Also gut. Gehen wir.«

Der Eingang war mit Bänken für wartende Gäste gesäumt. Sie nahmen keine Reservierungen entgegen. Der Laden war halb voll mit Leuten, die ein spätes Mittagessen genossen. Die Empfangsdame ging, um Bernie Lyle zu holen.

Ich sagte: »Dieser Laden ist wirklich festlich.«

Derrick zeigte auf einen Sombrero, der von der Decke hing. »Ich habe einen gekauft, als wir in Cancun waren. Ich weiß nicht, was ich mir dabei gedacht habe. Was für eine Geldverschwendung.«

»Zu viele Margaritas?«

»Schuldig. Das war die erste Reise, die Lynn und ich gemacht haben.«

Bernie Lyle wischte sich die Hände an der Schürze ab, die ihm um die Hüften hing, und sah in unsere Richtung. Er wurde langsamer, als er erkannte, dass wir Polizisten waren.

Lyle hatte einen Dreitagebart und wich meinem Blick aus. »Wir würden gerne mit dir reden. Willst du kurz mit rauskommen?«

Er blickte über seine Schulter. »Ich arbeite, Mann. Ich habe diesen Job gerade erst bekommen.«

Ich zeigte auf eine Frau. »Ist das deine Chefin?«

»Bitte, Mann. Ich brauche keinen Ärger.«

»Ist schon okay.« Lyle stöhnte auf, als ich losging.

»Gute Frau. Es tut mir wirklich leid, Sie zu stören, aber wir müssen kurz mit Mr. Lyle sprechen. Er hat nichts getan; wir suchen nach Informationen über jemanden, der in seiner Nähe wohnt.«

»Wir kooperieren immer mit unseren Freunden von der Polizei.« Sie lächelte. »Außerdem ist es gerade zwischen dem Mittags- und Abendgeschäft.«

»Danke, gute Frau.«

Ich gab Lyle das Okay-Zeichen und Derrick führte ihn nach

draußen. Das Brummen des Verkehrs auf der Route 41 ließ mich die Stimme erheben. »Was machst du in Collier County?«

»Was meinst du?«

Seine Hände waren sauber, er hatte einen Kratzer, der sich über seinen rechten Unterarm zog. »Warum bist du hierhergekommen?«

»Ich hatte Orlando satt. All die verdammten Kinder und Touristen da oben. Das geht einem auf die Nerven, Mann.«

»Warum Naples?«

»Mein Bruder wohnt hier. Schon seit Ewigkeiten.«

»Woher hast du den Kratzer?«

»Das? Äh, habe an meinem Auto gearbeitet.«

»Bist du sicher?«

»Äh-huh.«

»Wo warst du am Samstagabend? Spät, sagen wir zwischen elf und zwei Uhr morgens?«

»Ich arbeite samstags. Der Laden ist dann brechend voll.«

»Was ist mit Dienstag, dem zehnten Mai, zwischen sechs und zehn Uhr abends?«

Seine Augen blitzten vor Angst. »Ich war hier und habe gearbeitet, Mann. Das ist ein neuer Job. Ich brauche die Knete.«

»Sicher. Was hast du an deinem Auto repariert?«

»Mein Auto?«

»Ja. Du hast daran gearbeitet.«

»Ach ja. Nichts Großes. Ich habe die Scheibenwischerblätter gewechselt, das Gummi war total zerfetzt, Mann. Ich konnte einen Scheiß sehen.«

»Du hast dich benommen?«

»Oh ja, Mann.«

»Sorg dafür, dass das so bleibt.«

Er nickte. »Weißt du, ich habe kein Problem damit, wie die denken, aber ich gehe zu diesen Beratungsdingern, so zweimal die Woche. Das hilft, Mann.«

Eine Beratung war großartig, aber Perversion konnte man nicht heilen. Wenn er an diesen Abenden gearbeitet hatte, war er nicht unser Mann. Wir könnten es jetzt überprüfen, aber das würde untergraben, was ich der Geschäftsführerin gesagt hatte, und es hätte keinen Sinn, unseren Ruf zu ruinieren. Außerdem könnte Lyle abhauen, wenn er wüsste, dass wir ihm auf der Spur waren.

Wir stiegen ins Auto. Derrick fragte: »Was meinst du?«

»Wenn wir zurück sind, rufst du im Iguana Mia an und überprüfst Lyles Geschichte, dass er gearbeitet hat.«

»Ich hoffe, das stimmt. Ich weiß, er ist ein Raubtier, aber er scheint sich zu bemühen. Ich meine, zweiundvierzig Tische abzuräumen, kann nicht einfach sein.«

»Oder genug, um heutzutage seine Rechnungen zu bezahlen.«

»Vielleicht hilft ihm sein Bruder.«

»Könnte sein. Fahren wir zurück. Bevor wir Zeit mit Cooper und Shaw verschwenden, sollten wir sicherstellen, dass sie die Erhaltungsinjektionen bekommen, damit sie kastriert bleiben.«

WIR STIEGEN AUS DEM AUTO UND GINGEN ZUM BÜRO. DIE Sonne fühlte sich gut auf meinem Rücken an. Mein Handy klingelte. »Das ist Mary Ann. Geh schon mal vor. Ich komme drinnen nach.«

»Grüß sie von mir.«

Er verschwand, als ich ranging. »Hey, Mary Ann.«

»Hi, kannst du reden?«

»Klar, was gibt's?«

»Nichts, ich wollte dich nur wissen lassen, dass ich gleich am Schulungs-Webinar für den Job teilnehme. Mein Handy wird aus sein. Wenn du nach Hause kommst, bin ich im Arbeitszimmer, also sei bitte leise.«

»Klar. Kein Problem. Soll ich was zum Abendessen mitbringen?«

»Nein. Ich habe schon Stielmus mit Bohnen gemacht.«

Eines meiner Lieblingsgerichte. Würde der Rest des Tages jetzt bergab gehen? »Klingt gut.«

»Gibt es was Neues wegen des Holmes-Mädchens, das auf der Livingston verschwunden ist?«

»Nein. Warum?«

»Ich habe die Nachrichten gesehen und da wurde berichtet, dass sie ihr Fahrrad gefunden haben.«

Meine Brust zog sich zusammen. Was bedeutete das? Wenn es inszeniert war, würde das Kind sein Fahrrad opfern, bei dem, was die heutzutage kosten? Wir mussten wissen, wie alt das Fahrrad war.

»Frank?«

»Oh, ich habe nur nachgedacht.«

»Glaubst du, es könnte noch eine vorgetäuschte Entführung sein?«

»Es stellt sich heraus, dass Debbie Holmes und Dana Foyle gute Freundinnen sind.«

»Wirklich?«

»Ja. Vielleicht haben sie sie zusammen geplant. Derrick meinte, wir könnten eine ganze Welle davon bekommen.«

»Oh mein Gott. Wer hätte das gedacht?«

»Das kann man sich nicht ausdenken. Sag mal, hast du heute mit Jessie gesprochen?«

»Nein. Mittwoch ist ihr stressigster Tag. Sie hat bis fünf Uni.«

»Ach ja. Okay, viel Glück bei der Schulung. Wir sehen uns später.«

Ich trat aus dem Sonnenschein in unser Gebäude. Es herrschte ein leises Summen von Aktivität, aber nichts im

Vergleich zu dem, wie Polizeireviere im Fernsehen dargestellt werden. Derrick telefonierte. Ich starrte auf mein E-Mail-Postfach. Wo war Debbie Holmes?

Derrick stand auf und legte den Hörer auf. »Lyle hat gelogen. Er hat am Samstag gearbeitet, hatte aber am Dienstag frei.«

KAPITEL NEUNZEHN

ICH SPRANG VON MEINEM STUHL AUF. »BIST DU DIR DA SICHER?«

»Ja. Er hat gelogen; das kommt der Vertuschung des Verbrechens gleich.«

»Gleichbedeutend? Ist das dein Wort des Tages?«

Er lächelte. »Das von gestern. Ich hatte keine Gelegenheit, es zu benutzen.«

»Ich bin kein Germanist, aber du hast es nicht richtig verwendet.«

»Wirklich?«

»Zurück zu Lyle.«

»Also, er hat nur einen Tag in der Woche frei, und das ist der Dienstag.«

»Aber er hat am Samstag gearbeitet?«

»Ja, die Managerin hat gesagt, samstagabends sind alle Mann an Deck.«

»Um wie viel Uhr machen die zu?«

»Samstags um zehn, aber die Leute trödeln noch beim Aufräumen. Sie meinte, sie waren um Mitternacht da raus.«

»Lyle auch?«

»Sie wusste nicht, um wie viel Uhr er gegangen ist, aber sie hat gesagt, dass niemand vor elf geht.«

»Um diese Uhrzeit hätte er es in zwanzig Minuten in die Innenstadt schaffen können.«

»Genug Zeit, um Samus anzugreifen.«

»Auf jeden Fall. Er hatte sogar Zeit, sich umzuziehen, obwohl er bei der Arbeit schwarz trägt.«

»Vielleicht hat ihn irgendein Mädchen im Restaurant angemacht. Er hat sich reingesteigert und –«

Gesso kam herein. »Wie kommen Sie im Fall Ramos voran?«

»Wir kommen voran, Sarge. Eine Person von Interesse hat über sein Alibi gelogen, das zur Zeit der Vergewaltigung von Ramos passt. Und er hatte nach der Arbeit genug Zeit, um Samus anzugreifen.«

»Holen Sie ihn rein. Es wäre perfekt, wenn Sie die Sache abschließen könnten. Ich will Sie beide an dem Holmes-Mädchen dranhaben.«

»Ich habe gehört, Sie haben ihr Fahrrad gefunden.«

»Ja, aber wir waren es nicht; wir haben es übersehen. Der Suchtrupp der Eltern hat es gefunden.«

Ich kannte die Antwort, fragte aber trotzdem. »Der Sheriff sucht wohl nach etwas, das er der Presse zum Fraß vorwerfen kann?«

»Ach, kommen Sie, Frank. Das ist unangebracht.«

Gesso war ein ehrlicher Kerl, aber sein Ausweichen sagte mir alles, was ich wissen musste. »Spielt keine Rolle. Es ist ein vermisstes Kind. Wir werden unser Bestes tun, aber wir können die Ermittlungen im Fall Ramos nicht überstürzen.«

»Natürlich nicht.«

»Bringen Sie uns auf den neuesten Stand, dann helfen wir.«

»Wir besorgen gerade einen Durchsuchungsbefehl für die Telefondaten des Mädchens.«

»Gut.«

»Werden Sie den Vergewaltigungsverdächtigen reinholen?«

Ich zuckte mit den Schultern und sagte: »Muss ich mir überlegen. Vielleicht ist es besser, erst mal ein wenig die Lage zu sondieren.«

Gesso ging und Derrick sagte: »Hast du gestern Abend die Holmes-Eltern in den Nachrichten gesehen?«

»Nein.«

»Es war herzzerreißend; keiner von beiden konnte die Fassung bewahren. Wenn sich das als eine Sache von innen herausstellt ...«

»Dann müssten sie sie auf eine Militärschule schicken, um ihr eine Dosis Realität zu verpassen.«

»Es ist verrückt, zu denken, dass das eigene Kind so etwas tun würde. Wissen die nicht, was das ihrer Mutter und ihrem Vater antun würde?«

»Die denken an nichts anderes als an das Geld.«

»Du hättest die Mutter sehen sollen. Im Morgenmantel. Sie sah aus, als hätte sie seit Wochen nicht geduscht.«

Ich sah auf die Uhr. »Ich fahre mal rüber zu Foyle. Vielleicht kann ich aus ihr was über Holmes rauskriegen.«

»Okay. Wir sehen uns morgen früh.«

»Ich komme morgen später. Ich habe was zu erledigen.«

———

Mrs. Foyle rief ihren Mann an. »Okay, Sie können mit Dana sprechen, aber nur über Debbie.«

»Danke, Ma'am.«

»Dana!«

Dana, die ein übergroßes Miami-Sweatshirt und Shorts trug, schlich in die Küche. »Detective Luca muss dich etwas über Debbie fragen.«

Sie verdrehte die Augen. Ihre Mutter sagte: »Dad hat gesagt, du musst mit ihm reden.«

»Okay, okay, ist ja gut.«

Als sie auf einen Küchenstuhl sank, bat ich die Mutter, uns allein zu lassen.

»Dana, ich versuche, Debbie Holmes zu finden. Ich habe gehört, Sie beide waren gute Freundinnen.«

»Sie ist nicht meine beste Freundin, aber ich mag sie.«

»Wusste sie, was Sie und Bradley vorhatten, bevor Sie es getan haben?«

»Nein.«

»Sind Sie sicher?«

Sie ließ den Kopf hängen. »Bradley hat gesagt, wir dürfen es niemandem erzählen.«

»Sie sind in der Schule beliebt, nicht wahr?«

Ein Lächeln erschien und verschwand wieder.

»Ist Debbie die Art von Mädchen, die Ihnen nacheifern würde?«

»Ich weiß nicht, vielleicht. Aber jeder will dazugehören, wissen Sie?«

Gruppenzwang war ein enormer Faktor. »Sicher, das tue ich. Ich war auch mal ein Kind.«

Sie sah mich an, als hätte ich gesagt, ich wäre früher ein Pferd gewesen.

»Halten Sie es für möglich, dass Debbie gesehen hat, was Sie und Brad getan haben, und es nachgemacht hat?«

»Ich schätze, das könnte sie.« Sie senkte den Kopf und ihre Stimme. »Ich weiß, dass sie Geld brauchte.«

»Sie hat Ihnen gesagt, dass sie Geld brauchte?«

Sie nickte.

»Hat sie gesagt, wofür?«

»Für ein Auto. Jeder will ein schönes haben, wissen Sie. Aber die sind jetzt wahnsinnig teuer. Sogar die Gebrauchten, die sind so was von über Nacht im Preis gestiegen.«

Sie hatte recht. Die Inflation wirkte sich auf alles aus.

»Nehmen wir an, Debbie wollte ihre Entführung vortäuschen. Wen würde sie um Hilfe bitten?«

Sie runzelte die Stirn. »Jason.«

»Mögen Sie ihn nicht?«

»Er ist herrisch. Bildet sich was drauf ein, wer er ist.«

»Wie lautet sein Nachname?«

»Reedy.«

»Gibt es irgendetwas, das Sie mir darüber sagen können, wo Debbie sein könnte?«

»Ich weiß nicht. Jason weiß es wahrscheinlich.«

Vor dem Haus der Foyles saß ich in meinem Auto. Es war schwer zu verstehen, ob Dana mir alles erzählte, was sie wusste. Hielt sie sich zurück, weil sie ihren Plan mit Debbie Holmes geteilt hatte, bevor sie ihn durchzog? Wenn ja, würde ihr Ruf einen weiteren Dämpfer erhalten.

Die Art, wie sie sagte, Jason wisse wahrscheinlich, wo sie war, ließ mich dazu neigen, es für eine wiederholte Täuschung zu halten. Nur dass es keine Lösegeldforderung oder Kontaktaufnahme gegeben hatte.

Was war mit ihr passiert? Ich fuhr los, und als ich mich der Einfahrt näherte, verlangsamte ich und umklammerte das Lenkrad. Obwohl Debbie Holmes jünger war als Ramos oder Samus, musste ich ihre Statur und ihre Haarfarbe überprüfen. Die beiden vorherigen Opfer waren zwar keine Zwillinge, aber beide waren zierlich und hatten kurzes braunes Haar.

Könnte dieses arme Mädchen von demselben Tier ins Visier genommen worden sein, das Ramos und Samus angegriffen hatte?

KAPITEL ZWANZIG

Ich trank den letzten Schluck Kaffee aus und bog rechts von der Route 41 ab. Zwei Minuten später hielt ich am Bordstein an. Als ich auf ein Gebäude zuging, drehte ich mich auf dem Absatz um. Ich spähte umher, konnte aber niemanden ausmachen, der mir folgte.

Ich schüttelte das Gefühl ab und klopfte an die Tür. »Wer ist da?«

»Detective Luca.«

Die Tür schwang auf. »Warum sind Sie hier? Haben Sie den Mann gefasst, der es war?«

»Noch nicht, Mrs. Samus. Ich weiß, dass Ihre Tochter besorgt ist, weil wir ihn noch nicht festgenommen haben.«

»Das ist sie allerdings.«

»Ich dachte, wenn ich sie zum Flughafen fahre, fühlt sie sich vielleicht etwas wohler.«

»Wirklich? Sie würden sie fahren?«

»Ja, Ma'am. Ich dachte, das würde Ihnen und ihr etwas Seelenfrieden geben.«

»Kommen Sie rein. Joan? Detective Luca ist hier. Er wird Sie zum Flughafen bringen.«

ICH WARF MEINE JACKE AUF EINEN STUHL. DERRICK FRAGTE: »Alles gut?«

»Ja, ich habe Samus zum Flughafen gebracht.«

»Was?«

»Sie hat eine Heidenangst und hat seit dem Angriff die Wohnung ihrer Mutter nicht mehr verlassen.«

»Toller Urlaub.«

Ich schüttelte den Kopf. »Ruf die Akte von Debbie Holmes auf. Ich will sie mit Ramos und Samus vergleichen. Mal sehen, ob es irgendwelche körperlichen Ähnlichkeiten gibt.«

Er tippte auf seiner Tastatur und fragte: »Meinst du, es ist derselbe Kerl?«

»Ich weiß es nicht, aber wir können nichts ausschließen.«

»Hier ist sie. Sie sieht älter aus als sechzehn. Braune Haare wie die anderen und von zierlicher Statur.«

Ich kam um seinen Schreibtisch herum. »Hmm. So ähnlich sind sie sich nicht.«

»Alle Überfälle passierten nachts.«

»Stimmt, aber sie ist zwanzig Jahre jünger.«

»Er könnte sie für älter gehalten haben.«

»Aber Holmes war mit dem Fahrrad unterwegs.«

»Ich weiß nicht. Lass mich mal was nachsehen.«

Derrick scrollte nach unten. »Sie trug Jeans. Ich dachte, sie könnte vielleicht Trainingskleidung angehabt haben.«

Diese Denkweise zeichnete einen guten Detective aus. »Guter Versuch. Sprechen wir mit Lyle. Wir nehmen ihn in die Mangel, weil er wegen der Arbeit gelogen hat, und prüfen, wo er in der Nacht war, als Holmes verschwand.«

»Klar. Vielleicht können wir gleich da zu Mittag essen, wenn wir schon mal da sind.«

Ich war kein Fan von mexikanischem Essen, aber das war nicht der Grund, zu sagen: »Warten wir bis nach dem Mittagessen. Ich muss um eins den öffentlichen Aufruf filmen. Das dauert nicht lange. Wir gehen um zwei hin, und wenn wir nichts Wichtiges aus ihm herausbekommen, wird er während des Abendessens Tische abräumen.«

───────

Ich stand vor einer Leinwand mit dem Emblem des Sheriffs von Collier County. Der Kameramann stellte die Beleuchtung ein. Ich sagte: »Womit wart ihr denn so beschäftigt? Ich wollte das schon vor Tagen veröffentlichen.«

»Äh, ja, wir hatten viel zu tun.«

»Womit denn? Das dauert nur fünf Minuten.«

»Ähm, wir mussten was machen, so, äh ...«

»Ich verstehe. Remin wollte die Publicity nicht.«

Er zuckte mit den Schultern.

»So zu tun, als ob nichts passiert wäre, hat New York und Kalifornien in Schwierigkeiten gebracht.«

Er nickte. »Bist du bereit?«

Ich filmte den Zeugenaufruf. Die Hotline würde Anrufe von Leuten bekommen, die behaupteten, Informationen darüber zu haben, wer Ramos und Samus angegriffen hatte, und wir würden sie durchgehen, in der Hoffnung, dass sich einer davon auszahlen würde.

───────

Als wir uns der Old 41 näherten, sagte ich: »Behalte den Hyundai da im Auge. Er ist schon seit Immokalee hinter uns.«

Derrick drehte sich um. »Der Weiße?«

»Ja. Ein Fahrer – sieht aus wie eine Frau.«

»Sicher? Ja, es sei denn, es ist ein Typ mit langen Haaren.«

»Ich werde das Gefühl nicht los, dass wir beschattet werden.«

»Wenn wir das nächste Mal rausfahren, nehmen wir getrennte Autos. Mal sehen, ob das jemand tut.«

»Vergiss es. Konzentrieren wir uns.«

Derrick runzelte die Stirn, als er auf den Parkplatz von Iguana Mia einbog. Wir gingen hinein. Die Managerin stand hinter dem Pult. Ihr Lächeln verschwand. »Kann ich Ihnen helfen?«

»Wir würden gerne noch einmal mit Mr. Lyle sprechen. Aber denken Sie daran, wir suchen nur nach Informationen, die er haben könnte.«

Lyle schlurfte auf uns zu.

Ich setzte meine Sonnenbrille auf. »Gehen wir nach draußen.«

Lyle sagte: »Mann, ich weiß nicht, warum ihr mir so am Arsch klebt, Mann. Ich hab nichts getan.«

Derrick sagte: »Du hast gelogen. Du hast am Dienstag nicht gearbeitet. Ich wollte deinen Bewährungshelfer anrufen, aber mein Partner meinte, wir sollten dir noch eine Chance geben, reinen Tisch zu machen.«

Wir hatten die Guter-Bulle-böser-Bulle-Nummer nicht einstudiert. »Er wollte dich wegen Behinderung der Justiz verhaften. Wenn du nicht anfängst, die Wahrheit zu sagen, kann ich dir auch nicht mehr helfen.«

Lyle schüttelte den Kopf. »Ich habe niemanden verletzt, Mann. Ich will nicht wieder rein.«

»Wenn du niemanden verletzt hast, dann sag uns, wo du am Dienstag von sechs bis acht Uhr abends warst.«

»Aber dafür werde ich hochgenommen.«

»War es gewalttätig?«

»Nein, nein, Mann.«

»War es sexuell?«

»Nein, nein.«

»Sag es mir.«

Lyle zögerte, und Derrick zog sein Handy heraus. »Das war's. Du gehst wegen eines Bewährungsverstoßes zurück.«

»Moment mal, Mann. Ich war ... in einem Club in Fort Myers.«

»Welcher Club? Was hast du da gemacht?«

»Das ist eine Spielhölle. Kennst du Johnny Griffin? Er betreibt sie.«

Griffin war eine Type, die ihre Finger im Glücksspiel und in der Prostitution hatte. Er war auch ein Informant, der Lee County mit Informationen versorgte, um nicht ins Gefängnis zu müssen. »Griffin? Nein. Wo ist sein Laden?«

»Auf der Unity, hinter Popeye's Louisiana Kitchen.«

»Wer war an dem Abend dort?«

»Ein ganzer Haufen Leute.«

»Wenn du wieder lügst, schwöre ich, fahre ich dich selbst ins Gefängnis.«

»Tu ich nicht. Das könnt ihr überprüfen.«

»Was hast du dort gemacht?«

»Craps gespielt. Ich hatte eine gute Nacht.«

Wir würden sein neues Alibi überprüfen, aber das Problem waren die Leute, mit denen er angeblich zusammen war. Das waren keine unbescholtenen Bürger. Zehn von ihnen dazu zu bringen, Lyles Aussage zu bestätigen, war weniger wert als ein Koffer voller Jahrmarkts-Jetons. Griffin war ein Informant, aber dafür bekannt, auf beiden Seiten mitzuspielen.

»Wir werden das überprüfen. Aber komm nicht auf dumme Ideen. Ich rufe an; wir werden dich vierundzwanzig/sieben im Auge behalten, also gewöhn dich an die Gesellschaft.«

»Das ist cool, das ist cool mit mir, Mann. Ich will keinen Ärger.«

»Geh wieder an die Arbeit.«

Als Derrick und ich zum Auto gingen, flüsterte ich: »Sei nicht zu offensichtlich. Links – das ist der Hyundai.«

»Ich nehme die ersten drei vom Nummernschild, du die letzten.«

»Sie hauen ab.«

Das Auto schoss quietschend aus einer Parklücke. Ich zielte mit meinem Handy und machte Fotos vom Heck des Fahrzeugs.

»Hast du es?«

Ich spreizte meine Finger auf dem Bildschirm. »Jep. Lass die Nummer durchgeben.«

KAPITEL EINUNDZWANZIG

DIE AMPEL AM WIGGINS PASS WURDE GRÜN UND ICH GAB GAS. Derrick telefonierte gerade und fragte: »Bist du sicher?«, bevor er auflegte.

»Das wirst du nicht glauben. Rate mal, wem der Wagen gehörte.«

»Sag schon!«

»Felix Ramos.«

»Warum zum Teufel beschattet er uns?«

»Vielleicht will er sichergehen, dass wir am Fall seiner Tochter dran sind.«

Ich zog auf eine Abbiegespur. »Der Kerl plant, die Sache selbst in die Hand zu nehmen.«

»Meinst du?«

»Wir können nicht warten, bis es zu spät ist. Er steht kurz vor dem Ausrasten.«

Ich bog nach Piper's Grove ab. Sie waren gerade dabei, die Farbe der alten Siedlung von Pfirsich zu Weiß zu ändern. Ramos wohnte in einem Viertel mit Apartmenthäusern ohne Garagen. Ich entdeckte seinen Wagen.

Die Sonne stand hoch am Himmel, aber das war nicht die

Quelle der Hitze, die von der Motorhaube des Hyundai ausging. Im Fußraum auf der Beifahrerseite stand eine Tasche. Wahrscheinlich enthielt sie die Perücke, die Ramos getragen hatte, als er uns beschattete.

Als Derrick klingelte, sagte ich ihm, dass ich das übernehmen würde, was ihm ein weiteres Stirnrunzeln entlockte. Die Tür schwang auf. Ramos' Gesichtszüge entgleisten. »Äh, Detective Luca. Haben Sie Neuigkeiten?«

»Warum verfolgen Sie uns?«

»Ihnen folgen? Wie kommen Sie darauf, dass ...«

»Sparen Sie sich den Unsinn. Wir haben Sie im Iguana Mia gesehen und Ihr Kennzeichen überprüft.«

»Ich wollte nur sehen, dass etwas unternommen wird. Um Lisas willen. Sie ist völlig fertig.«

»Ich verstehe Ihre Sorge. Wirklich, das tue ich, aber ich sage Ihnen: Halten Sie sich da raus. Lassen Sie uns unsere Arbeit machen. Kümmern Sie sich um Ihre Tochter.«

»Tut mir leid. Sie haben recht.«

»Wir kriegen ihn, das verspreche ich. Geben Sie uns nur noch ein bisschen mehr Zeit.«

»Ist es Bernie Lyle?«

»Darüber kann ich nicht sprechen.«

»Der Dreckskerl denkt, er kann hierherziehen und damit durchkommen, dass ...«

»Sie haben Nachforschungen über ihn angestellt?«

»Das sind öffentlich zugängliche Informationen.«

Ich sah ihm in die Augen. »Ich nehme an, als Marine besitzen Sie eine Schusswaffe?«

»Das tue ich.«

»Haben Sie einen Waffenschein?«

Er zögerte. Ich fügte hinzu: »Ich kann das überprüfen.«

»Ja. Warum?«

»Tun Sie sich selbst einen Gefallen und schließen Sie sie zu Hause weg.«

Bevor er antworten konnte, drehte ich mich um, und wir gingen weg.

Mary Ann trocknete sich ab. Ich trat auf die Veranda. »Hast du deine Bahnen gezogen?«

»Ja. Es war heute so viel los, dass ich zwei Stunden länger arbeiten musste.«

»Übertreib es nicht.«

»Wie war dein Tag?«

»Wie immer, aber immerhin habe ich herausgefunden, dass ich nicht verrückt werde.«

»Darüber lässt sich streiten.«

»Ha ha, sehr witzig.«

»Was ist passiert?«

»Der Vater des armen Mädchens, das in Livingston vergewaltigt wurde, hat mich beschattet.«

»Was? Warum?«

Ich zuckte mit den Schultern. »Er ist ein Vater und ein Marine.«

»Und ein Kontrollfreak.«

»Ich hoffe, das ist alles.«

»Was ist mit dem Fall seiner Tochter los?«

»Ich muss später nach Fort Myers hochfahren, um ein Alibi zu überprüfen.«

»Heute Abend?«

»Ja, tut mir leid.«

»Schon gut. Dann werde ich noch eine Stunde arbeiten.«

»Du weißt, dass Stress nicht gut für dich ist.«

»Es ist nicht stressig. Mir macht die Arbeit Spaß.«

Dementis klangen immer überzeugend.

Ein Kontakt in Fort Myers sagte, es hätte keinen Sinn, vor neun im Club aufzutauchen. Doppelschichten und späte Nächte machten die Jahre, die sich auftürmten, deutlicher als nötig.

Ein Dutzend Jugendliche lungerten vor einem Popeye's herum. Die Hälfte rauchte und die anderen zogen frittiertes Hähnchen aus Eimern. Die Kardiologen würden einen stetigen Nachschub an Patienten haben. Ich fuhr auf den Parkplatz eines grünen Gebäudes, nahm einen Schluck Kaffee und stieg aus.

Ich hämmerte gegen eine schwarze Metalltür. Ein Felsbrocken von einem Mann öffnete die Tür. »Was wollen Sie?«

Meine Dienstmarke war nur wenige Zentimeter von seinem Gesicht entfernt. »Ich muss mit ein paar Leuten über Bernie Lyle sprechen.«

»Niemand ist hier.«

Der Parkplatz war voller tiefergelegter Fahrzeuge. »Und die sind für den Parkservice?«

»Der Laden ist geschlossen.«

»Mir ist egal, was hier drinnen vor sich geht. Entweder Sie lassen mich rein, oder ich lasse den Sheriff von Lee County diesen Laden dichtmachen und so lange geschlossen halten, bis Sie in Rente gehen.«

»Immer mit der Ruhe.«

Er verschwand, und eine Minute später erschien ein dürrer schwarzer Mann mit einem Kreuz um den Hals, das größer war als meine Hand. »Was kann ich für die Bullen tun?«

Ich trat einen Schritt vor. »Lassen Sie mich jetzt rein.«

»Sonny will keinen Ärger.«

»Wird er auch nicht kriegen. Gehen Sie zur Seite.«

Der Laden ließ das Immokalee Casino wie das Bellagio in Vegas aussehen. Sechs Costco-Tische waren mit Spielern besetzt, die Poker und Blackjack spielten. Die Dealer trugen T-Shirts und Shorts anstelle von schwarzen Westen und Hosen.

Ein Gebrüll von einem Tisch, umgeben von Wettenden, die sich gegenseitig auf den Rücken klopften, erregte meine Aufmerksamkeit. Jemand hatte eine Sieben oder eine Elf gewürfelt. Ich zog ein Foto von Lyle hervor und ging zum Craps-Tisch.

Köpfe drehten sich um, wandten sich aber wieder dem Geschehen zu. Der Shooter hatte ausgeschissen. Die Menge grölte. Er musste eine Glückssträhne gehabt haben. Ein hispanischer Mann mit einem eingeschnittenen Blitz im Haar entfernte sich vom Tisch.

Ich hielt das Bild hoch. »Kennen Sie Bernie Lyle?«

»Nein.«

»Er kommt oft hierher.«

»Ich bin zum ersten Mal hier.« Er ging weg.

Ich fragte sieben andere, die alle abstritten, Lyle zu kennen oder gesehen zu haben. Sie konnten nicht dabei gesehen werden, wie sie einem Polizisten halfen. Der Typ mit dem Kreuz behielt mich im Auge. Ich ging auf ihn zu. »Ich muss mit Sonny sprechen.«

»Er ist nicht hier.«

»Hören Sie, ich weiß, dass er hier ist. Wenn Sie ihn nicht holen, schleife ich Sie beide wegen des Betriebs einer illegalen Spielhölle aufs Revier.«

Sein Auge zuckte. »Moment mal, Mann.«

Sonny Griffin kam schwungvoll aus dem Hinterzimmer. Er deutete mit dem Daumen auf mich. Als ich näher kam, schloss er die Tür und lehnte sich dagegen. Sein lila Seidenhemd war das einzige Zeichen, dass er ein Gangster war.

»Schöner Laden, den Sie hier haben.«

»Ist nicht meiner. Ich hänge hier nur ab und zu rum.«

Ich senkte meine Stimme. »Detective Luca aus Collier. Sie haben nichts zu befürchten. Ich will nur wissen, ob Bernie Lyle am Dienstag, dem zehnten Mai, hier war.«

»Steckt der Junge wieder in Schwierigkeiten?«

»Könnte sein. Sagte, er wäre an dem Abend hier gewesen.«

»Ich habe gehört, ihr glaubt, er hätte das Mädchen da oben in Naples vergewaltigt.«

Wir waren auf ihn für Informationen angewiesen. Steckte ihm jemand etwas? »Wer hat Ihnen das erzählt?«

Sonny lächelte.

»Hören Sie, Lyle sagte, er war hier und spielte am Abend des zehnten Mai, einem Dienstag, Würfel. War er das?«

»Ich war an dem Abend hinten. Hatte ein heißes Date.«

»Und Sie haben ihn an dem Abend nicht spielen sehen?«

»Nein, aber der Junge, der mag Craps. Das Problem für ihn ist, er ist nicht gut darin.«

KAPITEL ZWEIUNDZWANZIG

Derricks Parfüm zog in den Flur. Ich betrat das Büro.

»Morgen.«

»Hey, Frank. Ich dachte, du rufst gestern Abend an. Wie ist es gelaufen?«

»Es wurde spät und es gab nichts zu berichten.«

»Wie meinst du das?«

»Niemand, einschließlich Griffin, wollte für Lyle bürgen.«

»Hat er schon wieder gelogen?«

»Schwer zu sagen. Diese Leute reden nicht gern mit uns.«

»Das ist eine Zwickmühle.«

Er schien das Wort korrekt zu verwenden. »Ja, eine, an der Lyles Arsch hängt.«

»Wenn er nicht dort war, dann war er es. Warum sollte er sonst lügen?«

»Dass er kein gutes Alibi hat, schadet ihm, aber wir müssen ihm die Anwesenheit am Tatort nachweisen.«

»Es sei denn, wir bringen ihn dazu, zu gestehen.«

»Das sehe ich im Moment nicht. Er würde einfahren, bis er sich für den Club der Achtzigjährigen qualifiziert.«

»Wir könnten versuchen, ihm einen Deal anzubieten.«

»So sehr ich diesen Fall auch gelöst sehen will, ich gebe keinem Perversen einen Deal.«

»Verstehe. War ja nur Brainstorming.«

»Wusstest du, dass Brainstorming nicht funktioniert?«

»Echt?«

»Ja, ich habe vor einer Woche was gelesen, da hieß es, Persönlichkeiten, Gruppenzwang und Gruppendenken machen es weniger effektiv. Leute lassen sich von dominanten Persönlichkeiten beeinflussen und verwerfen ihre Ideen, um sich dem anzuschließen, was andere sagen.«

»So habe ich das noch nie betrachtet.«

»Ist auch egal. Wir brainstormen sowieso nicht. Wir hirnregnen.«

Derrick lachte. »Eher Hirnnebelschwaden.«

Ich nahm einen Schluck von meinem Kaffee. »Gibt's was Neues zum Holmes-Mädchen?«

»Gesso hat gesagt, sie wird immer noch vermisst.«

»Das gefällt mir nicht.«

»Mir auch nicht.«

»Schau doch mal nach, welche Anrufe nach dem Aufruf reingekommen sind.«

Er stand auf. »Bin gleich zurück.«

Vierundsechzig E-Mails füllten den Posteingang. Es schien, als wären es jeden Tag mehr als am Vortag. Die Technik hatte der Strafverfolgung unglaubliche Werkzeuge an die Hand gegeben, aber wir konnten Verbrechen nicht vom Büro aus aufklären. Das Beantworten von E-Mails nahm uns Zeit, die wir auf der Straße verbringen sollten.

Während ich auf das Papierkorbsymbol klickte, fragte ich mich, wie viele Antidiskriminierungsschulungen ein Mensch ertragen konnte. Ich öffnete die nächste E-Mail. Sie betraf die Möglichkeit, dass Detectives künftig Bodycams tragen müssten.

Die Interaktion mit der Öffentlichkeit zu dokumentieren, hatte seine Berechtigung, aber nicht für die Arbeit, die ich machte. Es würde jeden, mit dem wir sprachen, insbesondere Informanten und Zeugen, dazu bringen, sich zu verschließen.

Seit ich hier war, war keine einzige Beschwerde gegen einen Detective eingereicht worden. Ich zerbrach den Bleistift in zwei Teile. Wo zum Teufel kam das her?

Derrick kam beschwingt ins Zimmer.

Ich sagte: »Hast du diesen Blödsinn gesehen, dass wir Bodycams tragen sollen?«

»Ja, das ist Schwachsinn und kontraproduktiv.«

»Dieser Mangel an Vertrauen macht mich fuchsig. Ich kann mir nicht vorstellen, dass das umgesetzt wird.«

»Warum regt man uns dann damit auf?«

»Falls etwas passiert, kann Remin sagen, er sei bereit, Bodycams einzuführen, sobald die Mittel verfügbar sind.«

»Er sichert seinen eigenen Arsch ab.«

»Vielleicht hat er den Begriff erfunden.«

»Unglaublich.«

»Ist was Brauchbares reingekommen?«

»Die meisten waren die üblichen Anrufer. Einschließlich unseres Kumpels Bruce Noon, der zweimal angerufen hat.«

Die Leute wollten helfen, aber sie verstanden nicht, dass sie eine Ermittlung behinderten, wenn wir ihren Hirngespinsten nachjagen mussten. »Man muss ihn einfach lieben.«

»Ach, und diese Hellseherin aus Everglades City hat gesagt, der Mann, der Holmes entführt hat, steht auf Seite sieben der *Daily News*.«

Ich schüttelte den Kopf.

»Ich hab's trotzdem nachgesehen; es war Alfie Oakes.«

»Meine Güte. Gab es irgendwelche interessanten Anrufe?«

»Eine Dame hat gesagt, ihr Sohn war im Park und hat einen Mann gesehen, der ihm Angst gemacht hat. Sie hat gesagt, als er den Jungen sah, rannte er in ein Waldstück.«

»Um wie viel Uhr war das?«

»Angeblich um Viertel vor sieben.«

»Hmm. Was könnte sonst noch sein?«

»Ein Typ, der regelmäßig in den Park geht, um eines dieser ferngesteuerten Boote fahren zu lassen, hat angerufen. Er hat gesagt, er war am Abend der Vergewaltigung dort und hat ein Auto an einer seltsamen Stelle parken sehen, als ob es versteckt werden sollte.«

»Hat er jemanden gesehen?«

»Das steht nicht im Bericht.«

»Wir brauchen etwas, mit dem wir arbeiten können. Schnapp dir eine Karte vom Park, dann gehen wir zu dem Jungen und dem Boots-Typen.«

MIKE SAMUELS WOHNTE IN LIVINGSTON LAKES. DIE Wohnanlage war nur wenige Schritte vom Park entfernt. Samuels bewohnte die Erdgeschosswohnung eines gepflegten Gebäudes mit acht Einheiten. Meine Schätzung des Wertes von 400.000 fühlte sich richtig an, als Samuels die Tür öffnete.

Samuels, in seinen Sechzigern, sah mit seinen hängenden Schultern nerdig aus. »Wollen Sie hereinkommen?«

»Danke.« Die Wohnung hatte einen offenen Grundriss. Eine innenliegende Einheit, in die Licht durch die Schiebetüren und ein Fenster in einem Essbereich fiel.

Er ging zu einem Küchentisch. »Ist das hier in Ordnung?«

»Perfekt.«

Derrick zeigte auf die Veranda. Dort standen zwei Spielzeugsegelboote auf ihren Gestellen. »Bauen Sie die selbst?«

»Das sind Bausätze, aber ich rüste sie auf. Sehen Sie den Kiel? Ich habe ihn für eine größere Stabilität verlängert und die Gestelle habe ich selbst gebaut.«

»Nicht schlecht. Segeln Sie oft damit?«

»Vier-, fünfmal pro Woche. Deshalb habe ich angerufen.«

Ich sagte: »Erzählen Sie uns, was Sie gesehen haben.«

»Da war ein Auto außerhalb des Sichtfeldes geparkt, so als wollte man es verstecken.«

»Wie kommen Sie darauf?«

»Es war an einer Stelle geparkt, wo man nicht sein darf, eingequetscht neben einem Gebäude.«

Ich faltete eine Karte des Parks auf. »Zeigen Sie es mir.«

»Sehen Sie, hier ist der See, auf dem ich segele. Und das hier sind die Parkplätze dafür.« Er bewegte seinen Finger. »Und hier war das Auto. Es war durch dieses Gebäude abgeschirmt, und sie haben eine mobile Einheit, ich glaube, sie pumpt Wasser für die Wasserrutsche, genau hier. Der Fahrer hätte darum herumfahren müssen, um dorthin zu gelangen, wo er war.«

»Was für ein Auto war es?«

»Ich kenne mich mit Autos nicht gut aus. Ich würde sagen, es war ein ausländisches, wahrscheinlich ein japanisches.«

Das schränkte es überhaupt nicht ein. »Welche Farbe?«

»Ein Silberton.«

»SUV? Zweitürer, Viertürer?«

»Kein SUV, aber mehr konnte ich nicht sagen; vielleicht war es ein Viertürer.«

»Sie haben das Heck des Fahrzeugs gesehen?«

»Ja.«

»Kennzeichen aus Florida?«

»Ich glaube schon. Es wäre aufgefallen, wenn nicht.«

»Okay. Hören Sie, ich bin sicher, Sie haben es schon getan, aber können Sie versuchen, sich zu erinnern, was Sie gesehen haben?«

»Ich habe mir nicht viel dabei gedacht, aber als ich Sie in den Nachrichten sah, fiel es mir ein und ich habe die Hotline angerufen.«

»Gibt es irgendwelche Details an dem Auto, an die Sie sich erinnern ... eine Delle oder ein Aufkleber?«

Samuels schüttelte den Kopf. »Sie müssen bedenken, dass ich nicht aufmerksam war. Ich sah es, als mein Boot im Schilf hängen blieb und ich nach links ging, hier herum.«

»Um wie viel Uhr war das?«

»Zwanzig nach sechs.«

»Das ist eine genaue Zeit. Wie sicher sind Sie sich?«

»Ich verlasse mein Haus um viertel vor sechs, und mein Boot ist spätestens um sechs im Wasser. Ich umrundete den See mehrmals und begann, Manöver zu üben, bei denen ich an die Grenzen ging und am Rand entlangfuhr.«

»War sonst noch jemand in der Gegend?«

»Nein. Ich glaube, die Wettervorhersage hat die Leute vielleicht abgeschreckt.«

Wir stellten noch ein paar Fragen, bevor wir gingen. Derrick sagte: »Nette Gegend hier.«

»Ja, gefällt mir. Ich frage mich, welche Auswirkungen die Überführung auf der Immokalee Road auf diesen Ort haben könnte.«

»Sie müssen etwas unternehmen, aber es wäre eine Schande, wenn es diesen Ort beeinträchtigen würde.«

Mein Handy klingelte. Bevor ich wegwischte, erinnerte mich die Vorwahl an etwas. »Hier ist Detective Luca.«

»Hallo, Detective, hier ist Lieutenant Morris vom Lee County Sheriff's Office.«

»Hi. Was gibt's?«

»Sie waren letzte Nacht bei Sonny Griffin und haben nach einem Bernie Lyle gefragt?«

»Ja. Und?«

»Ich betreue diese Quelle; er redet mit niemandem außer mir.«

»Okay.«

»Er hat gesagt, dass Lyle am Dienstag, dem zehnten Mai, da

war, aber spät kam, und er glaubt, er könnte der Typ sein, den Sie suchen.«

»Wie kommt er darauf?«

»Sonny hat gesagt, Lyle hat ihm erzählt, er bräuchte ein Alibi, und Lyle hat sich seltsam benommen.«

KAPITEL DREIUNDZWANZIG

Ich legte auf. »Das war ein Lieutenant aus Lee; er führt Sonny Griffin. Der Spitzel hat ihm erzählt, Lyle habe ihn gebeten, sein Alibi zu sein, und er sei in der Nacht, in der Ramos vergewaltigt wurde, spät gekommen.«

»Der eindeutige Beweis, dass es Lyle ist.«

Ich überging sein neuestes Wort des Tages. »Es gibt keine harten Beweise, kein Wissen aus erster Hand. Das Wort eines Spitzels reicht vor Gericht nicht aus.«

»Du hast recht. Willst du zu Lyle fahren?«

»Was für ein Auto fährt er?«

»Einen grauen Ford.«

»Die Farbe ist ähnlich. Samuels dachte, es sei ein Japaner, aber darauf können wir uns nicht verlassen.«

»Wir sollten ihn holen. Ihn in die Mangel nehmen und sehen, was dabei herauskommt.«

»Wir brauchen mehr. Reden wir mit dem Jungen, der im Park etwas gesehen hat.«

»Warum? Wir könnten Glück haben.«

»Je härter wir arbeiten, desto mehr Glück haben wir.«

Sereno Grove lag weit abseits der Livingston Road. Es war

eine unauffällige Einfamilienhaussiedlung ohne besondere Annehmlichkeiten.

»Dieser Ort ist ruhig. Keine Menschenseele auf den Straßen.«

»Er liegt abgeschieden.«

Am Haus der Kirks waren die Rasensprenger an. Wir warteten auf eine Lücke und huschten zur Haustür.

Derrick drückte auf die Ring-Türklingel, und Carol Kirk vergewisserte sich, wer wir waren, bevor sie die Tür öffnete.

Sie war hellhäutig mit roten Haaren und haselnussbraunen Augen. Ich erwartete einen irischen Akzent, aber der kam nie. Kirk führte uns in eine lichtdurchflutete Küche und sagte: »Lassen Sie mich Tommy holen.«

Barfuß und mit einer Lightning-Baseballkappe auf dem Kopf, hatte der zwölfjährige Tommy die Sommersprossen seiner Mutter. »Diese Polizisten möchten hören, was du im Park gesehen hast.«

Ich streckte meine Hand aus. »Danke, dass du uns hilfst, Tommy. Wir wissen das zu schätzen.«

Er straffte seine Schultern und ergriff meine Hand. »Hallo, Sir.«

»Das ist mal ein fester Händedruck, den du da hast.«

»Mein Dad hat mir gesagt, dass ich einen festen Händedruck geben und jemandem in die Augen schauen soll, wenn man sich die Hand gibt.«

»Dein Vater hat recht. Nun, erzähl uns, was du am Dienstag, dem zehnten Mai, gesehen hast.«

Er sprang auf einen Küchenhocker. »Ich bin mit meinem Roller auf dem Weg gefahren, der am Holzsteg vorbeiführt.«

»Warst du allein?«

»Ja, Jimmy ist nach Hause gegangen; er hat den Weg als Abkürzung in sein Viertel genommen.«

»Er wohnt in Wilshire Lakes?«

»Mhm.«

»Ungefähr um welche Zeit war das?«

»So kurz nach sechs. Ich muss zum Abendessen zu Hause sein, und wir essen normalerweise so gegen halb sieben. Stimmt's, Mom?«

»Das stimmt, Schatz.«

»Also, dein Freund ist gegangen und du warst auf dem Weg nach Hause?«

»Mhm. Ich war quasi schon am Holzsteg vorbei und sehe im Wald diesen Mann. Er war, äh, unheimlich. Sobald ich ihn gesehen hab, hat er sich weggedreht, als ob er sich verstecken wollte.«

»Wie sah er aus?«

Tommy rutschte vom Hocker und hielt seine Hand hoch. »Er war ungefähr so groß. Und hatte einen Hoodie an.«

»Was für eine Hose?«

»Ich glaube, Jeans.«

»Und sein Gesicht? Wie sah er aus?«

Er rümpfte die Nase. »Ich weiß nicht.«

»Hatte er einen Bart oder eine Gesichtsbehaarung?«

»Nein. Aber ich glaube, vielleicht hatte er eine Glatze.«

»Wie kommst du darauf?«

»Weißt du, mit einem Hoodie kann man ein paar Haare sehen, aber ich hab keine gesehen.«

»Wie alt war er deiner Meinung nach?«

»Jünger als Dad. Vielleicht dreißig oder so.«

»Wie weit war er von dir entfernt?«

Er zeigte aus dem Fenster. »Ungefähr dort, wo die Palme hinter dem Pool ist.«

Ungefähr fünfzehn Meter. »Was ist mit seiner Art zu gehen? Hatte er ein Hinken oder ist dir etwas anderes aufgefallen?«

»Nein, aber er ging eilig weg. Zuerst dachte ich, er würde mich verfolgen ...«

»Warum dachtest du das?«

»Er hat mich angesehen, und ich hatte das Gefühl, als ob … ich weiß nicht, aber als ob er wütend war, dass ich da war oder so.«

»Glaubst du, du hast diesen Mann schon einmal gesehen?«

»Nein, zum ersten Mal.«

Ich wollte dem Jungen ein Bild von Lyle zeigen, aber wir mussten es mit anderen zusammen vorlegen, sonst würde es als voreingenommen abgewiesen werden. »Glaubst du, du würdest den Mann wiedererkennen, wenn du ihn noch einmal siehst?«

Er sah seine Mutter an, bevor er sagte: »Ich weiß nicht. Würde er mich sehen?«

»Nein. Du müsstest ihn nicht treffen. Es würde heimlich gemacht werden, falls wir es überhaupt machen.«

»Ich will nicht, dass mein Sohn da reingezogen wird.«

»Ich verstehe, Ma'am. Tommy, du warst sehr hilfreich. Wir wissen deine Kooperation sehr zu schätzen.«

Der Junge strahlte. Ich wandte mich an seine Mutter. »Ma'am, könnten wir kurz unter vier Augen mit Ihnen sprechen?«

Tommy ging, und ich sagte: »Ich verstehe Ihr Zögern, Ihren Sohn da mit reinzuziehen, aber die junge Frau, die vergewaltigt wurde, ist traumatisiert. Und die Person, die das getan hat, ist immer noch da draußen.«

»Ich weiß, jeder in der Nachbarschaft bleibt drinnen.«

»Wir können ihn fassen und ihn hinter Gitter bringen, damit er nie wieder jemandem etwas antut, aber wir brauchen Hilfe.«

»Ich muss zuerst mit meinem Mann sprechen.«

»Sicher. Lassen Sie es mich wissen.« Ich gab ihr meine Karte.

Sobald die Autotür schloss, sagte Derrick: »Klingt, als könnte es Lyle gewesen sein.«

»Gleiche Größe und keine Haare, und dazu noch das, was Sonny Griffin gesagt hat.«

»Und das Auto, das der Typ am Boot gesehen hat, hat eine ähnliche Farbe.«

Mein Handy klingelte. Es war Gesso. »Hey, Sarge. Was ist los?«

»Zwei Dinge: Das Handy von Deborah Holmes wurde zuletzt von einem Sendemast südlich von Golden Gate geortet, und die Holmes haben gerade eine Pressekonferenz gegeben. Sie behaupten, es sei uns egal, dass ihre Tochter vermisst wird, und wir täten nicht genug, um sie zu finden.«

»Das ist Blödsinn.«

»Ich verstehe dich, aber Remin will, dass wir uns mehr darauf konzentrieren, also stell dich darauf ein.«

»Danke, dass du mir Bescheid sagst.«

»Wie kommst du im Fall Ramos voran?«

»Wir sind kurz davor, unseren Hauptverdächtigen zu holen.«

»Habt ihr genug für eine Anklage?«

Mein Telefon vibrierte wegen eines weiteren Anrufs. »Noch nicht, aber wir kreisen ihn ein. Ich muss los. Remin ruft an.«

KAPITEL VIERUNDZWANZIG

Ich schleppte mich ins Haus. Die Tür zum Arbeitszimmer war geschlossen. Mary Ann arbeitete. Schon wieder. Ich öffnete die Tür einen Spaltbreit, um sie wissen zu lassen, dass ich zu Hause war.

Zum Mittagessen hatte es ein Automaten-Sandwich gegeben, das noch aus der Zeit der Schlaghosen stammte. Nichts stand auf dem Herd oder im Ofen. Ich öffnete den Kühlschrank, schnappte mir eine Dose Pfirsiche und knallte die Tür wieder zu.

Das Obst reichte bei Weitem nicht. Wo war das Seelenfutter, das Mary Ann immer bereitzuhalten schien, wenn ich es brauchte? Sie wollte arbeiten. Ich verstand das Bedürfnis, eine Beschäftigung zu haben, aber für mich war der Ruhestand nicht mehr weit. Meine Vision davon, wie wir beide unsere Zeit genießen, an den Strand gehen und Kurztrips unternehmen würden, verschwamm zusehends.

Mary Ann kam aus dem Arbeitszimmer. »Tut mir leid.«

Ich gab ihr einen flüchtigen Kuss auf die Wange. »Schon gut. Geht's dir gut?«

»Ja. Das System ist den ganzen Tag über immer wieder ausgefallen. Du siehst erschöpft aus. Schlechter Tag?«

»Remin gibt mir vierundzwanzig Stunden, um den Vergewaltigungsfall Ramos abzuschließen. Er teilt mich dem Fall Holmes zu.«

»Ich habe die Eltern im Fernsehen gesehen. Die Mutter war untröstlich.«

»Habe ich gehört.«

»Wie weit seid ihr bei dem Vergewaltigungsfall?«

»Wir brauchen etwas, das Lyle zur Tatzeit im Park platziert.«

»Gibt es irgendetwas Vielversprechendes?«

»Ich hoffe, morgen eine Wahllichtbildvorlage mit einem Zeugen durchführen zu können. Er ist erst zwölf, und die Mutter wollte nicht, dass er da hineingezogen wird. Sie bespricht sich mit ihrem Mann.«

»Ich hoffe, sie stimmen zu.«

»Ich auch. Wenn nicht, muss ich Lyle reinholen und sehen, was wir aus ihm rauskriegen.«

»Du wirst den Widerling schon kriegen.«

»Wir werden sehen.«

»Oh, hast du von den anderen Hundeentführungen gehört?«

»Nein. Ist das gerade erst passiert?«

»Ja. Ich habe eine Eilmeldung bekommen, es gab zwei in Port Royal.«

Die Diebe legten noch eine Schippe drauf, indem sie es auf die wohlhabende Enklave abgesehen hatten. »Teure Rassen?«

»Ich glaube, beides waren Mischlinge, Maltipoos oder so etwas. Aber das ist ja auch egal, die Leute lieben ihre Hunde.«

»Wenn sie sie verkaufen wollen, ist es nicht egal.«

Ich erinnerte mich daran, was Derrick über die Welle von Haustierdiebstählen in England gesagt hatte. Für keines war Lösegeld gefordert worden. Sie zu verkaufen war weniger riskant als mit den Besitzern zu interagieren, um die Hunde zurückzugeben.

»Ich schätze schon. Die Leute tun mir leid. Weißt du noch, als Carols Hund gestorben ist? Sie hat Monate gebraucht, um darüber hinwegzukommen.«

»Carol? Wer ist das?«

»Sie war früher bei der Einheit, die für die Schulen zuständig war. Sie ist vor ein paar Jahren in Rente gegangen.«

»Ach ja.« Ich kämpfte gerade gegen Blasenkrebs, als das passierte, und es war schwer, sich auf den Tod eines Hundes zu konzentrieren, während ich um mein eigenes Leben kämpfte.

Wir sahen uns die Videoübertragung an. Lyle kaute an seinen Nägeln. Ich sagte zu Derrick: »Im Moment haben wir nur, dass er bezüglich seines Alibis zweimal gelogen hat.«

»Ich wünschte, sie hätten den Jungen die Gegenüberstellung machen lassen.«

»Wünschen löst keine Fälle. Wir arbeiten mit dem, was wir haben.«

Wieder bildete sich eine Sorgenfalte auf seiner Stirn.

»Lass mich allein anfangen. Du wartest draußen. Wenn du eine Gelegenheit siehst, den guten Bullen zu spielen, kommst du rein.«

»Er schwitzt jetzt schon. Ich wäre sein Retter, wenn ich die Klimaanlage runterdrehen würde.«

Ich lächelte und legte meine Hand auf den Türknauf. »Dann nur zu.«

Lyle nahm den Finger aus dem Mund, als ich mich ihm gegenüber auf einen Stuhl gleiten ließ. Ich drückte auf Aufnahme und trug die Formalitäten vor, einschließlich seines Rechts auf einen Anwalt.

»Ich brauche keinen Anwalt. Ich habe nichts getan.«

Die Anzahl der Leute, die wir befragten und die die Möglichkeit eines Rechtsbeistands ablehnten, war erstaunlich. Ich war dankbar dafür, aber es ergab keinen Sinn, besonders als Person von Interesse bei einem Verbrechen.

Die meisten dachten wohl, wenn sie keinen Anwalt verlangten, sähe es so aus, als wären sie unschuldig. Andere waren arrogant und glaubten, sie könnten jemanden überlisten, der in Verhörtechniken geschult war.

»Wir haben Ihnen mehrere Gelegenheiten gegeben, sich zu entlasten, aber Sie lügen weiter.«

»Nein. Ich habe es Ihnen gesagt: Das erste Mal war ein Fehler. Ich hatte Angst, wenn ich Ihnen sagte, dass ich gezockt habe, würden Sie mich festnehmen.«

»Einen Polizeibeamten anzulügen könnte als Behinderung der Justiz ausgelegt werden. Ich muss Ihnen nicht sagen, dass das als Verstoß gegen Ihre Bewährungsauflagen gilt.«

»Es war ein Fehler, Mann. Tut mir leid, Mann. Ich habe bei Sonny gezockt, wie ich Ihnen gesagt habe.«

»Sind Sie sicher, dass Sie dabei bleiben wollen?«

Seine Augen weiteten sich, als ich aufstand.

»Es ist die Wahrheit. Ich war da.«

»Rufen Sie besser im Iguana Mia an und sagen Sie ihnen, dass Sie eine sehr, sehr lange Zeit nicht zur Arbeit kommen werden.«

»Was meinen Sie damit?«

Bevor ich die Tür erreichte, schwang sie auf. Derrick sagte: »Immer mit der Ruhe. Das können wir klären.« Er reichte Lyle eine Flasche Wasser.

»Danke, Mann.«

Ich sagte: »Du verschwendest deine Zeit. Der Kerl ist nichts als ein Lügner. Er wandert zurück in den Knast.«

»Nein, das stimmt nicht. Er will mir nicht glauben. Ich habe gewürfelt.«

Derrick sagte: »Sie scheinen ein anständiger Kerl zu sein,

und ich möchte Ihnen glauben. Aber es gibt ein Problem. Können Sie das für mich klarstellen?«

»Ja, sicher. Was denn?«

»Wir waren dort, und niemand, mit dem wir gesprochen haben, hat das bestätigt.«

»Das ist doch Blödsinn, Mann. Die wollen sich nicht einmischen, das ist alles. Reden Sie mit Sonny. Er wird es Ihnen sagen – ich war da.«

»Die Sache ist die, Mr. Lyle: Sonny Griffin hat gesagt, Sie waren zwar da, aber Sie sind spät gekommen.«

»Es war nicht spät. Er weiß nicht, wovon er redet. Er kann sich nur nicht erinnern, das ist alles.«

»Und wissen Sie, was er noch gesagt hat?«

Lyles Augen weiteten sich. »Was?«

»Er hat gesagt, Sie hätten ihn gebeten, Ihr Alibi zu sein.«

»Verarschen Sie mich nicht.«

»Das tun wir nicht. Das hat er gesagt.«

»Warum sollte er das sagen?«

Ich sagte: »Weil es die Wahrheit ist.«

»Nein, Mann. Sehen Sie, ich schulde ihm zehn Riesen. Er will mich nur reinreißen. Sie müssen mir glauben.«

KAPITEL FÜNFUNDZWANZIG

Derrick sagte: »Was meinen Sie?«

»Dass wir nichts als ein schlechtes Alibi haben. Lyle ist absolut unglaubwürdig, aber Griffin ist auch kein Heiliger.«

»Ja, aber wenn Lyle hinter Gittern sitzt, wie soll Griffin dann an sein Geld kommen?«

»Vielleicht will er damit eine Botschaft senden: Wenn du nicht zahlst, reite ich dich rein.«

»Ich weiß nicht.«

»Griffin sagte, Lyle wäre ein schlechter Spieler; Spielschulden würden dazu passen. Die andere Sache ist: Er sagte, Lyle sei dort gewesen.«

»Ja, und?«

»Ich habe mit ein paar Leuten gesprochen und nicht einer hat gesagt, dass Lyle dort war. Ich glaube, Griffin hat vielleicht etwas fallen lassen.«

»Ich weiß nicht, das ist eine ganz schön große Verschwörung, die man da geheim halten müsste.«

»Sie waren oben in D.C.: Banden, die links und rechts Leute umlegen, und keiner sagt auch nur ein Wort darüber, wer es war.«

»Sie haben Angst, zu kooperieren.«

»Behalten wir Lyle hier. Wir haben einen Tag Zeit, um zu versuchen, die Sache zu klären.«

»Wir brauchen jemanden, der bezeugt, dass er im Park war.«

»Genau. Ich gehe nach oben und sage Remin, wie bei Lyle der Stand der Dinge ist.«

———

SOUTHWEST FLORIDA INSURANCE WAR IN EINEM ZWEISTÖCKIGEN Gebäude in den Vanderbilt Collections untergebracht, einem gehobenen und expandierenden Einkaufszentrum.

Ich nahm meine Sonnenbrille ab und betrat ein Büro. Alle telefonierten. Ich wartete, bis die Empfangsdame das Gespräch, das sie gerade führte, an einen Vertreter weitergab. Ich stellte mich vor und nahm Platz.

Ein gepflegter Mann in einem weißen Hemd kam ins Foyer. »Detective Luca.«

»Tut mir leid, Sie bei der Arbeit zu stören, Mr. Kirk.«

»Kein Problem. Wie kann ich Ihnen helfen?«

»Können wir kurz nach draußen gehen?«

»Sicher.«

Wir standen im Schatten einer Königspalme. »Das ist aber ein geschäftiges Büro.«

»Der Versicherungsmarkt hier unten muss reformiert werden. Zu viele Anwälte dürfen wegen allem und jedem klagen. Die Gesellschaften ziehen sich zurück, um ihr Risiko zu begrenzen, und wir mühen uns ab, eine vernünftige Deckung für unsere Kunden zu finden.«

»Ich werde es im Hinterkopf behalten.«

»Danke. Wie kann ich Ihnen helfen?«

»Wir würden Ihren Sohn wirklich gerne eine Gegenüberstellung ansehen lassen.«

Er schüttelte den Kopf. »Er ist erst zwölf. Wir wollen nicht, dass er in so etwas hineingezogen wird. Das könnte ihn für sein Leben zeichnen.«

»Ich verstehe, Mr. Kirk, aber es gibt eine andere Familie – eigentlich inzwischen zwei –, die auf Gerechtigkeit hofft.«

»Sie tun mir wirklich leid, das tun sie wirklich –«

»Sir, wir halten einen Mann fest, aber wir haben nicht genug gegen ihn. Er könnte derjenige sein, der für die Angriffe verantwortlich ist.«

Er presste die Lippen zusammen. »Es tut mir leid, aber ich möchte nicht, dass mein Sohn da mit reingezogen wird.«

»Wir können das mit Fotos machen, und ich komme zu Ihnen nach Hause. Ihr Sohn wird keinem Druck ausgesetzt. Wir müssen wissen, ob wir den Täter haben. Ich würde ihn nur ungern freilassen und dann herausfinden, dass er die Tochter von jemand anderem vergewaltigt hat.«

»Er wird doch nicht aussagen müssen, oder?«

Wir brauchten ihn vielleicht, aber ich sagte: »Nein. Auf keinen Fall. Ich muss wissen, ob wir diesen Mann weiter festhalten sollten.«

»Na schön, ich stimme zu, aber ich will dabei sein.«

»Das ist in Ordnung. Können wir das später heute machen?«

»Sicher.«

Ich rief Derrick an. »Hey, gute Nachrichten: der Vater hat zugestimmt, dass der Junge eine Foto-Wahlgegenüberstellung macht.«

»Ausgezeichnet. Wir kommen der Sache näher.«

»Das hoffe ich.« Mein Telefon vibrierte. »Ich muss auflegen, es ist Mary Ann.«

»Hey, alles in Ordnung?«

»Ja. Ich wollte dir nur gratulieren, dass ihr den Vergewaltiger gefasst habt.«

»Was? Das haben wir nicht –«

»Es war gerade in den Eilmeldungen.«

»Verdammt.«

»Was ist los?«

»Jemand, und ich wette, es war Remin, hat durchsickern lassen, dass wir Lyle hergebracht haben.« Mein Telefon vibrierte erneut; es war Felix Ramos. »Schatz, ich muss auflegen. Der Vater des Opfers ruft an. Wir sprechen später.«

»Hallo, Mr. Ramos.«

»Ich sehe, Sie haben den Bastard gefasst.«

»Das ist nicht korrekt.«

»Aber es war in den Nachrichten.«

Warum glaubten die Leute alles, was die Medien sagten, obwohl es unzählige Beispiele dafür gab, dass man ihnen nicht trauen konnte? »Das ist bedauerlich. In diesem Stadium sprechen wir mit einer Person von Interesse.«

»Es ist Lyle, nicht wahr?«

»Ich kann eine laufende Ermittlung nicht kommentieren.«

»Sie müssen es mir sagen: Ist es Lyle?«

»Ich kann nicht mehr sagen, als dass Sie und Ihre Tochter die Ersten sein werden, die es erfahren, sobald wir es wissen.«

»Das ist doch Quatsch! Sie haben ihn hergebracht und uns kein Wort gesagt.«

»Glauben Sie mir, Mr. Ramos, Sie wollen nicht in die Details des Falles verwickelt werden.«

»Doch, das will ich.«

»Das wird nicht passieren. Ich muss jetzt auflegen, Mr. Ramos. Einen schönen Tag noch.«

Ich tippte die Nummer des Sheriffs ein, drückte aber nicht auf Wählen. So schlimm ein Leck auch war, mich mit Remin anzulegen, bevor ich wusste, ob Lyle unser Mann war, war eine Energieverschwendung, die ich mir nicht leisten konnte.

Ich griff nach dem Umschlag mit den sechs Fotos, die das Labor erstellt hatte. Wie vorgeschrieben waren sie identisch in Form und Größe. Fünf waren Polizeibeamte und Lyle. Alle hatten rasierte Köpfe oder waren von Natur aus kahl. Sie lagen auch alle innerhalb eines Altersunterschieds von zehn Jahren.

Mr. Kirk öffnete die Tür, und ein Hauch von sautierten Zwiebeln wehte mir entgegen. »Danke, dass Sie dem zugestimmt haben.«

»Meine Frau ist nicht glücklich darüber.«

Ich folgte ihm in die Küche. »Ich verstehe. Das wird nur ein paar Minuten dauern.«

»Ich hole Tommy.«

Barfuß sprang der Junge ins Zimmer. Tom Sawyer kam mir in den Sinn. »Hallo, Tommy. Schön, Sie wiederzusehen.«

Er ergriff meine Hand. »Sie auch, Sir.«

»Ich werde Ihnen ein paar Fotos zeigen. Schauen Sie sie sich genau an und sagen Sie mir, ob Sie einen von ihnen als den Mann wiedererkennen, den Sie im Park gesehen haben.«

»Okay. Ich werde es versuchen.«

»Hier gibt es keinen Druck. Ob Sie den Mann sehen oder nicht, ist völlig in Ordnung. Kein Problem. Verstanden?«

»Ja, Sir.«

Ich heftete ein Blatt von der Außenseite des Umschlags ab. »Bevor wir uns die Bilder ansehen, muss ich Sie darauf hinweisen, dass der Mann, den wir suchen, in der Reihe der Bilder, die Sie gleich sehen werden, sein kann oder auch nicht.«

»Gehen Sie nicht davon aus, dass ich weiß, welcher der Mann ist. Ich möchte, dass Sie sich auf die Bilder konzentrieren und niemanden im Raum um Hilfe bei einer möglichen Identifizierung bitten.«

»Wenn Sie eine Identifizierung vornehmen, werde ich Sie fragen, wie sicher Sie sich bei dieser Identifizierung sind.«

»Sie sollten wissen, dass unsere Ermittlungen weitergehen werden, egal ob Sie eine Identifizierung vornehmen oder nicht.

Welche Hilfe Sie uns auch immer geben, sie ist nur ein kleiner Teil der Arbeit, die wir leisten. Haben Sie alles verstanden, was ich gesagt habe?«

Er blickte zu seinem Vater. »Ja, Sir.«

»Gut. Ich werde Ihren Vater bitten, als Ihr Erziehungsberechtigter das Einverständnis- und Anweisungsformular zu unterschreiben.«

Mr. Kirk überflog das Formular und unterschrieb es. Ich brach das Siegel des Umschlags und legte meine Finger auf die Fotos. Das Labor hatte die Bilder gemischt. Das Verfahren schrieb vor, dass ich keine Ahnung hatte, welches Lyle war, und ich schätzte gedanklich, dass er das zweite sein würde.

Als ich die Bilder vor Tommy ausbreitete, fiel mir auf, wie Lyle, der Vierte, böse herausstach. Es war ein weiteres Beispiel dafür, wie unsere Vorurteile funktionieren und der Grund, warum die Strafverfolgungsbehörden Protokolle entwickelten, um zu verhindern, dass sie an einen Zeugen durchsickern.

Tommy beugte sich über die Gegenüberstellung, sein Kopf bewegte sich langsam, während er die Gesichter musterte. Er nahm das erste in die Hand und legte es wieder hin. Dann wiederholte er das mit dem dritten Foto. Er verweilte bei Lyles Bild. Ich hoffte inständig, dass er sagen würde, er sei es, aber er machte weiter.

»Kann ich sie mir noch mal ansehen?«

»Klar. Lassen Sie sich Zeit. Es gibt keinen Grund zur Eile.«

Nach zwei Minuten zeigte Tommy auf ein Foto. »Ich bin mir nicht ganz sicher, aber dieser hier – er sieht aus wie der Mann, den ich im Park gesehen habe.«

KAPITEL SECHSUNDZWANZIG

REMIN TRUG EIN LANGÄRMELIGES, WEIßES HEMD UND EINE finstere Miene. Hatten ihn die Neuigkeiten schon erreicht? »Was beschäftigt Sie?«

»Ich wollte Sie wissen lassen, dass wir Lyle freilassen.«

»Das ist enttäuschend. Was ist passiert?«

»Wir haben nicht mehr als ein schlechtes Alibi und die Andeutungen eines Informanten, dem Lyle Geld schuldet.«

»Verstehe. Schreiben Sie ihn ab?«

»Wir haben keine Beweise, dass Lyle im Park war. Die Zeugin, die den Mann gesehen hat, von dem wir glauben, dass er der Angreifer war, konnte ihn bei einer Gegenüberstellung nicht identifizieren.«

»Diese Zeugin war minderjährig und der Verdächtige ist ein Sexualstraftäter.«

»Ja. Aber wir haben nichts weiter gegen ihn in der Hand.«

Remin nahm einen Stift und trommelte damit auf dem Schreibtisch. Er legte ihn hin und sagte: »Ich brauche Sie und Dickson für den Fall Holmes.«

»Wir können an beiden Fällen arbeiten.«

»Ich weiß, dass Sie das können. Die Öffentlichkeit scheint

besorgt darüber zu sein, wie ernst wir den Fall Holmes nehmen. Das ist Unsinn, aber ich würde es begrüßen, wenn bekannt würde, dass Sie und Dickson an dem Verschwinden arbeiten, um die Öffentlichkeit zu beruhigen.«

»Ich verstehe. Eine Erklärung der Dienststelle wäre vielleicht der richtige Weg, um das bekannt zu machen.«

»Das ist es, was ich vorhabe.«

»Gut.«

»Okay, wieder an die Arbeit.«

Ich nahm die Treppe nach unten und schaute bei Gesso im Büro vorbei, um mir die neuesten Berichte über Debbie Holmes zu holen. Derrick starrte auf seinen Bildschirm, als ich das Büro betrat. Er sagte: »O'Rourke hat das Panera-Video geholt.«

»Endlich. Hast du Craven gesehen?«

»Noch nicht. Ich bin mitten im Zeitfenster, aber keine Spur von ihm.«

»Es fühlte sich an, als würde er lügen, aber wir werden sehen.«

»Was ist nur mit diesen Leuten los, die glauben, sie könnten uns ein Bullshit-Alibi auftischen?«

»Sie verlassen sich darauf, dass wir es nicht überprüfen.«

»Besser, sie sagen, sie wären allein zu Hause gewesen, als sich etwas auszudenken, das wir überprüfen können.«

Blanco hatte gesagt, er sei zu Hause gewesen. War er der klügste dieser Raubtiere? Wie konnten wir Blancos Alibi überprüfen?

»Mag sein. Die Wahrheit kommt immer irgendwie ans Licht. Ich wünschte nur, es würde nicht so verdammt lange dauern.«

»Vielleicht kommen wir mit der Technologie irgendwann über Lügendetektoren hinaus und bekommen einen Wahrheitsmesser, der funktioniert. So was wie aus *Star Trek*, wenn jemand lügt, geht eine Glocke los.«

»Mit so etwas wären wir vielleicht unseren Job los.«

In einer Welt zu leben, in der selbst Notlügen aufgedeckt würden? Die Leute müssten sich ein dickeres Fell zulegen, wenn sie Freunde und Familie um ihre Meinung fragten.

»Ich sehe Craven nicht. Haben die einen Drive-in?«

»Nicht, dass ich wüsste.«

»Ich sehe es mir noch mal an und spule langsamer. Vielleicht habe ich ihn übersehen.«

»In Ordnung. Ich bringe mich beim Fall Holmes auf den neuesten Stand.«

Es war schwer, weiterhin zu glauben, das Mädchen sei wegen Lösegelds entführt worden. Es gab keinen Kontakt von jemandem, der behauptete, sie zu haben. Die Befragung von Jason Reedy, Holmes' Freund, passte nicht zu dem, was Dana Foyle über ihn gesagt hatte.

Sara Gullo war Debbie Holmes' beste Freundin. Sie hatte nicht viel zu sagen, erwähnte aber einen älteren Jungen, der vor einem Jahr ein, wie sie es nannte, ungewöhnliches Interesse an ihr gezeigt hatte. Der Junge, Javier Lopez, war kurz darauf aufs College gegangen, nachdem er Holmes nachgestellt hatte, obwohl sie ihm gesagt hatte, dass sie kein Interesse hatte. In der Akte war nichts dokumentiert, was darauf hindeutete, dass sich jemand um ihn gekümmert hatte.

»Frank, ich habe das dreimal durchgesehen. Craven hat uns Mist erzählt. Er war nicht bei Panera.«

»Und dort, wo er wohnt, haben sie kein Tor.«

»Ich habe mich schon immer gefragt, ob Verbrecher das mit einbeziehen.«

»Wenn sie schlau wären, würden sie es tun, aber das sind sie normalerweise nicht.« Ich stand auf. »Ich fahre zu ihm.«

Ich reichte Derrick die Holmes-Akte. »Tu mir einen Gefallen und überprüf diesen Jungen, Javier Lopez. Es sieht nicht so aus, als hätte jemand mit ihm gesprochen. Er hat versucht, mit Holmes auszugehen, aber sie hat ihm einen Korb gegeben.«

»Ich frage bei Gesso nach. Wenn kein Kontakt hergestellt wurde, spüre ich ihn auf.«

―――――――

EIN   BEEINDRUCKENDES   WOHNMOBIL   PARKTE   ZWEI Grundstücke von Cravens Haus entfernt. Es erinnerte mich an eines, das ich in einer Zeitschrift gesehen hatte. Die Leute verkauften ihre Häuser und kauften Wohnmobile, die allen erdenklichen Komfort hatten. Das war nichts für mich, aber die Vorstellung, keine Grundsteuer zahlen zu müssen, war verlockend.

Cravens Augen waren blutunterlaufen. Er versteifte sich, als er mich sah. »Was ist los?«

»Du hast gelogen.«

»Was meinst du damit?«

»Du warst nicht bei Panera.«

»Ich-ich-ich könnte was durcheinandergebracht haben oder so. Sag mir noch mal, um welche Daten es ging.«

»Dienstag, der zehnte Mai.«

Er fuhr sich über die Bartstoppeln. »Oh ja, da war ich angeln.«

»Ohne Angelrute? Hör zu, zieh deine Schuhe an. Du kommst mit mir. Ich werde deinen Bewährungshelfer—«

»Ach, komm schon, Mann. Ich hab niemandem was getan.«

»Wo warst du?«

Er ließ die Schultern hängen. »In Key West.«

»Wann?«

»Ich bin Montagnachmittag los.«

»Bist du gefahren?«

»Nein, ich habe die Fähre von Fort Myers aus genommen. Ich kann die Quittung holen.«

»Wann bist du zurückgekommen?«

»Ich war bei meiner Schwester.«

»Ich finde es sowieso heraus, also sag mir besser, wann du zurückgekommen bist.«

»Ich sollte eigentlich zurückkommen – ich hatte ein Ticket für Mittwoch –, aber meine Schwester, die war echt krank, hat sich die ganze Zeit übergeben und so.«

»Wann bist du zurückgekommen?«

Er murmelte: »Donnerstagabend.«

»Und du hast gelogen, weil du dich nicht in Monroe County gemeldet hast?«

Er nickte.

Sie hatten achtundvierzig Stunden Zeit, um sich zu melden. Es war einfach, das Video von der Fähre zu bekommen. »Du zeigst mir die Tickets, und ich rede mit deiner Schwester. Wenn das alles stimmt, drücke ich ein Auge zu.«

»Oh, Mann. Ernsthaft?«

»Ich werde dich im Auge behalten. Wenn du auch nur ein Stoppschild überfährst, wird dein Bewährungshelfer von deinem Ausflug erfahren.«

»Verstanden, Mann. Warte, ich hol die Tickets.«

Ich steckte die Tickets ein, notierte mir die Daten seiner Schwester und ging. Als ich auf die Route 41 abbog, krächzte das Funkgerät: »Zehn zweiunddreißig. Zehn zweiunddreißig.«

Ein Mann mit einer Waffe.

»Alle verfügbaren Einheiten in der Nähe der Ozark Lane 111 werden zur Unterstützung angefordert.«

Die Adresse kam mir bekannt vor. Sehr bekannt sogar. Ich griff zum Funkgerät, schaltete die Sirene ein und drückte das Gaspedal durch.

KAPITEL SIEBENUNDZWANZIG

Mɪᴛ ʜᴇᴜʟᴇɴᴅᴇʀ Sɪʀᴇɴᴇ ʀᴀsᴛᴇ ɪᴄʜ ᴅᴇɴ Oᴢᴀʀᴋ Lᴀɴᴇ ʜɪɴᴜɴᴛᴇʀ. Mein Gedächtnis hatte mich nicht getrogen; die Adresse gehörte zu Bernie Lyles Haus. Einige Häuser entfernt wurde das Bild scharf: Ein Mann hämmerte mit der linken Faust gegen die Haustür. In seiner rechten Hand hielt er eine Pistole.

Ich fuhr an den Bordstein und legte mich auf die Hupe. Es zeigte keine Wirkung. Ich zog meinen Revolver und öffnete die Wagentür. Ramos schrie immer weiter: »Komm da raus, du Schweinehund!«

»Mr. Ramos! Legen Sie die Waffe nieder.«

Ramos feuerte einen Schuss in die Luft ab.

»Mr. Ramos, hier ist Detective Luca. Legen Sie Ihre Waffe nieder!«

Er trat von der Tür zurück und ging zu einem Fenster.

»Felix, Hände hoch!«

Als ein Streifenwagen quietschend zum Stehen kam, feuerte Ramos einen Schuss ab. Das vordere Fenster zerbarst.

Ich ging hinter einer Zwergpalme in Deckung und schoss eine Kugel in die Luft. »Ramos! Lassen Sie sie fallen, oder ich schieße.«

Ich zielte mit meiner Waffe, als Ramos sich umdrehte. »Sie! Sie haben den Schweinehund laufen lassen!«

»Es war nicht Lyle – wir haben ihn entlastet. Er hatte ein hieb- und stichfestes Alibi.«

Die Waffe fiel ihm aus der Hand. Ich stürzte auf ihn zu, trat die Pistole weg und stieß Ramos zu Boden.

———

Der Fernseher lief. Mary Ann kam mir auf halbem Weg im Flur entgegen. »Tut mir leid, dass du so einen schlimmen Tag hattest.«

»Er war hart, aber mir geht es gut.«

»Willst du ein Glas Wein?«

»Ja, schon, aber wenn ich eins trinke, schlafe ich sofort ein.«

»Ich kann es nicht fassen. Ramos hat den Verstand verloren.«

»Ein Vergewaltiger ist wie ein Vulkan, der überall Zerstörung sät.«

»Ich weiß. Wir konzentrieren uns auf das Opfer, und das sollten wir auch unbedingt, aber wie bei jedem Verbrechen wirkt es sich auch auf die Menschen in seinem Umfeld aus.«

»Es ist ein verdammtes Chaos.«

»In den Nachrichten haben sie gesagt, dass ihr den Mann entlastet habt, hinter dem er her war.«

»Haben wir. Mir tut ein Sexualstraftäter wie Lyle so leid wie es eben geht. Er wird jetzt die Stadt verlassen müssen. Nicht, dass das etwas Schlechtes wäre.«

»Ich hoffe, er geht nach Russland.«

Ein Raubtier weniger war eine gute Sache, aber es hatte keinen Sinn, sie daran zu erinnern, dass es eine Million Sexualstraftäter auf den Straßen gab. Und das waren nur die, von denen wir wussten.

»Er ist das Letzte. Ich wollte nur sagen –«

»Ich weiß, was du meinst. Aber das arme Mädchen, das vergewaltigt wurde – jetzt sitzt ihr Vater hinter Gittern.«

»Es ist unendlich traurig. Der Kerl war bei den Marines. Er hat vor sieben Jahren seine Frau verloren und dann seine Tochter. Es ist deprimierend. Kein Wunder, dass er durchgedreht ist.«

»Dass er die Sache selbst in die Hand genommen hat, hat alles nur noch schlimmer gemacht – um einiges. Er hätte sich Hilfe holen sollen.«

»Die Leute denken, sie haben alles im Griff, weißt du. Besonders wir Männer.«

Es war nicht einfach, mit jemandem über seine Gefühle und die Situation, in der man sich befand, zu sprechen. Ich war froh, dass ich mich dazu gezwungen hatte. Es hätte der Stress sein können, der mich nach meiner Genesung vom Krebs traf, aber die Entscheidung, Vater zu werden, hatte mich gelähmt. Jemanden wie Dr. Bruno zum Reden zu haben, war ein Lebensretter.

»Und was hat ihm dieser Macho-Mist eingebracht? Jetzt muss seine Tochter damit klarkommen?«

»Ich hoffe, sie gehen milde mit ihm um.«

»Er hat in ein Haus geschossen. Er hätte jemanden umbringen können.«

»Ich weiß, aber weißt du was? Ich bin fix und fertig – ich kann nicht mehr darüber reden.«

»Tut mir leid. Willst du etwas essen?«

Ich schüttelte den Kopf. »Derrick hat ein paar Burritos geholt, und mein Magen spielt verrückt.«

»Okay. Zieh dich um, damit du dich ein wenig entspannen kannst.«

MARY ANN SCHNARCHTE LEISE. ES WAR ZEIT, DIE EREIGNISSE des Tages zu verarbeiten. So verrückt es auch war, aus der Sicht eines Vaters war es leicht zu verstehen, was Ramos getan hatte. Sein kleines Mädchen war auf die widerlichste Art und Weise geschändet worden.

Was er tat, war irrational und machte die Sache für sie nur noch schlimmer. Seine Wut und Frustration zwangen ihn zum Handeln. Marines wurden zu stoischem Verhalten erzogen, aber das bedeutete nicht, dass sie gefühllos waren.

Das Schwierigste für jeden, ob Marine oder nicht, war das Gefühl der Hilflosigkeit, wenn ein geliebter Mensch in Schwierigkeiten steckte.

Ramos machte einen Fehler und verletzte die Person, der er zu helfen glaubte. Er würde einen Preis dafür zahlen, aber ich hoffte, sein Anwalt könnte einen Handel aushandeln, um die Haftzeit zu begrenzen. Sich auf eine Aggressionsbewältigungstherapie einzulassen, könnte helfen. Die juristischen Dinge waren nicht meine Angelegenheit. Alles, was ich tun konnte, war auf einen Deal zu hoffen, der es für Lisa Ramos leichter machen würde.

Aber was auch immer im Gerichtssaal geschah, meine Aufgabe war es, einer Frau ein gewisses Maß an Gerechtigkeit zu verschaffen, die mehr gelitten hatte, als irgendjemand es sollte.

Jede Spur, die wir verfolgten, führte in eine Sackgasse. Während ich versuchte, einen Weg zu finden, um voranzukommen, schlief ich ein.

Das *Bssst* meines vibrierenden Handys weckte mich. Ich griff danach. Es war Gesso. »Hallo?«

»Frank, tut mir leid, dass ich so spät anrufe, aber die Holmeses haben einen Anruf von jemandem bekommen, der sagt, er habe ihre Tochter.«

KAPITEL ACHTUNDZWANZIG

Während ich die Livingston Road entlangfuhr, war es schwer, nicht an Lisa Ramos zu denken. Die Vergewaltigung hatte sich in einem Park an dieser Hauptverkehrsstraße ereignet. Es war dieselbe Straße, an der Debbie Holmes zuletzt gesehen worden war. Ich bog nach Briarwood ab und fuhr zur Tivoli Lane.

Zwei Streifenwagen standen vor dem Haus der Holmes. Es war das erste Mal, dass ich in dieser Wohnanlage war. Ein Beamter spielte vor der weißen Doppelflügeltür des Hauses mit seinem Handy. Trotz des Grundes, warum ich hier war, schätzte ich den Wert des Hauses.

Nach einer zehnjährigen Pause waren Immobilien in Naples wieder das Thema Nummer eins. Unter Berücksichtigung des rasanten Preisanstiegs schätzte ich den Wert auf neunhunderttausend, als ein Beamter die Tür öffnete.

Es war spät, und die beigen Fliesen schluckten das Licht. Ich roch Kaffee, als er mich in die Küche führte.

Das Ehepaar Holmes hatte Tassen in den Händen. Ich stellte mich vor, und der Ehemann stand auf. »Ich bin Fred Holmes, und das ist meine Frau Laura.«

Mr. Holmes sah sportlich aus, und überragte mich. Narben zogen sich über beide Knie. College-Basketball? Wir schüttelten uns die Hände. »Freut mich, Sie kennenzulernen.«

Ungeschminkt schenkte Laura Holmes mir ein kurzes Lächeln, bevor sie sagte: »Ich habe Sie in den Nachrichten gesehen.«

Ich zuckte mit den Schultern. »Ich tue nur meine Arbeit, Ma'am. Erzählen Sie mir jetzt bitte von dem Anruf.«

Ihre Stimme brach. »Wir haben schon angefangen, die Hoffnung zu verlieren, wissen Sie ...«

Mr. Holmes legte seine Hand auf ihre Schulter. »Setz dich, Liebling.« Er wandte sich an mich. »Ich habe den Anruf entgegengenommen.«

»Auf Ihrem Handy?«

»Nein, auf dem Festnetz.«

Immer weniger Leute hatten so etwas. »Haben Sie eine Anruferkennung?«

»Nein.«

»Wie lange hat der Anruf gedauert?«

»Höchstens eine Minute.«

Keine Chance, ihn zurückzuverfolgen. »Erzählen Sie mir alles, was er oder sie gesagt hat.«

»Es war ein Mann. Er hat gefragt, ob ich Mr. Holmes bin. Ich habe ja gesagt, und er meinte, dass er Deborah hat und dass sie freigelassen würde, wenn wir hunderttausend Dollar zahlen würden. Ich habe zugestimmt. Dann sagte er, er würde mir einen Tag geben, um das Geld zu besorgen, und sich morgen mit Anweisungen wieder melden. Ich habe ihn gefragt, wie es Debbie geht, aber da hat er aufgelegt.«

»Ist Deborah der offizielle Name Ihrer Tochter?«

»Ja, aber niemand nennt sie so. Nicht einmal wir in der Familie.«

»Gab es irgendetwas im Hintergrund, woran man hätte erkennen können, von wo er angerufen hat?«

»Nein, aber es klang, als wäre er in einem Tunnel oder so was.«

»War er jung oder alt?«

»Ich würde sagen, jung, aber mit einer tiefen Stimme und einer Art britischem Akzent.«

»Kennen Sie oder Ihre Tochter jemanden, der so spricht?«

»Nein. Aber ich habe ihn schon mal gehört. Ich kann ihn nur nicht einordnen. Es ist aber nicht australisch oder englisch.«

»Hat er gesagt, um welche Uhrzeit er sich wieder meldet?«

»Um drei. Was sollen wir tun? Wir müssen Debbie nach Hause holen.«

»Haben Sie die Mittel, um das Lösegeld zu zahlen?«

»Ich werde tun, was nötig ist, um an das Geld zu kommen. Wenn hunderttausend sie nach Hause bringen, zahle ich es gerne.«

»Das ist eine Menge Geld.«

»Ich werde es besorgen. Machen Sie sich keine Sorgen.«

»Okay, aber ich würde nicht zahlen, bevor wir uns sicher sind, dass der Anrufer sie wirklich hat und es ihr gut geht.«

Er sah mich an, als hätte er einen Disclaimer von einem Tech-Giganten gelesen. »Was meinen Sie damit?«

»Wir müssen vorsichtig sein; das könnte eine Masche sein.«

»Sie meinen, er hat Debbie gar nicht?«

»Oh nein!«, schrie Mrs. Holmes auf.

»Bitte, greifen wir nicht vor. Ich versuche nur zu sagen, dass wir es langsam angehen müssen –«

»Langsam? Sie ist seit acht Tagen verschwunden!«

»Ich bezog mich auf die Lösegeldforderung. Im Allgemeinen, besonders bei großen Geldsummen, ist das Protokoll, einen Beweis zu verlangen, dass sie die Geisel haben und es ihr gut geht, bevor man zahlt.«

»Ich verstehe. Wirklich. Wir wollen Debbie einfach nur zu Hause haben, und ich weiß nicht, was ich tun soll.«

»Ich verstehe. Ich bin selbst Vater einer Tochter und fühle als Elternteil mit Ihnen, aber wir müssen die Möglichkeit im Auge behalten, dass dies ein Betrugsversuch ist. Das ist alles, was ich sage.«

»Das haben Sie jetzt schon das zweite Mal gesagt. Wissen Sie, es ist schon komisch, vor ein paar Tagen haben Ihre Leute uns noch erzählt, es gäbe keinen Beweis, dass sie entführt wurde, keinen Kontakt und keine Lösegeldforderung. Jetzt haben wir es, und Sie glauben es nicht?«

»Lassen Sie uns einen Schritt zurücktreten. Ich bin aus dem Bett aufgestanden, um hier zu sein. Das ist keine Beschwerde; es ist mein Job. Und ich nehme ihn ernst, einschließlich des Anrufs, den Sie erhalten haben. Wir müssen zusammenarbeiten. Ergibt das einen Sinn?«

Holmes nickte. »Ja, ich schätze, ich bin einfach zu aufgewühlt.«

»Ich verstehe. Wir beide wollen, dass Debbie wieder zu Hause ist, wo sie hingehört. Wir müssen uns nur sicher sein, dass derjenige, der anruft, sie auch wirklich hat.«

»Was würden Sie vorschlagen?«

»Dass er Sie mit ihr sprechen lässt.«

»Und wenn sie es nicht tun? Was dann?«

»Wir sollten darauf bestehen. Auf diese Weise wissen wir, dass es ihr gut geht.«

»Ich will diese Leute nicht verärgern. Was, wenn sie sich weigern?«

»Dann müssen sie uns etwas sagen, was ein Betrüger nicht wissen würde.«

»Wie ein Familiengeheimnis?«

»Das könnte es sein.«

Mrs. Holmes sagte: »Sie hat ein Muttermal auf dem Hintern. Es sieht aus wie ein Kaninchen.«

»Das ist perfekt.«

»Meinen Sie?«

»Ja. Und jetzt schmieden wir einen Plan für den Anruf morgen.«

KAPITEL NEUNUNDZWANZIG

DERRICK KAM UM NEUN UHR BEI DEN HOLMES AN. ER WOLLTE Mr. Holmes verschiedene Akzente vorspielen, um zu sehen, ob wir die unendliche Zahl der Verdächtigen eingrenzen konnten.

Dass wir beide den ganzen Tag dort waren, war Personalverschwendung. Herumstehen und warten war etwas, das mein Körper nicht gut vertrug. Mit beiden Eltern im Haus zu sein, war unerträglich, und im Fall Ramos' gab es noch einiges zu tun.

Derrick bestätigte Cravens Reise nach Key West. Er war von der Liste gestrichen, was bedeutete, dass wir so gut wie nichts hatten. Blanco war ein weiterer Lügner, aber niemand, dem wir sein Foto gezeigt hatten, konnte ihn in der Nähe der versuchten Vergewaltigung einordnen. Ich konnte ihn nicht vollständig ausschließen. Es ging also wieder zurück an den Anfang.

Es dauerte fünfzehn Minuten, bis ich den Bamboo Drive erreichte. Jorge Blanco wohnte eine Viertelmeile hinter LowBrow Pizza. Keines der Häuser hatte Kameras. Das war enttäuschend, aber es gab auch einen Lichtblick.

Bei dem Geruch von Pizza lief mir das Wasser im Mund

zusammen. Der Junge hinter dem Tresen, dessen T-Shirt mit Mehl bestäubt war, erkannte mich. »Hey, wie geht's?«

»Gut.«

»Was darf's für dich sein?«

»Eine Pizza Margherita. Schön knusprig.«

»Wird gemacht.«

»Ich muss die Aufnahmen eurer Außenüberwachungskamera vom zehnten Mai überprüfen. Es ist ein Schuss ins Blaue, aber sie erfasst die Kreuzung der 41.«

Er schob eine Pizza in den Ofen und sagte: »Kein Problem. Johnny ist hinten. Er holt sie dir.«

Es dauerte nur zehn Minuten, doch der Wagen roch nach Pizza und es war herrlich.

Jim Haney hatte sich nach dem öffentlichen Aufruf gemeldet. Er war der erste von zwei Stopps, bevor ich zu den Holmes fuhr. Haney sah aus wie ein auf der Seite liegendes U. Er litt wohl an einer Wirbelsäulenerkrankung.

»Mr. Haney, Sie haben die Hotline wegen der Vergewaltigung in North Collier kontaktiert.«

»Ja. Warum hat das so lange gedauert?«

»Wir müssen Prioritäten setzen, und Sie haben behauptet, eine Frau gesehen zu haben.«

»Es war eine Frau.«

»Sind Sie sich da sicher? Hätte es ein Mann sein können, der als Frau verkleidet war?«

»Ich weiß, was ich gesehen habe. Sie hatte Busen und alles. Das war keine Verkleidung.«

Er beschrieb, wie sie aussah. Ich dankte ihm für seinen Anruf und stieg wieder ins Auto. Es war nicht leicht, die Finger von der Pizza zu lassen, aber ich konnte bei den Holmes nicht mit Soße auf dem Hemd aufkreuzen.

Der nächste Anruf würde ebenfalls schnell gehen. Bruce Noon hatte sich auf fast jeden Aufruf gemeldet, den wir je gemacht hatten. Noon wohnte in einem winzigen Apartment in Wild Pines. Seine Augen leuchteten auf. »Detective Luca! Ich meine, wie geht es Ihnen? Fangen Sie die bösen Jungs?«

»Hallo, Bruce. Alles gut. Ich wollte Sie zu Ihrem Anruf bei der Hotline bezüglich der Vergewaltigung im North Collier Park befragen.«

»Äh, ich, äh, oh ja. Ich erinnere mich. Sehen Sie, da war dieser Mann – er war unheimlich. Ich habe ihn dort gesehen.«

»Was haben Sie dort gemacht?«

»Ich habe jemanden besucht, der dort wohnt.«

Das war dasselbe, was er bei jedem Anruf sagte. »Verstehe.«

»Warum sind Sie in den Park gegangen, wenn Sie zu Besuch waren?«

»Die haben den Durchgang. Sie wohnen in Wilshire Lake. Es ist echt cool, mit dem Park verbunden zu sein.«

Vielleicht hatte er wirklich etwas gesehen. »Erzählen Sie mir, was Sie gesehen haben.«

»Also, ich habe in den Nachrichten gesehen ... Ich schaue *WINK*. Ich mag den Sender wirklich. Schauen Sie den auch?«

»Ja. Bitte erzählen Sie mir ...«

»Oh ja, also, ich habe Sie im Fernsehen gesehen.« Er lächelte. »Sie waren ganz schick angezogen.«

»Was haben Sie gesehen?«

»Na ja, als ich Sie gesehen habe, habe ich angefangen zu überlegen, ob ich irgendetwas gesehen habe. Sie kennen mich ja. Ich helfe der Polizei gern.«

Das war keine Hilfe. »Das wissen wir zu schätzen.«

»War es eine Frau?«

»Nein, ein Mann. Er war ungefähr so groß.« Er hob eine Hand ein paar Zentimeter über seinen Kopf.

»Wie sah er aus?«

»Ich weiß nicht, irgendwie normal.«

Mein Handy vibrierte. Derrick wollte wissen, wo ich war. »Damit kommen wir nicht weiter.«

»Er ist schwer zu beschreiben. Wenn ich mit einem dieser

Phantombildzeichner der Polizei arbeiten könnte, könnten wir etwas zustande bringen und diesen Kerl schnappen.«

Wir hatten schon zweimal Ressourcen verschwendet, indem wir diesen Weg mit Noon gegangen waren. »Ich werde die Verfügbarkeit prüfen. Als Sie diesen Mann sahen, wie weit war er entfernt?«

»Nicht sehr weit.«

»Wo war er?«

»So ungefähr da, wo der Holzsteg anfängt. Und wissen Sie, es fällt mir gerade wieder ein – da war diese Frau. Direkt nachdem ich ihn gesehen hatte, ist sie an mir vorbeigegangen ...«

Ramos hatte nicht erwähnt, auf dieser Seite des Parks gewesen zu sein. »War es diese Frau?«

Er hielt mein Handy in der Hand. »Nein. Ich glaube nicht. Die Sonne hat mir in die Augen geblendet, und es war schwer zu sehen.«

»Können Sie mir die Kontaktdaten der Person geben, die Sie besucht haben?«

»Warum? Die waren nicht im Park.«

»Na, kommen Sie, Bruce. Sie wissen doch, dass die Polizei Vorschriften hat, an die wir uns halten müssen.«

KAPITEL DREISSIG

Der Pizzakarton war noch warm. Ich gab ihn Derrick. Er sagte: »Danke. Foyle konnte den Akzent nur so weit eingrenzen, dass es kein britisches Englisch war.«

»Wie geht es Ihnen?«

Er senkte die Stimme. »Sie sind mit den Nerven am Ende.«

»Eine verdammte Schande.«

Als ich an der Küche vorbeiging, kamen die Holmes' ins Blickfeld. Sie saßen im Wohnzimmer und starrten auf das Telefon auf dem Couchtisch.

»Wie geht es Ihnen heute?«

Mr. Foyle stand auf. »Zwei Uhr kann gar nicht früh genug kommen.«

»Ich habe Pizza mitgebracht, falls Sie Appetit haben.«

»Nee, ich kann nichts essen.«

»Ich auch nicht.«

»In Ordnung. Ich bin in der Küche.«

Derrick riss Blätter von einer Küchenrolle ab. »Hast du was über Blanco rausgefunden?«

Sein kriminalistischer Spürsinn war scharf. »Hast du das wegen der Pizza geschlussfolgert?«

»Klar, die ist von LowBrow.«

»Wir müssen ihn als Verdächtigen mit einbeziehen oder ausschließen. Ich habe eine DVD im Auto, die die Kreuzung erfasst. Sie ist nicht narrensicher, aber wenn er sein Haus verlassen hat, führt der direkteste Weg zur 41 an LowBrow vorbei.«

Er faltete ein Stück Pizza und biss hinein. »Gut mitgedacht.«

»Ich habe bei einem Jim Haney, der angerufen hatte, vorbeigeschaut, um mit ihm zu reden, aber das war nichts. Außerdem war ich bei unserem Kumpel Bruce Noon.«

»Wie geht's ihm denn so?«

»Die gleiche alte Leier. Er hat jemanden besucht und was gesehen.«

»Er braucht eine neue Masche.«

»Ja, aber er sagte, er habe in der gleichen Gegend wie der Junge einen Mann gesehen.«

»An der Promenade?«

»Ja. Es könnte ein Glückstreffer sein, denn er hat dort auch eine Frau gesehen.«

Derrick lächelte. »Er sichert sich nach allen Seiten ab.«

Um zehn vor zwei klingelte das Telefon. Holmes sah mich an. »Meinen Sie, er ist es?«

»Bleiben Sie ruhig und gehen Sie ran.«

Holmes atmete tief ein und nahm ab. »Hallo.«

Er schüttelte den Kopf und sagte: »Ich habe kein Interesse. Auf Wiederhören.«

»Irgendein Typ aus Indien, der mir eine Autogarantie verkaufen will. Warum kann die Regierung nichts dagegen tun?«

Das war eine ausgezeichnete Frage. »Machen Sie sich jetzt keine Sorgen darüber –«

Das Telefon klingelte erneut. Holmes ging ran. »Hallo. Soll das ein Witz sein? Lassen Sie mich in Ruhe.«

Er legte auf. »Derselbe verdammte Kerl.«

»Unglaublich. Können Sie sich vorstellen, dass der Kerl all diese –«

Das Telefon klingelte wieder. Holmes sagte: »Wenn ich den Anruf verpasse, schwöre ich, dass ich diesen Kerl finde und erwürge.«

»Gehen Sie ran.«

»Ja? Ich bin's. Okay.« Er legte die Hand auf den Hörer. »Besorgen Sie mir Stift und Papier.«

Derrick reichte ihm seinen Block und Bleistift.

Holmes sprach in den Hörer. »Okay. Ich bin so weit.« Er schrieb zwei Zeilen auf und sagte: »Hab's. Ja. Das kann ich machen.«

Ich flüsterte: »Sagen Sie ihm, Sie wollen mit Ihrer Tochter sprechen.«

Holmes sagte: »Ich will mit Debbie sprechen. Warten Sie ... Hallo? Hallo?«

Er legte auf.

Mr. Holmes gab mir Derricks Block. Er hatte zwei lange Zahlenreihen hingekritzelt: die First Caymanian Bank und Robert Smith.

»Er will, dass das Geld auf die Kaimaninseln überwiesen wird?«

»Das hat er gesagt.« Holmes zeigte auf die obere Zahl. »Das ist die Kontonummer und das ist die Routing-Nummer.«

»Sein Name war Robert Smith?«

»Ich nehme es an, aber das hat er nie gesagt.«

»Hat er sonst noch etwas gesagt?«

»Nein. Das war's. Nur, dass das Geld überwiesen werden soll, und zwar noch heute.«

Mein Magen zog sich zusammen. »Das gefällt mir nicht.«

»Mir auch nicht, aber ich will meine Tochter zurückhaben.«

»Ich verstehe, aber wir wissen nicht, ob diese Person sie überhaupt hat.«

Derrick sagte: »Es ist ungewöhnlich, dass ein Entführer verlangt, dass Geld überwiesen wird.«

Holmes' Frau sagte: »Nicht in der heutigen Welt. Sie könnten es in dieses elektronische Geld oder so was umwandeln, damit es nicht zurückverfolgt werden kann.«

Es war eine Theorie, aber der Teil, dass man digitales Geld nicht zurückverfolgen könne, war falsch. Die Bundesbehörden könnten es aufspüren und wiederbeschaffen, wenn sie es wollten. »Das mag sein, aber wir wissen immer noch nicht, ob sie Ihre Tochter haben.«

Sie schniefte. »Was sollen wir denn tun? Wenn wir nicht zahlen, werden wir es nie erfahren.«

Ihr Mann sagte: »Wir verschwenden Zeit. Wir haben weniger als zwei Stunden.«

»Sie gehen ein gewaltiges Risiko ein, wenn Sie zahlen, Mr. Holmes.«

»Mag sein, aber ich gehe das Risiko ein, dass sie sie haben und etwas tun, wenn wir nicht zahlen.«

»Ich verstehe. Würden Sie in Betracht ziehen, die Hälfte des Geldes jetzt zu schicken und die andere Hälfte, sobald wir wissen, dass sie Ihre Tochter haben und es ihr gut geht?«

Er sah seine Frau an und sagte: »Glaubst du, das macht sie sauer?«

»Vielleicht, aber wenn sie sie haben, nehmen sie die Fünfzig und wissen, dass sie den Rest bekommen.«

»Ich habe Angst, dass es –«

»Sie können beide Überweisungen einrichten. Lassen Sie sich von der Bank ein Dokument geben, aus dem hervorgeht, dass sie eingerichtet sind.«

»Okay, okay. Gehen wir los.« Er wandte sich an seine Frau. »Schatz, bleib du hier.«

»Nein, ich will mitkommen.«

»Was ist, wenn er wieder anruft?«

»Was sollte ich denn sagen?«

»Das ist in Ordnung, Ma'am. Derrick wird Ihnen Gesellschaft leisten, während wir bei der Bank sind.«

»Okay, okay.«

Ich hielt das Notizbuch hoch. »Derrick, mach ein Foto davon und setz dich mit den Bundesbehörden in Verbindung. Soweit ich weiß, haben die Kaimaninseln einige der strengsten Bankgeheimnisgesetze überhaupt.«

Er machte zwei Aufnahmen davon und sagte: »Viel Glück.«

Sich auf Glück zu verlassen, war die schlechteste Strategie. Aber mit den Eltern eines entführten Kindes zu argumentieren, war unmöglich. Alle Eltern, auch diese, waren anfällig für Manipulationen, wenn es um die Sicherheit ihrer Familie ging.

Als ich in mein Auto stieg, sprach ich ein stilles Gebet für die Holmes.

KAPITEL EINUNDDREISSIG

Auf der Fahrt zurück zu den Holmes war es unmöglich, nicht meine Gedanken Pingpong spielen zu lassen. Hunderttausend Dollar waren ein Haufen Geld. Sie ohne einen Beweis auf die Kaimaninseln zu schicken, fühlte sich an, als würde man einen Lottoschein kaufen. Das war ein Fehler.

Andererseits, welche Eltern würden nicht jedes Risiko eingehen, wenn das Wohl ihres Kindes auf dem Spiel stand? Man musste einfach etwas tun.

Felix Ramos kam mir in den Sinn. Völlig andere Umstände, und doch gab es Parallelen; das Gefühl der Hilflosigkeit überwältigte die Vernunft. Ramos saß hinter Gittern; Holmes hatte kein Gesetz gebrochen, aber wenn das hier schiefging, würden er und seine Frau ihre ganz eigene Hölle erleben.

Derrick trat nach draußen, nachdem Mr. Holmes hineingegangen war. »Wie ist es gelaufen?«

»Zu einfach. Es ist beängstigend, dass man Geld so einfach herumschieben kann.«

»Hat er die Hälfte geschickt?«

»Ja. Hoffen wir, dass wir den Rest auch noch schicken müssen.«

»Amen.«

»Alles ruhig hier?«

»Ja. Ich fühle mich schlecht, aber bei ihr zu sein, ist stressig.«

»Zu warten und nichts zu wissen, ist hart.«

»Allerdings.«

»Nutzen wir die Zeit.« Ich zog mein Notizbuch heraus. »Versuch du mal, diese Frau ausfindig zu machen. Noon hat gesagt, er war am zehnten Mai bei ihr im Haus. Ich fahre ins Büro, um das LowBrow-Video zu überprüfen.«

Er runzelte die Stirn.

»Was ist los?«

»Ich hab's langsam satt … vergiss es.«

»Nein. Sag schon.«

»Du rennst durch die Gegend, und ich sitze hier fest und muss den Babysitter spielen.«

»Tut mir leid, aber ich leite den Fall und –«

»Vergiss es, Mann.« Derrick drehte sich um und ging zurück ins Haus.

Wir hatten zwei Fälle zu bewältigen, und mein Partner kriegte einen Wutanfall?

———

Ich lehnte den Kopf zurück und träufelte mir einen Tropfen Kochsalzlösung in jedes Auge. Blinzelnd massierte ich mir den Nacken. Der Zeitstempel auf dem Video zeigte 5:48 Uhr an. Von Blanco keine Spur. Ich drückte auf Play und beugte mich zum Bildschirm vor.

Die Kreuzung war in der Ferne, wodurch die Autos klein wirkten und die Nummernschilder noch kleiner. Blanco fuhr einen hellblauen Passat. Weder die Farbe noch die japanische Marke passten zu dem, was der Spielzeugbootbastler an einer seltsamen Stelle geparkt gesehen haben wollte. Aber allem musste man nachgehen.

Als ein Pickup ins Bild kam, schweiften meine Gedanken zu Derrick ab. Er fuhr auch einen. Ich mochte den Kerl wirklich, aber ich war der Boss. Das wusste er. Was es das Problem, dass wir gute Freunde geworden waren? Verwischten dadurch die Grenzen?

Ein Auto kam ins Bild. Ich hielt das Video an; es sah aus wie Blancos Wagen. Als ich heranzoomte, war nicht das ganze Kennzeichen zu sehen. Aber es begann mit PTT. Genau wie bei Blanco.

Der Zeitstempel zeigte 6:09 Uhr. Bis zum North Collier Park waren es gut zwanzig Minuten. Das war knapp und ließ nur wenig Zeit, um nach einem Opfer zu suchen. Aber in jener Nacht war im Park nicht viel los gewesen.

Im Portal der Zulassungsstelle gab es keine anderen Passats, deren Kennzeichen mit PTT begannen. Blanco hatte einiges zu erklären.

Derrick ging beim dritten Klingeln ran. »Hallo.«

»Hey, ist alles in Ordnung bei euch?«

»Ja.«

»Hast du überprüft, was Noon gesagt hat?«

»Ja.«

»Und?«

»Er war bei ihnen.«

»Wow. Noon hat es sich diesmal nicht ausgedacht.«

»Nee.«

»Vielleicht müssen wir einen Phantombildzeichner mit ihm arbeiten lassen.«

»Was immer du sagst.«

»Was soll das heißen?«

»Nichts.«

»Sicher?«

»Ja.«

»Okay. Hey, ich wollte dich wissen lassen, dass Blanco in der Nacht der Ramos-Vergewaltigung sein Haus verlassen hat.«

»Okay.«

»Geht's dir gut?«

»Ja.«

»Ich fahre jetzt zu ihm.«

»Okay.«

War es möglich, dass sich ein zweiundvierzigjähriger Mann innerhalb einer Stunde in einen Sechzehnjährigen verwandelte? »Sag Bescheid, wenn sich bei Holmes was tut.«

»Ja, Boss.«

Der Sarkasmus war dicker als Honig. »Jetzt komm schon.«

»Muss los. Das Telefon klingelt.«

»Gib mir Bescheid –« Er hatte aufgelegt.

BEVOR ICH ZUR TÜR GING, RIEF ICH DERRICK AN, UM ZU SEHEN, ob sie etwas gehört hatten. Die Mailbox ging ran. War das ein gutes Zeichen?

Blanco kam mit einem Headset zur Tür. Er hielt inne, bevor er sagte: »Detective Luca, ist etwas nicht in Ordnung?«

»Sie haben mich angelogen.«

Er wedelte mit den Händen. »Nein, nein. Das habe ich nicht. Ich weiß nicht, wovon Sie reden.«

»Sie haben mir erzählt, Sie seien in der Nacht vom zehnten Mai zu Hause gewesen.«

Wieder eine Pause. »Das war ein Dienstag, richtig?«

»Ja.«

»Ich war zu Hause. Ich gehe nicht oft aus. Wenn, dann meistens am Wochenende.«

»An jenem Abend haben Sie Ihr Haus verlassen. Ich habe

eine Videoaufzeichnung von LowBrow; Sie sind kurz nach sechs mit Ihrem Auto auf die 41 gefahren.«

Er wippte auf den Fußballen. »Oh-oh. Ich bin zu Publix gefahren, um mir ein Hero zu holen.«

»Sie sind nie zurückgekommen.«

»Doch. Ich bin direkt wieder reingekommen, so nach zwanzig Minuten.«

»Nicht laut der Überwachungskamera von LowBrow.«

»Ich bin über die River Road zurückgekommen. So geht es schneller.«

Gab es irgendwo eine Kamera, die seine Rückkehr dokumentierte? »Sie bekommen eine letzte Chance, Ihre Geschichte zu ändern, denn ich werde sie überprüfen. Publix hat jede Menge Kameras.«

»Das ist die Wahrheit.«

»Haben Sie mit Kreditkarte für das Hero bezahlt?«

»Nein. Bar. Es waren so um die acht Dollar, und ich habe nichts anderes gekauft.«

»Wenn Sie lügen, sorge ich dafür, dass Sie nie wieder aus dem Gefängnis kommen.«

Blanco stand in der Tür, als ich vom Bordstein wegfuhr. Es war unmöglich zu erkennen, ob eines der Häuser entlang des Weges, den Blanco für seine Rückkehr angegeben hatte, eine Überwachungsanlage besaß.

Ein alleinstehendes Gebäude, das eine Immobilienfirma beherbergte, stand an der Ecke River Road und Route 41. Sein Parkplatz war leer. An beiden Ecken des Gebäudes hingen Kameras. Ein handgeschriebenes Schild klebte an der Tür. Das Büro war wegen eines Ausflugs zum zehnjährigen Bestehen der Firma geschlossen.

Warum hatte Derrick nicht zurückgerufen? Der nächste Publix war in Kings Lake. Ich fuhr dorthin und rief meinen Partner an.

»Hey, wie läuft's?«

»Okay.«

»Worum ging es bei dem Anruf?«

»Werbeanruf.«

»Verdammt. Nichts Neues vom Jungen?«

»Nee.«

»Willst du bei Ein-Wort-Antworten bleiben?«

»Es gibt nichts zu berichten.«

»Das gefällt mir nicht. Wenn sie den Jungen haben, sollen sie es beweisen.«

»Jep.«

Ein weiterer Anruf kam rein. »Ich muss los. Es ist Gesso.«

»Was gibt's, Sarge?«

»Die Bundespolizei hat das Lösegeld zurückverfolgt.«

KAPITEL ZWEIUNDDREISSIG

Der Akzent des Mannes, der Holmes anrief, ergab Sinn.
»Willst du mich verdammt noch mal verarschen?«

Gesso sagte: »Schön wär's. Das Geld ist bei der Bank auf den Kaimaninseln eingegangen und ist Minuten später nach Nigeria weitergeleitet worden.«

»Mistkerle! Und wir können nichts tun, oder?«

»Anscheinend. Sie sagten, es war nicht einfach, sie dazu zu bringen, zu verraten, dass es nach Nigeria ging.«

»Das ist eine verdammte Betrugsmasche, und die Geheimhaltungsgesetze lassen sie damit durchkommen.«

»Die sind nicht gerade hilfreich.«

»Was für ein Abschaum, der es auf die Holmes abgesehen hat.«

»Manchmal ist die Welt einfach beschissen, Frank.«

»Das kann man wohl sagen.«

»Wirst du es den Holmes sagen?«

»Derrick ist bei ihnen.«

»Alles klar. Ich muss los.«

Ich wollte gerade meinen Partner anrufen, hielt aber inne. Würde er sich aufregen, wenn er diese Drecksarbeit erledigen müsste? Schlechte Nachrichten zu überbringen, gehörte zum Job. Er war mir unterstellt. Warum also das Zögern, die Aufgabe zu delegieren?

Ich fuhr auf den Parkplatz von Publix. Dort war man immer schnell zur Kooperation bereit. Das Ansehen des Videos würde nicht länger als zehn bis fünfzehn Minuten dauern. Es bliebe also gerade genug Zeit zum Nachdenken.

———

Passenderweise verdunkelte sich der Himmel auf dem Weg zum Haus der Holmes. Blanco war aus dem Schneider. Es hatte keinen Sinn, das Video der Immobilienfirma zu überprüfen. Bis Blancos Sandwich zubereitet war und er die Kasse passiert hatte, war es 18:39 Uhr.

Blanco konnte unmöglich rechtzeitig im Park gewesen sein, um Ramos anzugreifen. Wir hatten nichts in der Hand. Und jetzt mussten wir die Holmes enttäuschen. Einen Block entfernt hielt ich am Straßenrand. Schlechte Nachrichten zu überbringen, war hart. Es zu tun, wenn man nicht in der richtigen Verfassung war, tat niemandem gut.

Ich wölbte die Schultern nach hinten und versuchte, die Anspannung zu lösen, die mir den Nacken hochkroch. Was das ein Job für einen jüngeren Mann? Der Ruhestand war nur noch ein paar Jahre entfernt, aber wenn es nicht um das Geld und die Krankenversicherung ginge, wäre ich schon weg.

Mitten in einem Fall abzuhauen, war nicht meine Art. Wenn es so weit war, würde der Schreibtisch so sauber sein, wie es in der heutigen Welt nur möglich war. Derrick würde dann das Sagen haben. Er wäre der Boss und würde in die Aufgabe hineinwachsen. Welche Hilfe er auch immer brauchte, ich würde für ihn da sein.

Ich kreiste mit dem Kopf, dehnte meinen Nacken und fuhr zu den Holmes. Am Bordstein schickte ich eine Nachricht an

Derrick. Er kam nach draußen. Ich zeigte ihm den Daumen nach unten und traf ihn an der Tür.

»Sieht so aus, als wären die Holmes betrogen worden.«

»Jesus Christus!«

»Ich weiß. Gesso hat angerufen und gesagt, das Geld wurde von den Kaimaninseln nach Nigeria transferiert.«

Er schüttelte den Kopf. »Die armen Leute.«

»Ich wollte nicht, dass du es ihnen alleine sagst.«

»Danke, aber das hätte ich schon geschafft.«

»Ich weiß, du hättest das geschafft, aber ich wollte …«

»Ich hab's kapiert. Die Tatsache, dass du gekommen bist, reicht mir schon.«

Meine Schultern entspannten sich. Zählte das als Versöhnung? »Okay.« Er drehte sich um, und ich sagte: »Warte mal kurz, Blanco ist nicht unser Vergewaltiger. Wir fangen wieder bei null an.«

»Diese Scheiße wird nie einfach, was?«

»Wir schnappen ihn uns.« Das klang zuversichtlich, aber das war nur die Erleichterung darüber, den Eltern nicht die schlechte Nachricht überbringen zu müssen.

An mein Auto gelehnt, versuchte ich, den nächsten Schritt im Fall Holmes herauszufinden. Es sah ganz so aus, als wäre dem Mädchen etwas Schlimmes zugestoßen. Wir hatten weder eine Leiche noch ein Motiv oder einen Verdächtigen, also war es kein Mordfall – noch nicht. Vielleicht wurde das Mädchen gefangen gehalten. Aber von wem?

Meine Gedanken schweiften zum Fall Pine Ridge und den Millers. Der jüngere Bruder hatte bei einem Autounfall eine Hirnverletzung erlitten und war nicht mehr im Vollbesitz seiner geistigen Fähigkeiten.

Bruce Noon schoss mir durch den Kopf. Ich wusste nicht, was mit ihm nicht stimmte, aber irgendetwas war seltsam. Ich zog mein Handy hervor und rief das Labor an. »Cecil, hier ist Luca.«

»Hi, Frank. Wie geht's dir?«

»Mir ging's schon mal besser.«

»Ich hab von der Lösegeldbetrügerei gehört.«

Schlechte Nachrichten verbreiteten sich in Überschallgeschwindigkeit. Es brachte nichts, zu sagen, dass ich es hatte kommen sehen. »Es ist definitiv beschissen. Hör zu, ich habe einen möglichen Zeugen, mit dem ich gerne einen Phantombildzeichner zusammenbringen würde.«

»Klar. Ich kann das arrangieren. Schick mir einfach den Papierkram.«

»Danke.« Papierkram. Der andere nervige Teil des Jobs, den man nie im Fernsehen sah.

Die Haustür öffnete sich. Derrick winkte mir mit der Hand zu. »Er will mit dir reden.«

»Wie ist es gelaufen?«

»Nicht gut. Die Frau ist hysterisch. Sie hat sich hingelegt.«

Mr. Holmes schritt im Wohnzimmer auf und ab. »Was sollen wir jetzt tun?«

Gute Frage. »Wir werden die Ermittlungen fortsetzen ...«

»Fortsetzen? Wohin zum Teufel hat uns das denn gebracht? Huh? Sagen Sie es mir. Übersehe ich da was?«

»Wir sind alle enttäuscht, aber wir geben nicht auf. Wir verfolgen mehrere vielversprechende Spuren.«

»Welche Spuren? Wovon reden Sie da?«

»Ich kann nicht viel verraten, aber wir haben mehrere Personen von Interesse.«

»Warum hat niemand etwas gesagt? Wer sind diese Leute? Wo zum Teufel ist meine Tochter?«

Der Satz war mir einfach so rausgerutscht. Es war das Kauderwelsch, das Politiker von sich gaben. Aber wir konnten ihnen in diesem Moment nicht die Hoffnung nehmen.

»Sobald wir etwas mitteilen können, werden wir es tun.«

»Wie lange wird das noch dauern?«

Derrick sagte: »Es ist schwer vorherzusagen, wann wir einen Durchbruch haben werden. Aber wir üben Druck aus.«

Ich war dankbar, dass er eingesprungen war.

Holmes' Schultern sackten in sich zusammen. »Ich habe ein schlechtes Gefühl, dass sie nicht nach Hause kommt.«

Damit war er nicht allein. Die geringe Chance, dass sie noch am Leben war, schwand mit jedem Ticken der Uhr. Was konnte man tun?

Wir standen zusammengekauert bei meinem Auto. Ich atmete aus. »Was für ein verdammtes Chaos.«

Derrick sagte: »Nehmen wir uns den Freund vor.«

Mein Handy vibrierte. »Okay.« Ich hob einen Finger und nahm ab: »Was ist los, Sarge?«

Ich lehnte mich gegen das Auto. »Verdammt. Schick mir die Adresse per SMS. Wir fahren sofort los.«

»Was hat er gesagt?«

»Ein fünfjähriges Mädchen wird vermisst.«

KAPITEL DREIUNDDREISSIG

Wɪʀ ʀᴀsᴛᴇɴ ᴅᴇɴ Dᴀᴠɪs Bᴏᴜʟᴇᴠᴀʀᴅ ᴇɴᴛʟᴀɴɢ ᴜɴᴅ ʙᴏɢᴇɴ ɪɴ den Glen Eagle Golf and Country Club ab. Die Wohnanlage war durch ein Tor gesichert. Eine minimale Abschreckung.

»Frag den Wachmann, ob sie Kameras haben. Wenn sie mit dem Auto entführt wurde, brauchen wir jedes Kennzeichen, das hier rausgefahren ist.«

Derrick sprach mit einem älteren Mann, der schon Mühe gehabt hätte, zum Briefkasten zu laufen. Es war ein weiteres Beispiel für reines Sicherheitstheater. »Sie machen Fotos.«

»Gut. Los geht's.«

Das Haus der Schneiders war ein Einfamilienhaus am Lago Villaggio Way.

Derrick sagte: »Was für ein langer Straßenname.«

»Die Leute müssen es leid sein, ihn ständig buchstabieren zu müssen.«

Ein Streifenwagen kam in Sicht. Derrick parkte dahinter. Das Haus war eines von mehreren in dem Block, bei denen die Terrakotta-Dachziegel durch schlichte graue Ziegel ersetzt worden waren. Zwischen den Häusern war ein See zu erkennen, der sich hinter der Straße erstreckte.

Ich verdrängte den Gedanken, den See ausbaggern zu lassen, und wir gingen hinein. Sechs Frauen flehten den Sicherheitsmann der Wohnanlage an, etwas zu unternehmen.

Ich räusperte mich und sagte: »Mrs. Schneider?«

Eine etwa dreißigjährige Frau mit kurzen, blonden Haaren trat vor, das Gesicht von Wimperntusche verschmiert. »Gott sei Dank sind Sie da.«

Derrick sagte: »Ich beteilige mich an der Suche. Sprich mit Mrs. Schneider.«

»Ja, bitte beeilen Sie sich.«

Ich sagte: »Wir brauchen ein Foto von ihr.«

Sie nahm ein gerahmtes Foto von einer Anrichte. Das Kind hatte dieselbe Haarfarbe wie Jessie. Ich reichte es Derrick und wandte mich an die Mutter.

»Erzählen Sie mir, was passiert ist.«

»Jemand hat Mia entführt. Sie war genau hier, und dann war sie weg.«

»Wo waren Sie, als sie verschwunden ist?«

»Sie war auf der Veranda, und ich bin reingegangen, nur für eine Minute. Ich musste mich umziehen. Ich hatte noch meine Sportklamotten an, und Mia hatte Tanzunterricht.«

»Und als Sie wieder rauskamen, war sie weg?«

»Ja. Ich dachte, sie wäre im Haus. Ich habe überall nachgesehen ... Oh, bitte finden Sie sie.«

»Wie lange waren Sie drinnen?«

»So fünf, vielleicht zehn Minuten. Ich musste auf die Toilette.«

»Zeigen Sie mir, wo sie war, als Sie sie das letzte Mal gesehen haben.«

Sie ging zu den offenen Schiebetüren. »Genau hier. Sie hat mit ihrer Puppe Tee getrunken. Das macht sie jeden Tag.«

Dasselbe Teeservice, das unsere Tochter hatte, stand auf dem Verandatisch. Ich trat auf die Veranda. Eine Fliegengit-

tertür führte auf die Rasenfläche vor einem langen, schmalen
See. Der Griff an der Tür sah seltsam aus.

»War der schon vor heute kaputt?«

»Ja, der funktioniert schon seit Monaten nicht mehr.«

Ich trat auf den Rasen. Ein paar Häuser weiter bog der See
außer Sichtweite ab. Ein sumpfiges Gebiet zur Rechten erregte
meine Aufmerksamkeit. Gab es Alligatoren im Wasser oder im
Schilf?

»Wo ist Ihr Mann?«

»Wir leben getrennt.«

»Glauben Sie, er könnte sie geholt haben?«

»Nein. John und ich, wir verstehen uns gut. Außerdem ist
er auf Reisen. Ich glaube, er ist oben in New York.«

»Wir werden seine Kontaktdaten brauchen.«

»Ich sage Ihnen, so etwas würde er nicht tun.«

»Ma'am, ich sage nicht, dass er es getan hat. Geben Sie mir
nur seine Daten.«

Sie schüttelte den Kopf, gab sie mir dann aber doch
widerwillig.

»Haben Sie jemanden draußen gesehen? Irgendetwas Ungewöhnliches?«

»Nein. Es war ein ganz normaler Tag. Ich meine, die
Gärtner waren vorhin da, aber das war schon vor Stunden.«

»Sonst niemand?«

»Nein. Ich habe niemanden gesehen.«

»Ist Ihre Tochter schon einmal weggelaufen?«

»Mia ist ein braves Kind. Sie weiß, dass sie nicht mit
Fremden sprechen darf.«

»Ist sie jemals weggelaufen?«

»Nein, nicht wirklich. Ich meine, einmal war ich in der
Umkleidekabine bei Bealle's, da hat sie mir einen Riesenschre-
cken eingejagt. Aber das war's, nur dieses eine Mal bei Bealle's.«

Ich musste unweigerlich an die Flut von Gutscheinen

denken, mit denen der Laden Kunden anlockte. »Was ist mit ihren Freunden in der Nachbarschaft? Könnte sie zu einem von ihnen gegangen sein?«

»Die Kinder im Block sind älter. Die sind in der Schule.«

Ich holte mein Handy heraus. »Sarge, ich brauche so schnell wie möglich eine Drohne hier oben.«

»Geht klar. Sonst noch was?«

»Wir werden noch etwa sechs weitere Beamte brauchen, um eine Rastersuche durchzuführen. Das Gelände hier ist weitläufig.«

»Okay, ich schicke Ihnen ein paar Wagen vorbei. Viel Glück.«

»Mrs. Schneider, rufen Sie den Golfclub an. Sagen Sie ihnen, dass Ihre Tochter vermisst wird. Bitten Sie sie, Golfwagen zur Suche auszuschicken. Vielleicht hat sie sich verirrt.«

»Warum sollte sie auf dem Golfplatz sein?«

»Tun Sie es einfach.«

Sie tätigte einen Anruf, und ich gab ihr meine Handynummer. »Rufen Sie mich an, wenn die Streifenwagen ankommen. Oder wenn Sie irgendetwas hören.«

Herumstehen lag nicht in meiner DNA. Besonders nicht, wenn ein fünfjähriges Kind in Schwierigkeiten sein könnte. Ich trat nach draußen und suchte den Himmel ab. Die Drohne war auf dem Weg zu uns. Leise betend ging ich auf ein sumpfiges Gebiet voller brusthohem Schilf zu.

Mary Ann schlief auf der Couch. Ich schaltete den Fernseher aus, und sie rührte sich.

»Wie spät ist es?«

»Halb zehn.«

»Ziemlich übler Tag, was?«

»Ja, aber wenigstens eine Sache hat sich geklärt.«

»Was ist passiert?«

»Die Lösegeldsache mit dem Holmes-Mädchen war ein riesiger Betrug.«

»Ich hab die Nachrichten gesehen. Was ist passiert?«

»Die Überweisung – Gott sei Dank hat er zugehört und nur die Hälfte des Geldes geschickt. Jedenfalls wurde sie auf die Cayman Islands geschickt, und sobald sie dort ankam, wurde sie nach Nigeria weitergeleitet.«

»Oh, die arme Familie. Wie können Menschen damit leben, so etwas abzuziehen?«

»Nur eine andere Art von Raubtier. Nicht anders als jeder andere Betrug, der mit Emotionen spielt.«

»So wie der Fall, als Phils Vater Geld an jemanden geschickt hat, der behauptete, sein Enkel zu sein und Kaution zu brauchen.«

»Genau. Für solche Leute sollte es einen besonderen Platz in der Hölle geben.«

»Also, gibt es nichts Neues zum Mädchen?«

»Nein. Es sieht nicht gut aus.«

»Ich kann mir nicht vorstellen, was die durchmachen.«

»Ich weiß. Heute sind wir zu einem Anruf wegen eines vermissten fünfjährigen Mädchens gefahren.«

»Oh nein.«

»Sie hat blondes Haar wie Jessie, und das Kind hat dasselbe Teeservice, mit dem Jessie früher gespielt hat. Das hat mir einen Schauer über den Rücken gejagt.«

»Aber es ist gut ausgegangen?«

»Ja, ein Junge mit Down-Syndrom kam vorbei. Er hatte einen Fisch im See gefangen und wollte ihn zeigen, und die beiden sind dann zusammen weggelaufen.«

»Unheimlich. Sie hätte entführt werden oder in den See fallen können. Haben die dort Alligatoren?«

Es war besser, die Antwort zu vermeiden. »Das Leben kann sich von einem Moment auf den anderen ändern. Erinnerst du dich, als wir bei Marshall's waren und ich Turnschuhe anprobiert habe? Wir sind in Panik geraten, als wir Jessie nicht hinter dem Regal gesehen haben.«

»Ob ich mich erinnere? Die Anspannung hat mich zehn Jahre meines Lebens gekostet.«

»Wo wir gerade von Anspannung sprechen. Irgendwas Seltsames ist mit Derrick los. Auf einmal widerspricht er mir, wenn ich Anweisungen gebe.«

»Ihr seid Partner, ihr teilt euch die Verantwortung.«

»Ach, komm schon, du weißt, dass es so nicht läuft; ich habe die Leitung. Ich bin derjenige, auf den Remin eindrischt, nicht Derrick.«

»Darüber rede ich nicht. Derrick weiß, dass du der Chef bist. Ich meinte die Art, wie du fragst –«

»Was willst du damit sagen?«

Sie verschränkte die Arme. »Frank, vergiss nicht, dass wir auch mal Partner waren. Ich musste dir mehrmals sagen, dass du unhöflich bist –«

»Unhöflich? Ich bin nicht unhöflich.«

»Lässt du mich mal ausreden?«

»Nur zu.«

»Es ist die Art, wie du jemanden bittest, etwas zu tun. Anstatt es ihm oder irgendjemand anderem einfach zu befehlen, sei doch nett dabei. Jeder hat Gefühle –«

»Moment mal! Ich versuche, einen Vergewaltiger und ein vermisstes Kind zu finden, und ich muss mir Sorgen machen, die Gefühle meines Partners zu verletzen? Das ist doch verrückt. Ich bin fix und fertig. Ich gehe ins Bett.«

———

ICH RISS DIE AUGEN AUF. ICH ERSTARRTE. WAS WAR DAS? EIN Kratzen? Oder ein Hebeln? In einer einzigen Bewegung schwang ich die Beine aus dem Bett und umschloss den Griff meines Revolvers.

»Frank? Was ist los?«

»Geh ins Badezimmer. Jemand versucht einzubrechen.«

»Geh da nicht raus. Ich rufe den Notruf an.«

»Nein. Ich mach das schon.«

Es dauerte eine Minute, bis ich auf Zehenspitzen ins Wohnzimmer geschlichen war. Die Sicherheitslichter auf der rechten Seite des Hauses waren an. Wer versuchte, durch die Waschküche einzudringen?

»Hau ab von hier! Ich habe eine Waffe!«

Das Geräusch hörte auf. »Verschwinde!«

»Frank! Sei vorsichtig!«

»Geh zurück ins Schlafzimmer.« Ich rannte zum hinteren Teil des Hauses und schaltete die Lichter auf der Veranda an. Mit der Pistole im Anschlag schob ich die Tür auf. Sie war leer.

In der Dunkelheit reflektierte ein Augenpaar das Mondlicht. Ich steckte den Kopf wieder hinein und flüsterte: »Mary Ann, hol mir eine Taschenlampe.«

KAPITEL VIERUNDDREISSIG

ERLEICHTERT, DASS EINE TASSE KAFFEE AUF MEINEM Schreibtisch stand, sagte ich: »Guten Morgen, Derrick.«

»Hey.«

Wenigstens hatte ich einen Eisbrecher. »Schau dir das mal an.«

»Was?«

»Wir hatten letzte Nacht Besuch.« Er nahm mein Handy.

»Das war bei dir zu Hause?«

»Ja. Es hat sich angehört, als würde jemand durch eine Seitentür einbrechen. Mann, ich hatte schon meine Pistole gezogen und alles.«

»Das ist ein Bärenjunges. Wiegt wahrscheinlich nur so hundert, hundertfünfzig Kilo.«

»Mag sein, aber du musst mal die Kratzer an der Tür sehen. Ich werde eine Tonne Spachtelmasse brauchen, um die wieder aufzufüllen.«

»Eine unheimliche Art, aufzuwachen.«

»Das kannst du laut sagen.«

»Nach dem Tag, den wir gestern hatten, dachte ich, ich

würde sofort wegpennen, aber ich habe schlecht von Jessie geträumt.«

»Echt?«

»Ja.«

»Und ich hatte einen schlechten Traum von Lynn.«

»Dieser verdammte Job macht uns vielleicht noch fertig.«

»Vielleicht?«

Ich nahm meinen Kaffee. »Wenigstens gehen wir dann gemeinsam vor die Hunde.«

»Es könnte schlimmer sein.«

Es war nicht viel, aber er taute auf. »Viel schlimmer. Sag mal, um wie viel Uhr kommt Bruce Noon heute?«

»Elf.«

»Großartig. Wer weiß, vielleicht haben wir ja Glück.«

»Glück? Ich dachte, du verlässt dich nicht auf Glück.«

Ich zuckte mit den Schultern. »Im Moment würden wir sogar einer Spur von einem Außerirdischen folgen.«

Er lachte. »Ich finde, wir sollten mit Jason Reedy reden.«

Holmes' Freund einen Besuch abzustatten, stand bereits auf meinem Plan. »Gute Idee.«

»Dann lass uns loslegen.«

»Ich fahre, wenn du willst.«

»Nee, schon gut. Ich fahre gern.«

Es gab Leute, die gerne fuhren. Die Frage war nur, warum. Lag es am Verkehr? An dem Stress, wachsam sein zu müssen? Manche sagten, sie könnten am Steuer am besten denken. Bei mir war es beim Spazierengehen, auch wenn die fünf Kilo zu viel auf den Rippen das Gegenteil vermuten ließen.

»Oh, es sieht so aus, als wären wieder zwei Hunde gestohlen worden.«

»Wo ist das passiert?«

»Lakewood Country Club.«

»Wo ist das noch mal?«

»Gegenüber vom Sugden Park, wo dieses indische Restaurant, 21 Spices, ist.«

»Zwei Hunde aus derselben Wohnanlage. Das ist organisiert. Vielleicht steckt da ein Ring dahinter.«

»Wahrscheinlich. Die wissen, dass damit Geld zu machen ist.«

»Das ist verrückt. Sag mal, hast du schon mal in dem indischen Laden gegessen?«

»Mir zu scharf.«

»Mary Ann liegt mir in den Ohren, dass wir da hingehen sollen. Sie mag indisches Essen.«

»Sei ein braver Junge und geh mit ihr hin.«

»Vielleicht zu ihrem Geburtstag.«

Derrick bog auf den Santa Barbara Boulevard ab. »Mann, ich kann nicht glauben, dass hier so viel gebaut wird.«

»Ich habe gelesen, dass ungefähr hundert Leute pro Tag nach Collier ziehen.«

»Hundert? Das ist zu viel.«

»Hab ich auch gedacht, aber in dem Artikel stand, dass es in Lee County doppelt so viele sind.«

»Das ist doch irre.«

»Bieg links in den Devonshire ab.«

Das Haus der Familie Reedy war beige, stand auf einem breiten Grundstück und war nur wenige Gehminuten von einem Publix entfernt. Ein Anhänger mit einem Fischerboot darauf parkte an der Garagenseite des Hauses.

Derrick hielt seine Marke hoch. »Mrs. Reedy? Wir sind vom Collier County Sheriff's Office.«

»Ist mit Eddie alles in Ordnung?«

»Ja, Ma'am. Wir würden gern kurz mit Ihrem Sohn Jason sprechen.«

»Jason? Hat er was angestellt?«

»Es geht um Debbie Holmes.«

Ihr Gesichtsausdruck wurde weicher. »Oh. Okay. Er schläft noch. Kommen Sie rein, ich wecke ihn.«

Es war unmöglich, keinen Vergleich zu den Kindern von heute zu ziehen. Wir wären um zehn Uhr morgens schon beim dritten Spiel von irgendwas gewesen und hätten nicht den besten Teil des Tages damit verschwendet, auf ein Kissen zu sabbern.

Klein, stämmig und in dicken Flipflops trottete Jason Reedy ins Zimmer. Das T-Shirt, das der Junge trug, erinnerte an den Batik-Wahn. Derrick stellte uns vor und sagte: »Ma'am, da Ihr Sohn minderjährig ist, haben Sie das Recht, anwesend zu sein, wenn Sie das möchten.«

Ihre Augen verengten sich. »Wollen Sie damit sagen, dass Jason etwas mit Debbies Verschwinden zu tun hat?«

»Überhaupt nicht. Wir sind verpflichtet, Sie darauf hinzuweisen, da er erst siebzehn ist.«

»Oh, okay.« Sie wandte sich an ihren Sohn. »Möchtest du, dass ich bei dir bleibe?«

»Nein. Das ist nicht nötig, Mom.«

»Also gut. Ich bin auf der Veranda, wenn du mich brauchst.«

Ich sagte: »Setzen wir uns doch.«

»Sicher.« Er schob einen Korbstuhl vom Tisch weg. Derrick sagte: »Wie lange kennen Sie Debbie Holmes schon?«

»Ungefähr ein paar Jahre, glaube ich.«

Hatte der einen Jura-Abschluss?

»Wie haben Sie sich kennengelernt?«

»In der Schule.«

»Wie lange sind Sie schon zusammen?«

Er zuckte mit den Schultern. »Schon eine Weile.«

»Länger als ein Jahr?«

»Ja. Warum ist das wichtig?«

»Wir brauchen Ihre Hilfe, um zu verstehen, was mit ihr passiert ist.«

»Ich habe keine Ahnung, was passiert ist. Es beunruhigt mich extrem.«

»Sie kennen sie am besten, und es ist möglich, dass Sie uns in die richtige Richtung führen können.«

»Ich wünschte, ich könnte helfen.«

»Sie kennen Dana Foyle, richtig?«

Er nickte.

»Sie sagte, Sie wüssten, wo sie ist.«

»Warum hat diese dumme Schla– das gesagt?«

»Ruhig, Jason. Sie dachte, Debbie stünde Ihnen näher als jedem anderen. Das ist alles.«

Er schnaubte. »Auf die hören Sie? Was hat sie denn versucht? Huh? Ihr Plan ist ihr um die Ohren geflogen.«

Jason hatte nicht ganz Unrecht. Ich sagte: »Kennen Sie jemanden, der Debbie etwas antun wollte?«

»Nein.«

»Hatte sie mit jemandem Streit?«

»Nichts Großes.«

»Erzählen Sie uns davon.«

»Das war nichts. Nur der übliche Schulquatsch, Sie wissen ja, wie Mädchen sind.«

»Es ist lange her, dass wir in der Schule waren. Warum erzählen Sie uns nicht, was passiert ist?«

»Ich weiß es nicht genau, aber sie hat sich mit einem Mädchen namens Sammi gestritten. Die ist aus New York hergezogen und hält sich für die Harte. Sie kennen die Sorte.«

»Worum ging es bei dem Streit?«

»Um etwas Albernes. Ich glaube, Debbie wollte an ihren Spind, und die Tür ist aufgeschwungen und hat Sammi getroffen, und die ist ausgeflippt.«

»Und es kam zu Handgreiflichkeiten?«

Er nickte, als mein Handy vibrierte.

»Wie ist Sammis Nachname?«

»Cava.«

»Okay. Fällt Ihnen sonst noch etwas ein?«

Er schüttelte den Kopf.

Derrick sagte: »Was können Sie uns über Javier Lopez sagen?«

Er beugte sich vor. »Oh, den hatte ich vergessen.«

»Wir haben gehört, dass er an Debbie interessiert war, sie ihm aber einen Korb gegeben hat.«

»Javier ist sehr von sich eingenommen. Er hat sie nicht in Ruhe gelassen und sie ständig belästigt. Ja, den müssen Sie sich ansehen. Es mag verrückt klingen, aber es könnte sein, dass er etwas getan hat.«

»Wie kommen Sie darauf?«

»Er ging Debbie auf die Nerven. Er war sehr hartnäckig, selbst als sie eine Verabredung abgelehnt hat. Der hatte Nerven; er wusste, dass wir zusammen sind. Verdammte Schlange.«

Mein Handy vibrierte erneut. Ich ignorierte den Anruf wieder und fragte: »Was können Sie mir über Mr. Lopez sagen?«

»Nicht viel. Er war ein Jahr über uns, aber das ist alles.«

»Er war an Ihrer Freundin interessiert und Sie wissen nicht viel über ihn?«

Eine SMS plingte auf, und eine Sekunde später ließ mich das Vibrieren von Derricks Handy einen Blick riskieren. Es war Gesso. Jemand hatte eine Leiche gefunden.

KAPITEL FÜNFUNDDREISSIG

Auf dem Weg nach Marco Island fuhren wir an Fiddler's Creek vorbei, als ich sagte: »Ich kapiere nicht, wieso keiner weiß, ob es ein Mann oder eine Frau ist.«

Derrick sagte: »Wieso? Sie lag im Wasser, wenn auch nur ein paar Tage.«

Die Kombination aus warmem Wasser, Bakterien und Meereslebewesen trieb die Verwesung im Turbogang voran. »Ich weiß, ich weiß.«

»Glaubst du, es ist Debbie Holmes?«

»Wahrscheinlich nicht«, sagte ich mit gespielter Zuversicht.

»Uns wurde niemand als auf dem Wasser vermisst gemeldet.«

Mein Handy klingelte. Es war Mary Ann. »Hi. Ich kann nicht reden. Ich bin gerade auf dem Weg –«

»Ist es das Holmes-Mädchen?«

»Woher wusstest du, dass es eine Leiche gibt?«

»Es ist in den Nachrichten.«

Schlechte Nachrichten verbreiteten sich schneller als gute. »Wir wissen zu diesem Zeitpunkt noch gar nichts.«

»Ich bete zu Gott, dass sie es nicht ist.«

»Ich kann nichts versprechen, aber ich rufe dich später an.«

»Okay, Schatz. Versuch, es nicht so an dich ranzulassen.«

Ich legte auf. »Die Presse hat das schon mitgekriegt.«

»Was hast du erwartet? Die Leiche ist da aufgetaucht, wo die Leute angeln gehen.«

Nickend sagte ich: »Die meisten wissen nicht, dass eine Leiche bei der Verwesung durch die Gasbildung an die Oberfläche getrieben wird. Wenn man nicht genau weiß, was man tut, taucht sie wieder auf.«

»Und wenn man die Zeit hat, es richtig zu machen.«

»Wenn es ein Tötungsdelikt ist, müssen wir das berücksichtigen. Wenn sie nicht lange unter Wasser war, haben wir es vielleicht mit etwas Ungeplantem zu tun, einer Beziehungstat oder etwas, das aus dem Ruder gelaufen ist.«

Als wir uns dem Schild für die Judge Jolley Bridge nach Marco Island näherten, sagte Derrick: »Wer war dieser Richter, nach dem die Brücke benannt ist?«

»Ich habe gehört, er war ein guter Kerl, aber stell dir vor: Er hatte keinen Abschluss in Jura.«

»Wie ist er dann Richter geworden?«

»Ich weiß es nicht, aber ein Professor am John Jay hat uns erzählt, dass in den Vierzigern auch jemand am Obersten Gerichtshof war, der nicht Jura studiert hatte.«

Wir bogen am Bear Point vom Collier Boulevard ab, direkt vor der Brücke, und hielten neben einer Handvoll Streifenwagen.

Etwa fünfzehn Meter vom Ufer entfernt zeigten Leute auf Paddleboards auf etwas. Wir gingen um ein paar Sträucher herum, und ich erstarrte, als das braune Haar des Opfers in mein Blickfeld geriet. Eine Welle der Seekrankheit überrollte mich, als ich mich an die Haarfarbe von Debbie Holmes erinnerte.

Als wir uns dem verwesten Opfer näherten, schien es sich

um eine Frau zu handeln, deren Statur zu der von Debbie
Holmes passte.

»Meinst du, sie ist es?«

Mit trockenem Mund sagte ich: »Verdammt.«

»Der Wagen der Spurensicherung ist gerade vorgefahren.
Und Bilotti ist hier.«

Nickend flüsterte ich: »Ich weiß nicht, wie viel ich davon
noch ertragen kann.«

»Was meinst du?«

Und ich dachte, er wäre ein guter Detective? »Was? Wie
wär's damit? Mit all dem hier. Kinder tot oder vergewaltigt zu
sehen. Mich mit trauernden Eltern auseinandersetzen zu
müssen –«

»Ich weiß, Mann. Willst du zurückfahren? Ich übernehme
das.«

Natürlich wollte ich abhauen, aber in diesem Job konnte
man sich nicht die Rosinen rauspicken. »Nee, ich jammere nur
rum.«

Das plätschernde Wasser hob die Leiche an und legte sie
wieder auf dem Sandstrand ab. Seegrassträhnen lagen auf der
Brust des Leichnams verstreut. Der Leiche fehlte ein Fuß, und
ein Arm hing an einem Band.

Ich ging näher, hielt den Atem an und kniete mich hin. Was
von ihren Brüsten übrig war, bestätigte, dass es sich um eine
Frau handelte.

Ich schluckte einen Schwall Galle hinunter und durch-
suchte ihre Taschen. Leer.

»Was hatte Holmes an, als sie das letzte Mal gesehen
wurde?«

»Shorts und ein T-Shirt.«

Es fühlte sich an, als trüge ich eine Bleiweste. »Sie muss es
sein.«

»Frank, Derrick.«

»Hi, Doc.«

Er schüttelte den Kopf. »Wohin soll das mit dieser Welt noch führen?«

Es war eine beunruhigende Frage. »Aufgrund der Haare und der Kleidung nehmen wir an, dass es das vermisste Holmes-Mädchen ist. Wie schnell kannst du sie identifizieren?«

»Ich werde nach Fingerabdrücken suchen. Wenn das nicht klappt, müssen wir uns auf die zahnärztlichen Unterlagen verlassen.«

»Überprüfe, ob sie ein Muttermal am Hintern hat. Die Mutter sagte, sie hat eines in Form eines Kaninchens.«

»Das gilt als eindeutiges Identifizierungsmerkmal. Ich werde nachsehen, sobald wir sie in der Leichenhalle haben.«

»Was schätzt du, wie lange sie im Wasser war?«

»Schwer zu sagen, aber ungefähr fünf bis acht Tage.«

»Okay.«

»Wir werden das noch genauer bestimmen. Lass mich die Erstuntersuchung machen, und dann leiten wir eine Autopsie in die Wege.«

Bilotti und das Team der Spurensicherung traten in Aktion.

»Derrick, bitte die Jungs aus Marco, ein Boot rauszuschicken. Das hier ist keine verdammte Show. Die Schaulustigen müssen zurückgedrängt werden.«

Der etwa sechzigjährige Mann, der die Leiche gefunden hatte, lehnte an einem Streifenwagen. Er trug Shorts und einen Strohhut und schüttelte den Kopf.

»Sir, ich bin Detective Luca.«

Er streckte seine Hand aus. »Joe Farnsworth.«

»Ich habe gehört, Sie haben die Leiche gefunden.«

»Ja, ich kann es nicht fassen. Wollte nur ein bisschen angeln gehen, aber bevor ich rausgefahren bin, habe ich sie gesehen.«

»Wo waren Sie, als Sie sie entdeckt haben?«

Er zeigte mit dem Finger. »Mein Boot liegt in der Marco Marina. Ich bin direkt zum Kanal rausgefahren, und ich weiß

nicht einmal, warum ich rübergeschaut habe, bevor ich abgebogen bin, und da habe ich sie gesehen. Ich dachte, es wäre ein
Delfinkadaver oder so etwas und bin mit dem Motor
hingefahren.«

»Was haben Sie getan, als Sie bei ihr waren?«

Er schnaubte. »Ich hätte fast mein Frühstück wiedergesehen, das habe ich getan. Ich habe den Motor ausgemacht,
sobald ich gesehen habe, dass es eine Leiche war. Ich konnte es
nicht fassen. Ich habe den Hafen angerufen und wollte auf
Hilfe warten, aber sie trieb ab, und ich hatte Angst. Also habe
ich sie mit meinem Netz erreicht, und da habe ich gesehen,
dass ein Fuß fehlte. Sie war in, äh, einem schlimmen Zustand.
Ich dachte, ich bringe sie besser an den Strand.«

»Wie weit draußen war sie?«

»Ungefähr ein Drittel hinter der Mitte des Kanals.«

»Waren noch andere Boote in der Gegend?«

»Wissen Sie, das habe ich mich auch gefragt, aber es war
ziemlich ruhig. Die Flut hatte kurz zuvor umgeschlagen. Das
Angeln ist besser, wenn sie abläuft.«

»Sie nehmen das Angeln ernst.«

»Oh ja, mein Vater und ich sind früher immer rausgefahren,
als er noch da war.«

»Wenn Sie schätzen müssten, woher die Leiche gekommen
sein könnte, was würden Sie sagen?«

»Hmmm. Also, ich würde sagen, sie kam wahrscheinlich
aus der East Marco Bay. Bei Charity Island gibt es eine Menge
Buchten und Meeresarme.«

Ich blickte in die Richtung, in die er zeigte. »Ich weiß den
Rat zu schätzen.«

»Sicher. Aber wissen Sie, die Gezeiten und Strömungen
sind seltsame Dinger. Sie hätte genauso gut aus der Tarpon Bay
kommen können. Es gibt eine schmale Passage, die genau
dorthin führt, wo ich sie gesehen habe.«

»Würden Sie mir auf der Karte die Orte zeigen, die Sie meinen?«

KAPITEL SECHSUNDDREISSIG

MIT DER TASSE IN DER HAND SAGTE DERRICK: »ICH HABE darüber nachgedacht, was du über den Zusammenhang mit dem Fall Ramos gesagt hast.«

»Und?«

»Wie du schon sagtest, ihre Größe und Haarfarbe stimmen mit denen von Ramos und Samus überein, aber wenn es Holmes ist, ist sie noch ein Kind. Und sie war mit dem Fahrrad unterwegs. Das musste er wissen.«

»Vielleicht war es ihm egal.«

»Ich bin kein Profiler, aber haben es Perverse nicht immer auf denselben Typ abgesehen?«

»Das müssten wir die Experten fragen, aber versteif dich nicht darauf. Wir müssen im Hinterkopf behalten, dass die Fälle zusammenhängen könnten.«

»Klar.«

»Vergessen wir nicht, dass Holmes nachts entführt wurde, als niemand in der Nähe war.«

Er nickte.

»Unterm Strich wissen wir es nicht. Aber wenn es nicht Holmes ist, müssen wir von einem Zusammenhang ausgehen.«

»Ich wünsche mir ja kein weiteres Opfer, aber ich hoffe, es ist nicht Holmes.«

»Ich auch.«

Mein Handy klingelte. »Hey, Doc. Was hast du für mich?«

»Wir haben Teilfingerabdrücke zum Vergleich, aber aufgrund des Muttermals, das du erwähnt hast, gehen wir vorläufig davon aus, dass es sich um Deborah Holmes handelt.«

Ein übler Rülpser entfuhr mir. »Es war an ihrem Hintern?«

»Ja.«

Ich ließ mich in meinen Stuhl fallen und sagte: »Hasenförmig?«

»Ja.«

»Verdammt.«

»Tut mir leid, Frank. Ich muss los und mit der Autopsie anfangen.«

Derrick fragte: »Es war Holmes?«

Ich atmete aus. »Ja.«

Er setzte sich auf die Ecke meines Schreibtisches. »Wir müssen den Eltern sagen, was wir wissen.«

»Ja, und dem Sheriff.«

»Geh du zu Remin. Ich sage den Holmeses Bescheid.«

Es hatte keinen Sinn, so zu tun, als würde ich es den Eltern sagen. Das war etwas, das ich im Moment einfach nicht tun konnte. »Okay.« Ich stand auf und trottete nach oben.

DERRICK KAM ZURÜCK, ALS ICH REIẞZWECKEN IN DIE ECKEN einer Karte von Marco Island steckte. »Wie ist es gelaufen?«

Er zuckte mit den Schultern. »Furchtbar, besonders die Mutter. Aber weißt du, sie wussten, dass sie nicht mehr nach Hause kommen würde.«

»Die Realität sickert durch, wenn jemand länger als zwei Tage vermisst wird.«

»So ähnlich wie eine Totenwache, die den Schmerz für ein paar Tage nach einem Todesfall betäubt.«

Ein interessanter Gedanke, aber die Aussage erforderte mehr Nachdenken, und jetzt war nicht die Zeit dafür.

»Komm her.« Ich tippte mit dem Finger auf die Karte. »Das ist die Stelle, wo Farnsworth die Leiche gesehen hat.«

Derrick griff nach einem Bleistift und malte ein X. »Sie könnte von überall her gekommen sein.«

»Ich weiß, aber er kennt die Gewässer und meinte, sie sei wahrscheinlich von der Ostseite der Brücke gekommen. Er erwähnte, sie könnte hier rausgekommen sein« – ich zeigte auf die Tarpon Bay – »aber dann hätte sie durch diese Engstelle treiben müssen. Jemand anderes hätte sie gesehen. Oder es ist so eng, dass sie irgendwo hängen geblieben wäre.«

»So oder so suchen wir wahrscheinlich jemanden mit Zugang zu einem Boot.«

»Das Erste, woran ich gedacht habe, war der Reedy-Junge.«

»Bei dem Boot an der Seite des Hauses habe ich dasselbe gedacht.«

»Wir dürfen keine voreiligen Schlüsse ziehen, aber irgendwas an Reedy ... er hat mir in die Augen gesehen, aber ich traue dem Jungen nicht.«

»Er hat nichts über Lopez gesagt, bis wir ihn erwähnt haben.«

»Er geht zur Gulf Coast U.«

»Irgendwelche Vorstrafen?«

»Nicht, seit er achtzehn ist, aber ich habe nachgesehen, und es gibt eine Jugendstrafakte über ihn.«

Das war interessant. »Die könnte aufschlussreich sein, aber wir werden etwas Konkretes brauchen, um Akteneinsicht zu beantragen.«

»Ich sehe nach, ob er auf dem Campus ist.«

»Ich fahre zu den Miromar Outlets; das würde perfekt passen.«

»Du? Shoppen?«

»Wir haben eine Hochzeit und Mary Ann wollte, dass ich mir ein neues Sakko besorge. Sie hat eins bei Brooks Brothers im Angebot gesehen und es gekauft.«

»Schick.«

»Ich habe es immer wieder aufgeschoben, es anpassen zu lassen, und sie sitzt mir im Nacken, weil die Hochzeit in zwei Wochen ist.«

———

ES WAR SCHWER, NICHT NEIDISCH ZU SEIN; DAS JOHN JAY College hatte keinen Campus. Die Universität für Strafrechtspflege lag in der Neunundfünfzigsten Straße in Manhattan. Das einzige Grün, das wir hatten, stammte von ein paar dürren Bäumen, die in Löcher im Beton gepflanzt waren.

Ein gepflasterter Weg führte zu einer Reihe von niedrigen Gebäuden, die einen See umgaben. Sein Sandstrand verlieh dem Ort das Flair eines Ferienresorts. Vielleicht hatte Derrick das richtige Wort dafür, was sie waren, denn Wohnheim passte nicht.

Mit über eine Schulter geschlungenem Rucksack kam Javier Lopez aus dem Mangrove-Gebäude. Er hatte die Statur eines Schwimmers und war größer als der Mann, den Ramos beschrieben hatte.

Wir setzten uns auf eine Bank. »Dieser Ort ist schöner, als ich erwartet hatte.«

»Ja, ist nicht schlecht.«

War die Anspruchshaltung von der Millennial-Generation auf die, wie auch immer man diese hier nannte, übergegangen? »Was studieren Sie?«

»Marketing, aber ich bin zum Schwimmen hergekommen. Habe ein Stipendium bekommen.«

»Schön. Haben die hier ein gutes Programm?«

»Die Damenmannschaft rockt, aber wir sind nur okay.«

»Dann müssen Sie wohl daran arbeiten.«

Er lächelte. »Ich gehe danach gleich zum Pool.«

»Ich habe gehört, Sie waren an Debbie Holmes romantisch interessiert.«

»Sie war nett. Ich mochte sie wirklich. Es ist schwer zu glauben, dass sie, äh, weg ist.«

Dr. Bruno hatte gesagt, Mörder benutzen Euphemismen, um ihre Taten herunterzuspielen. Tat Lopez das gerade?

»Man hat uns gesagt, Sie hätten sie aggressiv umworben.«

»Ich mochte sie. Mein Dad hat uns immer gesagt, wenn man etwas will, muss man sich darum bemühen.«

War er ein Kind, das sein eigenes Spielzeug kaputtmachte, wenn man ihm sagte, er solle ein anderes Kind damit spielen lassen? »Sie war nicht interessiert?«

»Oh doch, das war sie. Aber ich ging aufs College.«

Sprach da der männliche Stolz? »Dieser Ort ist nur eine halbe Stunde entfernt.«

»Ja, aber wissen Sie, mit einer Schülerin ausgehen ...«

Gruppenzwang war eine mächtige Kraft. »Haben Sie eine Ahnung, wer für ihren Tod verantwortlich sein könnte?«

»Dieser Idiot Jason und sein Kumpel Joey sind ein guter Anfang.«

»Warum sagen Sie das?«

»Er war ein Kontrollfreak. Sie hat sich mehrmals bei mir beschwert, dass er sie erstickt. Sie sagte, sein Kumpel ist ein totaler Widerling und hat versucht, sie anzumachen.«

»Hmmm. Wissen Sie, es ist lustig, dass Sie sagen, er könnte es gewesen sein, denn er habe gesagt, Sie seien es gewesen.«

Er spottete. »Ich? Auf keinen Fall, aber sehen Sie, sehen Sie, wie er versucht, die Polizei abzulenken?«

»Wo waren Sie in der Nacht des dreiundzwanzigsten Mai, als Debbie verschwand?«

»Ich? Oh, kommen Sie, Mann. Ich hatte nichts damit zu tun.«

»Sagen Sie mir, wo Sie waren.«

»Welcher Tag war das?«

Spielte er auf Zeit? »Montag.«

»Oh, ich war beim Training. Wir sind mindestens sechs Tage die Woche im Becken.«

»Bis wie viel Uhr?«

»Normalerweise bis sechs, halb sieben. Dann duschen wir und holen uns was zu essen.«

Wir würden sein Alibi überprüfen. »Okay, das ist alles. Viel Spaß beim Schwimmen.«

Er stand auf. »Danke.«

»Oh, ich bin neugierig, ob Schwimmer nur das Becken benutzen oder ob sie auch den Strand mögen oder angeln gehen.«

»Oh ja. Ich liebe es, auf dem Golf zu sein. Mein Dad hat schon ewig ein Boot.«

KAPITEL SIEBENUNDDREISSIG

DERRICK SPÄHTE ÜBER SEINEN MONITOR. »HAST DU DEINEN Anzug?«

»Ein Sakko. Ich muss sagen, sie hat ein schönes ausgesucht.«

»Wer heiratet noch mal?«

»Ein Sohn von einer Freundin von Mary Ann. Der Nachname ist McCormick; sie wohnen in Kensington.«

»Kenne ich nicht.«

»Mary Ann kennt sie besser als ich. Wir sind nur ein paar Mal als Paare ausgegangen. Aber Bilotti geht auch hin. Ich habe Mary Ann gesagt, sie soll dafür sorgen, dass wir bei ihm sitzen.«

»Ja, auf einer Hochzeit mit einem Haufen Fremder zu sein, macht keinen Spaß.«

»Wie ist es mit Lopez gelaufen?«

»Seine Version war nicht das, was man uns erzählt hat. Er hat gesagt, sie stand auf ihn, aber er hat sie abserviert, als er aufs College gegangen ist.«

»Könnte sein.«

»Der Junge ist im Schwimmteam und hat gesagt, er war in

der Nacht, in der Holmes verschwunden ist, bis sechs, halb sieben schwimmen.«

»Das sollte sich leicht überprüfen lassen. Ich werde ein paar Anrufe machen.«

»Weißt du, ich hatte eine Idee. Wenn ein Mitschüler oder mehrere an ihr beteiligt sind, sind sie am nächsten Tag wahrscheinlich nicht zur Schule gegangen. Wir können nachsehen, wer an diesem Dienstag und auch am nächsten Tag gefehlt hat. Man weiß ja nie.«

»Das könnten großartige Informationen sein. Ich rufe bei der Barron Collier High an.«

»Danke.«

»Hey, der Zeichner hat eine Kopie der Skizze von dem Typen vorbeigebracht, den Noon gesehen haben will.« Er reichte ihm einen Umschlag.

»Der Kerl kommt mir bekannt vor. Dir nicht?«

Er lachte. »Es ist wahrscheinlich eine Zusammenstellung von jedem, den Noon je getroffen hat.«

Mein Handy klingelte. »Detective Luca.«

»Äh, hallo, hier ist Chris Reedy. Ich bin Jasons Vater.«

Ich legte die Zeichnung hin. »Wie kann ich Ihnen helfen, Mr. Reedy?«

»Ich, äh, hätte da vielleicht ein paar Informationen für Sie.«

»In Bezug auf?«

»Debbie Holmes.«

»Haben Sie gerade Zeit?«

»Ja. Ich bin zu Hause. Aber ich möchte das wirklich so vertraulich wie möglich behandeln.«

»Natürlich. Ich bin in zwanzig Minuten bei Ihnen.«

Derrick fragte: »Was ist los?«

»Jason Reedys Vater hat gesagt, er hat Informationen über Holmes.«

»Heilige Scheiße! Meinst du, es geht um seinen Sohn?«

»Könnte sein.«

»Warum hat er nicht schon früher etwas gesagt?«

»Gute Frage. Mal sehen, wie er darauf reagiert.«

»Ich kann's kaum erwarten.«

Mit Mary Anns Bemerkung über Stil im Hinterkopf sagte ich: »Hör zu, er will die Sache diskret halten, also lass mich allein hinfahren.«

Das Boot stand immer noch an der Seite des Reedy-Hauses. Als ich am Bordstein hielt, öffnete sich das Garagentor. Er sah aus wie Jason Reedy.

Er bückte sich und enthüllte deutlich weniger Haare als Jason. Es musste der Vater des Jungen sein. »Mr. Reedy?«

Mit den Händen in einem Werkzeugkasten schaute er auf. »Detective?«

Wir schüttelten uns die Hände. »Der Griff am Kühlschrank muss festgezogen werden.«

»Es gibt immer was zu tun.«

»Er ist brandneu, aber ich muss ihn schon zum dritten Mal festziehen.«

»Jeder beschwert sich über Haushaltsgeräte. Sie werden anscheinend so gebaut, dass sie kaputtgehen.«

»Ohne Zweifel, und man muss Wochen warten, um eins zu bekommen.«

Ich folgte ihm in die Küche. »Sie sagten, Sie hätten Informationen über Debbie Holmes.«

Er runzelte die Stirn. »Schrecklich, was mit ihr passiert ist. Sie war ein nettes Mädchen.«

»Das haben wir auch gehört. Was wollten Sie uns sagen?«

»Nun, in jener Nacht, der Nacht, in der sie verschwand, sah ich etwas, und ich denke, es ist wichtig.«

»Was haben Sie gesehen?«

»Einen jungen Mann namens Javier Lopez.«

»Wo war das?«

»Auf der Livingston, beim Hamilton Place. Das ist direkt vor der Stelle, wo Debbie gewohnt hat.«

»Um wie viel Uhr?«

»Es war gegen acht.«

»Woher kennen Sie Mr. Lopez?«

»Ziemlich gut. Früher habe ich den Baseballtrainer unterstützt, und er war vor ein paar Jahren im Team.«

»Und Sie sind sicher, dass er es war?«

»Hundertprozentig.«

»Was hat er gemacht?«

»Er war auf der rechten Spur und fuhr sehr langsam. So habe ich ihn gesehen. Er stach heraus, wenn Sie wissen, was ich meine?«

»Und was haben Sie gemacht?«

»Ich bin spazieren gegangen.«

»Und Sie sind sicher, dass es in der Nacht des dreiundzwanzigsten Mai war?«

»Absolut. Meine Frau war in dieser Nacht nicht da. Sie müssen bedenken: Unsere Familie mochte Debbie sehr. Als sie verschwand, waren wir schockiert.«

»Warum haben Sie uns erst heute erzählt, dass Sie Mr. Lopez gesehen haben?«

»Ich weiß, ich hätte es wahrscheinlich tun sollen, aber ich dachte nicht, dass Javier ein Entführer ist. Aber als wir erfahren haben, dass sie ermordet wurde, kam ich ins Grübeln.«

»Haben Sie auf Ihrem Rückweg etwas gesehen?«

»Ich bin nicht sicher, aber er könnte auf dem Parkplatz für diese Autokondos geparkt haben.«

Ein weiteres Konzept, das vor zehn Jahren noch unbekannt war. »Die gegenüber von Briarwood?«

»Ja, ich kann es nicht mit Sicherheit sagen, aber im Vorbeifahren sah es aus wie sein Auto.«

Sie mussten Kameras haben. »Können Sie sich erinnern, welches Gebäude?«

Er rümpfte die Nase. »Irgendwo in der Mitte?«

»Ihr Sohn und Mr. Lopez waren Rivalen.«

»Oh, das würde ich nicht sagen. Das ist nur das normale Testosteron-Ding unter Teenagern. Sie erinnern sich doch an diese Zeiten, oder?«

»Was für ein Auto fuhr Mr. Lopez?«

»Einen weißen Geländewagen. Keiner von den großen; eher normale Größe. Es war ein Japaner.«

»Wo war Ihr Sohn in dieser Nacht?«

»Mein Sohn? Was hat er damit zu tun?«

»Bitte beantworten Sie die Frage.«

»Er war zu Hause, bei mir.«

»War Ihre Frau auch da?«

»Nein, ich sagte, sie war mit ihrer Mutter weg, um ihre Schwester in Orlando zu besuchen.«

»Was glauben Sie, ist mit Debbie Holmes passiert?«

»Jemand hat sie entweder von ihrem Fahrrad gezerrt, oder sie hat es stehen lassen und ist zu jemandem ins Auto gestiegen.«

»Und Sie denken, dieser jemand könnte Javier Lopez sein?«

»Ich weiß es nicht, aber dieser Junge war in jener Nacht dort.«

KAPITEL ACHTUNDDREISSIG

»Du hättest den Vater sehen sollen, der exakt so aussieht wie sein Sohn.«

Derrick sagte: »Es ist genau umgekehrt: Der Junge sieht aus wie sein Vater.«

Wollte er seinen Master in Englisch machen? »Wie auch immer. Jedenfalls hat er gesagt, dass Lopez in der Nacht, in der Holmes verschwunden ist, in Livingston war.«

»Das könnte sein, denn er hat an dem Tag nicht im Schwimmbad trainiert.«

»Wirklich?«

»Jep. Der Coach hat gesagt, dass sie jedem Jungen alle zwei Wochen einen Tag frei geben, damit sich ihre Körper erholen können, und der Dreiundzwanzigste war Lopez' freier Tag.«

»Der verdammte Bengel hat so dreist gelogen.«

»Die haben eine Menge Übung.«

»Wir müssen ihn uns vornehmen. Herausfinden, ob er sich aggressiv verhalten hat, besonders gegenüber Frauen.«

»Es wäre schön, einen Blick in seine Jugendakte werfen zu können.«

»Dafür brauchen wir mehr.«

Mein Handy klingelte. »Es ist Bilotti. Tu mir einen Gefallen und finde heraus, was für ein Auto Lopez fährt.«

»Hey, Doc, wie geht es dir?«

»Ziemlich gut. Ich wollte dich über Deborah Holmes auf den neuesten Stand bringen.«

»Was hast du?«

»Wir glauben, dass ihr Tod wahrscheinlich am Mittwoch, dem fünfundzwanzigsten, oder früh am Donnerstag, dem sechsundzwanzigsten, eingetreten ist.«

So viel zum Thema lange leben und schnell sterben. Das arme Mädchen hatte bei beidem Pech gehabt. »Todesursache unverändert Ersticken?«

»Ja. Die blauen Flecken, die sie erlitten hat, waren nicht tief, nicht von einer Waffe.«

»Im Zusammenhang mit einem Kampf?«

»Das ist möglich, aber bei der Verwesung ist das unmöglich zu bestimmen. Was die Gefangenschaft angeht, so ist dies ebenfalls nicht eindeutig, aber die Blutergüsse um ein Handgelenk sind verdächtig.«

»Verdächtig? Das ist alles, was du sagen kannst?«

»Tut mir leid, Frank. Ich kann keine definitive Aussage machen. Ich wünschte, ich könnte dir mehr helfen.«

»Ich verstehe schon, Doc. Aber eine Entschuldigung kommt mit einer guten Flasche Wein besser an.«

Er kicherte. »Übrigens, ein anderer Weinkumpel von mir geht auch zur McCormick-Hochzeit. Wir bringen beide eine oder zwei Flaschen zu der Feier mit.«

»Jetzt reden wir.«

»Ich freue mich schon darauf, aber sei gewarnt, ich tanze nicht mit dir.«

»Wenn du mich jemals auf einer Tanzfläche siehst, habe ich zu viel getrunken.«

Nachdem ich Derrick auf den neuesten Stand gebracht

hatte, sagte er: »Rate mal, wer einen weißen Acura MDX, Baujahr 2015, fährt?«

»Lopez?«

»Jep.«

»Das ist ein SUV?«

»Allerdings.«

»Suchen wir so viel über Lopez zusammen, wie wir können. Wir wissen nichts über ihn.«

»Warum versuchst du nicht, einen Blick in seine Jugendakte zu werfen?«

»Die Chancen stehen schlecht.«

»Versuch es. Ich hole mir, was ich über Lopez kriegen kann.«

———

SHERIFF REMIN TRAT AUS DEM AUFZUG. »SIR, KANN ICH MIT Ihnen sprechen?«

Er sah auf seine Uhr. »Ich habe nur eine Minute. Der Commissioner ist auf dem Weg hierher.«

»Das ist in Ordnung.«

Remin ließ sich hinter seinen Schreibtisch gleiten. »Ich nehme an, es geht um den Fall Holmes?«

»Ja, Sir.«

Er warf einen Blick auf eine Notiz auf seinem Schreibtisch. »Kommen Sie zur Sache.«

»Wir sehen uns jemanden genau an. Es geht um eine Beziehungstat, und er wurde in der Nähe des Ortes gesehen, an dem Holmes zuletzt gesehen wurde.«

Remin hob die Augenbrauen. »Klingt vielversprechend.«

»Das tut es. Aber im Moment ist das alles, was wir haben. Die Person von Interesse ist ein College-Student namens Javier Lopez.«

»Was brauchen Sie von mir?«

»Er hat eine Jugendstrafe ...«

»Und Sie wollen einen Blick darauf werfen?«

»Das könnte hilfreich sein. Wenn wir erfahren, was das Verbrechen war, könnte das schon reichen.«

»Lassen Sie mich sehen, was ich tun kann. Ich würde diesen Fall wirklich gerne so schnell wie möglich abschließen.«

Damit waren wir schon zwei. »Danke, Sir. Ich schreibe seinen Namen und seine Sozialversicherungsnummer auf.«

Derrick telefonierte und machte sich Notizen. Er legte auf. »Anscheinend gibt es zwei Jugendakten zu Lopez. Was hat Remin gesagt?«

»Er wird uns einen Blick hineinwerfen lassen oder uns zumindest sagen, wie die Anklagepunkte lauteten.«

»Gut. Lopez wurde von seinem Vater aufgezogen. Die Mutter ist vor drei Jahren gestorben.«

Lopez war kein Kind mehr, als er seine Mutter verlor, aber es war ein schwerer Schlag; das wusste ich nur zu gut. »Einzelkind?«

Derrick griff nach dem klingelnden Telefon und sagte: »Ja.«

Er legte den Anruf in die Warteschleife. »Es ist Felix Ramos. Wann kommt der eigentlich ins Gefängnis?«

Meine Schultern sackten nach unten. »In etwa zehn Tagen.« Ich nahm den Hörer ab. »Hallo, Mr. Ramos.«

»Hallo, Detective Luca. Ich hätte gerne ein Update zum Fall meiner Tochter.«

»Es gibt nicht viel, was ich zu diesem Zeitpunkt preisgeben kann.«

»Was soll das heißen?«

Das war eine gute Frage. »Wir arbeiten daran und haben ein Phantombild ...«

»Sie wissen, wie er aussieht?«

Die Zeichnung zu erwähnen, war ein Fehler. »Möglicherweise.«

»Warum haben Sie es nicht veröffentlicht?«

»Wir wollen nicht, dass er abhaut.«

»Sie wissen, wer er ist, aber nicht, wo er ist?«

»Das ist alles, was ich im Moment sagen kann. Ich muss los, Sir.«

»Hören Sie, ich weiß, Sie versuchen herauszufinden, wer das arme Mädchen ermordet hat. Das verstehe ich, aber vergessen Sie nicht, was meiner Lisa passiert ist.«

»Glauben Sie mir, Sir, das werde ich nicht. Sobald ich etwas habe, lasse ich es Sie wissen.«

Ich legte auf und sagte: »Ramos hat die Nerven verloren, aber als Vater tut er mir leid.«

»Das muss zermürbend sein.«

Man brauchte kein Zeitungsabo, um das Wort des Tages zu erraten. Aber meistens benutzte er es nicht im richtigen Kontext. »Holmes hat Priorität, aber es gibt da draußen einen Vergewaltiger, den wir schnappen müssen.«

»Kannst du dir das vorstellen? Wir schnappen den Bastard, und er wird mit Ramos zusammen eingesperrt?«

»Du siehst vielleicht zu viel fern.«

»Das wäre eine gute Wendung.«

»Das würde sich für eine Minute gut anfühlen, aber du willst nicht, dass dein Kind an einem Ort aufwächst, wo so etwas passiert. Wir sind das Gesetz; unser Justizsystem mag nicht perfekt sein, aber es ist besser als irgendeine Form von Faustrecht.«

»Natürlich, Mann. Ich will ja nur sagen …«

»Vergiss es! Wir haben zu tun.«

Derricks Stuhl knallte gegen die Wand, als er hinausstürmte.

Der Mord an Holmes hatte die Vergewaltigung in den Hintergrund gedrängt. Das war sowohl verständlich als auch unverzeihlich. Das Warten auf den möglichen Zugang zu den Jugendakten bot die Gelegenheit, sich wieder dem Fall Ramos zu widmen.

Ich starrte auf die Skizze und flehte sie an, mir eine Botschaft zu senden. Die Augen waren perlenartig. Aber der sogenannte Zeuge war Noon. Er hatte sich bei jedem Film bedient, den er je gesehen hatte. Ich warf sie zur Seite und öffnete die Fallakte Ramos.

Als ich die Notizen las, die ich vom Verhör gemacht hatte, drehte sich mir der Magen um. Wir mussten diesem Raubtier das Handwerk legen. Ich breitete die Bilder der uns bekannten Sexualstraftäter aus, und mein Herz begann zu hämmern.

KAPITEL NEUNUNDDREISSIG

Ich blätterte durch die Akten und zog die von Richard Shaw heraus. Er war vorzeitig entlassen worden, nachdem er einer chemischen Kastration zugestimmt hatte. Deshalb hatten wir ihn übergangen.

Hatten wir etwas übersehen? Ich griff zum Telefon und tippte eine Nummer ein.

»Brian O'Leary, Justizvollzugsbehörde.«

»Hey, Brian, hier ist Luca.«

»Yo, Frankie, wie geht's so?«

»Gut. Und dir?«

»Alles klar. Was gibt's?«

»Ich arbeite an einem Vergewaltigungsfall und möchte jemanden überprüfen.«

»Was meinst du?«

»Der Kerl heißt Richard Shaw. Er wurde vorzeitig entlassen. Den Unterlagen zufolge hat er seine Dosen bekommen.«

»Okay, und was ist damit?«

»Ich will nur sichergehen, dass es keinen Fehler gegeben hat.«

»Wir erfassen die Chargennummer und das Datum. Du weißt schon: Diese Kerle müssen persönlich vorbeikommen.«

»Kannst du das überprüfen?«

»Klar doch, Frankie. Bleib dran.«

Er klickte auf seiner Tastatur herum. »Okay, ich hab's hier vor mir. Shaw hat jeden seiner monatlichen Termine wahrgenommen und jedes Mal die erforderliche Dosis erhalten.«

»Okay. Ich wollte es nur überprüfen.«

»Kein Problem, Kumpel. Schön, von dir zu hören.«

»Mach's gut, mein Freund.«

Es war einen Versuch wert. Ich wählte Bilottis Nummer. »Hey, Doc, hast du eine Minute?«

»Was hast du auf dem Herzen?«

»Funktioniert die chemische Kastration?«

Er kicherte. »Ich muss sagen, damit habe ich nicht gerechnet.«

»Wirst du das nicht jeden Tag gefragt?«

»Nie öfter als einmal die Woche.«

»Wir jagen im Fall Ramos ein Phantom. Ein paar kürzlich entlassene Perverse nehmen am Kastrationsprogramm teil. Sollten wir uns die genauer ansehen?«

»Ich bin kein Experte auf dem Gebiet, aber das verabreichte Medikament reduziert das Testosteron erheblich. Es senkt es effektiv auf nur ein Prozent des normalen Spiegels.«

»Wow, das reduziert den Sexualtrieb wirklich.«

»Ja, und die Samenflüssigkeit. Aber das bedeutet nicht, dass ein Täter keine Frau angreifen könnte. Was diese Täter antreibt, ist mehr als ihr Sexualtrieb. Bei den meisten geht es um Macht.«

»Dessen bin ich mir bewusst.«

»Die Realität ist, dass Täter auch dann missbräuchlich sein können, wenn sie nicht in der Lage sind, ein Opfer zu penetrieren.«

Ramos war penetriert worden. »Es beeinträchtigt die Fähigkeit, eine Erektion zu bekommen?«

»Ja.«

»Danke, Doc.«

»Gern geschehen. Mach's gut.«

»Warte mal kurz.«

»Ja?«

»Gibt es eine Möglichkeit, es umzukehren?«

»Die Wirkung der verwendeten Pharmazeutika?«

»Ja.«

»Nun ja, die Zeit selbst lässt die Wirksamkeit schwinden.«

»So wie es uns allen passiert.«

Er kicherte. »Gevatter Zeit ist ungeschlagen.«

Das war mein Spruch, aber er konnte ihn haben. »Amen. Was ich meinte, war ein Gegenmittel für die Kastrationsmedikamente.«

»Könnte sein. Ich weiß einfach nicht genug über diese Medikamentenklasse.«

»Gibt es eine Möglichkeit, wie du das herausfinden kannst?«

»Ich werde sehen, welche Forschungsergebnisse verfügbar sind.«

»Danke, Doc.«

Derrick kam mit einem Kaffee herein. Für mich hatte er keinen. Mein Partner setzte sich hinter seinen Schreibtisch.

Es war schwer, sich zu konzentrieren, wenn sich ein erwachsener Mann wie ein Zwölfjähriger aufführte.

Nach zehn Minuten des Schweigens sagte ich: »Während wir auf Remin warten, willst du dem Jungen, der den Mann im Park gesehen hat, die Skizze zeigen?«

Er zuckte mit den Schultern. »Na gut.«

»Wir müssen wissen, ob Noon einfach nur er selbst ist oder ob er an etwas dran ist.«

Ich reichte ihm die Skizze, und er ging hinaus, ohne etwas zu sagen.

Unser Ansatz konzentrierte sich auf bekannte Sexualstraftäter. Es war ein naheliegender Faden, den man verfolgen konnte. Aber war es die richtige Strategie?

Wir hatten nichts. Wenn der Junge bestätigte, dass die Skizze dem Mann ähnelte, den er gesehen hatte, würden wir damit an die Öffentlichkeit gehen. Wenn nicht, hatten wir gar nichts.

Darauf zu warten, dass er wieder zuschlug, konnte man nicht als Plan bezeichnen. Verstärkte Patrouillen waren eine Option, aber wir konnten nicht überall sein.

Die Idee, den Vergewaltiger mit einem Lockvogel anzulocken, schien eine vernünftige Option zu sein. Es war gefährlich, eine Beamtin als Köder einzusetzen. Auch wenn wir sie beobachten würden, konnte die Sache schnell aus dem Ruder laufen.

Dieses Risiko war real. Als Mary Ann in der Sexualdeliktabteilung arbeitete, wurde sie eingesetzt, um einen Perversen aus der Reserve zu locken. Obwohl es über das Internet in einem Chatroom geschah, war ich dagegen gewesen.

Die Aktion war erfolgreich gewesen, und der Perverse saß seine Zeit ab. Mary Ann könnte wertvolle Einblicke geben, wie man eine Lockvogelaktion aufbaut.

Ich rief an, aber nach sechsmaligem Klingeln ging die Mailbox dran. Sie arbeitete wahrscheinlich. Ich schrieb ihr eine SMS, sie solle anrufen, wenn sie könne, und zog eine weitere Akte heraus.

Die Samus-Frau war dem Mann, von dem wir annahmen, dass es derselbe war, der Ramos angegriffen hatte, nur knapp entkommen.

Mein Handy meldete eine SMS: »Fühl mich nicht gut. Bin im Bett.«

»Was ist los?«

»Weiß nicht. Wird schon wieder.«

Sie verbarg etwas. Derrick würde eine gute Stunde unterwegs sein, und wir warteten auf Remin. Ich schnappte mir die Schlüssel und ging zur Tür.

Die Jalousien im Arbeitszimmer waren heruntergelassen und das Haus war ruhig. Ich ging schnurstracks ins Schlafzimmer und öffnete langsam die Tür. Ich blinzelte.

Mary Ann lag unter der Decke.

Ich setzte mich auf die Bettkante und fühlte ihre Stirn. Sie war kühl.

»Mary Ann?«

Ihre Augen öffneten sich einen Spalt. »Frank, was machst du hier?«

»Ich habe mir Sorgen um dich gemacht.«

»Mir geht's gut.«

»Mitten am Tag im Dunkeln zu liegen, passt nicht zu »gut gehen«.«

Sie schloss die Augen.

»Es ist die MS, richtig?«

Sie zuckte mit den Schultern.

»Wo? Dein Gesicht?«

Sie nickte. »Mein ganzer Kopf.«

Dies war nicht der richtige Zeitpunkt, um darüber zu schimpfen, dass ihr Job stressig war. Mary Ann kannte mich besser als ich sie, aber die Tatsache, dass ihr der neue Job zu schaffen machte, konnte sie vor mir nicht verbergen.

»Hast du den Neurologen angerufen?«

Sie nickte.

»Was haben die gesagt?«

»Ich soll einen Tag abwarten.«

Die neuen Medikamente hatten ihre MS in Schach gehalten. Es war der Stress, der sie zurückbrachte. Sie sah nicht die

Ironie darin, zu arbeiten, um unsere Altersvorsorge wieder aufzubauen, aber zu krank zu sein, um die sogenannten »goldenen Jahre« zu genießen.

KAPITEL VIERZIG

Während er überlegte, ob er den Neurologen anrufen sollte, um ihn zu bitten, Mary Ann zu sagen, sie solle mit der Arbeit aufhören, kam Derrick schwungvoll ins Büro.

»Wie ist es gelaufen?«

»Der Junge hat gesagt, die Skizze sieht dem Mann ähnlich, den er im Park gesehen hat.«

»Gute Arbeit. Ich finde, wir sollten damit an die Öffentlichkeit gehen.«

»Wie du meinst.«

»Es geht nicht darum, was ich meine; wir sind Partner. Ich hätte gern deine Meinung dazu.«

Derrick öffnete den Mund, schloss ihn aber wieder. Er stand da und überlegte, was er sagen sollte. Das war klug, etwas, das Dr. Bruno mir beigebracht hatte.

Als er zu seinem Schreibtisch ging, klingelte mein Handy. »Remin ist dran.«

»Hallo, Sir.«

»Sind Sie im Büro?«

»Ja. Warum?«

»Kommen Sie hoch. Ich habe eine Zusammenfassung der Jugendakten, nach denen Sie gefragt haben.«

»Wir sind auf dem Weg.«

Ich legte auf und sagte: »Lass uns gehen. Remin hat Informationen zu Lopez' Jugendstrafsachen.«

»Willst du, dass ich mitkomme?«

Mit einem Arm im Ärmel meines Sakkos sagte ich: »Klar.«

Als wir die Treppe hochgingen, fragte ich: »Meinst du, es ist in Ordnung, Mary Anns Arzt anzurufen, ohne es ihr zu sagen?«

»Was ist denn los?«

»Sie hat einen MS-Schub. Ich weiß, es liegt an der Arbeit. Stress ist wirklich schlecht für sie.«

»Das tut mir leid zu hören. Wird sie wieder in Ordnung kommen?«

»Ja, aber ich will, dass der Arzt ihr sagt, dass sie kündigen soll.«

»Oha.«

»Was meinst du?«

»Ich sage es nur ungern, aber du bist doch derjenige, der immer sagt, man solle sich nie in das einmischen, was in den vier Wänden eines anderen passiert.«

Das war ein guter Rat. Ich stieß die Tür zum zweiten Stock auf und sagte: »Ich werde anrufen. Ist mir egal, ob sie stinksauer wird. Sie setzt ihre Gesundheit aufs Spiel.«

Man führte uns in das Büro des Sheriffs. Remin telefonierte und deutete auf die Stühle vor seinem Schreibtisch.

Er beendete das Gespräch und sagte: »Detectives, ich muss Sie nicht daran erinnern, wie sensibel diese Daten sind.«

»Wir wissen das, Sir. Wir wissen es zu schätzen, dass Sie sie besorgt haben.«

Er sah jedem von uns in die Augen. »Ich musste einen Gefallen einfordern. Ich hoffe, das hier hilft.«

»Wir verstehen.«

Remin hob einen gelben Rechtsanwaltsblock auf.

»Lopez und ein weiterer, ungenannter Minderjähriger wurden im September 2017 beim Ladendiebstahl in der Coastland Mall erwischt. Beim ersten Versuch, die Jugendlichen zu stellen, gingen sie gemeinsam auf den Wachmann los, der leichte Verletzungen erlitt. Sie wurden von einem unserer Streifenwagen auf dem Parkplatz gefasst.«

»Hatten sie irgendwelche Waffen dabei?«

»Nein. Sie waren unbewaffnet.«

»Aber sie haben den Wachmann angegriffen?«

»Ja. Ich will es nicht verharmlosen, aber die Verletzungen schienen geringfügig zu sein.«

»In welchem Laden fand der Diebstahl statt?«

»Old Navy.«

»Gibt es sonst noch etwas, was wir über den Vorfall wissen sollten?«

»Nein.«

»Danke. Und der zweite Fall?«

»Ebenfalls 2017, aber im August, wurden Javier Lopez und ein weiterer Jugendlicher auf dem Crest-Lawn-Friedhof in North Naples festgenommen. Die Minderjährigen hatten Grabstätten geschändet und ein Dutzend Grabsteine umgestoßen.«

Derrick fragte: »Wissen wir, wer der andere Jugendliche war?«

»Das darf nicht weitergegeben werden.«

Derricks Frage war gut. »Wir verstehen. Sonst noch etwas?«

»Lopez und sein Komplize waren zum Zeitpunkt ihrer Verhaftung betrunken.«

Es war eine schändliche Episode, aber was sie uns verriet, war, dass es, abgesehen von der Mischung aus Teenagern und Alkohol, ein reines Glücksspiel war.

»Gibt es noch etwas, das für uns hilfreich sein könnte?«

»Das ist alles, meine Herren.«

»Vielen Dank, Sir.«

»Viel Glück.«

»Ähm, wir wollten Sie wissen lassen, dass die Skizze aus dem Vergewaltigungsfall von einem weiteren Zeugen bestätigt wurde.«

»Gute Arbeit.«

»Wir würden gern einen öffentlichen Aufruf starten, um zu sehen, ob jemand den Mann identifizieren kann.«

»Bringen Sie das so schnell wie möglich raus.«

Ich stand auf. »Wird gemacht.«

Wir gingen die Treppe hinunter, und Derrick sagte: »Was hältst du von den Jugendakten?«

»Nicht viel. Könnte einfach der dumme Kram sein, den Kinder anscheinend gerne anstellen.«

»Da wäre ich mir nicht so sicher. Zumindest zeugt es von mangelndem Urteilsvermögen und einer mutwilligen Missachtung nicht nur des Gesetzes, sondern auch der Toten.«

Mutwillige Missachtung? Er musste gestern Abend *Law & Order* gesehen haben. »Stimmt. Ich weiß nur nicht, wie man von der Beschädigung eines Friedhofs und geringfügigem Diebstahl zu Entführung und Mord kommt.«

»Wir wissen nicht, ob sie entführt wurde.«

»Stimmt –«

»Aber wirf etwas Leidenschaft und männliche Hormone in den Mix, und es könnte unbeständig werden.«

Er hatte ein Talent dafür, neue Wörter einzubringen, aber sie passten nicht. Schon wieder. »Ich will es nicht abtun. Es sind Straftaten, aber nicht gewalttätig –«

»Wie kannst du das sagen? Sie haben den Wachmann verprügelt.«

»Du hast recht. Es könnte etwas Körperliches gewesen sein, das außer Kontrolle geraten ist.«

»Leicht möglich, besonders wenn er getrunken hatte.«

»So oder so müssen wir mit Lopez reden.«

»Ich sage, wir holen ihn rein.«

Das schien mir verfrüht. »Meinst du?«

»Warum nicht? Wir nehmen ihn in die Mangel, wenn er hier ist. Vielleicht knickt er ein.«

»Wir laufen Gefahr, dass er sich einen Anwalt nimmt.«

»Das ist es wert. Wenn er verwickelt ist, wird er sich sowieso einen Anwalt besorgen.«

»Okay. Willst du ihn kontaktieren oder dich um den öffentlichen Aufruf kümmern?«

»Ich hole Lopez rein.«

Das fühlte sich zu aggressiv an. »Okay, aber denk dran, wir haben nicht viel –«

»Vergiss nicht: Der Junge hat bei seinem Alibi gelogen.«

Er hatte recht, und vielleicht war es sein Stil oder die Tatsache, dass er es demonstrativ auf seine Art machte, aber es war mir unangenehm.

KAPITEL EINUNDVIERZIG

Als ich meinen Desktop herunterfuhr, klingelte das Telefon. Es war ein alter Freund, der im Sheriff's Office von Port Charlotte arbeitete. Was er sagte, klärte zwar eine Situation auf, schockierte mich aber.

Ich drückte mir auf den Nasenrücken und versuchte zu verstehen, was schiefgelaufen war. Das war der Strich durch die Rechnung, mit dem ich nicht gerechnet hatte. Und nun?

Derrick steckte den Kopf ins Büro. »Komm schon. Sie sind im Vernehmungsraum vier.«

»Ich bin gleich da.«

Wir hatten eine Vernehmung durchzuführen, und was ich erfahren hatte, würde sie noch interessanter machen.

Obwohl Jim Ponte ein Strafverteidiger war, war er einer der wenigen Anwälte, die ich wirklich mochte. Der Anwalt flüsterte seinem neuen Mandanten, Javier Lopez, etwas ins Ohr.

Derrick sagte: »Nichts, was er sagen wird, kann ihn retten.«

»Ponte ist einer, der mit offenen Karten spielt. Er ist der Erste, der einen Deal macht, wenn die Fakten auf dem Tisch liegen.«

»Na schön, los geht's.«

Als wir den Raum betraten, stand die Chance bei fünfzig zu fünfzig, dass Derrick einen der wenigen Guten auf der anderen Seite verärgern würde.

Wir schüttelten uns die Hände, sagten das Nötigste und Derrick meinte: »Sie haben Ihre Mutter geliebt, richtig?«

»Natürlich habe ich das. Sie war die Beste.«

»Sie vermissen sie?«

»Jeden Tag.«

Ponte sagte: »Detective, gibt es einen Grund, warum Sie die Beziehung meines Mandanten zu seiner Mutter infrage stellen?«

»Geben Sie mir eine Minute, Herr Anwalt.« Derrick sah Pontes Mandanten an. »Mr. Lopez, wer ist Denise McCarthy?«

»Mrs. McCarthy? Unsere Nachbarin?«

»Ja.«

»Was ist mit ihr?«

»Mrs. McCarthy war Zeugin eines weiteren Ihrer Wutausbrüche.« Er ließ dies ganze zehn Sekunden in der Luft hängen, bevor er fortfuhr: »Ihrer Mutter ging es 2016 sehr schlecht. Nicht wahr?«

»Ja.«

»Sie haben Ihre Mutter geliebt und trotzdem ein Glas nach ihr geworfen und sie schwer verletzt.«

»Nein, so war das nicht.«

»Dann erzählen Sie es uns.«

»Okay, ich war wütend, aber Mom hat gesagt, dass sie die Behandlung nicht länger fortsetzen wollte.«

»Sie waren mit ihrer Entscheidung nicht einverstanden, also haben Sie sie verletzt? Ist es das, was mit Debbie Holmes passiert ist?«

Ponte sagte: »Beantworten Sie das nicht.«

»Infolge Ihres gewalttätigen Ausbruchs erlitt Ihre Mutter

eine so schlimme Schnittwunde, dass sie eine Bluttransfusion brauchte.«

»Es war ein Unfall. Sie nahm Medikamente, die die Blutung schlimmer machten, als sie hätte sein sollen.«

»Mein Mandant hat bereits ausgesagt, dass es ein unglücklicher Unfall war. Ich möchte Sie daran erinnern, dass bei diesem Vorfall keine Anklage erhoben wurde.«

»Herr Anwalt, ich würde vorschlagen, Sie reden mit Mr. Lopez. Wenn er kooperiert, bevor wir Anklage erheben, haben wir etwas Spielraum.«

Ponte sah mich an, aber ich wich seinem Blick aus. Derrick ging zu schnell vor, aber Lopez ging langsam unter.

DERRICK SAGTE: »WIR WERDEN EINEN DURCHSUCHUNGSBEFEHL bekommen, meinst du nicht auch?«

»Wir haben eine ganz gute Chance, wenn wir ihn auf Lopez' Wagen beschränken.«

»Gute Idee. Also, wir haben ihn am Ort und im Zeitraum, in dem sie verschwunden ist.«

»Einigen von Holmes' Freunden zufolge wurden Lopez' Annäherungsversuche von Holmes zurückgewiesen.«

»Er hat gelogen, wo er war, und er hat zwei Jugendstrafsachen.«

»Die kannst du nicht verwenden.«

»Ich weiß, aber ich kann es trotzdem durchsickern lassen.«

»Du magst diesen Jungen nicht, aber mach keine persönliche Sache daraus.«

»Es ist nicht so, dass ich ihn nicht mag. Ich glaube, er war's.«

»Ich kenne seinen Anwalt, und Ponte glaubt wirklich, dass der Junge es nicht getan hat.«

»Du darfst ihm nicht zuhören.«

»Er ist ein guter Kerl. Er hätte mich nicht angerufen, wenn er es nicht glauben würde.«

»Bist du nicht derjenige, der gesagt hat, man solle niemals einem Strafverteidiger trauen?«

»Es gibt für alles eine Ausnahme, und Ponte ist eine.« Er spottete.

Ich schloss die Bürotür und sagte: »Wir müssen reden.«

»Worüber?«

»Port Charlotte.«

»Wer hat es dir gesagt?«

»Ein Freund.«

Er schüttelte den Kopf. »Ich lote nur meine Optionen aus.«

»Was ist los?«

»Nichts.«

»Du bewirbst dich auf die Stelle des leitenden Detectives in Port Charlotte, und es ist nichts los?«

»Vergiss es einfach, okay?«

»Nein. Ich muss wissen, warum mein Partner weg will.«

»Es ist eine gute Gelegenheit. Ich hätte dort das Sagen.«

Es war nicht leicht, tatenlos zuzusehen, wie er bei den Vernehmungen fragwürdige Taktiken anwendete, aber es war gut, dass ich es getan hatte. »Du leitest die Ermittlungen gegen Lopez. Außerdem werde ich nicht mehr lange hier sein; du würdest übernehmen.«

»Das ist nicht dasselbe.«

»Wir sorgen dafür, dass es dasselbe wird. Sag mir, was –«

»Du hast mir eine Menge beigebracht, Frank. Es juckt mich in den Fingern, zu sehen, ob ich es draufhabe.«

»Du hast es drauf. Du hast bessere Instinkte als ich.«

»Das würde ich nicht sagen.«

»Lass uns eine Lösung finden. Wir sind ein großartiges Team.«

»Das sind wir, aber es geht um mehr. Sie bieten eine Antrittsprämie, und die Bezahlung ist besser.«

»Lass mich sehen, was ich bei Remin rausholen kann.«

»Danke, aber es ist billiger, dort oben zu leben. Häuser kosten etwa die Hälfte von dem, was sie hier kosten.«

Die Immobilienpreise begannen, die Leute aus Naples zu vertreiben. »Das kann ich nicht ändern. Aber du liebst es hier.«

»Das tun wir. Lynn sogar noch mehr als ich.«

Seine Frau konnte ein wichtiger Trumpf sein. »Glückliche Frau, glückliches Leben.«

Er schüttelte den Kopf.

Ich hatte keine Ahnung, ob es stimmte, sagte aber: »Und die Schulen hier unten sind viel besser als da oben.«

»Wirklich?«

»Oh ja. Und du willst, dass ich fahren muss, um dich zu besuchen?«

Er kicherte. »Es ist noch nichts in trockenen Tüchern.«

»Ich hoffe nicht, aber fürs Protokoll: Als sie wegen einer Referenz anriefen, habe ich ihnen gesagt, du wärst der Beste im Staat – nach mir, natürlich.«

Gesso klopfte an die Tür und trat ein. »Geschlossene Tür? Gibt es etwas, das ich wissen sollte?«

Ich sagte: »Nein. Ich habe ihm nur ein albernes Video gezeigt.«

»Schick es mir.«

»Was ist los?«

»Ich habe gerade ein Update zur Hotline bekommen.« Er reichte mir eine Notiz. »Diese Frau hat angerufen und gesagt, die Skizze sehe aus wie ihr Bruder.«

»Amanda Reel.«

»Ich dachte, ihr wollt euch vielleicht sofort darum kümmern.«

»Danke, Sarge. Das Timing ist gut; wir warten auf einen Durchsuchungsbefehl für Lopez.«

Gesso ging hinaus und Derrick sagte: »Fahr du zu dieser

Frau. Ich bleibe hier. Wenn der Befehl kommt, werde ich einen Abschleppwagen organisieren.«

»Sicher?«

»Absolut.«

»Du haust doch nicht nach Port Charlotte ab, oder?«

»Mach schon, dass du loskommst.«

Es war schwer vorstellbar, diesen Job ohne Derrick an meiner Seite zu machen. Er hatte das Recht, das zu tun, was er für sich und seine Familie für richtig hielt. Wenn er ginge, müsste ernsthaft über einen vorzeitigen Ruhestand nachgedacht werden.

KAPITEL ZWEIUNDVIERZIG

LOPEZ STAND DA, HATTE EINEN ARM QUER ÜBER SEINE BRUST gelegt und drückte den Ellbogen mit der anderen Hand an seinen Körper.

Derrick kam aus dem Bad zurück. Er spähte auf den Videofeed aus dem Verhörraum und sagte: »Was zum Teufel macht er da?«

»Sieht nach einer Dehnübung aus. Ein Kerl, mit dem ich auf dem College war, war Schwimmer, und der hat sich ständig die Schultern gedehnt.«

»Ich frage mich, ob der Junge was draufhat.«

»Er hat ein Stipendium. Ich schätze also schon. Wie war er, als du ihn abgeholt hast?«

»Er ist mir hierher gefolgt. Ich habe ihm gesagt, dass wir nur ein paar Hintergrundinformationen brauchen.«

Bevor ich antworten konnte, kam Ponte aus dem Bad und sagte: »Legen wir los.«

Wir betraten den Raum. Lopez umfasste mit den Händen seine Knöchel. Der Junge war ja ein Schlangenmensch.

»Machen Sie Ihre Dehnübungen?«

»Ja, das ist total wichtig. Jedes Mal, wenn ich im Auto sitze oder eine halbe Stunde lang gesessen habe, dehne ich mich. Wenn man da nicht dranbleibt, verkümmern die Muskeln.«

Dehnen und ich, das war wie Giraffen auf einem Surfbrett. Es klang einfach nicht richtig, aber wenn der Junge recht hatte, war es an der Zeit, meine Meinung über das Dehnen zu überdenken.

Derrick schaltete das Aufnahmegerät ein und trug die Formalitäten vor. Er ließ die Rolle des guten Cops fallen und sagte: »Sie haben gesagt, Sie hätten in der Nacht, in der Deborah Holmes zuletzt gesehen wurde, trainiert.«

Angst zuckte über Lopez' Gesicht. »Habe ich nicht?«

»Nein. Sie hatten an dem Abend frei.«

»Warum haben Sie gelogen?«

Ponte sagte: »Das ist zu diesem Zeitpunkt eine unnötige Anschuldigung.«

»Zurückgezogen. Warum haben Sie uns erzählt, Sie hätten trainiert, obwohl das nicht der Fall war?«

»Das habe ich nicht mit Absicht getan. Ich vergesse sowas einfach, das ist alles.«

»Es wird alles viel einfacher, wenn Sie aufhören, Spielchen zu spielen, und uns sagen, wo Sie waren.«

»Wahrscheinlich irgendwo auf dem Campus.«

»Wir haben einen Zeugen, der Sie in der fraglichen Nacht auf der Livingston Road bei Briarwood gesehen hat.«

»Livingston? Oh ja. Ich bin rübergefahren, um meinen Kumpel John zu besuchen. Wir waren zusammen auf der Baron Collier.«

»Und das fällt Ihnen jetzt erst ein?«

»Das habe ich total vergessen. Er nimmt sich ein Jahr frei, bevor er aufs College geht.«

»Hat dieser John auch einen Nachnamen?«

»Boyers. John Boyers. Er hat eine Wohnung in Orchid Run, an der Livingston.«

Die Wohnanlage war bewacht und hatte Kameras.

»Wir werden Ihnen die Kontaktdaten geben, Detective.«

»Danke. Wie lange waren Sie dort?«

»Oh, ich habe ihn nicht wirklich gesehen. Ich bin hingefahren, und er war nicht zu Hause, also bin ich zum Celebration Park runtergefahren. Er hängt da gerne ab. Ich dachte, er wäre vielleicht dort.«

»War er das?«

»Nein. Es stellte sich heraus, dass er nach Sarasota gefahren war, um ein Mädchen zu treffen.«

»Lassen Sie mich raten: Niemand kann dieses neue Alibi von Ihnen bestätigen.«

»Es ist nicht neu. Ich war wirklich dort. Ich wusste ja nicht, dass er nicht zu Hause sein würde.«

»Und Sie wussten auch nicht, dass Sie an dem Abend kein Schwimmtraining hatten.«

»Nein, da bin ich doch jeden Tag.«

Ich sagte: »Als Minderjähriger hatten Sie ein paar Verhaftungen.«

»Moment, Detective, diese Akten sind versiegelt.«

»Tut mir leid, Counselor, wir haben die Erlaubnis erhalten, eine Zusammenfassung einzusehen. Erzählen Sie uns von den Verhaftungen.«

Seine Schultern sackten in sich zusammen. »Ja, aber das war eine schwere Zeit. Meine Mom war gestorben, und ich war total durch den Wind, wissen Sie?«

Seine Mutter zu verlieren war in jedem Alter schwer, aber für einen jungen Teenager war es traumatisch. »Was ist passiert?«

»Ich meine, es war dumm und ich war wütend. Wütend, dass Mom, wissen Sie, weg war. Ich schätze, ich habe einfach Mist gebaut.«

Derrick sagte: »Wir wollen Details über Ihre Jugenddelikte.«

»Also, die Sache auf dem Friedhof: Wir hatten getrunken und haben einfach angefangen, Sie wissen schon, dumm zu sein. Es war falsch, und es hat mir wirklich leidgetan und wir, ich meine, mein Dad, er hat dafür bezahlt, alles zu reparieren.«

»Aber die Botschaft ist nicht angekommen, denn einen Monat später waren Sie beim Ladendiebstahl, und als Sie erwischt wurden, haben Sie den Wachmann angegriffen.«

»Angegriffen? Nein, nein, so war das nicht. Er hat meinen Arm gepackt und ihn verdreht. Ich habe geschrien, und er hat nicht aufgehört. Jimmy, er hat versucht, mir zu helfen, und den Kerl weggestoßen. Er ist in ein Regal gefallen und wir sind abgehauen.«

»Also war es nicht Ihre Schuld?«

Er zuckte mit den Schultern. »Hören Sie, ich habe versucht, eine blöde Mütze zu klauen, aber ich habe niemanden geschlagen. Es war ein Unfall. Ich habe gesagt, dass es mir leidtut.«

Derrick schlug mit der flachen Hand auf den Tisch. »Sie haben für alles eine Ausrede. Also, sagen Sie uns, wie Debbie Holmes ermordet wurde.«

»Mein Mandant hat wiederholt bestritten, Kenntnis von dem Mord zu haben.«

»Mr. Lopez, was haben Sie dort gemacht, wo sie verschwunden ist?«

»Das ist nur ein Zufall. Ich bin wahrscheinlich dort vorbeigefahren.«

»Sie haben die I-75 von der Schule genommen?«

»Ja.«

»Warum haben Sie nicht die Ausfahrt Golden Gate genommen? Die ist näher an Orchid Run.«

Das war eine gute Frage. Hätte Lopez Golden Gate genommen, wäre er nicht dort gewesen, wo Holmes wohnte.

»Ich weiß nicht. Ich habe einfach die Pine Ridge genommen, wie immer. Wahrscheinlich auf Autopilot.«

»Sie wurden gegenüber von Briarwood auf dem Parkplatz der Auto-Eigentumswohnungen beim Parken gesehen.«

»Auf keinen Fall. Ich war nicht dort.«

»Ein Zeuge hat Sie gesehen.«

»Der lügt.«

»Bei Ihnen ist es entweder ein Zufall, ein Fehler oder jemand lügt.«

»Wenn Sie meinen Mandanten weiterhin beschimpfen, müssen wir dieses Verhör beenden.«

Derrick schüttelte den Kopf. »Mr. Lopez, Sie schaufeln sich Ihr eigenes Grab.«

»Was meinen Sie damit? Ich bin ehrlich.«

Derrick beugte sich über den Tisch und senkte seine Stimme. »Hören Sie, das Beste, was Sie tun können, ist zu kooperieren. Erzählen Sie uns, was mit Debbie passiert ist, und wir werden den bestmöglichen Deal für Sie aushandeln.«

»Was?«

»Sagen Sie uns, wie Sie Debbie Holmes getötet haben!«

Ponte sprang von seinem Stuhl auf. »Dieses Verhör ist beendet.«

Nachdem sie gegangen waren, sagte ich: »Du bist ihn vielleicht ein bisschen zu hart angegangen.«

»Er hätte so oder so dichtgemacht.«

»Vielleicht. Wir brauchen mehr Hintergrundinformationen über Lopez.«

»Ja, und ich würde liebend gern die Spurensicherung seine Wohnung und sein Auto durchsuchen lassen.«

»In seinem Fahrzeug findet sich eher etwas, aber wir werden mehr brauchen, um einen Durchsuchungsbefehl zu bekommen.«

»Den kriege ich. Du wirst schon sehen.«

Mary Ann nahm im Bademantel einen Teebeutel aus einer Tasse. »Wie fühlst du dich?«

»Besser.«

Ihre Stimme war schwach. »Hier, lass mich den Tee tragen.«

»Ich bin kein Invalide.«

»Ich weiß, ich versuche nur zu helfen.«

»Ist es das, was du tust?«

»Ja, wieso?«

»Und der Personalabteilung zu sagen, der Job mache mich krank, ist deine Vorstellung von Hilfe?«

Ihr Arzt würde da nicht mitspielen. »Ach, komm schon, Schatz. Wir wissen beide, dass Stress nicht gut für dich ist.«

Ihr Gesicht verzog sich. »Ich ... ich will einfach wieder ich selbst sein.«

»Das bist du. Alles, was du tun musst, ist, ein paar Anpassungen vorzunehmen.«

Sie brach auf dem Sofa zusammen. »Zum Beispiel den ganzen Tag nichts tun.«

»Das stimmt nicht. Ich will nicht, dass du so krank wirst, dass wir unseren gemeinsamen Ruhestand nicht genießen können.«

»Ohne Geld werden wir nicht viel unternehmen können.«

»Doch, das werden wir. Es ist mir egal, ob wir uns verkleinern müssen. Wir brauchen nicht viel, um Spaß zu haben.«

Sie griff nach meiner Hand, aber es war mein Herz, das sich zusammenzog. Mit dem Rücken gegen das Sofa gelehnt, setzte ich mich auf den Boden. »Erinnerst du dich an das erste Mal, als wir am Clam Pass Beach waren?«

Sie lächelte.

»Und du mich dabei erwischt hast, wie ich auf deinen Hintern gestarrt habe?«

Mein Telefon klingelte. »Da muss ich rangehen. Es ist Derrick, und er ist auf einer Mission, um es mir zu beweisen.«

Ich ging ran. »Hey. Was ist los?«

Derrick sagte: »Wir haben Lopez. Ich habe mit einem Nachbarn gesprochen, und Bingo, wir haben genug für den Durchsuchungsbefehl.«

»Was hat er gesagt?«

KAPITEL DREIUNDVIERZIG

Ich bog in den Verona Walk ein und fuhr über eine rosa-weiße Brücke. Der Name war eine Anspielung auf die alte norditalienische Stadt, in der Shakespeares *Romeo und Julia* spielte.

Als ich vor Amanda Reels Haus hielt, fragte ich mich, was es wohl bedeutete, in einer Straße namens Chianti Lane zu wohnen. Gaben sie dort Weinpartys? Waren Riesling-Liebhaber erlaubt?

Ich widerstand dem Drang, ein Foto von dem Straßenschild zu machen, und ging die gepflasterte Einfahrt hinauf. Reel stieß die Tür auf. Sie war ungeschminkt und hatte Ringe unter den Augen.

»Kommen Sie rein.«

War ein Sturm durchgezogen und hatte sie die Fenster ihrer Wohnung im zweiten Stock offengelassen? Reel schien eine ehrliche Bürgerin zu sein, aber ihr Haushalt war eine Katastrophe.

»Danke für Ihren Anruf.«

Sie runzelte die Stirn. »Es ist mir nicht leichtgefallen, aber wenn Richard das getan hat, muss er dafür geradestehen.«

»Ich verstehe.«

»Er wird es doch nicht erfahren, oder? Ich habe ihnen gesagt, dass ich es vertraulich behandelt wissen möchte.«

»Nein, er wird nicht erfahren, dass Sie angerufen haben.«

Sie nickte.

»Wie lautet der volle Name Ihres Bruders?«

Sie murmelte etwas und mein Kiefer spannte sich an.

»Wie bitte?«

»Richard Shaw, aber die meisten nennen ihn Ricky.«

Ich schrieb es nicht auf.

»Haben Sie ein aktuelles Foto von ihm?«

»Warten Sie kurz, ich glaube, wir haben was von Weihnachten.« Sie ging zu einer Kommode und zog eine Schublade auf. Sie wühlte darin herum und hielt eines hoch. »Hier, bitte schön.«

Eine normal aussehende Familie drängte sich um einen reich gedeckten Tisch. Shaw war im Vordergrund. Es war nicht der Anblick des Schinkens, bei dem mir übel wurde; es war die Tatsache, dass seine Akte auf meiner Anrichte lag.

Ich kannte die Antwort, fragte aber trotzdem. »Wo wohnt er?«

»Ähm, 47908 Ninety-Seventh Avenue, in Naples Park. Er hat dort einen Bungalow gemietet.«

»Okay. Wir werden mit ihm reden und der Sache nachgehen.«

»Ich hoffe, ich irre mich.«

Da waren wir schon zwei. »Und bitte erwähnen Sie ihm gegenüber nichts.«

»Werde ich nicht.«

»Und, äh, falls er es ist, seien Sie nicht zu hart zu ihm, ja?«

Lügen war einfach. »Werden wir nicht.«

Ich hastete die Treppe hinunter und zückte mein Handy. »Derrick, es sieht so aus, als könnte es Ricky Shaw sein.«

»Das ist doch einer der Straftäter, oder?«

»Yep. Einer von denen, die Kastrationsmittel nehmen.«

»Oha.«

»Nein. Ich habe nachgefragt. Sie sagten, er hat keine Dosis ausgelassen.«

»Vielleicht gibt es eine Möglichkeit, die Wirkung umzukehren.«

Es war nicht fair, aber das Leben war es auch nicht, also sagte ich: »Ich habe Bilotti gefragt, aber er hat sich nie bei mir gemeldet.«

»Das müssen wir überprüfen.«

»Ich fahre direkt hin. Willst du mich treffen?«

Das andere Telefon klingelte. Derrick sagte: »Warte mal, Frank.«

Er legte den Hörer hin, als ich in meinen Wagen sprang. Zwanzig Sekunden später sagte er: »Frank?«

»Ja.«

»Wir haben den Durchsuchungsbefehl. Ich werde die Abholung überwachen.«

———

Naples Park war ein Ort voller Gegensätze: sechzig Jahre alte, renovierungsbedürftige Bungalows gemischt mit neuen Häusern im Küstenstil. Das Schöne an dem Viertel war seine Nähe zum Strand.

Shaw wohnte in einem knallgelben Betonklotz mit nicht mehr als einhundertzehn Quadratmetern. Auf dem Weg zur Tür fragte ich mich, was eine solche Bruchbude heutzutage wohl kostete.

Der auf ihn zugelassene 1990er Dodge Daytona parkte auf der Schotterauffahrt. Kein SUV, wie der Segelboot-Enthusiast behauptet hatte, gesehen zu haben, aber er war silbern.

Die Klingel hing aus dem Türrahmen. Drinnen lief Rock-

musik. Ich steckte meine Hand durch den Riss in der Fliegengittertür und hämmerte gegen die Tür.

Shaw öffnete. Er hatte viel weniger Haare als auf seinem
Polizeifoto und ihm fehlte ein Vorderzahn. »Was gibt's?«

Er hatte einen schleppenden Akzent. Anstatt ihn am Hals
zu packen, hielt ich ihm meine Dienstmarke hin. »Ich würde
mich gern mit Ihnen unterhalten.«

»Worüber?«

Ich roch keinen Tabak an ihm, aber seine Zähne hatten die
Farbe eines starken Rauchers. »Über ein paar Dinge. Wollen
Sie das hier drin erledigen oder auf dem Revier?«

»Oh, kommen Sie, Mann.« Er schwang die Tür auf. Ein
einsamer Sessel und ein Fernseher auf einem Ständer waren
die einzigen Gegenstände im Raum. »Ich habe nicht viele
Möbel. Aber wir können nach hinten gehen. Ich habe da einen
Picknicktisch im Schatten.«

Ein Banyanbaum, halb so breit wie das Haus, hielt die
Sonne vom gesamten Hof fern. Drei leere Bierflaschen standen
auf einem schmutzigen Plastiktisch.

Shaw, von mittlerer Statur, setzte sich auf einen Klappstuhl.
Ich wischte Pflanzenreste von der Bank und setzte mich.
Shaws Bein zitterte wie ein Presslufthammer.

»Okay, Mr. Shaw. Bevor wir anfangen, will ich Sie warnen:
Wenn Sie mich anlügen, sorge ich dafür, dass Ihr Bewährungshelfer Sie einsperrt.«

»Ganz ruhig, Mann. Keine Sorge.«

»Wo waren Sie in der Nacht des zehnten Mai, ab fünf
Uhr?«

»Ich war hier.«

Nach einem Monat könnte ich Ihnen nicht sagen, wo ich
gewesen war. »Gibt es Zeugen, die das bestätigen können?«

»Nein. Ich bin ein Einzelgänger, Mann.«

»Wie können Sie sich da so sicher sein? Das ist über einen
Monat her.«

»Das ist der Geburtstag meiner Schwester.«

»Und was ist mit dem Vierzehnten?«

»Oh, keine Ahnung. Äh, ich bleibe normalerweise zu Hause. Von diesen Drogen, die ich nehmen muss, fühle ich mich beschissen, wissen Sie.«

»Tja, Sie hätten diese Frauen nicht angreifen sollen.«

»Ich weiß.«

»Wie oft gehen Sie in den North Collier Park?«

Seine Augen schnellten zur Seite. »Ist das der an der Livingston?«

»Ja.«

Shaw schüttelte den Kopf. »Da war ich noch nie.«

»Ich habe Ihnen gesagt, Sie sollen nicht lügen.«

»Tu ich nicht. Ich war nie da.«

»Wir haben zwei Zeugen, die Sie dort gesehen haben.«

»Auf keinen Fall, Mann.«

»Sie sagen, Sie waren dort in der Nacht, als eine Frau vergewaltigt wurde.«

»Hey, Mann, das war ich nicht. Das kann nicht sein, ich hab keinen Sextrieb, Mann.«

»Ach, kommen Sie, Mr. Shaw. Sie wissen, bei einer Vergewaltigung geht es nicht nur darum, sich auf seine perverse Tour einen runterzuholen. Es geht um Macht.«

»Hören Sie, Mann. Ich habe meine Zeit abgesessen, und Sie können es überprüfen. Ich nehme jeden Monat meine Medikamente und gehe zu meinem Bewährungshelfer. Ich habe sogar einen Job. Ist nicht Vollzeit, aber ich habe zwanzig Stunden die Woche.«

Ich holte mein Telefon heraus. »Einen Moment. Jemand schreibt mir andauernd.«

Ich schirmte den Bildschirm ab, öffnete eine Aufnahme-App und sagte: »Meine Frau, sie will, dass ich was abhole.«

»Seien Sie mal ein guter Ehemann.«

»Wo arbeiten Sie?«

»Im Auto Spa, gegenüber von Driftwood.«

»Gefällt es Ihnen dort?«

»Es ist nicht leicht, mit Vorstrafen einen Job zu bekommen, Mann.«

Er bekam von mir absolut kein Mitleid. »Sorgen Sie dafür, dass Sie keinen Ärger mehr machen. Wir behalten Sie im Auge.«

Er sprang auf. »Werde ich, werde ich. Keine Sorge.«

KAPITEL VIERUNDVIERZIG

ICH SCHLOSS DIE WAGENTÜR, ZOG MEIN HANDY HERAUS UND öffnete die Audio-App. Ich drückte auf Play. Shaws Stimme war deutlich zu hören: »Seien Sie jetzt mal ein guter Ehemann.«

Ich fragte: »Wo arbeiten Sie?«

»Im Auto Spa, gegenüber vom Driftwood.«

»Gefällt es Ihnen dort?«

»Es ist nicht leicht, mit Vorstrafen einen Job zu kriegen, Mann.«

»Sehen Sie zu, dass Sie sich aus Schwierigkeiten heraushalten. Wir behalten Sie im Auge.«

»Werd ich, werd ich. Keine Sorge.«

Die Aufnahme war ein guter Anfang, um die Schlinge um Shaw zuzuziehen. Ich scrollte zu Lisa Shaws Nummer und hängte die Datei an eine Nachricht an. Gerade als ich auf Senden drücken wollte, löschte ich die Nachricht und tätigte einen Anruf.

»Sarge, hier ist Luca.«

»Was ist los?«

»Wir müssen Richard Shaw beobachten lassen. Er könnte der Vergewaltiger sein, und wir können nicht riskieren, dass er noch einmal zuschlägt, bevor wir genug Beweise gegen ihn haben.«

»Kein Problem.«

Nachdem ich ihm die Adresse und Shaws Arbeitsplatz gegeben hatte, tätigte ich einen weiteren Anruf, bevor ich losfuhr.

Die Jalousien waren alle unten, und das nicht, um die Sonne draußen zu halten. Ich schickte eine SMS, bevor ich zur Tür ging.

Ich stellte mich direkt in die Sichtlinie des Türspions. Zwei Klickgeräusche später öffnete sich die Tür einen Spalt breit.

»Detective Luca, Miss Ramos.«

Als ich hineinschlüpfte, bemerkte ich den grauen Schimmer ihrer Haut. Ramos musterte mein Gesicht. »Haben, haben ... Sie ihn geschnappt?«

»Wir sind kurz davor, aber wir haben ihn rund um die Uhr im Auge. Er wird keinen Schaden mehr anrichten.«

Sie nickte.

»Sie sagten, die Person, die Sie angegriffen hat, hatte einen schleppenden Akzent.«

Sie schloss die Augen und nickte.

»Ich möchte, dass Sie sich eine Aufnahme von jemandem anhören und schauen, ob sie Ihnen bekannt vorkommt. Wären Sie dazu bereit?«

Ein weiteres stummes Nicken.

»Gut.« Ich nahm mein Handy in die Hand und drückte die Play-Taste. Ramos' Augen weiteten sich, und sie trat einen Schritt zurück. »Das ist, das ist er. Ich weiß es.«

»Sind Sie sicher?«

Mit einem Blick, der auf eine Migräne hindeutete, flüsterte sie: »Ich werde den Klang seiner Stimme nie vergessen.«

Es war nicht der richtige Zeitpunkt, ihr mitzuteilen, dass sie wahrscheinlich für eine formelle Aussage auf die Wache kommen musste. Das Problem war, dass eine alleinige Identifizierung der Stimme Shaws nicht hinter Gitter bringen würde. Das reichte weder einem Gericht noch mir.

Als ich mich von Ramos verabschiedete, verfolgte mich die Tatsache, dass die Wahrscheinlichkeit, dass Opfer von sexuellen Übergriffen Selbstmord begingen, mehr als zehnmal so hoch war.

Shaw für die Vergewaltigung dranzukriegen – oder irgendjemanden anderen, falls er es nicht war – würde Ramos versichern, dass sie nicht in Gefahr war, aber es würde nichts ungeschehen machen.

Ihr Vater hatte sich wie ein Idiot aufgeführt und ihren labilen psychischen Zustand noch weiter unter Druck gesetzt. In meinem Auto sitzend, tätigte ich einen Anruf.

»Sozialamt, mein Name ist Sophia Livoti.«

»Hey, Sophie, hier ist Frank Luca.«

»Wie geht es dir?«

»Ganz gut. Hör mal, ich war gerade bei Lisa Ramos, und, äh, ich weiß nicht – mit ihr stimmt was nicht.«

»Es dauert lange für die Opfer und oft Jahre der Therapie, um an einen Punkt zu gelangen, an dem sich das Leben wieder normal anfühlt.«

»Kannst du dafür sorgen, dass jemand einmal am Tag nach ihr sieht?«

»Glaubst du, sie ist eine Gefahr für sich selbst? Sollten wir eine Zwangseinweisung in Betracht ziehen?«

»Ich bin nicht qualifiziert, das zu beurteilen. Aber jemanden zu schicken, der das kann, ist eine großartige Idee.«

»Ich werde selbst mal hinfahren. Wenn sie in einer Krise steckt, lasse ich dich wissen.«

Sie in eine psychiatrische Abteilung einweisen zu lassen,

war mir nicht ganz geheuer, aber ich wollte nicht, dass sie sich verletzt oder Schlimmeres.

Ich tätigte einen weiteren Anruf. »Derrick, Ramos hat Shaws Stimme identifiziert.«

»Wir schnappen uns den Bastard. Was kommt als Nächstes?«

»Ich will kurz zu Hause vorbeischauen und nach Mary Ann sehen.«

»Geht es ihr gut?«

»Ja, es wird besser. Kannst du Gesso bitten, jemanden vorbeizuschicken, der Noon und dem Jungen ein Foto von Shaw zeigt?«

»Sicher. Das aus der Akte?«

»Nein, das von seinem Führerschein ist aktueller.«

»Geht klar.«

»Was ist mit dem Lopez-Wagen?«

»Er ist auf dem Weg zur Werkstatt. Die Spurensicherung wird ihn sich in ein oder zwei Tagen ansehen.«

»Bitte sie, ihn mit Luminol zu besprühen. Dann wissen wir sofort, ob es Blutspuren gibt.«

Er zögerte. »Gute Idee.«

Ich wollte sagen: »Du kannst immer noch was von mir lernen«, sagte aber: »Verleih mir noch keine Orden.«

»Wenn wir diese beiden Fälle aufklären, sollten wir Medaillen bekommen.«

»Ich weiß, was du meinst, aber unsere Aufgabe ist es, Verbrechen aufzuklären.«

»Ich meine ja nur, dass das ganz schön an einem zehrt.«

Wenn er die Leitung in Port Charlotte übernahm, würde der Tribut zwangsläufig höher sein. »Das tut es ganz sicher. Aber die Opfer im Gedächtnis zu behalten, gibt einem die Kraft, weiterzumachen. Wir sehen uns später.«

Mary Ann machte auf der Veranda ein Nickerchen. Ich

setzte mich auf die Kante der Chaiselongue und sie rührte sich. »Was machst du denn zu Hause?«

Zu sagen, dass ich meine emotionalen Batterien aufladen wollte, würde sie beunruhigen. »War in der Gegend und dachte, ich sag mal Hallo.«

»Mir geht es gut.«

»Wie sind die Schmerzen?«

»Sie sind weg.«

»Sicher?«

»Ja. Ich bin rausgekommen, um zu lesen.«

»Gut. Kann nicht schaden, etwas Vitamin D zu tanken.«

»Es ist so schön heute.«

»Das ist es. Hast du mit Jessie gesprochen?«

»Nein.«

»Lass uns sie überraschen und sie über FaceTime anrufen.«

»Jetzt? Ich kann mich nicht erinnern, ob sie Uni hat. Es ist Mittwoch, oder?«

»Den ganzen Tag.«

»Sie hat nur vormittags Vorlesungen.«

»Wähl schon. Wenn sie beschäftigt ist, wird sie den Anruf wegdrücken.«

Mary Ann drückte einen Knopf und hielt das Handy auf Armlänge entfernt. Jessies lächelndes Gesicht füllte den Bildschirm. »Hey, Leute, wie geht es euch?«

Ich blinzelte eine Träne weg und sagte: »Du siehst wunderschön aus.«

»Danke, Dad. Was machst du zu Hause?«

»Ich bin nur vorbeigekommen, um Mom Hallo zu sagen.«

»Oh, das ist aber nett. Was macht ihr heute so?«

Mary Ann sagte: »Nicht viel. Ich habe heute Morgen meine Bahnen gezogen, und vielleicht gehe ich später noch einkaufen.«

Sie hatte Jessie nichts von dem MS-Schub erzählt. Eltern

schirmten ihre Kinder gerne vor Sorgen ab. Ob das eine gute Strategie war, stand zur Debatte.

»Mom und mir geht es gut. Was hast du so getrieben, du Ivy-League-Studentin?«

Ihr Lächeln war, als wäre man an ein Kraftwerk angeschlossen. Es war mehr als genug Motivation, um so viele Mistkerle wie möglich von der Straße zu holen.

KAPITEL FÜNFUNDVIERZIG

DERRICK TELEFONIERTE GERADE, ALS ICH HEREINKAM. ER ZEIGTE mir den Daumen nach oben, bevor er auflegte und sagte: »Das war Skip. Er hat gesagt, der Junge war sich ziemlich sicher, dass es Shaw war, und er hat ihn sofort erkannt.«

»Was ist mit Noon? Was hat er gesagt?«

»Konnte ihn nicht identifizieren, aber du kennst ja Noon.«

»Er ist ein guter Kerl. Will nur helfen.«

»Der Junge hat ihn identifiziert. Was meinst du, Frank? Holen wir Shaw rein?«

»Ich bin mir nicht sicher. Ich überlege, einen Durchsuchungsbefehl für sein Haus und sein Fahrzeug zu beantragen.«

»Was glaubst du, finden wir?«

»Wer weiß? Es überrascht mich jedes Mal aufs Neue, was diese Verrückten so alles aufbewahren.«

»Ich sage nicht, dass man einige Mörder ohne die Andenken, die sie behalten, nicht gefasst hätte, aber es wäre sicher schwieriger gewesen.«

»Das zeigt nur, wie krank diese Bastarde sind.«

»Ohne Zweifel.«

»Lass uns einen Antrag für den Durchsuchungsbefehl aufsetzen.«

Eine Stunde später sagte Derrick: »Ich glaube, das ist gut genug.«

»Dann mach mal.«

Das Telefon klingelte und Derrick ging ran. Er sprach ein paar Minuten und legte auf.

»Das war Whitaker. Rate mal, was er gefunden hat.«

»Von der Spurensicherung?«

»Jep. Rate mal, was sie in Lopez' Wagen gefunden haben.«

»Drogen?«

»Nee. Blut.«

»Wo? Im Kofferraum?«

»Nein, er sagte, es war ein Schmierfleck an der Beifahrertür. Er meinte, er war nicht sichtbar. Lopez hat versucht, ihn wegzuwischen.«

»Wir müssen wissen, von wem es stammt. Es könnte von jedem sein.« Sein Gesicht verdüsterte sich und ich fügte hinzu: »Aber vielleicht haben wir etwas, womit wir arbeiten können.«

»Das Geschlecht anhand von Blut zu bestimmen, ist ziemlich einfach. Ich frage mich, wie schnell sie uns sagen können, ob es weiblich ist.«

»Sie können keine große Probe haben, mit der sie arbeiten können, und am Ende des Tages werden wir eine vollständige DNA-Analyse brauchen, um zu sehen, wem es gehört.«

»Ich wette, es ist das Blut von Holmes.«

»Wir müssen abwarten. Druck den Antrag für den Durchsuchungsbefehl aus, ich bringe ihn dann hoch zu Remin. Seine Anwesenheit könnte helfen.«

Das Wort des Sheriffs hatte viel Gewicht, aber sein Einfluss würde einen Richter nicht dazu bringen, zu unterschreiben, wenn die Fakten es nicht hergaben. Aber ihn direkt in den Prozess einzubeziehen, war eine harmlose Art, Politik zu betreiben.

DERRICK BOG AUF DIE VANDERBILT BEACH ROAD AB. EIN KLEINES Geschwader von Streifenwagen folgte uns nach Naples Park.

Als wir uns der Ninety-Eighth Street näherten, drehte ich mich um. »O'Reilly schert aus.«

»Glaubst du, Shaw wird versuchen, abzuhauen?«

»Könnte sein, aber wenn er hinten rausgeht, wird er O'Reilly in die Arme laufen.«

Derrick nickte zu dem Wagen, der Shaws Haus beobachtete. Er wurde langsamer und parkte kurz hinter der Einfahrt.

Wir gingen die Einfahrt hoch. Wir spähten in Shaws Auto, aber es war nichts Offensichtliches zu sehen. Auf dem Weg zum Haus sagte Derrick: »Der Abschleppwagen sollte jeden Moment hier sein.«

Mein Partner zog die Fliegengittertür auf und hämmerte gegen die Tür. »Polizei! Aufmachen!«

Shaw öffnete die Tür und ich hielt den Durchsuchungsbefehl hoch. »Mr. Shaw, wir sind befugt, Ihr Haus und Ihr Fahrzeug zu durchsuchen.«

»Aber ich habe nichts getan.«

Der Geruch seines Atems bestärkte uns in der Überzeugung, dass wir den richtigen Mann hatten. »Treten Sie nach draußen. Es ist Ihnen nicht gestattet, im Haus zu sein. Sie können hinten mit einem Beamten warten, bis wir fertig sind.«

»Oh Mann, da ist nichts drin. Ihr verschwendet eure Zeit.«

»Treten Sie nach draußen. Sofort!«

Er nickte. »Okay, schon gut, aber ihr habt den Falschen.«

Shaw wurde zur Rückseite des Hauses eskortiert. Derrick zog sich Handschuhe an und sagte: »Lass uns das hier über die Bühne bringen. Sollte nicht lange dauern.«

»Halte die Augen offen nach einem Sack, einer Mütze oder etwas, das er benutzt haben könnte, um es einem Opfer über den Kopf zu stülpen.«

Das Fehlen von Möbeln bedeutete weniger Verstecke. Ein Beamter und ich gingen ins Schlafzimmer. Ich stand im Türrahmen und überblickte den Schlafraum.

Ein Bett ohne Kopfteil beherrschte den Raum. Ein Nachttisch mit einer Lampe und eine Kommode vervollständigten das Bild. Ich bückte mich und untersuchte einen dunkelbraunen Fleck auf dem Teppich. War der handtellergroße Fleck Blut?

Ich holte mein Handy hervor und machte ein paar Fotos, bevor ich mein Messer zückte. Ich schnitt ein gut acht Zentimeter großes Quadrat des verschmutzten Teppichs aus, steckte es in einen Beutel und reichte ihn weiter.

Auf dem Nachttisch lag eine Ausgabe des *Hustler*-Magazins. Selbst mit Handschuhen fühlte es sich schäbig an, in der Pornozeitschrift zu blättern.

Die einzige Schublade des Nachttisches war mit Socken, Unterwäsche und Kirkland-Aspirin-Flaschen gefüllt. Auf einer Kommode aus Pressspanplatte stand eine angeschlagene Schale. Zwei Schlüsselbunde, eine Handvoll Kleingeld und eine abgenutzte Brieftasche füllten sie.

Die Brieftasche enthielt Shaws Führerschein, sechsunddreißig Dollar, Gutscheine für Autowaschanlagen bei seiner Arbeit und ein verblasstes Bild von ihm und einer Teenager-Version seiner Schwester.

Die oberste Schublade war voller Papiere, einschließlich des Mietvertrags für das Haus. Waren vierzehnhundert Dollar der richtige Preis für die Einzimmerwohnung? Oder war es ein Freundschaftspreis?

Nachdem ich den Beamten gebeten hatte, die gesamte Schublade einzutüten, durchwühlte ich die anderen Schubladen. Nichts als abgewetzte Shorts und T-Shirts.

Das gelbe Badezimmer war original. Ein Rasierer und ein Kamm lagen auf dem Waschtisch mit einem einzelnen Waschbecken. Der Spiegelschrank enthielt Deodorant, Rasiersachen und eine Schachtel Just for Men.

Ich öffnete die Türen des Waschtischs und spähte hinein. Ein mit wer weiß was verkrusteter Pömpel, Toilettenpapier und eine Packung Seife füllten den Raum. Ich ging in die Küche.

Derrick schüttete den Inhalt einer Schublade auf die Arbeitsplatte. Ich sagte: »Etwas gefunden?«

»Noch nicht. Du?«

»Da war ein Fleck auf dem Teppich. Ich bin nicht sicher, was es war, aber es besteht eine geringe Chance, dass es Blut sein könnte. Ich habe ein Stück herausgeschnitten.«

Während er die ausgeschütteten Gegenstände durchwühlte, sagte er: »Nichts hier.«

Er öffnete eine Schranktür und räumte Becher und Gläser aus. Als er den letzten Becher herausnahm, sagte er: »Er hat eine Schachtel Makkaroni mit Käse bei seinen Tassen?«

Er griff nach der Schachtel und sagte: »Schau mal einer an. Unser Mann Shaw genießt sein Gras.«

Er hielt ein Zehnerpäckchen Gras hoch. »Wenn er keine Lizenz für den medizinischen Gebrauch hat, geht er zurück in den Knast.«

Das war möglich, vielleicht sogar wahrscheinlich, aber nicht genug, um ihn zu einem Geständnis wegen Vergewaltigung zu bewegen. »Leg es zurück und mach ein Foto, bevor du es eintütest. Ich will etwas überprüfen.«

Ich ging zurück ins Badezimmer und öffnete die Türen des Waschtischs. Ich fasste den Pömpel mit zwei Fingern an und legte ihn auf den Badezimmerboden. In der Saugglocke war nichts.

Ich schob das Toilettenpapier beiseite, schaute unter das Waschbecken und fand nichts. Als ich meinen Kopf zurückzog, sah ich etwas, das an die Rückseite des Abflussrohrs geklebt war.

KAPITEL SECHSUNDVIERZIG

Nachdem ich Fotos gemacht hatte, schnitt ich das Klebeband durch. Es war ein kleines, weißes Fläschchen mit chinesischen Schriftzeichen auf dem Etikett.

Ich öffnete den kindersicheren Verschluss und spähte hinein: Es war zur Hälfte mit kleinen, rosa Pillen gefüllt. Ich kippte das Fläschchen und schüttete ein paar davon heraus.

Die sechseckigen Pillen waren mit einem L und einem X gekennzeichnet. Ich legte eine in den Deckel, zoomte heran und machte ein Foto. Was war das? Eine Pillenform des Fentanyls, das aus China kam?

Shaw rauchte Gras. Nahm er auch härtere Drogen? Seine Zähne waren furchtbar, aber nicht so schlimm wie bei einem Meth-Junkie. Es konnte Fentanyl sein.

Wenn man auf etwas drauf war, das hundertmal stärker als Heroin war, konnte man kaum jemanden vergewaltigen. Vielleicht hatte Shaw nichts genommen, als er Ramos angegriffen hatte, aber dafür, als er sich Samus vorgenommen hatte.

Ich öffnete den Chrome-Browser auf meinem Handy und gab »Drogen mit einem X und einem L darauf« ein. Es gab jede

Menge Treffer. Aber sie bezogen sich alle entweder nur auf L oder nur auf X.

Ich packte das Fläschchen in einen Beutel und ging in die Küche. »Sieh mal, was ich am Siphon festgeklebt gefunden habe.«

»Drogen?«

»Vielleicht etwas, um die chemische Kastration rückgängig zu machen? Die sind aus China.«

»War ja klar.«

»Kennst du eine Möglichkeit, Chinesisch ins Englische zu übersetzen?«

»Dafür bräuchtest du eine Tastatur mit chinesischen Schriftzeichen. Wir können wahrscheinlich eine online finden, aber schick es lieber Cindy Chen, sie kann Chinesisch lesen und schreiben.«

»Gute Idee. Ich werde mal sehen, was sie sagt.«

»Wir werden es vom Labor bestätigen lassen müssen.«

»Mann, ich wünschte, wir müssten nicht auf jeden warten.«

»Die Spurensicherung ist an fast jedem Fall beteiligt.«

»Ja, aber sie werden ihre Kapazitäten verzehnfachen müssen, um alles zu bewältigen, was bei ihnen reinkommt.«

»Kein Zweifel, die werden belagert.«

Es war schwer, etwas gegen das Üben neuer Wörter einzuwenden, aber zu sagen, das Labor sei überlastet, wäre sinnvoller gewesen. »Lass uns kurz mit Shaw reden, bevor wir die Sache hier abschließen.«

Shaw saß auf demselben Klappstuhl und kaute an einem Fingernagel. Er stand auf, als er mich sah. »Siehst du, du hast doch nichts gefunden, oder?«

Ich wedelte mit dem Beutel mit dem Pillenfläschchen und fragte: »Was ist das?«

»Ich weiß es nicht.«

Derrick sagte: »Na komm schon, Shaw. Wir werden es sowieso herausfinden. Mach uns nicht sauer.«

»Ich schwöre, ich weiß nicht, was das ist. Hast du das drinnen gefunden?«

»An ein Rohr unter dem Waschbecken in deinem Badezimmer geklebt.«

»Ich habe es nicht dorthin getan.«

»Wem gehört es dann?«

»Ich weiß es nicht, Mann. Vielleicht hast du es da platziert.«

»Hör auf mit dem Blödsinn und pack aus.«

»Ich schwöre, Mann. Es gehört nicht mir. Ich nehme keine Drogen.«

Derrick spottete. »Ja, klar. Wir haben einen Beutel Marihuana im Küchenschrank gefunden.«

»Marihuana? Kann nicht sein.«

»Es war in deinem Haus und du lebst allein, richtig?«

»Ja, aber es ist nicht meins.« Er zeigte auf uns. »Weißt du was, ich glaube, das muss schon dagewesen sein, als ich eingezogen bin. Ja, das muss es sein.«

»Es wäre viel einfacher, wenn du es einfach zugeben würdest.«

»Auf keinen Fall, Mann.«

Er blieb hartnäckig. Abgesehen von einer Anklage wegen Vergewaltigung würde die Drohung, wegen eines Drogenverstoßes gegen seine Bewährungsauflagen wieder ins Gefängnis zu müssen, bei den meisten Leuten eine Oscar-reife Vorstellung hervorrufen. »Würdest du einer Blutentnahme zustimmen?«

»Willst du mir Blut abnehmen? Warum?«

»Um nach Drogenspuren zu suchen.«

»Willst du mein Blut irgendwo platzieren, um zu sagen, dass ich dort war?«

»Nein. Mr. Shaw, auch wenn Hollywood etwas anderes behauptet, ist das seltener als ein Politiker, der die Wahrheit sagt.«

»Okay, dann. Machen Sie es.«

»Wir rufen einen Rettungswagen.«

Es konnte beweisen, dass er Drogen nahm, aber die Drohung, es könne negativ ausfallen, würde nicht viel bringen.

Während wir auf einen Sanitäter warteten, sagte Derrick: »Wir sollten diesen Bastard mit aufs Revier nehmen.«

»Ich weiß nicht.«

»Wenn wir ihn in die Mangel nehmen, wird er einknicken. Wir haben das Marihuana als Druckmittel.«

»Es wäre besser, zu warten. Wir behalten ihn im Auge und sehen, wie sich die Sache entwickelt.«

Das Gras würde uns nichts beweisen. Aber wir hatten die unbekannte Droge, Shaws Tablet und sein Fahrzeug. Wir brauchten nur bei einer Sache einen Treffer.

Zurück im Büro sagte Derrick: »Jetzt kommt der schwerste Teil: das Warten.«

»Da hast du recht.«

»Du hast gesagt, der Sheriff würde die Sache vorantreiben.«

»Er steht im Fall Holmes unter großem Druck. Aber es ist nicht einfach, sich in der Schlange vorzudrängeln. Jeder Fall ist wichtig.«

»So sollte es nicht sein.«

Er hatte recht. »Das ist die offizielle Version. Er wird es schon in Bewegung setzen. Glaub mir, Remin will nicht ständig von Reportern belästigt werden. Weißt du, er hat etwas davon gesagt, dass Naples den ersten Platz als Stadt mit der niedrigsten Kriminalitätsrate im Land verlieren könnte.«

»Das würde kein gutes Licht auf ihn werfen.«

Mein Handy klingelte. Es war Mary Ann. »Hey, wie fühlst du dich?«

»Gut. Ich fühle mich hundertprozentig fit.«

»Großartig. Was gibt's?«

»Äh, nicht viel.«

Das bedeutete, dass etwas im Anmarsch war. »Wir sind gerade wieder im Büro, nachdem wir einen Durchsuchungsbe-

fehl bei einem Vergewaltigungsverdächtigen vollstreckt
haben.«

»Habt ihr etwas entdeckt?«

»Wir warten auf die Auswertung, und wir haben ein paar
Pillen gefunden, die wir identifizieren müssen.«

»Das schafft ihr schon. Das tut ihr immer.«

Ihr Vertrauen in mich stand im Widerspruch zu der Tatsache, dass niemand eine weiße Weste hatte. »Vielleicht können
wir heute Abend was essen gehen. Ich habe Lust auf ein
Zackenbarsch-Sandwich.«

»Klar. Wo immer du hinwillst.«

»Wir können nach Bonita fahren, vielleicht ins Fish House
oder ins Big Hickory Grille.«

»Klingt gut.«

»Na gut, mal sehen, wie der Rest meines Tages verläuft.«

»Okay. Weißt du, ich habe vorhin mit Jessica gesprochen.
Sie überlegt, ein Semester in Europa zu machen.«

Ah, der wahre Grund für den Anruf. Es gab immer erst ein
Herumgetänzel, bevor ein schwieriges Thema angesprochen
wurde. »Europa?«

»Ja, es gibt ein großartiges Programm, bei dem sie in
Florenz studieren kann. Sie ist so aufgeregt.«

»Lass mich raten: Das ist nicht in der absurd hohen Summe
enthalten, die wir für die Studiengebühren zahlen.«

»Nein, aber vergiss nicht, dass sie ein hohes Stipendium
bekommt.«

»Wie viel?«

»Es sind nur ungefähr siebentausend.«

»Nur?«

»Es ist eine einmalige Gelegenheit für sie.«

»Wir sind finanziell ziemlich am Limit, Mary Ann.«

»Ich weiß, aber es wäre eine wundervolle Erfahrung.
Kannst du dir vorstellen, in Italien zu studieren? An einem Ort
wie Florenz?«

Nein, das überstieg meine Vorstellungskraft. Einen Chianti schlürfen? Das war mein Italien-Trip. »Mann, wir bereiten die Kinder nur auf eine Enttäuschung vor, wenn sie in der echten Welt ankommen.«

»Vielleicht könnten wir sie besuchen, wenn sie dort ist.«

Es war keine Frage, *ob* Jessie fahren würde. Die Entscheidung war schon gefallen. Wurde ich hier gerade unter Druck gesetzt? »Wir reden später darüber.«

»Sie hat sich das wirklich in den Kopf gesetzt.«

»Ich muss das erst mal verdauen. Okay?«

»Sicher, sicher. Natürlich.«

Wir versuchten gerade, unsere Ersparnisse wieder aufzubauen, und schon hatte sich ein neues Loch aufgetan.

Derrick telefonierte. Er sprang von seinem Stuhl auf und reckte die Faust in die Luft. Er legte auf und sagte: »Das Blut in Lopez' Wagen ist von Holmes.«

KAPITEL SIEBENUNDVIERZIG

Derrick sagte: »Lass uns einen Haftbefehl beantragen. Ich kann es kaum erwarten, seinen Arsch reinzuholen.«

Die aufgeschürften Knie meines ersten Mordfalls mahnten zur Mäßigung. »Es wäre vielleicht besser, ihn reinzuholen und mit ihm zu reden. Mal sehen, ob er eine andere Leier aufzieht.«

»Glaubst du nicht, dass er schuldig ist?«

»Es geht nicht ums Gefühl, es geht um die Beweise.«

»Das ist doch Blödsinn. Du redest doch ständig von Bauch-gefühl und Instinkten.«

»Moment mal. Instinkte sind entscheidend, zumindest die, die durch Training und Erfahrung gefiltert werden. Das weist uns in eine Richtung, aber um jemanden zu verhaften, braucht es mehr, wenn es halten soll.«

»Glaubst du, ich weiß das nicht?«

»Natürlich weißt du das. Ich sage ja nur ...«

»Vergiss es einfach. Mach es auf deine Art, wie du es immer tust.«

»Was soll das denn heißen? Wir arbeiten doch zusammen an den Fällen und ... Hey, wo gehst du hin?«

»Raus.«

Als ich wiedergab, was ich gesagt hatte, gab es nichts, was seinen Wutanfall hätte auslösen können. Er wollte Lopez verhaften, und mein Vorschlag war, zuerst mit ihm zu reden. Ich brauchte ein paar Versuche, um mich genau daran zu erinnern, wie ich es gesagt hatte.

Es war nicht so, als hätte sein Vorgesetzter ihn überstimmt; es war einfach das Klügste, was man tun konnte. Wenn sich herausstellte, dass Lopez nicht schuldig war, würde uns beiden das eine Blamage ersparen.

Was war los? Seine Bewerbung um die Chefposition in Port Charlotte war der Beweis dafür, dass er die Dinge leiten wollte. War er es so leid, mit mir zu arbeiten, dass er es nicht abwarten konnte? Was mein Vorgehen für die nächste Generation zu vorsichtig?

Oder lastete etwas auf dem Privatleben meines Partners? Das musste es sein. Ich schloss die Bürotür und rief Mary Ann an. »Hi, tu mir einen Gefallen und ruf Lynn an.«

»Warum? Was ist los?«

»Derrick benimmt sich wie ein Zehnjähriger. Alles, was ich sage, bringt ihn auf die Palme.«

»Du hattest gesagt, er sei empfindlich.«

»Mach überempfindlich daraus. Irgendetwas muss mit ihm los sein. Vielleicht gibt es Ärger mit Lynn.«

»Oh nein. Das hoffe ich nicht.«

»Sieh mal, ob sie sich dir öffnet.«

»Ich sage dir Bescheid, wenn ich etwas herausfinde.«

———

DERRICK HATTE MIR DEN MORGENKAFFEE GEBRACHT, DEN ER schon seit Jahren besorgte. Ich wusste nur nicht, ob es aus Gewohnheit war oder ein Ausdruck dafür, dass ich ihm noch etwas bedeutete.

Es war schwer, Berufliches von Privatem zu trennen, aber

wir hatten eine Vernehmung durchzuführen. Der Versuch, darüber zu sprechen, was er laut Lynn fühlte, musste warten.

Derrick hielt sein Handy ans Ohr geklebt, bis Ponte und Lopez im Vernehmungsraum waren. Ich beobachtete den Anwalt und seinen jungen Mandanten auf dem Monitor und wartete darauf, dass mein Partner die Sache ins Rollen brachte.

Der College-Junge hätte nicht zappeliger sein können, wenn er auf glühenden Kohlen gesessen hätte. Ponte hatte ein Lächeln auf dem Gesicht, um seinen Mandanten zu beruhigen.

Als ich Schritte hörte, drehte ich mich um. Derrick nickte leicht. Ich sagte: »Übernimmst du die Führung?«

Halb erwartete ich, dass er sagen würde: »*Wenn du das willst*«, aber er sagte: »Klar.«

»Großartig. Ganz allein deine Sache.«

Wir nahmen auf den Stühlen gegenüber von Ponte und Lopez Platz. Derrick erledigte die Formalitäten und dankte ihnen für ihr Kommen. Meine Schultern lockerten sich.

»Mein Mandant hat sich mehr als bemüht, zu kooperieren. Und nun haben Sie sein Auto beschlagnahmt, das er braucht, um sein Studium abzuschließen. Mr. Lopez will die Presse loswerden und sein Leben wieder aufnehmen. Ich muss Sie warnen: Wir erreichen einen Punkt, den viele als Schikane ansehen.«

»Mr. Lopez ist eine Person von polizeilichem Interesse in einer Mordermittlung. Die Durchsuchung seines Fahrzeugs wurde vom Gericht genehmigt und hat einige interessante Beweise erbracht.«

Angst blitzte über Lopez' Gesicht. »Was wollen Sie …«

Ponte legte seine Hand auf den Unterarm seines Mandanten. »Auf welche Beweise spielen Sie an?«

»Das Blut von Deborah Holmes.«

»Nein, nein. Das kann nicht sein.«

»Wo soll sich dieses Blut befunden haben?«

»An der Beifahrertür.«

»Interessant, aber vergessen wir nicht, dass mein Mandant eine lange Beziehung mit der Verstorbenen hatte; was auch immer Sie gefunden zu haben behaupten, könnte jederzeit entstanden sein, als sie zusammen waren.«

Das würde als Zufall durchgehen, und an so etwas glaubte ich nicht. Der Junge kniff die Augen fest zu. Wünschte er sich, er wäre woanders, wenn er sie wieder öffnete?

»Mr. Lopez wurde in dem Auto gesehen, in dem in der Nacht ihres Verschwindens das Blut von Ms. Holmes gefunden wurde.«

»Es ist das einzige Auto, das mein Mandant besitzt.«

Lopez wandte sich an Ponte. »Ich weiß, woher es kommt. Sie hat sich das Knie aufgeschürft, als wir zum Park an der Livingston gegangen sind. Sie ist hingefallen und hat sich das Knie aufgeschnitten.«

Die Erwähnung von Livingston erinnerte mich an Ramos.

Derrick sagte: »Und wie hat sie das gemacht?«

»Wir haben auf dem Kinderspielplatz herumgealbert. Da gibt es diese großen Felsen, und sie ist auf einem ausgerutscht.«

»Und wann soll das passiert sein?«

»Es ist passiert. Ich war dabei, und andere Leute haben es gesehen. Sogar Mrs. Reedy; sie hat es gesehen.«

»War Mrs. Reedy im Park?«

»Ja, sie kam gerade aus einem Yogakurs und hat uns gesehen. Debbie hat geblutet, also sind wir gleich danach gegangen.«

Ich sagte: »Detective Dickson hat gefragt, wann das passiert ist. Welches Datum?«

»Oh, am Tag nach ihrem Geburtstag. Ich konnte sie nicht sehen. Wir hatten einen Schwimmwettkampf, und sie hätten mich aus dem Team geworfen, wenn ich einen Wettkampf verpasst hätte.«

»Wie kam das Blut an die Tür?«

»Ich weiß nicht. Sie muss sich beim Einsteigen das Bein an der Tür gestoßen haben. Sie ist sozusagen herumgehüpft.«

Der Park hatte Kameras. Aber deckten sie auch den Spielplatz ab? Wenn der Junge kein guter Lügner war – und viele Psychopathen waren das –, könnte er die Wahrheit sagen.

Ich klappte die Akte auf und überprüfte den Geburtstag von Holmes. Es war der zweiundzwanzigste März. Fast drei Monate, bevor sie verschwand.

Derrick fragte: »Wie schlimm war die Schnittwunde an ihrem Bein?«

»Nicht so schlimm, aber Sie kennen ja Mädchen, die machen aus allem ein großes Ding.«

Letzte Nacht habe ich mir den Zeh am Bett gestoßen und bin mehr herumgehüpft als ein Hase in seinem ganzen Leben.

»Wo waren Sie und Debbie in der Nacht des dreiundzwanzigsten Mai?«

Derrick hatte die Frage so formuliert, um Lopez hereinzulegen.

Ponte sagte: »Mein Mandant hat bereits zu Protokoll gegeben, dass er sich in dieser Nacht nicht mit Ms. Holmes getroffen oder sie gesehen hat.«

»Beantworten Sie die Frage, Mr. Lopez.«

Er sah seinen Anwalt an, der nickte. »Wie ich schon sagte, habe ich sie in dieser Nacht nicht gesehen.«

»Aber Sie waren in dieser Nacht vor ihrem Haus.«

»Ich bin nur an ihrer Wohnanlage vorbeigefahren.«

»Und Sie haben auf der anderen Straßenseite geparkt, in der Nähe der Einfahrt zu ihrer Wohngegend.«

»Nein. Ich habe nirgendwo geparkt. Das habe ich Ihnen schon gesagt.«

Ponte sagte: »Haben Sie irgendwelche neuen Fragen? Falls nicht, betrachten wir diese Vernehmung als beendet.«

Derrick sah mich an, und ich nickte. Er brauchte immer noch meine Führung. Wir hatten Arbeit vor uns: das Video des

Parks überprüfen, mit den Holmes klären, ob Debbie sich das Knie aufgeschürft hatte, und das Labor bitten, das Alter der Blutprobe zu bestimmen.

Die Tests würden nicht genau bestimmen können, wie alt sie war, aber der Zeitrahmen könnte alles sein, was wir brauchten.

KAPITEL ACHTUNDVIERZIG

Es war wichtig, mit Derrick zu reden, aber das Thema anzusprechen, war heikel. Es war einfacher, der Befragung von Lopez nachzugehen.

Auf dem Rückweg zum Büro sagte ich: »Das lief ziemlich gut.«

Derrick sagte: »Hör auf mit dem falschen Lob.«

»Wovon redest du? Wir haben handfeste Spuren, denen wir nachgehen können. Wir werden bald genug herausfinden, ob es Lopez war.«

Er zuckte mit den Achseln. »Du kennst die Leute im Labor besser als ich. Willst du sie bitten, das Blut zu datieren?«

»Sicher. Dann rede ich mit den Holmeses, äh, es sei denn, du willst das machen.«

»Nee, ich fahre zum Park und schaue nach, was sie an Videomaterial haben.«

Es fühlte sich an wie in einem Spiegelkabinett; in einem Moment wollte Derrick das Steuer in der Hand haben, und im nächsten nahm er auf dem Beifahrersitz Platz.

MRS. HOLMES ÖFFNETE DIE TÜR. IHRE AUGEN WEITETEN SICH.
»Hat er gestanden?«

»Nein, Ma'am.«

Sie runzelte die Stirn. »Kommen Sie rein.«

»Ich wollte Sie nach einer möglichen Verletzung fragen, einer kleinen, die Ihre Tochter sich um ihren Geburtstag herum zugezogen haben könnte.«

»Verletzung?«

»Sie könnte sich im Park das Knie aufgeschürft haben.«

»Oh, ja. Das. Sie war mit Javier unterwegs und ist im Wasserpark gefallen.«

»Im Wasserpark? Nicht auf dem Kinderspielplatz?«

»Oh, vielleicht war es auch der Spielplatz.«

»Wann ist das passiert?«

»Vielleicht, äh, vielleicht vor drei Monaten oder weniger.«

»War es um ihren Geburtstag herum?«

»Hmm.« Ihre Lippe zitterte. »Es tut mir leid …«

»Schon gut, Ma'am. Kein Problem, es ist nicht wichtig. Wenn es Ihnen wieder einfällt, rufen Sie mich an. Wenn nicht, ist das auch kein Problem.«

Mütter vergaßen selten, wenn überhaupt, wann ihr Kind einen Nietnagel hatte. Und Geburtstage waren Ereignisse, die Erinnerungen stützten. Aber der Verlust eines Kindes war ein Schlag, von dem sich nur wenige erholten, besonders kurz danach.

MRS. REEDY KAM IN EINER SCHÜRZE ZUR TÜR. »OH, ÄH, Detective …«

»Luca, Ma'am. Darf ich kurz mit Ihnen reden?«

»Mit mir?«

»Ja, es geht um eine Verletzung, die sich Debbie Holmes im

North Collier Park zugezogen hat. Eine Zeugin sagte, Sie waren auch da.«

»Ja, aber ich habe nicht gesehen, wie es passiert ist oder so. Ich kam gerade aus dem Fitnessstudio.«

»Sie hat sich am Knie verletzt?«

»Ja. Warum fragen Sie?«

»Nur noch eine Sache: Wann war das?«

»Ich glaube, direkt um ihren Geburtstag herum.«

Mr. Reedy kam ins Zimmer. »Detective Luca. Was führt Sie hierher?«

»Wir gehen einer Sache nach und würden gerne etwas über eine Knieverletzung wissen, die sich Debbie um ihren Geburtstag herum zugezogen hat.«

Mrs. Reedy sagte: »Erinnerst du dich, ich habe dir erzählt, dass ich sie im Park habe bluten sehen.«

»Ich erinnere mich, dass sie sagte, sie habe das Gleichgewicht verloren, aber es war keine Schürfwunde oder so. Es war ein blauer Fleck.«

»Bist du sicher?«

»Hundertprozentig, und es war Wochen nach ihrem Geburtstag.«

»Das Datum könnte wichtig sein. Wir müssen uns da ganz sicher sein.«

»Ich habe ein ausgezeichnetes Gedächtnis. Stimmt's?«, sagte Mr. Reedy zu seiner Frau.

»Das hat er wirklich. Ich weiß nicht, wie er sich Sachen merkt, aber er tut es.«

Mein Gedächtnis war von der Chemo, mit der man mich vollgepumpt hatte, im Eimer. Es störte mich, aber die Operation und die Medikamente hatten mich gerettet. »Wie ist Ihr Gedächtnis, Ma'am?«

»Ziemlich gut.«

»Längst nicht so gut wie meins.«

Ihr Ehemann war herrisch, was mir unangenehm war.

Wenn er ein besseres Gedächtnis hatte, großartig. Aber der Unterschied bei den Daten kam mir seltsam vor.

———

DERRICK WAR IMMER NOCH NICHT DA. ES GAB KEINEN LEICHTEN Weg, persönlich zu werden. Die einzige Entscheidung war, ob wir den Fall besprechen sollten, bevor wir uns in unbekannte Gewässer vorwagten. Männer wahren gerne ihre emotionale Distanz, besonders zu anderen Männern.

Mein Partner rauschte ins Büro. »Hast du irgendwelche Videos bekommen?«

Er schüttelte den Kopf. »Keine Überwachung auf dem Spielplatz.«

»Verdammt.«

»Was haben die Holmes gesagt?«

»Die Mutter war keine große Hilfe. Sie steht immer noch unter Schock. Sie ist fast zusammengebrochen, also bin ich zu Mrs. Reedy gefahren.«

»Was hat sie gesagt?«

»Sie erinnerte sich, dass sie sich um ihren Geburtstag herum das Knie aufgeschürft hatte, aber ihr Mann meinte, sie würde sich irren.«

»Er hat es bestritten?«

»Ja. Sagte, es war ein blauer Fleck, kein Blut, und dass es nicht um ihren Geburtstag herum passiert ist.«

»Das ist seltsam.«

»Auf jeden Fall. Die Mutter redete mit mir, aber er unterbrach sie, als er ins Zimmer kam.«

»Allem Anschein nach ist er herrisch.«

»Ich weiß nicht, ob er wegen seines Sohnes etwas gegen Lopez hat oder ob er einfach nur ein Besserwisser ist.«

»Vielleicht ist es so, aber so oder so ist er ein herrischer Mistkerl.«

Beschrieb Derrick mich seiner Frau auf die gleiche Weise? »Ich weiß nicht, ob es zu spät ist, die beiden zu trennen und zu sehen, was wir dann bekommen.«

»Der Zug ist abgefahren. Und wir können ihren Sohn Jason nicht fragen. Er wird nach der Pfeife des Alten tanzen.«

»Vielleicht kann ein Freund oder ein Nachbar das klären.«

»Wie wäre es, wenn wir ihn bitten, einen Lügendetektortest zu machen?«

Das war ein neuartiger Ansatz. »Das ist eine Idee. Aber ich weiß nicht ...«

»Du sagst immer, man lernt etwas, wenn jemand Nein sagt.«

Er respektierte mich noch. »Stimmt. Deine Idee gefällt mir. Lass es uns tun.«

Derrick nahm den Hörer ab. »Ich prüfe Francos Terminkalender.«

»Warte mal.« Ich stand auf und schloss die Tür. »Ich wollte mit dir reden.«

»Worüber?«

»Uns.« Es klang wie ein Satz aus einer Liebesschnulze.

Er lehnte sich in seinem Stuhl zurück. »Okay.«

»Mary Ann hat neulich mit Lynn geredet und sie erwähnte, dass ich, äh, du weißt schon, manchmal rücksichtslos war. Du musst wissen, dass das nicht absichtlich war. Ich würde nie etwas tun, um dich zu beleidigen.«

Sein Schweigen bedeutete, dass die Entschuldigung nicht ausreichte. Man konnte sicher davon ausgehen, dass Lynn ihm alles erzählt hatte, was sie Mary Ann berichtet hatte.

»Bilotti und ich kennen uns seit dem Tag, an dem ich hier ankam. Die ganze Weinsache war ein totales Versehen. Ich arbeitete an diesem Fall und besuchte ihn, und du weißt ja, in seinem Büro hängen all diese Aufnahmen von Weinanbaugebieten–«

»Ich war noch nie in seinem Büro.«

»Ist keine große Sache. Jedenfalls sagte ich an dem Tag, dass mir die Bilder gefielen, und er fing an, über Wein zu reden. Er wollte wissen, welchen Wein ich mag, und ich sagte: italienischen. Das Nächste, was ich weiß, ist, dass er mich zum Mittagessen einlud und, so etwa, vier Weine einschenkte. Es war–«

Er schüttelte den Kopf. »Es hat nichts mit Wein zu tun, Mann. Du tust so, als wäre ich gar nicht da, wenn er in der Nähe ist. Das ist erniedrigend.«

»Tut mir leid, Kumpel. Ich hatte keine Ahnung.«

»Es ist, als hättet ihr beiden einen Geheimbund oder so.«

»Nein, so ist es nicht. Ich meine, du trinkst nicht mal Wein; du magst Bier.«

»Komm schon, Mann. Ich habe dir gesagt, es geht nicht um den Wein. Es ist eine Beleidigung, nicht einmal eingeladen oder einbezogen zu werden. Lade mich einfach ein; wenn ich Nein sage, dann wenigstens–«

»Ich verstehe. Es tut mir leid, wirklich. Du hast mir hier etwas beigebracht. Ich wusste nicht einmal, dass ich deine Gefühle verletzt habe, und ich hätte es wissen sollen. Ich komme mir vor wie ein totaler Idiot.«

»Ich wollte etwas sagen, aber–«

»Das geht auf meine Kappe. Ich habe es vermasselt, und zwar gewaltig.«

Er streckte seine Hand aus. »Lass uns das hinter uns bringen.«

Ich ignorierte seine Hand und umarmte ihn. »Vertrau mir, Bruder. Ich hatte keine Ahnung.«

»Schnee von gestern, Mann.«

Es klopfte an der Tür, und Gesso öffnete sie. »Ich hasse es, die *Dr.-Phil*-Show zu unterbrechen, aber es gab eine weitere versuchte Vergewaltigung.«

KAPITEL NEUNUNDVIERZIG

WIR SCHNAPPTEN UNS UNSERE JACKEN UND GINGEN ZUM Parkplatz. Derrick sagte: »Wir haben Shaw unter Beobachtung. Wenn er nicht entwischt ist, haben wir den falschen Mann.«

Bei dem Gedanken, Lisa Ramos sagen zu müssen, dass wir auf der falschen Fährte waren, stieg mir die Galle hoch. Ich wählte eine Nummer auf dem Telefon und sagte: »Wir müssen wissen, ob wir Shaw aus den Augen verloren haben. Wenn das jemand verbockt hat, musst du mich aus dem Knast holen.«

»Ich sitze dann mit dir in der Zelle.«

Ich legte auf. »McCloskey hat gesagt, Shaw war arbeiten und er hat den ganzen Tag vor der Waschanlage geparkt. Er meinte, Shaw war die meiste Zeit draußen, aber für ungefähr anderthalb Stunden außer Sichtweite ...«

»Lass mich raten, zur selben Zeit, als die versuchte Vergewaltigung stattgefunden hat.«

»Ja, aber er hätte schon Houdini sein müssen, um sich davonzustehlen, es durchzuziehen und unbemerkt zurückzukommen.«

»Sag ihm, er soll sich bei Shaws Kollegen umhören ...«

»Das ist schon in Arbeit.«

Derrick bog vom Golden Gate Boulevard auf die Santa Barbara ab. Mein Telefon klingelte. »Detective Luca.«

»Hey, Frank, hast du eine Minute?«

Es war Sergio aus dem Labor. »Mach schnell, wir sind gerade auf dem Weg, um ein Opfer einer versuchten Vergewaltigung zu befragen.«

»Meine Güte, noch eine? Was zum Teufel ist hier los?«

Gute Frage. »Was hast du für mich?«

»Wir haben die Blutergebnisse für Richard Shaw.«

»Gab es Marihuana oder illegale Drogen?«

»Keine.«

»Gab es irgendeine Substanz in seinem Blut, die ihr nicht identifizieren konntet?«

»Nichts bei den normalen Tests.«

»Wir haben ein Fläschchen mit Pillen übergeben, das bei einer Durchsuchung seiner Räumlichkeiten gefunden wurde.«

»Davon weiß ich nichts. Die liegen wahrscheinlich in der Asservatenkammer.«

»Ich rufe Gesso an und sorge dafür, dass sie freigegeben werden. Wir müssen wissen, was das ist. Auf dem Fläschchen war chinesische Schrift, aber das hat uns nicht weitergeholfen.«

»Das ist nicht meine Gehaltsklasse. Wir müssen es außer Haus schicken.«

»Wie lange wird das dauern?«

»Da kann ich auch nur raten.«

»Komm schon, Serg, es geht hier um eine Vergewaltigung.«

»War nur so eine Redewendung, Mann. Ich mache so viel Druck, wie ich kann.«

Der Golden Gate Community Park lag zu unserer Linken, und das Opfer wohnte auf der anderen Seite der Recreation Lane in einer Wohngegend namens The Coast Townhomes of Naples. Ein langer Name für eine kleine Gruppe von Häusern.

Derrick sagte: »Lassen wir die Jacken lieber hier.«

Ich unterdrückte einen Protest und sagte: »Es ist heute echt drückend draußen.«

Das Summen des Verkehrs auf der Interstate war das einzige Geräusch, das in der feuchten Luft hing.

Derrick klingelte, und fünf Sekunden später öffnete sich die Tür. »Sind Sie von der Polizei?«

»Ja, Ma'am. Detectives Luca und Dickson.«

Sie warf kaum einen Blick auf unsere Dienstmarken. »Ich bin Lois Weaver. Kommen Sie rein.«

Weaver war gebaut wie die anderen Opfer und hatte braunes Haar. Aber ihr Auftreten machte mich stutzig.

»Erzählen Sie uns, was passiert ist, Ms. Weaver.«

Sie trug ein blaues Tanktop, das ein Adler-Tattoo zur Schau stellte. »Irgendein verdammter Spinner hat mich angesprungen und wie verrückt angefangen, mich zu begrapschen. Ich dachte mir nur, was zum Teufel?«

»Wurden Sie verletzt?«

»Nein, dem Drecksack habe ich keine Chance gelassen.«

»Wo hat der Angriff stattgefunden?«

»Auf der anderen Straßenseite. Im Park.«

»Wo genau?«

»Bei den Baseballfeldern.«

»Gab es andere Zeugen?«

»Nö, den meisten Leuten ist es zu heiß, aber mir nicht. Die Feuchtigkeit macht mir nix aus.«

»Hat er etwas gesagt?«

»Nicht, wenn man Wimmern nicht mitzählt. Ich habe ihn von mir geschleudert und ihm voll in die Eier getreten.«

»Haben Sie eine Ahnung, wer der Angreifer war?«

»Oh ja, das ist derselbe Penner, den ihr in der Zeichnung in den Nachrichten hattet.«

Ich holte mein Telefon hervor und rief die Skizze auf. »Kommt Ihnen das bekannt vor?«

»Ja, das ist der Bastard. Wenn er nicht weggerannt wäre,

hätte ich ihm den Arsch versohlt. Ich habe einen schwarzen Gürtel in Judo.«

Meiner war in Spekulation. »Sind Sie sicher, dass es derselbe Mann ist?«

»Glauben Sie mir, das Gesicht vergesse ich nicht. Er ist es.«

»Trug er irgendetwas bei sich?«

»Er hatte eine Tasche oder so was Ähnliches.«

»Wären Sie bereit, uns zu zeigen, wo der Angriff stattgefunden hat?«

»Klar, warum nicht?«

»Nur, wenn Sie sich danach fühlen.«

»Ich bin gerade so aufgedreht, da wird es mir guttun, rauszukommen.«

DAS HAUS ROCH NACH KNOBLAUCH UND ZWIEBELN. DER TAG war stressig gewesen, aber er würde gut enden.

»Riecht gut hier drin. Was machst du da?«

Mary Ann sagte: »Blumenkohl-Makkaroni.«

»Klingt gut. Aber brauchen wir da nicht Käse?«

»Hab ich vorhin welchen geholt.«

»Danke.«

»Hab gehört, du hast dich mit Derrick wieder vertragen.«

Frauen tauschten Informationen besser aus als V-Leute. »Ja. Alles ist gut.«

»Was hat er gesagt?«

»Er hatte das Gefühl, dass ich ihn mit dem Wein und Bilotti ausgeschlossen habe. Aber so war es nicht. So etwas würde ich nie tun.«

Sie zog die Augenbrauen hoch. »Frank, du hast dasselbe mit unserem Nachbarn Jimmy gemacht.«

Volltreffer. Es war klar, warum die meisten Archäologen Frauen waren; sie liebten es, in der Vergangenheit zu wühlen.

»Das war etwas anderes. Ein Missverständnis.«

»Nein, du warst unhöflich.«

»Auf keinen Fall. Wir wollten zu einem Frühlingstrainings-spiel gehen, und er mag nicht mal Baseball.«

»Darum geht es nicht. Du kannst nicht eine Person vor den Augen einer anderen einladen; es ist mir egal, um welche Veranstaltung es geht. Das gehört sich einfach so.«

»Du hast recht. Ich hab halt, du weißt schon, gedacht, es würde ihn nicht interessieren.«

»Dann lass ihn doch absagen.«

Da war nichts mehr zu retten. »Ich weiß. Wenn du siehst, dass ich so etwas mache, versuch, es mir zu sagen, aber blamiere mich nicht, okay?«

»Das würde ich nie tun.«

Hatte sie aber. »Danke.«

»Oh, wir müssen dreitausend überweisen, um Jessicas Reise zu bezahlen.«

Sie war eine erfahrene Verhandlungsführerin. »Okay, mach nur.«

»Jessica freut sich so.«

»Das glaube ich ihr.«

»Danke, ich weiß, dass du dir Sorgen um unsere Finanzen machst, aber das ist eine einmalige Gelegenheit.«

Eltern stellten sich immer hinten an. »Ich geh mich umziehen.«

»Oh, was ist bei der versuchten Vergewaltigung raus-gekommen?«

»Diese Frau war eine der härtesten Mädels, die ich je getroffen habe. Sie hat ihm in die Eier getreten.«

»Recht hat sie. Aber wer steckt dahinter?«

»Ich geh mich umziehen.«

KAPITEL FÜNFZIG

Derrick stellte mir eine Tasse Kaffee auf den Schreibtisch. »Morgen, Frank.«

»Morgen.«

»Du bist früh dran. Woran arbeitest du?«

»Ich gehe die Anrufe bei der Hotline durch. Ich bin nicht davon überzeugt, dass es nicht Shaw ist. Wir haben uns auf Shaw konzentriert, weil seine Schwester angerufen hat, aber es gab dreißig andere, die seriös schienen.«

»Also suchen wir nach Shaws Doppelgänger?«

»Man sagt ja, jeder hat einen.«

»Deiner ist George Clooney.«

»Früher vielleicht mal, aber der Zahn der Zeit hat an mir genagt.«

Er schnaubte. »Du siehst ihm immer noch ähnlich. Gib mir die Hälfte der Liste.«

»Hier, bitte. Übrigens, negativ bei den Überwachungskameras im Park.«

»Keine Überraschung, so wie das hier läuft.«

Er hatte recht. Nachdem jeder von uns eine Handvoll

Anrufe getätigt hatte, stand Derrick auf. Er telefonierte. Als er auflegte, sagte er: »Ich könnte hier was haben.«

»Was?«

»George Eckert. Er arbeitet bei Driftwood auf der 41.«

»Die Gärtnerei?«

»Ja. Ein Kollege sagte, er sieht aus wie auf der Zeichnung und ist ein seltsamer Kauz. Und jetzt kommt's: Er hatte gestern frei, als Weaver angegriffen wurde.«

»Wo wohnt er?«

»Auf der Airport Pulling bei der Orange Blossom.«

»Ziemlich nah am Park an der Livingston.«

»Ich hab nachgesehen. Er wurde vor einem Jahr wegen Drogen hochgenommen. Den müssen wir überprüfen, und wir haben Zeit, bevor Reedy für den Polygraphentest kommt.«

»Mach nur. Ich will kein Personal verschwenden, sonst würde ich mitkommen.«

»Bis später.«

Es fühlte sich gut an, eine Spur zu haben. Ich tätigte einen weiteren Anruf. »Mr. Fernandez?«

»Ja?«

»Hier ist Detective Luca. Sie haben bei der Hotline wegen einer Phantomzeichnung angerufen, die wir von einem Mann veröffentlicht haben, mit dem wir reden wollen.«

Er senkte die Stimme. »Mann, Sie müssen ja viel zu tun haben.«

Fernandez hatte eine schleppende Sprechweise. Versuchte er, uns auf eine falsche Fährte zu locken? »Das Verbrechen macht keine Pause. Sagen Sie mir, von wem Sie glauben, dass er der Zeichnung ähnlich sieht.«

»Es ist Peter Gatrod. Er wohnt im selben Gebäude und ist ein echter Widerling.«

»Was bringt Sie zu der Annahme, dass er es ist?«

»Die Art, wie er meine Frau und meine Tochter ansieht, da könnte ich ihm die Lichter ausschlagen.«

Während ich den Namen ins System tippte, sagte ich: »Hat er irgendwelche Annäherungsversuche gemacht?«

Bevor er antwortete, erschien Gatrods Foto aus der Fahrzeugkartei. Er sah Shaw tatsächlich ähnlich.

»Nicht direkt, aber ich habe ihnen gesagt, sie sollen sich verdammt noch mal von dem Spinner fernhalten.«

»Sie wohnen am Derbyshire Court?«

»Ja.«

Das war nur einen Katzensprung vom Golden Gate Community Park entfernt. »Lassen Sie mich Sie fragen, hat Mr. Gatrod eine schleppende Sprechweise?«

»Nicht wirklich.«

»Lebt er allein?«

»Ich bin mir ziemlich sicher, ja.«

»Wissen Sie, was er beruflich macht?«

»Ich glaube nicht, dass er arbeitet. Der Widerling kassiert wahrscheinlich Stütze von der verdammten Regierung.«

In Floridas Datenbank gab es keine Informationen darüber, wo Gatrod arbeitete. Vielleicht hatte der Nachbar recht. Zeit, sich das anzusehen.

Peter Gatrod lebte in einer der mittleren Wohnungen im Erdgeschoss eines Sechsfamilienhauses. Sein weißer Ford Focus parkte auf der gegenüberliegenden Straßenseite unter einem Carport.

Die Jalousien an allen Fenstern waren heruntergelassen. Ich parkte vor dem nächsten Gebäude und spähte in Gatrods Auto. Burger-King-Verpackungen und eine Dose Cola lagen auf dem Beifahrersitz.

Als ich mich der Tür näherte, klang es, als ob drinnen jemand hustete. Oder kam es aus einer anderen Wohnung? Nachdem ich dreimal geklingelt hatte, hämmerte ich mit der flachen Hand gegen die Tür. Nichts.

Weaver wohnte in der Nähe. Es wich zwar vom Protokoll ab, aber es wäre hilfreich, ihr ein Foto von Gatrod zu zeigen.

Sie war nicht zu Hause. Ich klemmte meine Karte unter die Tür und fuhr wieder.

DERRICK WAR WIEDER IM BÜRO. »WIE IST ES BEI ECKERT gelaufen?«

»Er ist auf jeden Fall ein seltsamer Kauz. Rate mal, was er gemacht hat, als ich ankam?«

»Schach gespielt?«

Er lachte. »Sie haben mich nach hinten geschickt. Und als ich ihn sah, folgte er einer Frau in knappen Shorts. Ich hab mich zurückgehalten, und er ist in eine Reihe abgebogen, wo sie all die Töpferwaren haben. Ich bin hintenrum gegangen, und da steht er einfach und starrt dieser Frau auf den Arsch.«

»Verdammter Mistkerl.«

»Ja, und diese Frau, sie muss etwas gespürt haben, denn sie hat sich umgedreht, den Kopf geschüttelt und ist gegangen.«

»Was hat er gesagt?«

»Er war ausweichend. Als ich ihn fragte, wo er gestern war, sagte er, er habe sich freigenommen, weil seine Schwester aus Tennessee zu Besuch war.«

»Hat er eine schleppende Sprechweise?«

»Ja, eine ziemlich starke.«

»Wie waren seine Zähne?«

»Nicht die besten, aber auch nicht allzu schlecht.«

»Und was ist mit der Zeit, als Ramos vergewaltigt wurde?«

»Er sagte, er erinnere sich nicht genau, aber da es ein Abend unter der Woche war, müsste er zu Hause gewesen sein. Er sagte, die Hitze von zehn Stunden Arbeit im Freien würde ihn umhauen.«

Das klang logisch, kam ihm aber auch gelegen. »Wie ähnlich findest du, sieht er Shaw aus?«

»Eine Ähnlichkeit ist definitiv da, aber ich würde sie nicht verwechseln.«

»Ich weiß, aber wir reden davon, jemanden aus der Ferne zu sehen. Vergiss nicht, eines der Opfer war ein Kind und das andere ist Noon.«

»Wir müssen es Weaver zeigen. Sie ist das einzige Opfer, das ihn gesehen hat.«

»Ich war bei ihr zu Hause, um ihr ein Bild von diesem Typen, Peter Gatrod, zu zeigen. Aber sie war nicht da. Ein Nachbar hat bei der Hotline angerufen und gesagt, er sehe aus wie auf der Zeichnung. Ich muss sagen, dieser Gatrod passt ziemlich gut.«

———

DER POLYGRAFENBEDIENER LEGTE JASON REEDYS VATER EIN gürtelartiges Gerät um. Es war einer der Sensoren, die seine Atmung, seinen Blutdruck, seine Herzfrequenz und seine Hautleitfähigkeit messen würden.

Die Ergebnisse von Lügendetektortests waren vor Gericht nicht zulässig, aber das Instrument hatte seinen Wert. Manchmal.

Eines hatten wir gelernt: Reedy hatte schnell zugestimmt, sich testen zu lassen. Das deutete darauf hin, dass er die Wahrheit sagte, aber auch das war nicht narrensicher.

Der Bediener, John Hardy, galt als einer der besten in Südwestflorida. Er schloss Reedy fertig an, indem er Monitore an zwei seiner Finger befestigte und sich neben ihn hinter das Gerät setzte.

Hardy sagte: »Sind Sie bereit anzufangen?«

»Absolut.«

Hardy schaltete das Gerät ein und fragte: »Sind Sie verheiratet?«

»Ja.«

»Haben Sie einen Sohn?«

»Ja.«

»Ist sein Name Robert?«

»Nein.«

»Werden Sie während dieser Befragung alle Fragen bezüglich des Verschwindens und der Ermordung von Deborah Holmes wahrheitsgemäß beantworten?«

»Ja.«

Während sich das Millimeterpapier vorwärts bewegte, machte Hardy Markierungen darauf.

»Wissen Sie, wer Deborah Holmes ermordet hat?«

»Nein.«

Hardy machte eine weitere Markierung. »Haben Sie Javier Lopez in der Nacht, in der Deborah Holmes verschwand, auf der Livingston Road gesehen?«

»Ja.«

»Waren Sie in irgendeiner Weise am Verschwinden oder Tod von Ms. Holmes beteiligt?«

Jedes Mal, wenn Reedy antwortete, bewegte sich der Arm des Geräts, und Hardy machte eine Notiz. »Nein.«

»War Ihr Sohn, Jason, in irgendeiner Weise involviert?«

»Nein.«

»Haben Sie Javier Lopez auf einem Parkplatz an der Livingston Road parken sehen?«

»Ja.«

Mit Blick auf die Videoübertragung sagte Derrick: »Was meinst du?«

»Schwer zu sagen. Er wirkt ein wenig zu selbstsicher.«

»Er könnte die Wahrheit sagen.«

»Warten wir ab, was Hardy sagt.«

Hardy stellte Reedy noch sechs weitere Fragen, und dann war es vorbei. Wir dankten Reedy fürs Kommen und warteten darauf, dass Hardy sein Gerät zusammenpackte.

Wir betraten den Raum. Derrick fragte: »Wie hat er sich geschlagen?«

»Er hat getäuscht.«

KAPITEL EINUNDFÜNFZIG

Derrick ließ sich in seinen Stuhl fallen. »Statt Antworten zu bekommen, haben wir nur noch mehr Fragen.«

»Was hat Reedy denn vertuscht?«, fragte ich.

»Ich glaube nicht, dass er seinem Sohn Jason Deckung gibt. Hardy hat gesagt, er hat nicht gelogen, als er gefragt wurde, ob er wüsste, wer Holmes umgebracht hat.«

»Könnte er es auf Lopez abgesehen haben?«

»Was sollte der Junge denn getan haben? Jemandem einen Mord anzuhängen, nur weil er mit der Freundin deines Sohnes zusammen war, wäre bizarr.«

»Bizarr ist das richtige Wort, aber vergiss nicht, in welchem Geschäft wir tätig sind.«

»Amen. Und was ist mit den Spinnern, die den Hundesalon überfallen haben? Das Geld haben sie dagelassen, aber die Hunde haben sie mitgenommen.«

»Diese ganze Haustiergeschichte läuft aus dem Ruder. Wir haben keine Zeit dafür, aber es ist wichtig, dem ein Ende zu setzen.«

»Das ist diese Broken-Window-Sache, von der Giuliani in New York immer geredet hat.«

Der Ex-Bürgermeister hatte New York City umgekrempelt. »Wenn man sich nicht um die sogenannten kleinen Verbrechen kümmert, bekommt man größere. Aber zurück zu Reedy. Warum hat er dem Test zugestimmt?«

»Er führt etwas im Schilde. Aber was?«

»Ich frage mich, ob er bei Holmes vielleicht eine Grenze überschritten hat.«

Derrick beugte sich vor. »Meinst du, er hatte eine Affäre mit ihr?«

»Möglich, aber es wäre keine Affäre – sie war minderjährig.«

»Ich weiß nicht ... falls sie etwas sagen wollte, könnte er versucht haben, sie aufzuhalten, und die Sache ist aus dem Ruder gelaufen –«

»Aber er schien nicht zu lügen, als er gefragt wurde, ob er wüsste, wer sie getötet hat.«

»Ja. Es muss um seinen Sohn und Lopez gehen.«

Ich nickte und sagte: »Wir hätten Hardy sagen sollen, er soll Reedy nach dem Zeitpunkt des Aufschürfens am Knie fragen.«

»Verdammt, das habe ich vergessen.«

»Wir müssen uns noch mal mit Holmes' Freunden unterhalten. Jemand erinnert sich vielleicht an den Vorfall.«

»Ich fange morgen früh damit an.«

»Okay, ich fahre nach dem Abendessen bei Weaver vorbei. Sie hat ihre Mutter in Sarasota besucht und wird gegen acht zurück sein. Ich werde ihr Bilder von Gatrod und Eckert zeigen.«

————

IM FRESH MARKET WAR DIE HÖLLE LOS. EIN BLICK NACH LINKS zeigte mir ein Gewirr von Einkaufswagen an den Kassen. Ich drehte mich um, um zu gehen, doch mein Magen übernahm die Kontrolle. Ihre Hähnchen-Burger waren gut.

Als ich in der Schlange stand, hob sich meine Laune. Wenn Weaver entweder Gatrod oder Eckert identifizieren konnte, wüssten wir, dass er auch für Ramos verantwortlich war.

Aber wir hatten nichts, was ihn mit Ramos oder Samus in Verbindung brachte. Gatrod hatte keine Vorstrafen wegen sexueller Nötigung. Wenn wir ihn für den Fall Weaver schnappten, waren die Chancen gering, dass er für lange Zeit hinter Gitter kam.

Sein Anwalt würde auf einfache Körperverletzung und Nötigung plädieren, und ohne schwere Verletzungen würde es auch so ausgehen. Während ich in der Kassenschlange vorrückte, tauchte eine Lösung auf.

Ich drehte die Klimaanlage im Auto auf, schickte eine Nachricht an Mary Ann und bog vom Parkplatz des Supermarkts ab. Meine Idee hatte etwas für sich, erforderte aber eine vorsichtige Herangehensweise.

Auf dem Schild vor Wild Pines stand, dass sie fünfhundert Dollar Nachlass auf ausgewählte Wohnungen anboten. Das ergab keinen Sinn; die Mieten waren überall gestiegen.

Nachdem ich rückwärts in eine Parklücke gefahren war, lud ich zwei Bilder von Männern aus dem Internet herunter und fügte sie einem Album hinzu, das Bilder von Shaw und Gatrod enthielt.

Bruce Noon lag auf einer gelben Chaiselongue am Pool. Voll bekleidet trug er Kopfhörer. Ich öffnete das Pooltor und ging auf ihn zu.

Noon wiegte den Kopf und zuckte zusammen, als er mich sah. Er riss sich das Headset vom Kopf und sagte: »Oh mein Gott. Detective Luca. Was machen Sie denn hier?«

»Hi, Bruce. Was hören Sie sich gerade an?«

»Einen Podcast. Hören Sie auch *Anatomie eines Mordes*? Das sind alles wahre Geschichten.«

In meinem Leben gab es genug wahre Verbrechen. »Von dem habe ich gehört. Ist er gut?«

»Oh Mann, den müssen Sie sich anhören. Die beste Folge war letzte Woche. Diese –«

»Danke, aber ich bin dienstlich hier.«

Er straffte die Schultern. »Geht es um die Phantomzeichnung? Haben Sie den Kerl?«

»Wir sind kurz davor.«

»Oh Mann, so aufregend. Ich wünschte, ich könnte dabei sein, wenn Sie ihm die Handschellen anlegen.«

»Vielleicht kann ich eines Tages eine Mitfahrt im Streifenwagen für Sie arrangieren.«

»Echt jetzt? Das wäre so cool.«

Das Büro des Sheriffs hatte ein Programm, das Zivilisten die Möglichkeit gab, bei einem Einsatz mit einer Streife mitzufahren. »Wir kriegen das hin.«

»Oh Mann. Ich kann's kaum erwarten. Wann?«

»Ich melde mich bei Ihnen, aber zuerst wollte ich Sie um Hilfe bitten.«

»Klar. Alles. Was?«

»Ich möchte, dass Sie sich ein paar Bilder ansehen, ob der Mann, den Sie im Park an der Livingston gesehen haben, dabei ist.«

»Sehen Sie? Ich habe Ihnen gesagt, dass es dieser andere Kerl nicht war.«

»Hier ist der erste Mann.«

Noon schüttelte den Kopf, als er den unbekannten Mann sah. »Nee. Zeigen Sie mal den nächsten.«

Shaws Gesicht erschien. »Das ist der Kerl vom letzten Mal. Der ist es nicht.«

»Okay. Wie wär's mit dem hier?« Es war der andere beliebige Mann.

»Das ist der Kerl auch nicht. Haben Sie noch mehr?«

Ich wischte nach links, und Peter Gatrods Bild erschien.

»Das ist er. Das ist der Kerl.«

»Sind Sie sicher?«

»Ja, Mann.«

Ich wischte zurück zu Shaws Bild. »Dieser Mann sieht dem anderen sehr ähnlich.«

»Nein, nein. Schauen Sie hier« – er zeigte auf Shaws Mund – »die Lippen des anderen Kerls sind so nach oben gebogen, und seine Augen stehen enger zusammen.«

Ein erneuter Blick auf Gatrods Bild bestätigte Noons Einschätzung. »Aber Sie haben ursprünglich gesagt, dass Sie weit weg waren, als Sie ihn gesehen haben.«

»Nicht so weit. Den Unterschied kann man leicht erkennen. Schauen Sie, schauen Sie auf seine Augen. Sehen Sie, wie eng sie zusammenstehen? Gehen Sie mal zurück zu dem anderen.«

Es gab einen Unterschied, aber aus der Entfernung wäre er schwer zu erkennen gewesen. Wenn es darauf ankam, müsste Noon vor Gericht aussagen. Vielleicht könnten die Staatsanwälte ihn die Unterschiede bei ein paar Leuten in der hinteren Reihe des Gerichtssaals beschreiben lassen.

»Sie waren eine große Hilfe, Bruce.«

Sein Lächeln war der Höhepunkt der Woche. »Was ist mit der Mitfahrt im Streifenwagen? Wann kann ich die machen?«

»Ich werde es organisieren. Geben Sie mir nur ein paar Tage Zeit, um diesen Fall abzuschließen.«

Der Kerl, der unzählige Male versucht hatte, der Polizei zu helfen, hatte eine weitere Chance bekommen. Und wenn er im Fall Ramos recht hatte, müssten wir ihn für den Bürger des Jahres vorschlagen.

KAPITEL ZWEIUNDFÜNFZIG

Nach dem Schrecken, den Weaver Gatrod eingejagt hatte, würde der Perverse wahrscheinlich zu Hause bleiben und seine geprellten Eier pflegen. Aber wir gingen davon aus, dass er gefährlich war.

Ich rief Mary Ann an und sagte: »Hey, ich schaffe es nicht zum Abendessen nach Hause.«

»Was ist los?«

»Ich will einen Vergewaltigungsverdächtigen im Auge behalten.«

»Du hast den ganzen Tag gearbeitet. Kannst du nicht eine Streife schicken, die das übernimmt?«

»Ich weiß, aber ich wollte nach dem Abendessen noch mal los, um einem Opfer ein Foto von dem Mistkerl zu zeigen. Sie wohnt ganz in der Nähe. Ich dachte mir, so wäre es einfacher.«

»Was wirst du essen?«

»Passt schon. Hebst du mir einfach einen Teller von dem, was du gemacht hast, auf?«

»Du solltest doch was von Jimmy P's holen, erinnerst du dich?«

»Oh, stimmt.«

»Ich hol dir einen Cobb-Salat, aber ohne Speck für dich.«

»Warte, sag ihnen, sie sollen ein bisschen was draufmachen, okay?«

»Na gut.«

»Danke. Bis später.«

Gatrods Wagen stand an derselben Stelle und die Jalousien waren immer noch heruntergelassen. Entweder war er zu Fuß weggegangen oder er versteckte sich.

Ich parkte rückwärts auf einem Parkplatz vor dem nächsten Gebäude ein und rief Derrick an.

»Hey, ich wollte dich nur wissen lassen, dass Noon Gatrod identifiziert hat.«

»Wow. Dann muss er es sein.«

»Sieht so aus.«

»Besorgen wir einen Haftbefehl.«

»Wir müssen sichergehen, dass Weaver bestätigt, dass er es ist, bevor wir ihn uns schnappen. Ich sitze vor seiner Wohnung, nur für den Fall, dass er versucht abzuhauen.«

»Ich komme runter und leiste dir Gesellschaft.«

Wir waren wieder auf dem richtigen Weg. »Schon gut. Es sieht so aus, als könnte das eine lange Nacht werden. Gatrod scheint nicht zu Hause zu sein.«

»Macht nichts. Ich bringe dir Kaffee mit.«

»Bleib lieber zu Hause. Ich rufe dich an, wenn Weaver bestätigt, dass er es ist. Dann kannst du einen Haftbefehl beantragen und eine Fahndung nach Gatrod rausgeben.«

»Verstanden. Ich halte mich bereit.«

Nach einer Stunde war es Zeit, mir die Beine zu vertreten. Der Himmel verdunkelte sich, als ich wieder in den Wagen stieg. In etwa einer Stunde würde Weaver zu Hause sein.

Derrick rief an: »Hey, Frank, ich wollte dich nur wissen lassen, dass ich auf dem Weg zu einer von Holmes' Freundinnen bin.«

»Zu welcher?«

»Melissa Howser. Dana Foyle hat mich auf sie aufmerksam gemacht und meinte, sie sei gut mit Holmes befreundet gewesen. Sie hat ihre Familie in Austin besucht und ist heute erst zurückgekommen.«

»Vielleicht haben wir ja Glück.«

Er lachte. »Ich dachte, du hast gesagt, Glück spielt dabei keine Rolle.«

»Tut es auch nicht. Du hast dir die Mühe gemacht, und wenn du etwas herausfindest, dann wegen der Anstrengung, nicht wegen des Glücks.«

Das Telefon klingelte. Weaver war zu Hause. Ich ermahnte mich, langsam zu fahren, und fuhr zu ihrem Haus.

»Hey, kommen Sie nur rein.«

Sie war barfuß und hatte auf beiden Füßen Tätowierungen von Marienkäfern.

»Danke. Gute Reise gehabt?«

»Ging so. Meine Mutter baut ab. Es ist beschissen, alt zu werden.«

Das war es allerdings. »Tut mir leid. Ich möchte Ihnen ein paar Bilder zeigen, um zu sehen, ob Sie den Mann identifizieren können, der Sie belästigt hat.«

»Legen wir los.«

Der Plan war, ihr dieselbe Gegenüberstellung zu zeigen, die auch Noon gesehen hatte.

»Hier ist das Erste.«

»Das ist er nicht.«

»Was ist mit diesem hier?«

»Nö. Das isser nicht.«

»Ist das Ihr Mann?«

»Das ist der Bastard. Wie ist sein verdammter Name?«

»Es tut mir leid, aber zum jetzigen Zeitpunkt darf ich ihn nicht nennen.«

»Das ist doch Schwachsinn!«

»Vertrauen Sie mir, Ma'am. Geben Sie mir nur ein wenig Zeit, ihn festzunehmen.«

Sie schüttelte den Kopf. »Schicken Sie mir das Bild per SMS, okay?«

»Das kann ich nicht tun.«

»Kriege ich denn gar nichts über ihn raus?«

»Das werden Sie. Geben Sie mir nur einen Tag, nicht mehr.«

Sobald ich im Wagen saß, rief ich Derrick an. »Weaver hat Gatrod identifiziert. Beantrage einen Haftbefehl und gib eine Fahndungsmeldung raus.«

»Okay, ich fahre ins Büro.«

Ich bog von Santa Barbara in den Prince Andrew Boulevard ein und umklammerte das Lenkrad. Wir hatten zu lange gebraucht, aber wir hatten ihn. Er würde keiner weiteren Frau etwas antun.

Ich fuhr auf den Parkplatz und überblickte die Gegend. Wo war Gatrods Wagen? Ich trat auf die Bremse. Er hatte gegenüber seiner Wohnung geparkt. Ich schlug mit der Faust auf das Lenkrad.

Die Lücke war leer. Gatrod war weg. Ich hatte ihn die ganze Zeit beobachtet. Wie war er in den zehn Minuten, in denen ich weg war, entwischt? Hatte er mich beobachtet?

KAPITEL DREIUNDFÜNFZIG

Nachdem ich eine Fahndungsmeldung für Gatrods Fahrzeug herausgegeben hatte, rief ich Derrick erneut an. »Gatrod ist möglicherweise auf der Flucht.«

»Was? Was ist passiert?«

»Ich weiß es nicht. Ich bin zu Weaver rübergegangen, aber nur für fünf Minuten, und als ich zurückkam, war er weg.«

»Vielleicht ist er auch nur kurz was essen gegangen.«

»Den Gedanken hatte ich auch. Ich fahre gerade auf die Santa Barbara, um die Fast-Food-Läden abzuklappern.«

»Zwei Dumme, ein Gedanke.«

»Äh, ja, genau, okay. Hör zu, besorg den Haftbefehl für Gatrod, aber halt es unter der Decke. Wenn das rauskommt, ist er mit Sicherheit über alle Berge.«

»Ich bin dran.«

»Alles klar, bis später.«

»Warte mal kurz.«

»Was ist?«

»Ich habe Melissa Howser angerufen, die Freundin von Holmes, um ihr zu sagen, dass ich es heute Abend nicht schaffe.«

Ich fuhr auf den Parkplatz eines McDonald's. »Okay.«

»Na ja, ich habe sie gefragt, ob sie sich daran erinnert, dass Holmes sich um ihren Geburtstag herum verletzt hat.«

»Und?«

»Sie hat sich daran erinnert, dass sie am Tag danach mit ihr zusammen war, zwei Tage nach ihrem Geburtstag.«

»Lopez hat also die Wahrheit gesagt.«

Als ich den Parkplatz verließ, sagte er: »So sieht es aus.«

»Dann hat Reedy Senior also gelogen.«

»Wir müssen herausfinden, warum er sich so auf Lopez eingeschossen hat.«

»Frag mich nicht, wieso mir das gerade in den Kopf schießt, aber meinst du, Lopez könnte sich an Mrs. Reedy rangemacht haben?«

»Mann, das wäre ja der Hammer.«

»Der Junge sieht ziemlich gut aus –«

»Und ist besser in Form als Reedy.«

Ich bog auf den Parkplatz eines Wendy's ab und sagte: »Aber sie ist für so etwas viel zu schüchtern.«

»Vielleicht ist sie nur so, wenn er in der Nähe ist.«

Obwohl man einen Menschen nie wirklich kannte, schien es weit hergeholt. »Könnte sein. Wir müssen Lopez darauf ansprechen, mal sehen, ob wir was aus ihm rauskriegen.«

»Stellen wir Lopez jetzt hinten an?«

Von Gatrod oder seinem Wagen war nichts zu sehen. »Warten wir, bis wir die Altersbestimmung des Blutes haben. Wenn die bestätigt, dass es alt ist, stufen wir Lopez auf der Verdächtigenliste herab.«

»Wenn das Blut alt ist, ist er es höchstwahrscheinlich nicht. Wir sollten keine Zeit mehr mit ihm verschwenden.«

Risiken einzugehen gehörte nicht zur Jobbeschreibung. »Er hat über seinen Aufenthaltsort gelogen und war in der Gegend, als sie verschwunden ist.«

»Du hast recht, aber –«

»Konzentrieren wir uns auf Gatrod. Tu mir einen Gefallen und ruf im Labor an, frag, wie weit sie mit der Altersbestimmung des Blutes sind. Sobald wir das wissen, nehmen wir uns Reedy vor.«

Ich fuhr im Kreis auf dem Parkplatz des Pollo Tropical und bog auf die Santa Barbara ab. Wo zum Teufel war er? Ich verlangsamte das Tempo, als ich an IL Primo Pizza and Wings vorbeifuhr, und musterte die Gegend. Nichts.

Gatrod war in keinem der Restaurants in der Nähe seiner Wohnung. Er könnte in einer Bar sein, aber wahrscheinlich war er auf der Flucht. Ich hatte ihn in der Hand gehabt. Ihn verloren zu haben war peinlich, aber der Gedanke daran, wie Lisa Ramos reagieren würde, drehte mir den Magen um.

Ich erinnerte mich an eine mexikanische Bar mit Restaurant namens La Sierra auf dem Golden Gate Boulevard und bereitete mich darauf vor, am CVS links abzubiegen.

Als die Ampel auf Rot schaltete, schoss ein Auto vom Parkplatz der Apotheke. Es war Gatrod.

Ich griff zum Funkgerät, forderte Verstärkung an und schaltete mein Blaulicht ein. Gatrod wurde nicht langsamer. Ich gab Gas. Ich scherte auf die Gegenfahrbahn aus, verriss das Lenkrad und zog vor ihn.

Gatrod bremste langsam ab, wich zum Bordstein aus und hielt an. Im Rückspiegel sah ich ihn mit erhobenen Händen, die Handflächen gegen die Windschutzscheibe gedrückt.

Mit einer Sirene in der Ferne und der Waffe in der Hand stieg ich aus. »Hände oben lassen.«

Ich öffnete die Tür und sagte: »Steigen Sie langsam aus.«

Gatrod gehorchte, sagte aber: »Was habe ich getan?«

Er hatte schlechte Zähne und einen Singsang, der so schlimm war wie der der Nachbarin, die uns auf ihn aufmerksam gemacht hatte. »Sie sind wegen Körperverletzung verhaftet.« Als ich ihm Handschellen anlegte, kam ein Streifenwagen quietschend zum Stehen.

Nachdem ich ihn übergeben und einen Abschleppwagen gerufen hatte, zog ich Handschuhe an und überprüfte Gatrods Auto. Auf dem Beifahrersitz lagen frische Essensverpackungen. Daneben eine CVS-Tüte.

Die Tüte enthielt eine Packung Kondome, eine Tüte Chips und eine Schachtel Spülhandschuhe. Wir hatten ihn gerade noch rechtzeitig geschnappt.

Ich rief Derrick an. »Wir haben Gatrod.«

»Hast du? Wie?«

Nachdem ich es ihm erklärt hatte, sagte mein Partner: »Diesen Bastard in die Mangel zu nehmen, wird ein Spaß.«

»Es ist besser, wenn wir erst sein Haus durchsuchen. Wenn wir etwas finden, sparen wir uns Zeit.«

»Ich werde einen Durchsuchungsbefehl beantragen.«

»Gut. Hör zu, wenn Gatrod dort ankommt, nimm seine Stimme mit deinem Handy auf. Ich will, dass Ramos sie sich anhört. Wir könnten ihre Aussage brauchen.«

»Glaubst du, die Audioaufnahme könnte vor Gericht standhalten?«

»Es gibt nicht viele Präzedenzfälle in einer Situation wie dieser, aber wenn wir ihn nicht durch etwas Handfestes mit Ramos in Verbindung bringen können, müssen wir vielleicht ein paar Dinge zusammen verwenden.«

»Wir werden was bei ihm finden.«

»Hoffen wir es mal, aber das wird bis morgen warten müssen. Ich bin hundemüde, und es wird zwei Stunden dauern, den Papierkram für Gatrod zu erledigen.«

———

DERRICK KNACKTE DAS SCHLOSS, UND WIR HATTEN ZUGANG ZU Gatrods Wohnung. Sie war dunkel und spärlich möbliert.

Derrick sagte: »Die Bude ist klein.«

Ich drückte auf den Lichtschalter. »Ich nehme das Schlafzimmer.«

Er steuerte direkt auf einen mit Zeitschriften beladenen Tisch neben einem Cord-Sessel zu. »Sieh dir diesen Schund an.« Er hielt eine Zeitschrift hoch, auf deren Titelbild eine nackte, gefesselte Frau zu sehen war.

»Dass so ein Mist erlaubt ist, ist Teil des Problems.«

»Diese Perversen missachten den ersten Verfassungszusatz.«

Missachten? »Ich bin kein Anwalt; machen wir weiter.«

Ein ungemachtes, schmales Bett bildete den Mittelpunkt des Schlafgemachs. Der braune Teppich des Zimmers war seit zwei Jahren überfällig für einen Austausch.

Ich zog die einzige Schublade des Nachttisches auf und fischte zwei Pornohefte heraus. Eine Flasche Excedrin und eine billige Lesebrille waren alles, was übrig blieb.

Ich öffnete die Falttüren des Schranks und inspizierte die wenigen hängenden Kleidungsstücke. Mein Blick wanderte zum Regalbrett. Mein Herz schlug schneller, als ich es sah.

KAPITEL VIERUNDFÜNFZIG

ICH STELLTE MICH AUF DIE ZEHENSPITZEN, PACKTE EINE ECKE mit zwei Fingern und zog es aus dem Regal. »Derrick! Hier rein!«

Schritte waren zu hören. »Was ist los?«

»Das könnte es sein.«

»Das muss es sein. Warum sollte man in Florida sonst eine Skimaske haben?«

»Wenn wir eine DNA-Spur davon bekommen, brauchen wir nichts weiter.«

Er lächelte. »Wir haben uns einen Durchbruch wirklich verdient.«

Dem konnte ich nur zustimmen. Während ich es eintütete, sagte ich: »Mal sehen, was wir sonst noch finden.«

GATROD SASS ZUSAMMENGESACKT AUF EINEM STUHL. DUNKLE Flecken unter seinen Achseln verunzierten den orangefarbenen Overall. Seine Körpersprache schrie förmlich nach Niederlage.

Brian Getz, ein junger Anwalt, mit dem ich einmal zusammengearbeitet hatte, war mit seiner Verteidigung beauftragt worden. Die einzige Frage war, ob Getz sich der Realität stellen und seinen Idealismus beiseitelegen würde.

Ich klopfte kurz und trat ein. »Mr. Gatrod, Herr Anwalt.«

Getz bot mir die Hand an. Sein Mandant nickte mir mit dem Kinn zu. Ich aktivierte das Aufnahmegerät, trug die Formalitäten vor und begann.

»Ich wurde autorisiert, Ihnen einen Deal anzubieten, wenn Sie die Übergriffe gestehen.«

»Wir sind nicht an einem Deal interessiert. Wir werden die Beweisaufnahme durchlaufen–«

»Es tut mir leid, Mr. Getz, aber wenn Ihr Mandant das Angebot heute nicht annimmt, wird es zurückgezogen.«

»Ist das eine Finte, Detective?«

»Ganz und gar nicht. Wir haben drei Augenzeugen, einschließlich eines Opfers, die Mr. Gatrod identifiziert haben.«

»Augenzeugen sind bekanntermaßen unzuverlässig.«

»Einverstanden, aber wir haben auch einen Ohrenzeugen. Ein Opfer, das Ihr Mandant sexuell missbraucht hat, hat seine Stimme identifiziert.«

»Stimmerkennung–«

»Wir sind uns der Einschränkungen durchaus bewusst, aber ein Geschworenengericht wird die Kombination für überzeugend halten. Und dann haben wir noch die Skimaske, die Ihr Mandant beim Angriff auf mindestens ein Opfer getragen hat. Sie ist im Labor. Die Forensik extrahiert gerade DNA daraus. Wir erwarten weitere Beweise, dass es Mr. Gatrod war.«

»Es ist noch früh–«

»Nein, es ist spät. Wenn wir von der Maske das bekommen, was wir erwarten, gibt es keinen Deal mehr.«

»Was für eine Vereinbarung bieten Sie an?«

»Er bekennt sich in einem Fall des sexuellen Missbrauchs von Minderjährigen schuldig, und wir lassen die anderen Anklagepunkte fallen.«

»Was für eine Haftstrafe erwarten Sie?«

»Zwanzig Jahre.« Gatrod wurde aschfahl, bevor ich hinzufügte: »Ohne Bewährung.«

Getz sagte: »Aber die Richtlinien sehen fünfzehn bis vierzig vor.«

»Nehmen Sie das Angebot an, oder wir werden eine Verurteilung als Wiederholungstäter anstreben, und Ihr Mandant bekommt lebenslänglich.«

***

Wir folgten Remin in den Presseraum. Derrick und ich stellten uns an die Seite, als der Sheriff ans Podium trat. Er lächelte; er war in seinem Element, bereit, sich im Ruhm zu sonnen.

»Guten Tag, meine Damen und Herren. Wir freuen uns, bestätigen zu können, dass die Person, die die Frauen unserer Gemeinde terrorisiert hat, in Gewahrsam genommen wurde.« Remin machte eine Pause und der Raum voller Reporter applaudierte.

»Danke. Es gibt einen Grund, warum Naples die sicherste Stadt Amerikas ist: Es sind die hart arbeitenden Frauen und Männer in unserer Behörde. Sie arbeiten unermüdlich im Dienste der Öffentlichkeit.

»Ich möchte heute einen von ihnen besonders hervorheben, Detective Frank Luca, der die Ermittlungen geleitet hat, die zur Ergreifung von Peter Gatrod führten.

»Detective Luca, kommen Sie mal hier hoch.«

Eine Handvoll Leute klatschte. Ich packte Derricks Ellbogen und flüsterte: »Du kommst auch mit.«

Remin trat zurück, und wir standen Seite an Seite am

Podium. Ich sagte: »Das ist Detective Derrick Dickson. Ohne seine Bemühungen wären wir heute nicht hier.

»Wie alle Fälle hat auch dieser uns vor einige Herausforderungen gestellt, und ich möchte zwei weitere Personen würdigen, deren Hilfe bei der Identifizierung von Mr. Gatrod entscheidend war.

»Diese Bürger haben uns wichtige Informationen geliefert. Eine Person wollte anonym bleiben. Die andere war Bruce Noon. Die Unterstützung, die sie uns gaben, war von unschätzbarem Wert. Die Behörde dankt Ihnen beiden und ermutigt die Öffentlichkeit, mit den Strafverfolgungsbehörden zusammenzuarbeiten, um Collier County als den besonderen Ort zu erhalten, der es ist.«

Unter spärlichem Applaus traten wir vom Podium zurück.

Derrick flüsterte: »Danke. Lynn wird das klasse finden.«

»Das hast du dir verdient.«

»Das war nett, Noon zu danken. Ich hoffe, er hat zugesehen.«

»Oh, das hat er. Ich habe ihn angerufen.«

Er kicherte. »Vielleicht wird er jetzt öfter anrufen als früher, aber das ist es wert.«

Die Bemerkung eines Reporters ließ Derricks Lächeln schneller verschwinden als ein Hund ein heruntergefallenes Stück Fleisch verschlingt. Remin sagte: »Nun, das ist keine zutreffende Darstellung.«

Der Reporter der *Naples Daily News* fuhr fort: »Bei allem Respekt, Welcher Teil davon ist nicht zutreffend? Die Tatsache, dass die Person, die Debbie Holmes ermordet hat, immer noch auf freiem Fuß ist? Oder dass Ihre Behörde zu lange gewartet hat, sich auf sie zu konzentrieren, als sie verschwand?«

Remins wütender Blick war nur allzu vertraut. Er räusperte sich. »Wir nehmen jede Vermisstenanzeige ernst, besonders wenn es sich um eine Minderjährige handelt. Ich möchte die Presse und die Öffentlichkeit daran erinnern, dass ein

Großteil der Arbeit, die wir hier leisten, im Verborgenen geschieht.«

»Das mag stimmen, aber der mangelnde Fortschritt ist, gelinde gesagt, beunruhigend.«

»Noch einmal, ich erinnere Sie daran, dass wir unsere Ermittlungen nicht in der Presse führen.«

»Die Öffentlichkeit hat ein Recht auf Aufklärung, und wenn eine Behörde es versäumt, transparent zu sein, ist es die Pflicht der Presse, dies ans Licht zu bringen.«

Remins Gesicht rötete sich. »Diese Behörde ist transparent, und im Fall Holmes werden Fortschritte gemacht. Das ist alles für heute.«

Der Angriff war unfair, aber was wirklich unfair war, war, dass sich Remins Wut auf mich richten würde. Wir folgten Remin in das Vorzimmer, während Reporter Fragen schrien.

Der Sheriff schaute auf seine Uhr. Er wandte sich zu mir. »Sie. In zwanzig Minuten in meinem Büro.«

Wir zogen uns in unser Büro zurück. Derrick sagte: »Zieh dich besser warm an.«

»Er wird sich beruhigen. Diese Presseleute glauben, wir stehen nur rum.«

»Niemand versteht, wie hart dieser Job ist.«

»Das gilt für jeden Job. Sie sehen alle einfach aus, bis man sie selbst machen muss.«

Mein Tischtelefon klingelte. »Mordkommission. Detective Luca.«

»Hey, Frank, hier ist Sergio.«

»Was gibt's Neues?«

»Sie haben gerade das Blut aus dem Lopez-Wagen durch das Raman-Spektroskop laufen lassen.«

»Und?«

»Die Ergebnisse datieren es auf ein Alter zwischen vier und sieben Monaten.«

»Wie sicher bist du dir?«

»Wir haben ein hohes Vertrauen in den Test. Sie haben ihn zweimal durchgeführt.«

Ich legte auf und sagte: »Das Blut aus Lopez' Wagen ist alt. Der Junge hat die Wahrheit gesagt.«

»Also zurück auf Anfang.«

»Wir werden schon was finden. Jeder ausgeschlossene Verdächtige hilft uns, unsere Aufmerksamkeit auf andere Möglichkeiten zu richten.«

»Ich weiß, aber ab und zu hätte ich gern mal einen leichten Fall.«

»Ich auch. Hör zu, ich muss Lisa Ramos anrufen, bevor ich zu Remin gehe.«

»Willst du angeben?«

Wollte ich das? »Auf keinen Fall. Ich will sicherstellen, dass sie weiß, dass sie wegen des Deals nicht aussagen muss.«

———

In Remins Büro war es eiskalt. Wenn er wie die meisten Leute Kurzarmhemden tragen würde, müsste er die Temperatur nicht so niedrig halten. Er deutete auf einen Stuhl. »Setzen Sie sich. Ich will ein Update zum Fall Holmes.«

»Danke, Sir.«

»Wo stehen Sie in Bezug auf den Freund, den, in dessen Auto ihr Blut war?«

Auf keinen Fall würde ich verraten, dass Lopez aus dem Schneider war. »Er ist immer noch eine Person von Interesse, aber wir erweitern unseren Blickwinkel.«

Er beugte sich vor. »Erweitern?«

»Ja, es gibt Ungereimtheiten und Spuren, die gerade erst aufgetaucht sind. Es ist noch früh, aber sie sind vielversprechend.«

Remin legte seine Fingerspitzen aneinander. »Sie haben gehört, womit wir es zu tun haben.«

»Das war unangebracht, Sir. Wir können eine Ermittlung nicht überstürzen.«

»Ehrlich gesagt scheint diese hier übermäßig viel Zeit in Anspruch zu nehmen. Übersehe ich da etwas?«

Wo war ein Aufnahmegerät, wenn man eines brauchte? Der Fall war erst wenige Wochen alt. »Ähm, ich bin nicht sicher, worauf Sie sich beziehen. Wir haben vielleicht ein paar Tage verloren, weil wir dachten, es wäre eine Entführung—«

»Ich bin nicht in der Stimmung für Ausreden. Was ich will, ist, dass Sie den Mörder festnehmen. Ist das klar?«

Was sollte ein Mord-Ermittler sonst tun? Dr. Bruno hatte gesagt, es bringe nichts, zu eskalieren, egal, wer im Unrecht war. Das war ein solider Rat. »Wir werden ihn oder sie kriegen. Darauf können Sie sich verlassen.«

Der Wortwechsel war ein weiterer Beweis dafür, warum ich die Gelegenheiten ausgeschlagen hatte, in der Hierarchie aufzusteigen. Das war noch etwas, was Dr. Bruno gelehrt hatte: Versuchen Sie, das zu tun, was Sie glücklich macht. Politische Spielchen zu spielen, war es nicht.

Als ich die Treppe hinunterstapfte, wurde mir die Realität der Entscheidung, das Gespräch mit Remin zu verdrehen, bewusst. Es war Politik, schlicht und einfach.

Es war widerlich, aber ich würde es für mich behalten; es hatte keinen Sinn, Derrick einen Grund zu geben, eine Stelle in einer anderen Abteilung anzunehmen.

KAPITEL FÜNFUNDFÜNFZIG

Derrick fragte: »Wie ist es mit Remin gelaufen?«

»Ganz gut. Er wollte wissen, ob wir alles haben, was wir brauchen.«

»Wirklich? Ist er dir nicht aufs Dach gestiegen?«

Lächelnd sagte ich: »Nicht mehr als sonst.«

»Hast du ihm von dem Blut in Lopez' Wagen erzählt?«

»Nein. Es hat keinen Zweck, Öl ins Feuer zu gießen.«

»Hast du keine Angst, dass er es herausfindet?«

»Bis es so weit ist, werden wir jemanden im Visier haben.« Das kam selbstbewusst rüber. Es wurde langsam einfach, die Dinge schönzureden.

»Ich schätze, wir fangen mit Mr. Reedy an.«

»Er hat einiges zu erklären. Und nachdem ich gestern Abend meine Notizen durchgegangen bin, ist mir aufgefallen, dass wir Sammi Cava vielleicht nie nachgegangen sind.«

»Cava? An den Namen kann ich mich nicht erinnern.«

»Es ist eine Sie. Jason Reedy hat erwähnt, dass Debbie und sie in der Schule mal aneinandergeraten sind.«

»Ich kann nicht fassen, dass wir sie übersehen haben.«

»Wir hatten eine Menge Bälle gleichzeitig in der Luft.«

»Weißt du was? Ich kümmere mich um Cava, du sprichst mit Reedy.«

»Hört sich gut an.« Es war besser als gut. Auf Eierschalen um Derricks Gefühle herumzugehen, hatte meine Lust zunichtegemacht, unsere Ressourcen effizient einzusetzen.

Das Boot und der Anhänger fehlten an der Seite des Reedy-Hauses. Er war ein Planer und rational. Wenn er nach unserem Anruf abgehauen wäre, wäre das ein größeres Signal als der Ball-Drop am Times Square gewesen.

Da ich wusste, dass Menschen ständig irrational handeln, drückte ich auf die Klingel. Bevor der Ton verklang, öffnete sich die Tür. Es war Mr. Reedy. Obwohl ich eine Stufe unter ihm stand, war ich größer als er.

»Kommen Sie rein, Detective.«

»Danke.«

Ich folgte ihm und kam an einem Beistelltisch mit einem Familienfoto vorbei. Sein Sohn war eine jüngere Version von ihm.

Reedy klappte einen Laptop auf der Küchentheke zu, und wir setzten uns an den Tisch, an dem wir mit seinem Sohn gesprochen hatten.

»Was machen Sie beruflich?«

»Ich bin Berater.«

»Für welche Art von Unternehmen?«

»Das spielt keine Rolle. Ich bin Prozessberater.«

»Sie sehen sich an, was sie tun, und schlagen Verbesserungen vor?«

»Genau. Es gibt eine Menge tief hängender Früchte, aber es ist nicht einfach, die Leute davon zu überzeugen, das zu ändern, was sie seit Jahren tun.«

»Man sagt, die einzige Konstante im Leben ist die Veränderung.«

»Man muss sich an das aktuelle Umfeld anpassen, oder man verliert.«

Mary Ann zog mich gern damit auf, mich hin und wieder einen Dinosaurier zu nennen. Es machte mir nichts aus. Obwohl Forensik und Technologie die Strafverfolgung revolutioniert hatten, hatte sich an meinem Job nicht viel geändert.

Wir mussten immer noch die Gegend abklappern, nach Beweisen suchen, Verbindungen herstellen und auf die gleiche Weise verhören wie vor zwanzig Jahren.

»Ich schätze, Sie haben recht. Sehen Sie sich Borders oder Toys R Us an.«

»Ich habe Jason heute Morgen noch gesagt, man muss einen Plan haben, aber wenn sich die Dinge ändern, muss man den Plan anpassen, oder man ist erledigt.«

»Sie lassen es einfach klingen.«

»Ist es nicht, aber es ist machbar. Sehen Sie, niemand hat vorausgesehen, dass Amazon das Buchgeschäft auf den Kopf stellen würde, aber selbst wenn man nicht alles kontrollieren kann, kann man die Ergebnisse immer noch beeinflussen.«

Es war eine Mahnung, dass mein Job nicht darin bestand, Menschen daran zu hindern, anderen zu schaden – er bestand darin, sie im Nachhinein zu fassen.

»Versuchten Sie das bei Javier Lopez?«

»Was?«

Er wusste, was die Unterstellung war. »Sie haben gelogen, als Sie sagten, Sie hätten Lopez in der Nacht gesehen, in der Holmes verschwand.«

»Nein, ich habe ihn an der Livingston gesehen.«

»Sie haben auch behauptet, er hätte auf einem Parkplatz der Autokondominien an der Livingston geparkt.«

»Es war dasselbe Auto. Er musste es gewesen sein.«

Da er gelogen hatte, war es nur fair, dasselbe zu tun. »Die Überwachungskameras haben keine Aufzeichnungen von einem Auto, das in dieser Nacht auf ihren Grundstücken geparkt hat.«

»Es muss diese Nacht gewesen sein.«

»Sie haben sich auch bei der Datierung der Verletzung von Ms. Holmes geirrt. Sie ist nicht Wochen nach ihrem Geburtstag passiert.«

»So habe ich das nicht in Erinnerung. Sie könnte eine zweite Verletzung gehabt haben.«

»Wen beschützen Sie?«

»Niemanden. Was bringt Sie zu der Annahme, dass ich versuche, jemanden zu beschützen?«

»Sie haben beim Lügendetektortest gelogen.«

»Nein, habe ich nicht. Diese Maschinen sind nicht genau.«

»Hatten Sie und Ms. Holmes eine unangemessene Beziehung?«

»Natürlich nicht. Sie ist ein Kind, um Himmels willen.«

»Manchmal interpretieren Kinder Dinge falsch und können, wenn sie in einen Erwachsenen verknallt sind, Annäherungsversuche machen. Ist das passiert?«

»Nein.«

»Ist irgendetwas zwischen Ihnen beiden vorgefallen?«

»Absolut nicht.«

»Was haben Sie gegen Javier Lopez?«

»Nichts.«

»Kommen Sie schon, Mr. Reedy. Sie haben versucht, ihm das anzuhängen.«

»Das ist lächerlich. So etwas habe ich nicht getan. Alles, was ich wollte, war, zu helfen, den zu fassen, der Debbie getötet hat.«

»Und die Aufmerksamkeit von Ihnen und Ihrem Sohn fernzuhalten?«

»Mein Sohn? Was hat Jason damit zu tun?«

Reedy musste wissen, dass die, die einem Opfer am nächsten standen, wahrscheinliche Verdächtige waren. »Das werden wir herausfinden.«

»Großartig, ich versuche, der Polizei zu helfen – denen

gefällt nicht, was ich gesagt habe, und jetzt gehen sie auf meinen Sohn los, als Vergeltung?«

»Mr. Reedy, Sie haben eingewilligt, einen Lügendetektortest zu machen, und dabei gelogen. Was verbergen Sie?«

»Sie zwingen mich, mich zu wiederholen. Ich verberge nichts. Ich habe Ihnen gesagt, was ich weiß.«

»Ich glaube nicht, dass Sie mir alles sagen. Sie halten etwas zurück. Wenn Sie nicht reinen Tisch machen, werde ich es mir zur Aufgabe machen, herauszufinden, was oder wen Sie schützen. Und wenn ich das tue, werde ich Sie wegen Behinderung der Justiz drankriegen.«

»Behinderung? Das ist lächerlich. Ich bin mit Informationen zu Ihnen gekommen –«

»Das spielt keine Rolle, wenn Sie die Ermittlungen in die falsche Richtung gelenkt haben. Das ist eine strafbare Handlung, und wir werden sicherstellen, dass sie mit der vollen Härte des Gesetzes verfolgt wird.«

»Dieses Gespräch ist beendet. Ich möchte Sie bitten, zu gehen.«

***

Auf der Fahrt zurück zum Büro überlegte ich, wen Chris Reedy zu schützen versuchte. Die naheliegende Antwort war sich selbst. Hatte er bei Holmes eine Grenze überschritten? Es gab keine Beweise dafür, dass Holmes sexuell missbraucht worden war. Und sie war nicht schwanger.

Aber wenn sie kurz davor gestanden hätte, zu enthüllen, dass etwas zwischen ihnen passiert war, wäre Reedy ruiniert gewesen, wenn er nicht sogar im Gefängnis gelandet wäre. Das war Motivation genug.

Reedy stritt es ab, aber wer würde das nicht tun? Er musste genauer unter die Lupe genommen werden. Sein Sohn, Jason, war die andere Person, die er schützen könnte. Welche Eltern würden ihr Kind nicht beschützen?

Das Problem bei beiden war, dass Reedy bei der Frage während des Lügendetektortests, ob er wisse, wer Holmes getötet habe, mit Nein geantwortet hatte und dabei die Wahrheit zu sagen schien.

Während ich Szenarien durchspielte, wie die Möglichkeit, dass zwei Personen beteiligt waren und er nicht feststellen konnte, wer es getan hatte, oder dass er etwas beobachtet hatte, aber unsicher war, wie es endete, fuhr ich auf den Parkplatz des Büros.

KAPITEL SECHSUNDFÜNFZIG

Als ich aus dem Auto stieg, griff ich mir ans Knie. Ein Schmerz schoss mir seitlich in die Kniescheibe. Wo zum Teufel kam das denn her?

Bei jedem Schritt, den ich machte, kehrte der Schmerz zurück. Er war nicht stechend, aber er ließ mich hinken. Als ich das Büro betrat, fragte Derrick: »Hast du dich am Bein verletzt?«

»Nicht, dass ich wüsste. Es fing an wehzutun, als ich aus dem Auto gestiegen bin.«

»Du wirst alt, Kumpel.«

»Danke, mein Freund, genau das musste ich hören.«

Er stand auf. »Wo tut es weh?«

Ich zeigte auf die Innenseite meines Knies. »Genau hier.«

»Das ist wahrscheinlich dein Meniskus.«

»Was ist das?«

»Ein Knorpelstück, das wie ein Stoßdämpfer wirkt. Du hast wahrscheinlich einen kleinen Riss oder ihn gereizt.«

»Heilt das von allein?«

»Meistens schon, aber wenn es ein großer Riss ist, dann nicht.«

»Es kann nicht schlimm sein; ich habe nichts getan, wodurch ich es mir hätte verletzen können.«

»Schone dich einfach. Das wird schon wieder. Wie ist es mit Reedy gelaufen?«

Nachdem ich ihn auf den neuesten Stand gebracht hatte, sagte ich: »Da ist irgendetwas, aber er rückt nicht damit raus. Wir müssen uns an ihn herantasten. Wir können versuchen, mit seinem Sohn zu reden. Wenn sein Vater ihn dazu bringt, sich einen Anwalt zu nehmen, können wir davon ausgehen, dass er derjenige ist, der beschützt werden soll.«

Derrick setzte sich auf die Kante meines Schreibtisches. »Du hast gesagt, er hat bestritten, eine Affäre mit Holmes gehabt zu haben. Ich will ihren Ruf ja nicht in den Schmutz ziehen, aber sie war zur gleichen Zeit mit Jason Reedy und Javier Lopez zusammen. Vielleicht war sie ein bisschen, na ja, du weißt schon, äh, abenteuerlustig.«

»Das scheint weit hergeholt, aber andererseits ist mancher Mist, den wir gesehen haben, unglaublich.«

»Wir werden mit ein paar Nachbarn reden –«

»So unsympathisch mir dieser Kerl auch ist, wir müssen aufpassen, was wir sagen. Wenn wir so etwas in die Welt setzen, ruinieren wir ihn.«

»Stimmt. Aber zu wissen, dass er seine Frau betrogen hat, würde uns ein gutes Stück weiterbringen.«

»Hast du irgendetwas aus Sammi Cava herausbekommen?«

»Sie ist ein zähes Mädchen. Ich glaube nicht, dass da etwas ist, aber Cava meinte, wir sollten auch mit Joey Centro reden. Anscheinend war dieser Junge eng mit Jason und Holmes befreundet und in sie verknallt.«

Mein Handy vibrierte. »Da muss ich rangehen. Das ist Sergio vom Labor.«

»Hey, Serg, was gibt's?«

»Die Bundesagenten haben gerade einen Bericht über die

Pillen gemailt, die du beschlagnahmt hast. Die mit der chinesischen Schrift drauf.«

»Und?«

»Es ist eine hausgemachte Mischung mit mehreren Komponenten: Testosteron, Dopamin, Vitamin D und E, ein bisschen L-Arginin und Spuren von chinesischen Nahrungsergänzungsmitteln wie Ingwerwurzel.«

»Würde das den Sexualtrieb eines Mannes steigern?«

»Eine Testosteronersatztherapie ist die erste Wahl für Männer mit niedrigem Spiegel, aber die Pillen enthielten nur fünfzehn Prozent davon.«

»Was ist das L-Ding?«

»L-Arginin ist ein Durchblutungsförderer und wird zur Behandlung von Erektionsstörungen eingesetzt.«

War das in den Pillen, die ich vor Monaten genommen hatte, als ich Probleme hatte? »Wussten die Bundesagenten, was das war?«

»Nein. Es gilt als nicht identifiziert.«

»Was meinst du?«

»Ich bin kein Apotheker, aber basierend auf dem Testosteron, den Mitteln zur Durchblutungsförderung und den Ergänzungsmitteln würde ich sagen, es ist irgendein hausgemachter chinesischer Trank zur Steigerung des Sexualtriebs.«

Das war eine gute Einschätzung, wenn man bedachte, dass Sergio nicht wusste, dass Shaw chemisch kastriert war. Wir hatten uns bei Shaw geirrt, aber es war klar, dass er versuchte, die Auswirkungen der Behandlung rückgängig zu machen, die er genutzt hatte, um aus dem Gefängnis zu kommen.

Ob das ausreichte, um ihn wieder hinter Gitter zu bringen, war nicht meine Entscheidung. Meine Pflicht war es, zu melden, was wir herausgefunden hatten, und die Staatsanwaltschaft und das Gericht entscheiden zu lassen, ob er gegen die Auflagen seiner Bewährung verstoßen hatte.

Es gab mehrere Möglichkeiten, um herauszufinden, ob Chris Reedy untreu war. Seine Frau zu fragen, würde vielleicht nicht zur Wahrheit führen, da er zu dominant war. Nachbarn zu befragen, war ein anderer Weg, aber der einfachste war, mit einer der Freundinnen der Ehefrau zu sprechen.

Wir hatten ein paar Namen aufgeschnappt. Derrick sprach mit einer Charlene Grazi, und ich war zwei Türen weiter und klingelte bei Gwen Lee. Eine Frau Ende vierzig öffnete die Tür.

»Mrs. Lee?«

»Ja. Kann ich Ihnen helfen?«

Als ich meine Marke zückte, legte sie ihre Hand auf die Brust. »Oh mein Gott, was ist passiert?«

»Nichts, Ma'am. Wir führen Routinebefragungen im Zusammenhang mit dem Mord an Holmes durch.«

»Was für eine Schande. Janet hat erzählt, dass Jason untröstlich ist.«

»Sie sind eine enge Freundin von Mrs. Reedy, richtig?«

»Ja, wir haben uns kennengelernt, bevor sie in die Gegend gezogen ist. Es war lustig, dass wir in der gleichen Straße gelandet sind.«

»Das ist ja nett. Ist Ihr Mann mit Mr. Reedy befreundet?«

Sie verzog das Gesicht. »Nicht wirklich.«

»Oh, das ist schade.«

»Um ehrlich zu sein, ist Chris für meinen Mann zu überdreht.«

»Jeder ist anders.«

»Es ist komisch, weil sie beide gut mit James befreundet sind. Er wohnt vier Häuser weiter.«

»Wie ist sein Nachname?«

»Fernwood.«

»Übrigens, alles, was wir besprechen, ist vertraulich.«

»Oh, okay.«

»Sie haben erwähnt, Mr. Reedy sei überdreht. Ich weiß, was Sie damit meinen. Es gibt keinen Zweifel, wer in dem Haus die Hosen anhat.« Ich lachte leise.

»Das ist die Wahrheit.«

»Wie ist die Ehe der Reedys?«

Ihr Gesicht verdüsterte sich. »Ich zolle Janet großen Respekt. Er kann kein einfacher Mann sein, mit dem man zusammenlebt.«

Hatte meine Frau das jemals über mich gesagt? »Vertraut sie sich Ihnen an?«

»Nicht oft. Sie ist da sehr zurückhaltend.«

»Glauben Sie, dass er ihr untreu gewesen ist?«

»Ehrlich gesagt würde es mich nicht überraschen.«

Warum benutzten die Leute die Ausdrücke »ehrlich gesagt« und »um die Wahrheit zu sagen«? Was war alles, was sie vorher gesagt hatten, eine Lüge? »Was lässt Sie das sagen?«

»Nur so ein Gefühl, das ist alles. Warum stellen Sie so viele Fragen über ihn?« Sie schlug sich die Hand vor den Mund. »Sagen Sie nicht, er war verwickelt ...«

»Das ist reine Routine. Wir müssen Profile von jedem erstellen, der das Opfer kannte. Aber da Sie es schon ansprechen, glauben Sie, er hätte es tun können?«

»Chris? Sie meinen, äh, jemanden umbringen?«

»Ja.«

»Ich glaube nicht, aber das wüsste ich wirklich nicht.«

Es war klar, dass diese Dame Mr. Reedy nicht mochte oder ihm nicht traute. »Kennen Sie ihren Sohn, Jason?«

»Natürlich. Warum?«

»Was können Sie mir über ihn erzählen?«

»Er ist genau wie sein Vater.«

»Was meinen Sie damit?«

»Sie denken beide irgendwie, dass sie was Besseres sind oder so. Vor allem Chris.«

KAPITEL SIEBENUNDFÜNFZIG

ALS ICH DIE STRAßE ÜBERQUERTE, MERKTE ICH, DASS MEIN KNIE nicht schmerzte. Der Schmerz konnte nicht von einem Riss kommen. Es war wahrscheinlich gezerrt.

Die Straße war im Sonnenlicht getaucht. In den letzten paar Tagen waren alle Bäume am Straßenrand zurückgeschnitten worden. Das Grün war verschwunden, ersetzt durch stümmelige Äste, die in wenigen Wochen wieder buschig sein würden.

Das Haus von James Fernwood hatte eine runde Auffahrt und eine Verkehrsinsel, die mit roten Blumen bepflanzt war. Über das Plätschern eines Brunnens neben der Haustür hörte ich die Stimme eines Mannes. Er telefonierte. Aber wer tat das heutzutage nicht?

Die Klingel klang wie Big Ben. Das Handy am Ohr, blieb Fernwoods Blick an meiner Dienstmarke hängen. »Oh, ich muss auflegen. Ich rufe dich später an.«

Er steckte sein Handy in eine Tasche und sagte: »Was kann ich für Sie tun?«

»Wir sammeln Hintergrundinformationen im Mordfall Holmes und sprechen mit allen in der Nachbarschaft.«

»Das war wirklich ein Schock. Ich habe sie ein paar Mal hier gesehen, aber das war's auch schon.«

»Ist Ihnen nichts Ungewöhnliches aufgefallen?«

»Nicht, dass ich wüsste.«

»Sie sind mit Chris Reedy befreundet, richtig?«

»Ja, er ist ein guter Kerl.«

»Ich habe gehört, er ist, sagen wir mal, etwas intensiv?«

Er lächelte. »Das mag so wirken, aber das ist nur, sozusagen, seine Fassade.«

»Was meinen Sie damit?«

»Als ich ihn das erste Mal getroffen habe, dachte ich mir auch, wissen Sie, er ist nicht gerade die herzlichste Person, aber dann hat er herausgefunden, dass ich Probleme mit meinem Blutdruck und Panikattacken hatte, und er hat mir geholfen, das in den Griff zu bekommen.«

»Wie hat er Ihnen denn geholfen?«

»Er hat mich mit Biofeedback und einem Mann namens Wim Hof bekannt gemacht. Dieser Typ ist unglaublich. Er kann stundenlang in einer Wanne mit Eiswasser bleiben und seine Körpertemperatur normal halten.«

»Wow. Aber wie hat Ihnen das geholfen?«

»Durch Atem- und andere Techniken habe ich meinen Blutdruck ohne Medikamente unter Kontrolle bekommen. Mein Arzt konnte es nicht fassen.«

»Wie buchstabiert man den Namen?«

»W-I-M, H-O-F. Ich glaube, er kommt aus Holland. Er ist erstaunlich. Sie sollten sich mal seine Website ansehen. Ich bin mir ziemlich sicher, dass er dort ein kostenloses Video hochgeladen hat.«

Hatte Wim eine Methode, mein Knie zu reparieren und mir zu helfen, fünf Kilo abzunehmen? »Wie lange hat es gedauert, zu lernen, wie man seine Herzfrequenz und Körpertemperatur kontrolliert?«

»Es ging ziemlich schnell, ein paar Wochen, aber ich habe

nur die Sache mit dem Herzschlag gemacht. Chris hat alle Kurse belegt; er ist sozusagen ein Spitzenmann.«

»Das klingt sehr interessant. Das sollte ich mal ausprobieren.«

»Sollten Sie. Wissen Sie, Chris hat gesagt, dass er nie wieder krank wird. Das ganze Programm stärkt das Immunsystem.«

Was konnte es nicht? »Danke. Ich werde es mir ansehen.«

»Manches davon wirkt seltsam; man muss einfach dranbleiben.«

»Werde ich machen. Sagen Sie mal, Sie stehen Chris nahe; er hat Ihnen doch bestimmt davon erzählt, dass er seine Frau betrügt.«

»Sie meinen, dass er eine Affäre hat?«

»Ja.«

»Nicht Chris. Er ist nicht der Typ dafür. Er und Janet führen eine gute Beziehung.«

»Danke für Ihre Hilfe, Sir.«

Niemand verstand, wie oft wir bei Befragungen gegensätzliche Meinungen hörten.

Vielleicht war Reedy kein Ehebrecher. Aber es schien, als hätte er das Training gehabt, um einen Lügendetektortest zu täuschen. Unser Experte sagte, er sei unaufrichtig gewesen. Hatte er gelogen, als er gefragt wurde, ob er wisse, wer Holmes getötet hatte?

Derrick überquerte die Straße, wir stiegen wieder in den SUV, und Derrick drehte die Klimaanlage auf. Er sagte: »Diese Straße hat null Schatten.«

»Im Moment. Nächsten Monat ist es hier wieder ein Dschungel.«

»Irgendetwas am Wetter lässt alles wachsen, auch meine Haare und Nägel.«

»Das stimmt. Hör zu, es sieht so aus, als wüsste Reedy, wie man den Lügendetektortest besteht.«

»Inwiefern?«

»Er hat Kurse bei einem Holländer namens Hof belegt, bei dem es darum geht, seinen Körper mit dem Geist zu kontrollieren.«

»Er ist eine Art Guru?«

»Anscheinend. Einer von Reedys Nachbarn sagte, er habe ihm geholfen, seinen Blutdruck ohne Medikamente zu senken.«

»Placebo-Effekt?«

»Ich weiß nicht, aber der Typ kann stundenlang im Eis bleiben, und seine Körpertemperatur sinkt nicht.«

»Das muss ein Schwindel sein.«

Ich tippte Wim Hof in den Browser meines Handys ein und sagte: »Vielleicht.«

»Muss es sein. Ich wette, er will Kurse andrehen –«

»Sieh dir das an.« Ich reichte Derrick mein Handy.

»Heilige Scheiße! Dieser Kerl besteigt den Everest in Shorts und ohne Hemd.«

Ich nahm das Handy zurück und klickte auf einen Link zum Luftanhalten. »Das ist verrückt. Hier steht, er hat sechs Minuten lang die Luft angehalten.«

»Er ist ein Freak.«

»Ich weiß nicht, aber wenn er Reedy geholfen hat, den Lügendetektortest zu überlisten, müssen wir das neu bewerten. Oh, und eine andere Nachbarin hat mir den Eindruck vermittelt, Reedy sei der Typ, der seiner Frau fremdgeht.«

»Interessant.«

»Hast du was rausgefunden?«

»Ja, aber mehr über seinen Jungen, Jason. Die Frau zwei Häuser weiter hatte für Reedy Senior nichts übrig, aber diese Dame, Grazi, sagte, der Hauptgrund, warum sie ihren Sohn von der Baron Collier High genommen hat, war, um ihn von Jason Reedy fernzuhalten.«

»Was ist passiert?«

»Ihrer Aussage nach waren ihr Sohn und Jason vor drei

Jahren im Ferienlager, und als er nach Hause kam, hatte er sich verändert. Sie hatte das Gefühl, als würde ihr Sohn von Jason kontrolliert.«

»Inwiefern?«

»Sie sagte, sie dachte, es sei eine Art Zauber.«

Ich kicherte. »Vielleicht hat er auch die Kurse von diesem Hof belegt.«

»Wie der Vater, so der Sohn.«

»Wie hoch stehen die Chancen, dass die beiden sie umgebracht haben?«

»Der Vater und der Sohn?«

»Selten, aber nicht ausgeschlossen.«

»Dann müssen wir die beiden unter die Lupe nehmen.«

»Wir haben noch nicht viel über Jason Reedy ermittelt.«

»Das Cava-Mädchen hat gesagt, Joey Centro war sein bester Freund und er war in Debbie verknallt. Da sollten wir anfangen.«

»Aha. Haben wir eigentlich jemals diese Liste der Kinder bekommen, die am Tag nach ihrem Verschwinden nicht in der Schule aufgetaucht sind?«

KAPITEL ACHTUNDFÜNFZIG

ALS ICH DIE STUFE VON DER GARAGE HOCHSTIEG, SCHOSS MIR EIN stechender Schmerz ins Knie. Ich hielt inne und griff danach, gerade als Mary Ann mit einem Korb sauberer Wäsche aus der Waschküche kam.

»Was ist los?«

»Irgendwas ist mit meinem verdammten Knie.«

Sie stellte die Wäsche ab. »Wo denn?«

»Hier. Derrick meinte, es ist wahrscheinlich der Meniskus.«

»Das könnte sein. Wir haben die Schiene, die ich damals benutzt habe. Du solltest sie anlegen.«

Ja, und aller Welt verkünden, dass ich alt wurde? »Ich weiß nicht.«

»Du könntest sie unter der Hose tragen. Niemand wird es merken.«

Erwischt. »Mal sehen, wie es sich anfühlt.«

Sie ging den Flur entlang. »Wie du meinst, Macho-Mann.«

»Wie lange noch bis zum Abendessen?«

»Ungefähr eine Stunde.«

»Okay.« Ich schlüpfte ins Arbeitszimmer und fuhr meinen Laptop hoch.

»FRANK!«

»Ja?«

»Wir können essen.«

Fünfzig Minuten waren wie im Flug vergangen.

Ich setzte mich vor eine Schüssel Linsensuppe und betrachtete den Dampf, der von dem Gericht aufstieg. Ich nahm einen Löffel voll und fragte mich, anstatt darauf zu pusten, ob ich mich mit reiner Willenskraft dazu bringen könnte, die Hitze nicht zu spüren ...

Mary Ann fragte: »Frank? Ist alles in Ordnung bei dir?«

»Äh, ja. Ich habe nur, äh, über etwas nachgedacht. Hast du schon mal von jemandem namens Wim Hof gehört?«

»Nein. Ist das skandinavisch?«

»Holländisch. Jedenfalls ist das ein Typ, der in Shorts auf den Mount Everest gestiegen ist und stundenlang im Eis bleiben kann, ohne dass seine Körpertemperatur davon beeinflusst wird.«

»Das ist seltsam. Es muss etwas Biologisches sein.«

»Hof behauptet, dass er seinen Körper mit seinem Geist und durch Atmung kontrollieren kann. Er kann ewig die Luft anhalten.«

»Ich habe vor einer Weile etwas über Biofeedback gelesen. Leute in klinischen Studien konnten ihre Herzfrequenz kontrollieren, nur indem sie die Information darüber bekamen, was sie gerade machte.«

»Dieser Typ hat ein paar kostenlose Videos. Wir sollten sie uns zusammen ansehen.«

»Lass mich raten: Er hat eines, das den Sextrieb der Partnerin beeinflussen kann.«

»Also, für den Kurs würde ich mich anmelden.«

Wir lachten beide, und ich sagte: »Im Ernst, er sagt, dass sie Stress reduzieren können. Wir sollten es ausprobieren.«

———

D<small>ERRICK</small> <small>SASS</small> <small>HINTER</small> <small>SEINEM</small> S<small>CHREIBTISCH</small>. »M<small>ORGEN</small>, Frank.«

»Morgen.«

»Wie geht's dem Knie?«

»Geht so.« Ich senkte die Stimme. »Ich trage eine Schiene. Mary Ann hat mich dazu gezwungen.«

»Die Stütze ist gut. Du willst es ja nicht schlimmer machen.«

Ich nickte und sagte: »Haben wir die Liste von der Schule bekommen?«

»Ich schau mal in meinen E-Mails nach.«

Ich ließ mich auf meinen Stuhl nieder und fuhr meinen Desktop-PC hoch. Derrick sagte: »Sie ist angekommen. Soll ich dir eine Kopie weiterleiten?«

»Druck sie aus.«

Er reichte mir zwei Blätter warmes Papier. »Meine Güte, fehlen so viele Schüler an einem normalen Tag?«

»Ich bin mir ziemlich sicher, dass fast zweitausend Schüler auf die Baron Collier High gehen.«

»Auf dieser Liste müssen fünfzig Schüler stehen. Das scheint eine Menge zu sein.«

»Wer weiß. Vielleicht ging irgendetwas um.«

»Wir müssen die abgleichen, sehen, wer mit Jason Reedy befreundet ist und wer Holmes nahestand.«

»Warum Holmes?«

»Aus keinem besonderen Grund, außer dass wir vielleicht ein paar Infos bekommen.« Ich fuhr mit dem Finger die Seite hinunter. »Bingo. Jason Reedy hat an dem Tag gefehlt.«

»Interessant.«

Ich blätterte zur zweiten Seite und sagte: »Und hier ist der Junge, den du erwähnt hast, Joseph Centro.«

»Vielleicht haben die beiden geschwänzt.«

»Ich weiß nicht.«

»Vergiss nicht, die Mutter war nicht zu Hause; sie war in Orlando.«

»Stimmt.« Welches Kind hatte nicht schon einmal den Mangel an elterlicher Aufsicht ausgenutzt?

»Ich würde gern mit Centro sprechen, aber Reedy und sein Anwalt sollen in weniger als einer Stunde hier sein.«

KAPITEL NEUNUNDFÜNFZIG

REEDY UND TOM O'BRIEN SAßEN ENG BEIEINANDER IM Verhörraum. O'Brien war einer der teuersten Verteidiger des Bezirks. Er war hart, aber fair. Ich hatte an der Raumtemperatur nichts geändert und würde sie auch nicht warten lassen. Ich mochte Chris Reedy nicht, aber ich wollte nicht, dass jemand einem Anwalt auch nur einen Cent mehr bezahlte, als er musste.

Sie setzten ein Lächeln auf, als wir eintraten. Es war offensichtlich, dass O'Brien seinen Mandanten instruiert hatte. Oder hatte Reedy die von Wim Hof empfohlenen Atemübungen gemacht?

Nach den Vorstellungen und Förmlichkeiten sagte ich: »Wir danken Ihnen, dass Sie heute gekommen sind.«

»Mein Mandant ist bestrebt, jegliche Verwirrung im Zusammenhang mit seinem Versuch, die Strafverfolgungsbehörden bei den Ermittlungen im Fall Holmes zu unterstützen, aufzuklären.«

»Mr. Reedy, wann haben Sie Deborah Holmes das letzte Mal gesehen?«

»Einen oder zwei Tage, bevor wir gehört haben, dass sie verschwunden ist.«

»Woher wissen Sie das so genau?«

»Nun ja, es war ziemlich traumatisch für unseren Sohn, als Debbie verschwunden ist. Jason und sie hatten eine lange Beziehung, und, na ja, an so etwas erinnert man sich eben.«

»Und welches Datum war das?«

»Hmm, lassen Sie mich überlegen ... Janet hat ihre Schwester besucht ... ja, das war ein Montag, und Debbie war am Samstag davor bei uns.«

Es wirkte einstudiert, aber das war zu erwarten. »An diesem Montagabend, sagten Sie, haben Sie Javier Lopez auf der Livingston Road in Ihrer Nachbarschaft gesehen, in der Nähe, wo Ms. Holmes wohnte.«

»Ja. Das habe ich gesehen.«

»Was haben Sie getan, als Sie Mr. Lopez gesehen haben?«

»Ich?«

»Ja.«

»Ich bin spazieren gegangen.«

»Gehen Sie jeden Abend spazieren?«

»Nein, normalerweise nicht.«

»Warum ausgerechnet an jenem Montagabend?«

»Meine Frau war nicht zu Hause und mir war einfach danach.«

»Ich habe verstanden, dass Ihre Frau an diesem Morgen abgereist ist. Warum also zu dieser bestimmten Zeit in der Nacht?«

»Ich war vorher beschäftigt, hatte ein Telefongespräch mit einem Klienten und wollte die Dinge durchdenken. Spazierengehen hilft mir, den Kopf freizubekommen.«

»Aber Sie gehen nicht regelmäßig spazieren?«

»Eher unregelmäßig, aber ich gehe etwa einmal pro Woche raus.«

»Wie lange gehen Sie spazieren?«

»Etwa eine Stunde.«

»Sie haben auch behauptet, Mr. Lopez auf der gegenüberliegenden Straßenseite auf einem Parkplatz an der Livingston Road parken gesehen zu haben.«

»Ich glaube, er war es. Das Auto war dasselbe.«

»Wann haben Sie ihn gesehen? Wie lange, nachdem Sie ihn das erste Mal gesehen hatten?«

»Ungefähr eine halbe Stunde, vielleicht länger.«

»Ihr Spaziergang war also ein kurzer?«

»Nicht wirklich, ich bin eine Weile weitergegangen und dann umgekehrt.«

»Wo sind Sie umgekehrt?«

»Oh, ich erinnere mich nicht. Wahrscheinlich irgendwo bei Wyndemere.«

»Sie haben Ihr Haus zu Fuß verlassen, die Wohnanlage verlassen, sind die Livingston entlang bis irgendwo bei Wyndemere gegangen und dann umgekehrt?«

»Ja, das ist ungefähr richtig.«

»Was wir interessant finden, ist, dass niemand, mit dem wir gesprochen haben, Sie an diesem Abend außerhalb Ihres Hauses gesehen hat.«

O'Brien sagte: »Wie bereits erwähnt, fand Mr. Reedys Spaziergang später am Abend statt, wenn die Leute in ihren Häusern sind und Dinge wie Fernsehen.«

»Mr. Reedy, jetzt ist der Zeitpunkt, Ihre Aussage zu korrigieren. Haben Sie Mr. Lopez in diescr Nacht einmal, zweimal oder gar nicht gesehen?«

»Einmal, ganz sicher; beim zweiten Mal habe ich das Auto gesehen und angenommen, dass er es war.«

»Während des Lügendetektortests sagte der Prüfer, ein anerkannter Experte, dass Sie getäuscht haben.«

O'Brien sagte: »Bitte, Detective, wir wissen beide, dass der Grund, warum diese Tests vor Gericht unzulässig sind, ihre Ungenauigkeit ist.«

»Wir fanden es seltsam, dass Ihr Mandant zugestimmt hat, einen zu machen.«

»Er versuchte, hilfreich zu sein. Die Familie hat jemanden verloren, der ihr sehr am Herzen lag.«

»Er war nicht hilfreich. Er versuchte, die Aufmerksamkeit auf Mr. Lopez zu lenken.«

»Das ist eine schwere Anschuldigung, die Sie entweder belegen oder zurücknehmen müssen.«

»Ihr Mandant hat Techniken aus einem Kurs von Wim Hof angewendet, den er belegt hat, um seinen Herzschlag, seine Atmung und seine Schweißabsonderung zu kontrollieren. Sie haben bis zu einem gewissen Grad funktioniert, aber unseren Mann konnten Sie nicht hinters Licht führen.«

O'Brien sah aus, als wäre gerade Elvis in den Raum getreten. Reedy sagte: »Sie haben keine Ahnung, wovon Sie reden. Ich habe die Kurse vor Jahren gemacht, um meine Angstzustände zu kontrollieren.«

Sein Anwalt räusperte sich. »Über eine Schulung zu debattieren, die dem fraglichen Vorfall erheblich vorausgeht, ist irrelevant.«

»Relevant ist der Grund, warum Ihr Mandant gelogen hat. Warum hat er versucht, Javier Lopez etwas anzuhängen? Wen versucht er zu schützen? Hat er Ms. Holmes etwas angetan oder war es sein Sohn?«

Reedy wandte sich an seinen Anwalt. »Sehen Sie? Sie beschuldigen mich, irgendetwas getan zu haben. Was, weiß ich nicht.«

Der Anwalt klopfte seinem Mandanten auf den Unterarm und sagte: »Detectives, bei allem Respekt, Anschuldigungen ohne Beweise zu erheben, ist, gelinde gesagt, nicht hilfreich. Wenn Sie etwas Greifbares zu besprechen haben, wäre jetzt der richtige Zeitpunkt dafür.«

»Mr. Reedy sagt nicht die Wahrheit. Er hat während des Lügendetektortests gelogen und versucht, einem anderen

Mann den Mord an Deborah Holmes anzuhängen. Wenn Ihr Mandant nicht in das Verbrechen verwickelt war, wäre jetzt ein guter Zeitpunkt, das klarzustellen.«

»Mein Mandant hat eine Beteiligung an diesem abscheulichen Verbrechen bestritten. Was den Vorwurf der falschen Verdächtigung betrifft, könnte es sich um einen einfachen Fall von Personenverwechslung handeln. Wir alle kennen die Unzuverlässigkeit von Augenzeugen.«

»Und wir kennen die Art der Behinderung, derer sich Ihr Mandant unserer Meinung nach schuldig macht.«

O'Brien stieß Reedy mit dem Ellbogen an und stand auf. »Wenn Sie keine Beweise vorlegen können, sind wir hier fertig.«

KAPITEL SECHZIG

Derrick sagte: »Das ist so gelaufen, wie ich dachte. Wir haben nichts.«

»Da wäre ich mir nicht so sicher. O'Brien wollte sehen, was wir hatten, und er ließ es sich nicht anmerken, aber wir haben ihn mit der Sache mit dem Polygraphentraining überrascht.«

»Ja, aber er hat recht, der Zeitpunkt hilft uns nicht weiter.«

»Das bedeutet gar nichts. Wenn du vor fünf Jahren zum Scharfschützen ausgebildet wurdest, kannst du immer noch das Ziel treffen. Das ist eine Fähigkeit. Reedys Problem ist, dass er nicht so gut war, wie er dachte.«

»Stimmt, aber wie sollen wir das verwenden?«

»Keine Ahnung. Aber vielleicht reicht es, um Reedys Telefondaten zu bekommen. Wenn wir einen Anhaltspunkt dafür kriegen, wo er war, wissen wir mit Sicherheit, ob er wirklich spazieren war.«

»Aber wenn er beim Spazierengehen nicht in eine andere Funkzelle gewechselt ist, werden wir nicht wissen, wo er war.«

»Der Richter wird sich mit Funkmasten nicht auskennen. Setz den Antrag auf, oder ich kann es machen, um seinen

Standort und seine Anrufdaten zu bekommen. Reedy war vielleicht nicht einmal zu Hause, wie er behauptet.«

»Das ist wichtig. Ich setze den Antrag auf und sorge dafür,
dass er durchgeht.«

»Danke. Ich muss Remin auf den neuesten Stand bringen.
Das Interview, das *WINK* mit Holmes' Eltern geführt hat, hat
ihn auf die Palme gebracht.«

»Viel Glück dabei.«

»Wird schon schiefgehen. Wenn wir fertig sind, fahren wir
zu Centro.«

———

WIR BOGEN VON DER PINE RIDGE ROAD RECHTS AUF DEN
Osceola Trail ab. Derrick verpasste die Abzweigung zur
Cougar Road, und wir fuhren an der Osceola-Grundschule
vorbei.

Ich zeigte auf den Spielplatz der Schule und sagte: »Schau
dir das an.«

»Was?«

»Da draußen ist eine Mutter, die die Rutsche mit Clorox-
Tüchern abwischt.«

Er machte eine Kehrtwende und sagte: »Ein Zeichen der
Zeit.«

»Das macht alles nur noch schlimmer. Wenn man nichts
ausgesetzt ist, kann man keine Immunität aufbauen.«

Wir fuhren auf den Parkplatz, und Derrick sagte: »Erinnere
mich daran, dir etwas über das Immunsystem und das Altern
zu erzählen.«

Altern? Meinte er damit etwa mich im Besonderen?

Nachdem wir dem Schulleiter die schriftliche Einverständ-
niserklärung von Centros Mutter gezeigt hatten, wurden wir
in einen Konferenzraum geführt. Fünf Minuten vergingen,

dann schwang die Tür auf. Der Schulleiter sagte Centro, dass er draußen warten würde und er jederzeit gehen könne.

Wir standen auf und stellten uns vor. In dunkler Kleidung starrte Centro auf den Tisch und sah uns nie in die Augen. Das war etwas, was ich nicht ausstehen konnte; die meisten Teenager verhielten sich genauso.

Centro begann, mit seinen Fingerknöcheln zu knacken.

»Wir wissen, dass Sie und Jason Reedy gute Freunde sind.«

Er nickte.

»Sie kannten auch Debbie Holmes.«

»Äh-hä.«

»Sind die beiden gut miteinander ausgekommen?«

»Ja, sie waren zusammen.«

»Sie waren in sie verknallt.«

»Sie ist mit Jason zusammen.«

»Es ist eine Schande, was mit ihr passiert ist.«

Er runzelte die Stirn.

»Am Tag, nachdem Debbie verschwunden war, sind Sie nicht zur Schule gegangen.«

Er versteifte sich. »Echt nicht?«

»Nicht laut den Anwesenheitslisten der Schule.«

»Oh, dann wohl nicht.«

»Was haben Sie an dem Tag gemacht?«

»Weiß ich nicht. Ich war wahrscheinlich krank.«

»Das ist interessant. Jason war auch nicht in der Schule. War er auch krank?«

»Ich erinnere mich nicht.«

»Wo sind Sie beide hingegangen?«

»Nirgendwohin.«

Sie waren zusammen. »Hören Sie, ich werde Ihrer Mutter oder der Schule nichts erzählen. Wir sammeln nur Hintergrundinformationen für den Bericht, den wir einreichen müssen. Sie würden nicht glauben, wie viel Papierkram wir erledigen müssen. Ich will das nur von meinem Schreibtisch haben.«

Derrick sagte: »Ja, auf der Akademie sagen sie einem nicht, dass wir neunzig Prozent der Zeit nichts als Papierschieber sind. Dieser Fall wandert zu den ungelösten Fällen, also wenn Sie uns ein bisschen helfen könnten, können wir weitermachen. Wir haben einen Haufen anderer Fälle zu bearbeiten.«

»Wir haben nur zusammen abgehangen, das ist alles.«

»Sie und Jason?«

»Ja.«

»Wo haben Sie abgehangen?«

»Weiß nicht, einfach nur so in der Gegend.«

Wenn meine Mutter mich früher fragte, wohin ich ging, sagte ich einfach nur »raus« und ging. »Es wäre wirklich hilfreich, wenn Sie mir ein oder zwei Orte nennen könnten. Wissen Sie, in dem Bericht gibt es ein Feld, das wir ausfüllen müssen. Wo waren Sie beide?«

»Ich bin mir ziemlich sicher, dass wir nur bei Jason zu Hause abgehangen haben. Seine Mutter war nicht da, sie ist mit seiner Oma irgendwo hingefahren.«

»Sie waren den ganzen Tag dort?«

»Ja.«

»War Mr. Reedy da?«

»Äh, einen Teil der Zeit.«

»War Debbie bei Ihnen?«

»Nein.«

»Sie haben also den ganzen Tag bei ihm abgehangen?«

»Äh, wir sind zum Haus seiner Oma gefahren, um die Katze zu füttern.«

»Haben Sie dort drüben Party gemacht?«

Er zuckte mit den Schultern. »Nein.«

»Was haben Sie dort gemacht?«

»Nichts, nur die blöde Katze gefüttert.«

»Mögen Sie keine Katzen?«

Er stand auf. »Mr. Hitchens hat gesagt, ich kann gehen, wenn ich will, und ich will jetzt gehen.«

»Das können Sie auf jeden Fall. Danke, Joe.«

Wir stiegen in den SUV. Derrick sagte: »Der Junge hat gelogen. Erst war er krank und dann war er bei Jason.«

»Keine Frage, aber war das nur die übliche ausweichende Art von Teenagern oder etwas Finsteres?«

»Sie könnten getrunken oder Drogen genommen haben.«

»Könnten sie auf jeden Fall.«

»Wir müssen mit Jason reden.«

»Wir müssen über O'Brien gehen. Ruf ihn jetzt an, frag, ob wir uns am Montag treffen können. Wir können auch zu ihm kommen, wenn es einfacher ist.«

»Ich melde mich bei ihm.« Er nahm sein Handy in die Hand und sagte: »Du hast morgen die Hochzeit, richtig?«

»Jep. Ich erzähl dir dann, wie es war. Hast du was fürs Wochenende geplant?«

»Nichts Großes, ich muss ein paar Ausbesserungsarbeiten machen.«

»Sei vorsichtig, wenn du auf eine Leiter steigst.« Ich klang wie ein alter Mann.

»Damit komme ich klar. Oh, ich wollte dir von diesem Medikament erzählen, zu dem ich recherchiert habe. Es heißt Rapamycin. Es wird als Anti-Aging-Medikament bezeichnet.«

»Klingt nach Blödsinn.«

»Nein, so nennen sie es, aber ich habe einen Haufen darüber gelesen, und unterm Strich verlängert es das Leben, indem es dein Immunsystem stärkt und verhindert, dass dich altersbedingte Krankheiten umbringen.«

»Davon habe ich noch nie gehört.«

»Es lohnt sich, sich das mal anzusehen. Die FDA hat es als Medikament gegen Abstoßungsreaktionen bei Transplantationen zugelassen. Aber einige Ärzte haben herausgefunden, dass es dem Immunsystem wirklich geholfen hat. Sie haben es an Mäusen getestet, und es hat deren Leben um dreißig Prozent verlängert.«

»Dreißig Prozent sind enorm.« Wollten wir wirklich einen Haufen Hundertzwanzigjähriger?

»Ohne Zweifel, und es wird gerade eine groß angelegte Studie mit Hunden durchgeführt.«

»Was ist mit Menschen?«

»Einige Ärzte preisen es an und nehmen es selbst ein.«

»Was sind die Nachteile?«

»Die sind wirklich nicht schlimm, aber schau sie dir selbst an. Ich suche nach einem Weg, es zu bekommen.«

»Stell sicher, dass es nicht aus China kommt.«

KAPITEL EINUNDSECHZIG

DER RAUM WURDE STILL, ALS DER BRAUTVATER ZUR SEITE TRAT und Dr. Bilotti ans Mikrofon kam.

Er zog ein großes Schwert aus der Scheide und sagte: »Um den Toast auf ein so wunderbares Paar zu bereichern, bat Fred mich, eine Sabrage durchzuführen. Dieses Ritual geht auf die Tage von Napoleon Bonaparte zurück, als der Säbel die Waffe der Wahl für seine leichte Kavallerie war.

»Napoleons spektakuläre Siege in ganz Europa gaben ihnen reichlich Gründe zum Feiern. Und das taten sie, indem sie Champagnerflaschen mit ihren Säbeln öffneten.

»Als Weintrinker schätze ich Napoleons Ausspruch, dass er, wenn er gewann, Champagner trank, um zu feiern, und wenn er verlor, ihn trank, um sich zu trösten.«

Als das Gelächter verklang, sagte Bilotti: »Die Sabrage ist ein festlicher Akt und somit geeignet, um der wunderbaren Verbindung zu gedenken, deren Zeugen wir heute geworden sind.«

Bilotti wurde eine ungeöffnete Flasche Champagner gereicht. Er entfernte die Folie und den Drahtkorb und suchte die Naht der Flasche. Er hielt die Flasche in einem Winkel von dreißig Grad und lächelte. »Hoffen wir mal, dass das wie geplant läuft.«

Der Doktor setzte die Klinge seines Schwertes an der Flasche an und ließ sie in einer einzigen Bewegung zur Spitze gleiten, wo sie auf den Lippenring des Flaschenkopfes traf.

Der Kopf der Flasche krachte auf den Boden, während der Raum in Applaus ausbrach. Bilotti hielt die geöffnete Flasche über seinen Kopf. »Das Beste im Leben und in der Liebe für das Brautpaar.«

Ich hörte auf zu klatschen, als Bilotti sich auf den Platz neben mir setzte. »Gut gemacht, Doc.«

»Es ist immer ein bisschen heikel, das in der Öffentlichkeit zu machen.«

»Du hast es einfach aussehen lassen.«

»Ich kann dir beibringen, wie es geht.«

Mary Ann sagte: »Bitte nicht. Der kann keinen Nagel einschlagen, ohne sich auf den Finger zu hauen.«

»Hey, das ist nicht fair.«

Ein alter Mann mit kurz geschnittenem weißen Haar klopfte dem Doktor mit einer Hand voller Leberflecken auf den Rücken. Die Männer umarmten sich, und Bilotti sagte: »Frank, das ist Johnny Coburn. Er war früher in der Weinverkostungsgruppe.«

Wir gaben uns die Hand, und Bilotti sagte: »Frank ist der Detektiv, von dem ich dir erzählt habe. Er ist der beste Detektiv, mit dem ich je gearbeitet habe, und ich habe mit vielen guten gearbeitet.«

Coburn sagte: »Das will was heißen.«

»Er übertreibt.«

»Nein, das tue ich nicht. Frank kann jeden und alles finden.«

»Das könnte stimmen.« Ich zeigte auf den Tisch. »Ich sehe da ein paar Tüten. Ich wette, die enthalten Flaschen mit großartigem Wein.« Coburn stellte ein paar Fragen, bevor Mary

Ann mich wegzog. »Wir müssen tanzen; es ist unser gemeinsames Lied.«

Mein Knie schmerzte, als wir zum Ausgang gingen. Mary Ann sagte: »Das war eine wunderschöne Feier.«

»Es hat Spaß gemacht, das Essen war gut, und der Wein ... er hat dir doch geschmeckt, oder?«

»Ich hatte nur ein Glas.«

Als ich ihr die Autoschlüssel gab, kam Johnny Coburn herangeschlendert. »Darf ich Ihren Mann für einen Moment entführen?«

»Sicher.«

Wir traten beiseite, und Coburn senkte seine Stimme. »Bilotti hat mir viel über Sie erzählt.«

»Glauben Sie nicht die Hälfte davon.«

Seine Augen und Wangen waren eingefallen. »Im Ernst, er hat gesagt, man kann Ihnen vertrauen.«

Vertrauen? Wir hatten uns gerade erst kennengelernt. »Ich glaube, das stimmt.«

Er nickte leicht, hielt inne und sagte dann: »Es ist eine lange Geschichte, und ich erzähle Ihnen gerne, was ich weiß, aber ich habe Informationen über etwas, das seit langer Zeit versteckt ist.«

»Und was wäre das?«

Er sah sich nach beiden Seiten um, bevor er sagte: »Eine große Geldsumme.«

»Und wie ist sie verschwunden?«

»Sie wurde versteckt, mit Absicht.«

»Wenn das illegal ist, will ich nichts weiter hören.«

»Das ist es nicht. Zumindest genau genommen nicht laut den Anwälten, die ich zu Rate gezogen habe.«

»Und Sie erzählen mir das, warum?«

»Um herauszufinden, ob Sie Lust auf eine Schatzsuche haben.«

Mary Ann machte einen Schritt auf uns zu. »Komm schon, Frank. Wir sind die Letzten hier.«

»Ich muss los.«

»Wäre es in Ordnung, wenn ich Sie kontaktiere, um diese Angelegenheit zu besprechen?«

»Sicher.«

»Ich nehme an, Sie werden dieses Gespräch und alle zukünftigen vertraulich behandeln.«

Ich eilte zu Mary Ann hinüber. »Was wollte er?«

»Er ist ein Freund von Bilotti und hat ein Problem.«

»Lass dich nicht in die Angelegenheiten anderer Leute reinziehen.«

Ja, Mami. »Ich bin nicht sicher, worum es geht; er ist nicht ins Detail gegangen.«

KAPITEL ZWEIUNDSECHZIG

»Hey, Doc, wie geht's dir?«

»Gut, Frank. Das war eine schöne Hochzeit, nicht wahr?«

»Ja, wir hatten eine gute Zeit, und danke, dass du den Wein mitgebracht hast. Ich habe es übertrieben. Das ist jetzt zwei Tage her und ich spüre immer noch die Nachwirkungen.«

Er lachte. »Wir erholen uns nicht mehr so schnell wie früher.«

»Amen. Weißt du, der aus dem Bundesstaat Washington hat mir echt gut gefallen. Wie hieß der noch mal?«

»Force Majeure. Das ist einer der wenigen amerikanischen Weine, die ich noch kaufe.«

»Der Sassicaia war auch gut. Das war vielleicht der teuerste Wein, den ich je getrunken habe.«

»Sassicaia ist der ursprüngliche Supertoskaner und kostet heute um die dreihundert.«

»Das ist der Wahnsinn.«

»Allerdings. Ich kaufe sie nicht mehr. Ich glaube, ich habe hundert bezahlt, als ich ihn vor zehn Jahren gekauft habe.«

»Danke, dass du ihn mit uns geteilt hast.«

»Gern geschehen.«

»Hey, ich wollte dich etwas zu einem Medikament namens Rapamycin fragen. Kennst du das?«

»Das ist das neue Anti-Aging-Mittel, obwohl man sich noch nicht einig ist, ob es die Risiken wert ist oder nicht.«

»Aber es wirkt?«

»Anscheinend schon, aber die Studien am Menschen laufen gerade erst an. Alles andere sind nur Einzelberichte.«

Konnte er meine geplatzten Hoffnungen hören? »Oh.«

»Ich würde dir zum jetzigen Zeitpunkt davon abraten, es zu nehmen. Wenn es wirkt, hast du noch Zeit, von den Vorteilen zu profitieren.«

»Danke. Ich weiß den Rat zu schätzen, und nochmals danke für den Wein.«

»Jederzeit. Sag mal, was hieltst du von der Art, wie Johnny Coburn den Wein beschrieben hat?«

»Das war, als würde man den *Wine Spectator* lesen.«

»Als er jünger war, hatte er einen erstaunlichen Gaumen. Er ist ein guter Kerl.«

»Er wollte wissen, ob er mir vertrauen kann. Das fand ich seltsam.«

»Johnny ist mit den Jahren etwas geheimnisvoll geworden. Ich glaube, sein Schwager oder vielleicht war es sein Onkel, war ein DEA-Agent.«

»Wirklich?«

»Ich bin mir ziemlich sicher, dass er vor Jahren in Miami gearbeitet hat.«

»Was hat Johnny beruflich gemacht?«

»Er ist schon lange im Ruhestand. Ich glaube, er hatte ein paar Einzelhandelsgeschäfte. Warum?«

»Nur aus Neugier. Wie alt ist er?«

»Ich war vor ein paar Jahren auf seiner Feier zum Achtzigsten.«

»Das habe ich mir gedacht.«

»Tut mir leid, Frank, aber ich muss los. Mach's gut.«

Nachdem ich aufgelegt hatte, ging ich die Möglichkeit durch, dass das Geld, das Coburn erwähnt hatte, aus Bargeld stammte, das er aus seinen Einzelhandelsgeschäften abgezweigt hatte. Er hätte es vermieden, das Einkommen zu deklarieren. Das war Steuerhinterziehung und illegal.

Das war nicht ungewöhnlich, aber warum hätte er es verstecken und mir davon erzählen sollen? Hatte er vergessen, wo er es hingelegt hatte? Das schien weit hergeholt, aber Coburn war Anfang achtzig. Suchte er jemanden, dem er vertrauen konnte, um herauszufinden, wo er es versteckt hatte?

Die Eingabe von »Johnny Coburn« in das System ergab keinen Eintrag zu einer kriminellen Vergangenheit. Eine willkommene Überraschung.

Die Chance auf ein zusätzliches Einkommen war verlockend, aber mir fehlte die Zeit und die Energie, um nebenbei zu arbeiten. Die Zeit für eine Neubewertung würde nach der Lösung des Falles Holmes kommen.

Derrick sagte: »Verizon hat Reedys Telefondaten geschickt. Ich drucke sie gerade aus.« Er sprang von seinem Stuhl auf und der Drucker summte.

Er reichte mir ein Dokument. »Hier sind die Funkzellendaten.«

Es gab zwei Abschnitte: einen für den dreiundzwanzigsten Mai und den folgenden Tag. »Sieht so aus, als hätte Reedy die Gegend nie verlassen.«

»Wenn er schlau gewesen wäre, hätte er es zurückgelassen.«

»Wo ist die Karte mit der Abdeckung des Funkmastes?«

»Hier.«

»Hmm. Er könnte einen Spaziergang gemacht haben. Der nächste Funkmast ist kurz hinter Golden Gate.«

»Wenn er sein Handy nicht dabeigehabt hat, war er zu Hause oder in der Gegend spazieren.«

»Lass uns die Anrufe durchgehen, die er getätigt oder erhalten hat.«

»Das ist seltsam. Es gibt keinen Eintrag darüber, dass er eine SMS gesendet oder empfangen hat.«

Ich deutete auf den Bericht und sagte: »Er hat diese Nummer siebenmal angerufen, aber der Anruf ging nie durch. Prüf mal, wem sie gehört.«

Er gab die Nummer in ein Programm ein und sagte: »Heilige Scheiße! Die gehört seinem Sohn.«

»Die Anrufe wurden zwischen elf Uhr neununddreißig und zwölf Uhr achtzehn getätigt. Entweder war er weit nach seiner Zapfenstreichzeit unterwegs oder es war etwas im Gange.«

»Prüf die andere Nummer. Die hat er auch viermal angerufen.«

Nachdem ich sie eingegeben hatte, klickte ich auf Suchen und sagte: »Das ist ein Festnetzanschluss, der auf eine Mildred Fenster registriert ist.«

»Könnte eine Freundin sein.«

»Vielleicht. Lass mich das DMV prüfen.«

Ein Bild einer grauhaarigen Frau mit tiefen Falten erschien auf dem Bildschirm. Derrick sagte: »Das kann nicht sein. Sie ist viel zu alt.«

»Muss eine Verwandte oder Freundin sein, bei der er sich melden wollte.«

»Vielleicht dachte er, sie wüsste, wo sein Sohn war.«

Ich tippte auf meiner Tastatur und navigierte zu einer Suche in den öffentlichen Registern. Derrick fragte: »Was suchst du?«

»Genau das hier. Janet Reedy hat ihren Namen bei der Hochzeit von Janet Fenster geändert. Ich wette, das ist ihre Mutter.«

»Wahrscheinlich. Aber sie ist mit ihrer Tochter nach—«

»Reedy muss gedacht haben, sein Sohn sei bei der Großmutter.« Ich ging zurück zur DMV-Seite. »Sie wohnt in der
10981 SW Sixty-Sixth Street. Vergleiche die Funkzellendaten
der Anrufe an seinen Sohn mit der Adresse.«

Derrick blätterte durch ein paar Seiten. »Der Funkmast
versorgt das Haus der Großmutter.«

»Der Vater wusste oder vermutete, dass sein Sohn bei der
Großmutter war. Was hat er dort so spät gemacht?«

»Er wusste, dass das Haus leer war. Vielleicht hat er mit
Freunden gefeiert.«

»War Debbie Holmes dabei? Ihr Handy hat sich zuletzt vom
selben Funkmast eingewählt.«

»Könnte sein.«

»Das passt.«

»Und wie das passt. Vielleicht ist sie freiwillig dorthin
gegangen.«

»Sie hätte ihr Fahrrad nicht zurückgelassen.«

»Es war versteckt. Vielleicht dachte sie, sie würde es später
wieder holen.«

»Weit hergeholt. Es hätte nicht in Jasons Kofferraum
gepasst. Aber warum nicht nach Hause fahren, das Fahrrad
abstellen und mit dem Auto fahren?«

»Vielleicht hätten ihre Eltern sie nicht gehen lassen. Es war
ein Abend unter der Woche.«

»Guter Punkt. Sie hat sich an ihren Eltern vorbeigeschli-
chen, genau wie Jason, und ist am Ende tot.«

»Sie könnte im Haus der Großmutter ermordet worden
sein.«

Spekulationen waren die Währung eines Mord-Ermittlers.
Die Frage war nur, ob sie gut angelegt waren.

KAPITEL DREIUNDSECHZIG

DERRICK STAND AUF. »WIR MÜSSEN REEDY WEGEN DIESER Anrufe befragen.«

»Das werden wir, aber er ist gerissen. Es ist besser, wenn wir mit ein paar Nachbarn der Großmutter reden. Hoffentlich bekommen wir ein paar Infos, und wenn Reedy anfängt, uns Mist zu erzählen, können wir ihn in die Enge treiben.«

»Du hast recht. Das könnte uns Zeit sparen. Ich fahre sofort los.«

Er sagte es nie, aber seine Art verriet, dass er den Job in Charlotte abgelehnt hatte. »Wir gehen zusammen.«

Als wir in die SW Sixty-Sixth Street einbogen, fuhren wir an der Center Point Community Church vorbei. Derrick sagte: »Wie alt ist diese Frau Fenster?«

»Zweiundachtzig.«

»Was macht sie denn hier draußen? Die Häuser stehen zu weit auseinander. Wenn sie etwas braucht, hat sie ein Problem.«

Das war eine gute Frage. »Vielleicht wohnt sie schon lange hier draußen. Es ist nicht leicht, jemanden zu überreden, aus einem Haus auszuziehen.«

»Wem sagst du das! Ich habe meinen Eltern gesagt, sie sollen sich verkleinern, aber sie werden ihr Haus nie verkaufen.«

»Solange sie dazu in der Lage sind, ist es besser, wenn sie die Entscheidung selbst treffen.«

»Stimmt. Sonst würden sie mir die Schuld geben.«

»Mach langsamer.« Ich zeigte nach vorne. »Das Gelbe da ist das Haus der Fenster.«

»Ich bezweifle, dass jemand etwas gesehen hat. Hier draußen gibt es keine Straßenlaternen.«

»Wahrscheinlich, aber wir sind nun mal hier. Klingeln wir an ein paar Türen. Ich übernehme die beiden auf jeder Seite, und du kannst die beiden gegenüber nehmen.«

Als ich vom ersten Haus wegging, zeigte ich Derrick den Daumen nach unten. Ich ging quer über das, was als Rasen durchging, und steuerte auf ein einstöckiges, blaues Haus mit Metalldach zu.

Drei Meter vor der Haustür begannen zwei Hunde zu bellen, als hätte ich eingebrochen.

Ein elfenhafter Mann mit Pferdeschwanz öffnete auf mein Klingeln. Ich zeigte ihm meine Marke, während er die Hunde verscheuchte. »Macy! Garmin! Aus!«

»Tut mir leid. Sobald sie einen kennen, kann man sie nicht mehr davon abhalten, einen abzuschlecken.«

»Sie sehen aus wie Zwillinge.«

»Brüder. Ich hab sie seit dem Wurf.«

»Sie sind süß.«

»Wir sind ein Herz und eine Seele. Wie kann ich Ihnen helfen?«

»Ich würde gerne wissen, ob Sie am Haus der Fenster etwas gesehen haben.«

»Ist Mildred etwas passiert?«

»Nein, es geht ihr gut. Aber vor ein paar Wochen war sie verreist, und wir interessieren uns für jegliche Aktivitäten am

Haus während dieser Zeit. Die fraglichen Tage sind Montag und Dienstag, der dreiundzwanzigste und vierundzwanzigste Mai.«

»War es ein Einbruch?«

»Nein. Erinnern Sie sich, etwas gesehen zu haben?«

»Wissen Sie, das habe ich tatsächlich. Ich war mit den Jungs, meinen Hunden, Gassi, und es war kurz vor Mitternacht; wir gehen jede Nacht um diese Zeit raus.«

Noch ein Grund, keinen Hund zu haben. »Was haben Sie gesehen?«

»Nun, in der Einfahrt stand ein Auto, das nicht da war, als wir gegen fünf Uhr draußen waren. Wir sind am Haus vorbeigegangen, aber ich dachte nur, sie hätte Besuch; ihre Familie wohnt in der Stadt.«

»Was für ein Auto?«

»Es war weiß, mehr weiß ich nicht.«

Reedy fuhr einen weißen Honda.

»Brannten im Haus Lichter?«

»Ein paar. Aber als wir umkehrten – wir gingen runter bis zum Kanal –, kam ein anderes Auto an und bog in die Einfahrt ein. Ein junger Kerl stieg aus, und als wir am Haus ankamen, stieg er schon wieder in sein Auto und fuhr weg.«

»Glauben Sie, es war ein Lieferservice?«

»Vielleicht. Er hatte eine Tüte, als er wieder ins Auto stieg.«

»Hatte er etwas dabei, als er ankam?«

»Kann ich nicht sagen. Die Jungs und ich waren zu weit weg.«

»Wie lange, schätzen Sie, war er am Haus?«

»Fünf, zehn Minuten?«

»Haben Sie eine junge Frau um die siebzehn gesehen?«

»Nein.«

»Und Sie sind sich bei der Uhrzeit sicher?«

»Ja, ja. Die Jungs haben ihre Routine. Wenn ich nicht pünktlich mit ihnen rausgehe, werden sie unruhig.«

»Danke. Kann ich Ihre Nummer haben, falls ich noch eine Frage habe?«

Zurück im Auto sagte Derrick: »Eine totale Niete. Wie lief es bei dir?«

Ich informierte ihn. Er sagte: »Sieht so aus, als wäre Jason hier gewesen. Der andere Typ könnte eine Lieferung gemacht haben.«

Er fuhr vom Bordstein weg, als ein Lastwagen in die Straße einbog. Ich sagte: »Wir müssen davon ausgehen, dass Jason Reedy hier war. Es gibt keine andere Erklärung dafür, dass der Vater im Haus angerufen hat.«

»Einverstanden.«

Der Lastwagen ratterte vorbei. Ich sagte: »Dreh um.«

»Was?«

»Das ist ein Gärtner. Vielleicht hat er am nächsten Tag etwas gesehen; heute ist Dienstag.«

»Tagsüber?«

»Man weiß ja nie.«

Der Lastwagen von Paradise Landscaping hielt vor einem Haus, bei dem Derrick gewesen war. Wir parkten dahinter und stiegen aus, als ein Mann mit einem Rasenmäher eine Rampe herunterfuhr. Ein anderer Mann zog am Seil eines Rasentrimmers.

»Entschuldigung! Dürfen wir kurz mit Ihnen reden?«

Der Mann auf dem Mäher schaltete ihn aus. »Was gibt's?«

»Mähen Sie diesen Rasen jeden Dienstag?«

»Ja, wieso? Haben wir was gemacht?«

»Nein, nein. Haben Sie vor ein paar Dienstagen, am vierundzwanzigsten Mai, etwas bei dem Haus da gesehen?« Ich zeigte auf Fensters Haus.

»Ich glaube, da wohnt eine alte Dame, richtig?«

»Ja. Erinnern Sie sich, etwas gesehen zu haben?«

Er fing an, mit dem anderen Mann auf Spanisch zu reden, dann sagte er: »Das war vor etwa sechs Wochen?«

»Ja.«

»Wir sind uns nicht sicher, aber wir glauben, das könnte der Tag gewesen sein, an dem ein Boot auf einem Anhänger da war.«

»Sie haben ein Boot gesehen, das von einem Auto gezogen wurde?«

»Ja.«

»Was für ein Auto?«

»Oh, das weiß ich nicht. Ich glaube, es war ein weißes, ein Import.«

»Sind Sie sicher?«

Er sprach wieder Spanisch, bevor er sagte: »Luis meint, es war silbern, vielleicht ein Ford.«

Na toll, die Augenzeugen. »Okay. Aber das Boot, da sind Sie sich beide sicher, dass Sie es in der Einfahrt von dem Haus gesehen haben?«

»Ja, das haben wir doch gesagt. Es stand rückwärts vor der Garage.«

»Um wie viel Uhr war das?«

»Ungefähr jetzt; wir kommen immer zur selben Zeit.«

Es war kurz vor vier Uhr nachmittags. »Danke.«

Wir stiegen wieder ins Auto. »Es sieht so aus, als wären Reedy oder sein Sohn am nächsten Tag zum Haus zurück-gekommen.«

»Vielleicht war der alte Herr beim Angeln und hat auf dem Rückweg vorbeigeschaut, um nach seinem Sohn zu sehen.«

»Das kaufe ich ihm nicht ab. Er wäre als Erstes am Morgen gekommen, wenn der Junge nicht nach Hause gekommen wäre.«

»Vielleicht war er das und ist dann wiedergekommen.«

»Könnte sein, aber ich wette, das ist nicht der Fall.«

KAPITEL VIERUNDSECHZIG

Iᴄʜ ʀᴀɴɴᴛᴇ ᴅɪᴇ Tʀᴇᴘᴘᴇ ʜɪɴᴜɴᴛᴇʀ, ɴᴀʜᴍ ɪᴍᴍᴇʀ ᴢᴡᴇɪ Sᴛᴜꜰᴇɴ auf einmal, kam auf unserer Etage an und trabte ins Büro. »Wir haben genug für einen Durchsuchungsbefehl für das Haus der Großmutter.«

»Ich dachte, sie würden den abschmettern.«

»Dieser Fall übt eine Menge Druck aus. Ich dachte, unsere Beweise wären zu dünn, aber sie geben grünes Licht dafür.«

»Was sagt der Sheriff?«

»Er hat es mit Wilner besprochen. Unter anderem meinte er, dass wir genug hätten, weil der Freund einer der letzten, wenn nicht sogar *der* letzte war, der sie gesehen hat, und weil ihr Handy zuletzt in der Gegend des Hauses geortet wurde.«

»Ein Richter, der kooperativ ist. Wer hätte das gedacht?«

»Das ist schön.«

»Ich glaube, der Vater und der Junge stecken da gemeinsam drin. Warum sonst sollte er ihn alle paar Minuten anrufen?«

Derricks Kind war zu jung, als dass es hätte verstehen können, dass Eltern keine Ruhe finden, wenn ihr Kind das Haus verlässt, besonders wenn man es nicht erreichen kann.

»Vielleicht, aber es ist auch möglich, dass er sich einfach nur Sorgen gemacht hat, wo sein Sohn steckt.«

»Warum hat er dann wegen Lopez und Holmes' Knie gelogen?«

»Er und der Sohn stehen ganz oben auf der Liste. Polieren wir diesen Antrag auf und lassen ihn abzeichnen.«

Mein Telefon klingelte. Es war Mary Ann. »Hi, ich dachte, ich frage mal, wie es dir geht.«

Sie war gelangweilt. »Mir geht's gut. Wir holen uns gerade einen Durchsuchungsbefehl für ein Haus, von dem wir glauben, dass es mit dem Fall Holmes in Verbindung steht.«

»Klingt aufregend.«

Sie musste den ganzen Papierkram vergessen haben, den sie im Dienst ausfüllen musste. »Wir werden sehen. Was machst du so?«

»Nichts.«

»Hast du deine Bahnen gezogen?«

»Ja.«

»Weißt du, ich habe mir überlegt, vielleicht sollten wir einen Ausflug nach Savannah machen. Du hast immer gesagt, dass du da mal hinwolltest.«

»Das wäre toll, aber wann?«

»Sobald dieser Fall abgeschlossen ist.«

»Oh.«

»Aber warum recherchierst du nicht ein bisschen, suchst ein Hotel und Dinge, die wir an einem langen Wochenende machen können?«

»Willst du direkt in der Stadt bleiben?«

»Wo immer du willst.«

»Das hätte ich aufnehmen sollen.«

Ich lachte. »Ich würde es abstreiten, besonders wenn es teuer ist. Wir sehen uns später.«

Als ich mein Handy wegsteckte, bemerkte ich eine Nachricht. Sie war von Johnny Coburn. Er wollte sich treffen. Ich löschte sie.

GLEICH NACH DER ÜBERBRINGUNG EINER TODESNACHRICHT WAR es am unangenehmsten, eine unschuldige Person in einen Fall hineinzuziehen, von dem sie absolut keine Ahnung hatte.

»Alle halten sich zurück. Das ist eine ältere Dame, eine unschuldige Unbeteiligte.«

»Sagen Sie uns, wann wir übernehmen sollen.«

»Wird gemacht, und seien Sie bitte behutsam. Machen Sie Ihren Job, aber ich will nicht, dass dieses Haus auf den Kopf gestellt wird. Ist das klar?«

»Kein Problem, Luca.«

Das Hemd klebte mir am Rücken, als ich klingelte und von der Tür zurücktrat. Gerade als ich erneut klingeln wollte, öffnete sich die Tür. Mildred Fenster hatte ein freundliches Lächeln und eine aufrechte Haltung. »Hallo. Kann ich Ihnen helfen, junger Mann?«

Junger Mann? Es war unmöglich, sie nicht zu mögen. »Entschuldigen Sie die Störung, Ma'am, aber wir sind vom Büro des Sheriffs.«

»Vom Büro des Sheriffs?«

Ich hielt den Durchsuchungsbefehl hoch. »Ja, wir müssen Ihr Haus durchsuchen.«

»Warum um alles in der Welt sollten Sie das tun?«

»Eine Richterin glaubt, dass sich in Ihrem Haus Beweismittel befinden könnten.«

»Beweismittel? Wofür? Sie müssen die falsche Adresse haben. Ich wohne hier seit fast zweiunddreißig Jahren.«

»Es tut mir leid, Ma'am. Das ist das richtige Haus. Wir müssen Sie bitten, nach draußen zu gehen. Es ist warm; Sie können vielleicht in einem unserer Wagen warten.«

»Ich verstehe nicht, was hier vor sich geht. Darf ich meine Tochter anrufen?«

»Ja, aber das müssen Sie draußen tun.«

Derrick sagte: »Kommen Sie mit mir, Mrs. Fenster. Mein Wagen ist bequem. Sie können dort warten und Ihre Anrufe erledigen.«

Ich winkte dem Durchsuchungsteam, und die Fünf kamen näher. »Suchen Sie alles, was Sie finden können, aber seien Sie behutsam.«

Es war immer unangenehm, das Haus eines Fremden zu betreten, doch in Fensters Schlafzimmer zu gehen, tat richtig weh. Es war eine Zeitreise in die Siebziger. Ich überlegte, ob ich die Schubladen ihres braunen Nachttisches öffnen sollte, wusste aber, dass sie nichts versteckte.

Als Kompromiss zog ich die oberste Schublade heraus und schloss sie wieder. Wäre da etwas gewesen, wäre das die größte Überraschung meiner Karriere gewesen.

Ich schloss die Schlafzimmertür hinter mir und ging ins Wohnzimmer. Ein Kriminaltechniker kniete auf dem Boden und sammelte Fasern und Haare vom Teppich, während ein anderer die Couch untersuchte.

Derrick kam aus der Garage ins Haus. Er winkte mich zu sich. »Hierher. Sie glauben, dass in der Garage Blut ist.«

Zwei Techniker knieten hinten an Fensters Auto. »Was habt ihr?«

»Wir haben Luminol gesprüht, und dieser Bereich hat aufgeleuchtet.«

Es war ein leberförmiger Fleck. »Er ist braun. Muss alt sein.«

»Könnte sein, aber er wurde geschrubbt, und Reinigungsmittel würden ihn verfärben.«

»Wir brauchen eine Probe für eine DNA-Analyse. Könnt ihr das machen?«

»Es ist knifflig, aber das haben wir schon gemacht.«

»Wie macht ihr das?«

»Der beste Weg ist, ein Stück Beton herauszuschneiden.«

»Was könnt ihr sonst noch tun?«

»Wir können ein Klebeband verwenden, und zusätzlich kratzen wir etwas von dem Material ab.«

»Wird das Ergebnis genau sein?«

»Ja.«

»Dann macht mal.«

Ich wandte mich an Derrick. »Hast du den Rest der Garage durchsucht?«

»Ja, nichts als ein Haufen schimmliges Zeug. Die Hälfte des Gerümpels hier sollte weggeworfen werden.«

»Du kennst doch die Leute und ihren ›Kram‹.«

»Sie hat mehr Werkzeug als ich.«

»Wahrscheinlich hat sie es behalten, als ihr Mann gestorben ist.«

»Welchen sentimentalen Wert hat denn eine Bohrmaschine?«

Da hatte er recht. »Mary Ann sucht was zu tun. Vielleicht kann sie ihr helfen, einiges von dem Zeug bei eBay zu verkaufen.«

»Wer sollte das denn wollen?«

»Du wärst überrascht, was Leute alles kaufen.«

»Mary Ann brennt darauf, wieder zu arbeiten?«

»Sie weiß, dass es nicht gut für sie ist. Sie muss etwas finden, das sie beschäftigt. Lass uns mit Fenster über das Blut sprechen. Sie ist eine nette Dame, also sei sanft. Ich will sie nicht noch mehr aufregen, als sie es ohnehin schon ist.«

»Sie tut mir leid, besonders wenn sich herausstellt, dass ihr Schwiegersohn oder Enkel in den Mord an Holmes verwickelt war.«

KAPITEL FÜNFUNDSECHZIG

DERRICK KAM ZURÜCK INS BÜRO. »DER NACHBAR MIT DEN Hunden sagte, er glaubt, der Typ, den er ins Auto steigen sah, war Joe Centro.«

»Wir wussten, dass Centro log, aber worüber?«

»Der Nachbar blieb bei seiner Geschichte; er glaubte nicht, dass Centro ins Haus gegangen war.«

»Warum war er dann dort?«

»Jason Reedy war dort. Vielleicht hat sein Vater Centro angerufen und ihn gebeten, nach seinem Sohn zu sehen.«

»Es gab keine Anrufe vom Telefon des Vaters an Centro.«

»Ja. Dann hat Jason Centro angerufen.«

»Wozu, wenn er nicht ins Haus gegangen ist? Hat Jason seine Meinung geändert?«

»Centro könnte gewusst haben, dass er dort war, und sich Sorgen gemacht haben, was mit Holmes los war.«

»Ich rufe im Labor an. Die sollten uns sagen können, ob eines der gesammelten Haare mit denen von Holmes übereinstimmt. Auf die DNA können wir warten, aber die Farbe sollte ein guter Anhaltspunkt sein. Ich kann mir nicht vorstellen, dass Fenster haufenweise Besuch bekommt.«

»Fragen Sie sie nach dem Blut.«

»Eine DNA-Analyse dauert ihre Zeit.«

»Kann Remin da nicht Druck machen?«

»Habe ich gefragt, aber Sie wissen ja, was man übers Vordrängeln sagt.«

»Glauben Sie der alten Dame, dass sie nichts von dem Blut wusste?«

»Ja. Fenster ist in ihren Achtzigern. Wenn sie in die Garage fährt, konzentriert sie sich darauf, nirgendwo gegenzufahren. Dann geht sie ins Haus. Sie wird nicht in der Garage herumwerkeln.«

»Was ist, wenn sie ihre Einkäufe aus dem Kofferraum holt? Es war nicht schlimm, aber mir wäre es aufgefallen.«

Ich griff nach dem klingelnden Telefon auf meinem Schreibtisch. »Hören Sie, wenn sie an einer Vertuschung beteiligt ist, oder Schlimmerem, dann gebe ich meine Marke ab.«

»Detective Luca, Mordkommission.«

»Oh, hallo.«

»Okay.«

»Ja, ich verstehe. Auf Wiederhören, Herr Anwalt.«

Ich legte auf und sagte: »Das war O'Brien. Seine Kanzlei vertritt Jason Reedy und Fenster.«

»Fenster? Warum sollte sie einen Anwalt brauchen, wenn sie nicht verwickelt ist?«

Guter Punkt. »Vielleicht versuchen sie nur, den Zugang zu beschränken; sie wollen nicht, dass sie etwas sagt, das den Reedys schadet.«

»Willkommen in Amerika, wo jeder sein Sprachrohr hat.«

»Da ist was Wahres dran.« Ich nahm den Hörer ab. »Ich rufe im Labor an.«

»Serge, hier ist Luca.«

»Hi, Frank. Ich wollte dich gerade anrufen. Wir haben die Blutergebnisse.«

»Und?«

»Es ist nicht menschlich.«

»Was meinst du damit?«

»Es ist Tierblut. Möglicherweise von einem Nagetier oder einem Opossum.«

»Bist du dir da sicher?«

»Ja. Die Zelltypverhältnisse sind nicht menschlich.«

»Verdammt.«

»Tut mir leid, aber es gibt eine gute Nachricht.«

»Was? Sag schon.«

»Vier der im Anwesen Fensters gesammelten Haare stimmen im Wesentlichen mit der bekannten Probe überein.«

»Sie stimmen mit denen von Debbie Holmes überein?«

»Ja.«

»Du hast ›im Wesentlichen‹ gesagt. Was bedeutet das?«

»Das fragliche Haar weist die gleichen mikroskopischen Merkmale auf wie die Haarprobe von Holmes. Es ist konsistent mit einem Ursprung aus derselben Quelle.«

»Also sind es Debbie Holmes' Haare?«

»Wir glauben schon.«

»Macht ihr einen DNA-Test damit?«

»Nein.«

»Warum nicht?«

»An den sichergestellten Haaren waren keine Follikel. Sie sind auf natürliche Weise ausgefallen.«

»Danke, Serge.«

Derrick stand vor meinem Schreibtisch. »Es sind Holmes' Haare?«

»Jep.«

»Sie war im Haus. Was ist mit dem Blut?«

»Das ist von einem Tier.«

»Mann, ich dachte schon ...«

»Wir müssen Jason Reedy vorladen.«

Derrick nahm den Hörer. »Ich rufe O'Brien an.«

»Warten Sie.«

»Warum?«

»Ich überlege gerade, ob wir vielleicht zuerst mit Centro reden sollten. Mal sehen, was er sagt.«

»Wirklich?«

»Wir haben nichts zu verlieren und bekommen vielleicht etwas, das wir bei Reedy verwenden können.«

»Wollen Sie das hier machen?«

»Nein. Wir wollen ihn zu diesem Zeitpunkt nicht alarmieren. Er würde sich einen Anwalt nehmen.«

Man führte uns in denselben Konferenzraum, in dem wir schon gewesen waren. Fünf Minuten später trat Joey Centro ein. Er war wieder ganz in Schwarz gekleidet, und ich musste an den Film *Und täglich grüßt das Murmeltier* denken.

Die Augen wieder auf den Tisch gerichtet, verlagerte er sein Gewicht, als ich sagte: »Wir haben noch ein paar Fragen.«

»Ich habe nichts getan.«

»Wir haben nicht gesagt, dass Sie das getan haben. Wir interessieren uns für Ihren Freund Jason Reedy. Setzen Sie sich.«

Er scharrte einen Stuhl zurück und ließ sich darauf fallen. »Erinnern Sie sich an unser kleines Gespräch vor ein paar Tagen?«

Er nickte.

»Nun, es scheint, als hätten Sie uns nicht die Wahrheit gesagt.«

Er wand sich wie ein Fünfjähriger. »Ich habe Ihnen alles gesagt, alles, woran ich mich erinnert habe.«

Ah, die Absicherung kam früh. »Da Sie Zeit zum Nachdenken hatten, können wir das jetzt klarstellen.«

Derrick sagte: »Einen Polizeibeamten anzulügen, nennt

man Behinderung der Justiz, und dafür könnten Sie ins Gefängnis kommen.«

Die Schultern des Jungen sackten in sich zusammen.

Er rutschte weiter auf dem Stuhl nach unten, als ich fort-fuhr: »Er hat recht. Sie wollen nicht mit dem Gesetz in Konflikt geraten; das werden Sie Ihr ganzes Leben lang nicht mehr los. Nun, in der Nacht, in der Debbie Holmes als vermisst gemeldet wurde, am dreiundzwanzigsten Mai, um genau zu sein – was haben Sie da gemacht?«

»Nichts. Ich war zu Hause.«

»Haben Sie nicht gerade gehört, wie Detective Dickson sagte, dass Lügen eine Straftat ist, die Sie ins Gefängnis bringen kann? Wohin sind Sie an diesem Abend gegangen?«

»Ich glaube nirgendwohin.«

»Ich helfe Ihnen mal auf die Sprünge: Wir wissen, dass Sie zum Haus von Jason Reedys Großmutter gegangen sind.«

Seine Augen weiteten sich. »Oh ja, das hatte ich vergessen.«

»Warum sind Sie dorthin gegangen?«

»Jason hat mich angerufen und mich gebeten, zu kommen.«

»Es war spät.«

Er zuckte mit den Schultern.

»Was haben Sie dort gemacht?«

»Nichts. Wir haben nur abgehangen.«

»Debbie Holmes war dort, nicht wahr?«

»Äh, ich weiß nicht. Ich habe sie nicht gesehen.«

Wir wussten, dass er nicht ins Haus gegangen war. »Sie haben abgehangen und Debbie nicht gesehen?«

»Nein.«

»Wie lange waren Sie dort?«

»Nicht lange.«

»Fünf Minuten? Eine Stunde?«

»Es war nur, also, ich hab nur kurz vorbeigeschaut, wissen Sie?«

»Wir haben einen Zeugen, der Sie dort gesehen hat.«

Alle Farbe wich aus seinem Gesicht.

»Was hatten Sie dabei?«

»Nichts.«

»Sie hatten eine Tasche.«

»Äh, meinen Rucksack.«

»Was war drin?«

»Nichts.«

»Warum hatten Sie ihn dann dabei?«

»Ich, äh, ich hatte Bier drin.«

»Warum haben Sie es nicht mit Jason getrunken?«

»Er sagte, er müsse los, also bin ich gegangen.«

»Und Sie haben Debbie Holmes nie gesehen, als Sie dort waren?«

»Nein.«

»Haben Sie ihre Stimme gehört?«

Er schüttelte den Kopf.

»Sind Sie sicher?«

Er nickte.

»In Ordnung, danke für Ihre Kooperation. Gehen Sie zurück in den Unterricht.«

Derrick sagte: »Ich bin überrascht, dass Sie es so früh beendet haben.«

»Ich habe eine Idee, die funktionieren könnte.«

KAPITEL SECHSUNDSECHZIG

Mary Ann legte eine Kapsel in die Kaffeemaschine. »Machst du heute Mittagspause?«

»Ich weiß nicht. Es wird ziemlich hektisch werden.«

»Nimm einen Joghurt mit.«

Das war kein Mittagessen. Gab es überhaupt Joghurt, als ich aufwuchs? »Vielleicht.«

»Was steht bei dir heute an?«

»Wir holen Jason Reedy und seinen Freund zur gleichen Zeit rein. Wir werden sie trennen und sehen, wohin uns die Risse in ihren Geschichten führen.«

»Weißt du noch, dass wir das schon mal gemacht haben? Mit den Freeport-Brüdern, erinnerst du dich?«

»Das war, als wir frisch als Partner eingeteilt wurden.«

»Und du hast mir rein gar nichts zugetraut.«

»Das stimmt nicht.«

Mary Ann zog die Augenbrauen hoch. »Wirklich?«

Sie hatte recht. »Ich musste dich ja auf Trab halten.«

Ich roch ihren Kaffeeatem, als sie näher an mich herantrat. »Ich habe eine Weile gebraucht, um dich weichzukochen. Diese Version von dir gefällt mir besser.«

Ich küsste sie auf die Wange. »Dann bin ich wohl gut gealtert. Was hast du heute vor?«

»Ich gehe mit Brittany Mittag essen, und ich werde bei den Hundeentführern weiter herumschnüffeln. Ich habe da so eine Ahnung.«

»Was denn?«

»Ich sag dir Bescheid, wenn es vielversprechend ist.«

»Dir fehlt der Job, nicht wahr?«

»Manche Teile davon. Mensch, es wäre schön, das nur an zwei Tagen pro Woche zu machen.«

»Vielleicht können wir die Privatdetektei wieder aufmachen, wenn ich den Job an den Nagel hänge.«

———

DERRICK SCHAUTE ÜBER SEINEN MONITOR UND SAGTE: »Morgen, Frank.«

»Morgen. Das wird ein guter Tag.«

»Wäre besser gewesen, wenn Chris Reedy auch in einem Raum säße.«

»O'Brien ist zu clever, um das zuzulassen. Wenn wir weiter Druck machen, finden wir heraus, worin seine Beteiligung bestand.«

»Sieht so aus, als käme Centro mit seiner Mutter. Ich glaube, der Junge hat nichts damit zu tun.«

»Er hat wiederholt gelogen ...«

»Er schützt einen Freund.«

»Ich bezweifle, dass er das nur aus Loyalität tut.«

»Da hast du wahrscheinlich recht.«

»Verbrechen mal beiseite, es wäre schön, wenn die Leute ab und zu füreinander einstehen würden.«

»Träum weiter.«

Während ich auf den Bildschirm der Videoüberwachung blickte, fragte ich mich, ob die Familie Centro farbenblind war.

Seine Mutter hatte einen schwarzen Stock und trug ein langes, schwarzes Kleid. Ihr Sohn trug Jeans und ein Hemd, beides schwarz.

Derrick sagte: »Wenn sie eine graue Strähne hätte, könnte sie Morticia aus der *Addams Family* sein.«

»Vielleicht ein Grufti?« Ich klopfte an und öffnete die Tür. »Brauchen Sie irgendetwas? Ein Wasser?«

»Nein, danke.«

»Entschuldigen Sie bitte die Verzögerung. Wir sind gleich bei Ihnen.«

Wir gingen um die Ecke zu Raum 5. O'Brien und Jason Reedy unterhielten sich freundschaftlich. Der Reedy-Junge lächelte, als säße er mit einem Kumpel in einer Pizzeria. Wir glaubten nicht, dass Reedy und Centro miteinander gesprochen hatten, bevor sie hergekommen waren.

Ich sagte: »Auf geht's.«

»Wirst du etwa weich?«

»Wovon redest du?«

»Du hast nicht an der Raumtemperatur herumgespielt.«

»Ach, O'Brien ist in Ordnung, und es ist nicht richtig, es der Mutter unbequem zu machen. Sie hat einen Stock ...«

Er lächelte. »Ja, genau.« Er klopfte an die Tür und riss sie auf.

Derrick wies sie darauf hin, dass die Befragung aufgezeichnet wurde, und nannte die Anwesenden sowie die Uhrzeit.

O'Brien sagte: »Wir möchten gerne kooperieren und die Beteiligung meines Mandanten an der Angelegenheit abschließen.«

Ich sagte: »Dann legen wir mal los. Jason. Darf ich Sie Jason nennen, um jegliche Verwechslung mit Ihrem Vater im Protokoll zu vermeiden?«

»So heiße ich.«

Während ich mich daran erinnerte, was mein Vater immer

gesagt hatte, nämlich jemandem das Grinsen aus dem Gesicht zu wischen, sagte Derrick: »Wir würden gerne mit der Nacht des dreiundzwanzigsten Mai dieses Jahres beginnen, dem Tag, an dem Deborah Holmes zuletzt lebend gesehen wurde.«

Ich sagte: »Was haben Sie in dieser Nacht getan?«

»Nichts Besonderes. Ich war zu Hause, wenn ich mich recht erinnere.«

»Den ganzen Abend?«

»Ja.«

»Warum hat Ihr Vater Sie dann ständig auf dem Handy angerufen?«

»Woher soll ich das wissen? Wenn ich geantwortet hätte, wäre das reine Spekulation.«

Nahm dieser Junge Jurakurse? »Er hat Sie gesucht. Das war doch der Grund, oder?«

»Vielleicht.«

»Warum sollte er das tun, wenn Sie zu Hause waren?«

»Auch das kann ich nicht beantworten.«

»Sie waren im Haus Ihrer Großmutter. Nicht wahr?«

O'Brien erkannte, dass wir es wussten, und flüsterte Jason etwas ins Ohr. Der Junge sagte: »Das hatte ich total vergessen. Meine Oma war mit meiner Mom verreist, und ihre Katze, Felix, musste gefüttert werden.«

»Mit wem sind Sie zum Haus Ihrer Großmutter gegangen?«

»Ich bin allein gegangen.«

»Ihre Freundin, Deborah Holmes, war nicht bei Ihnen?«

»Nein.«

»Das ist interessant, denn bei der Durchsuchung ihres Hauses haben wir vier ihrer Haare sichergestellt.«

O'Brien sagte: »Mein Mandant und die Verstorbene waren über ein Jahr lang ein Paar. Sie war bei zahlreichen Gelegenheiten im Haus der Großmutter. Die Haare könnten jederzeit im Laufe ihrer gemeinsamen Zeit ausgefallen sein.«

»Wir haben einen Zeugen, der sagt, sie war da.«

Jason beugte sich vor. »Wer hat das gesagt?«

»Ihr Freund Joseph Centro. Er hat gesagt, Sie haben ihn angerufen, damit er rüberkommt.«

Ein Anflug von Wut huschte über sein Gesicht. »Ich habe ihn nie angerufen, aber Debbie war da.«

»Warum haben Sie es verheimlicht?«

»Aus mehreren Gründen: Erstens wären ihre Eltern wütend geworden, wenn sie gewusst hätten, dass sie gegen den Willen ihrer Eltern rausgegangen war, und nach dem, was passiert ist, hätte es mich als Verdächtigen dastehen lassen.«

»Sie sagten ›nach dem, was passiert ist‹. Erzählen Sie uns, was passiert ist.«

»Nichts. Wir haben rumgemacht, und, äh, sie wollte nach Hause gehen und ist dann gegangen.«

»Warum haben Sie sie nicht nach Hause gefahren?«

»Ich hatte getrunken, wahrscheinlich sechs Bier. So schmerzhaft der Gedanke auch ist, dass die Dinge anders gelaufen wären, wenn ich sie nach Hause gebracht hätte, war ich nicht fahrtüchtig.«

»Sie haben sie nach Hause laufen lassen?«

»Mir ist klar, dass es nach dem, was passiert ist, verrückt klingt, aber die Nachbarschaft ist sicher. Oder war es zumindest.«

»Warum haben Sie nicht Ihren Freund gebeten, sie nach Hause zu fahren?«

»Sie wollte nicht gehen, als er vorbeikam.«

»Sie haben ihn angerufen, damit er rüberkommt, und trotzdem ist er nach einem kurzen Besuch wieder gegangen?«

»Ich habe ihn nicht angerufen. Er wusste, dass ich dort war, und ist rübergekommen. Ich hatte getrunken, und kurz bevor er ankam, hat Deb angefangen, sich an mich ranzumachen, und wir haben angefangen, rumzumachen. Dann kam Joey. Ich habe ihm erzählt, was los war, und er ist gegangen.«

»Wie schnell danach ist Debbie gegangen?«

»Kurz danach. Joey hat die Stimmung kaputtgemacht, und, äh, sie wollte gehen.«

»Was glauben Sie, ist passiert?«

»Ich bin keiner, der spekuliert, aber es ist möglich – und ich hasse es, das zu sagen –, dass Joey sie gesehen und sich geschnappt hat. Er war schon immer in sie verknallt und hat Debbie mehrmals unerwünschte Annäherungsversuche unternommen.«

»Sie denken, Ihr Freund hatte etwas mit ihrem Tod zu tun?«

»Es ist durchaus möglich. Was hätte sonst passieren können?«

»Anstatt Sie wiederkommen zu lassen, können Sie hier fünfzehn, zwanzig Minuten warten?«

Jason verdrehte die Augen, aber ich wusste, dass O'Brien sich bei sechshundert die Stunde nicht beschweren würde. »Das ist in Ordnung. Lassen Sie einfach jemanden Wasser bringen.«

KAPITEL SIEBENUNDSECHZIG

Ich kam mit zwei Wasserflaschen ins Zimmer und sagte: »Entschuldigen Sie, dass wir Sie haben warten lassen.«

Ich reichte Ms. Centro und ihrem Sohn je eine Flasche Wasser. Ms. Centro zuckte zusammen und rutschte auf ihrem Stuhl hin und her. »Haben Sie einen bequemeren Stuhl? Ich habe eine Spinalstenose.«

»Tut mir leid, Ma'am. Haben wir nicht, aber wenn das Stehen für Sie bequemer ist ...«

Sie schüttelte den Kopf und rutschte auf die vordere Kante ihres Stuhls, während Derrick das Aufnahmegerät einschaltete und die Formalitäten herunterbetete.

Ich sagte: »Mr. Centro, wir werden sehr direkt sein, und ich rate Ihnen dringend, das Gleiche zu tun. Ihr Freund Jason Reedy und sein Anwalt sind in einem anderen Raum den Flur hinunter.«

Ms. Centro sagte: »Oh mein Gott. Hat Jason dieses arme Mädchen umgebracht?«

»Wir führen eine Ermittlung durch, und Ihr Sohn hat möglicherweise Informationen, die die Rolle verschiedener Personen klären könnten.«

»Joey, hilf der Polizei. Das ist deine Pflicht.«

Derrick sagte: »Diesmal wird nicht um den heißen Brei herumgeredet. Wenn Sie bei diesem Verbrechen eine Rolle gespielt haben, sagen Sie es uns jetzt. Wenn Sie kooperieren, werden wir unser Bestes tun, um Ihnen zu helfen.«

»Detective Dickson hat recht. Was passiert ist, ist passiert. Wir können die Vergangenheit nicht ändern, aber wenn Sie ehrlich zu uns sind, können wir Ihnen das Leben leichter machen.«

»Oh mein Gott. Joey, hast du etwas getan?«

»Nein, Mom. Mach dir keine Sorgen.«

»Erzählen Sie uns, was in der Nacht des dreiundzwanzigsten Mai passiert ist.«

»Das habe ich Ihnen schon erzählt. Jason hat mich angerufen und ich bin rübergefahren ...«

»In der Mordnacht?«

»Ma'am, Sie haben das Recht, hier zu sein, aber bitte keine Unterbrechungen.«

»Okay, tut mir leid.«

»Sie sind zum Haus von Jason Reedys Großmutter gefahren.«

»Ja.«

»Und was haben Sie dort gemacht?«

»Nichts. Ich bin sofort wieder weg.«

»Warum?«

»Einfach so.«

»Haben Sie Deborah Holmes gesehen?«

»Nein.«

»Waren Sie in sie verknallt?«

»Nicht wirklich.«

»Haben Sie gesehen, wie sie gegangen ist?«

»Nein, das habe ich Ihnen schon gesagt.«

»Ihr Freund Jason hat gesagt, Debbie hat das Haus ungefähr

zur gleichen Zeit verlassen wie Sie. Er hat gesagt, sie war auf dem Heimweg und Sie hätten sie gepackt und umgebracht.«

»Was zum Teufel?«

»Joey! Achte auf deine Ausdrucksweise.«

»Ma! Jason lügt.«

»Sagen Sie uns, was wirklich passiert ist.«

»Kriege ich jetzt Ärger?«

»Haben Sie Ms. Holmes verletzt?«

»Nein.«

»Haben Sie sie festgehalten?«

»Nein.«

»Dann haben Sie nichts zu befürchten. Wenn Sie ehrlich zu uns sind, sehen wir über Ihre Behinderungsversuche hinweg.«

»Joey ist ein guter Junge. Er würde niemandem etwas zuleide tun.«

»Es ist im Interesse Ihres Sohnes, uns die Wahrheit zu sagen, alles, was er weiß.«

»Nur zu, Joey. Sag es ihnen.«

Centro seufzte. »Ich fühle mich schlecht, aber wenn er versucht, mir die Schuld in die Schuhe zu schieben, dann muss ich sagen, was ich sagen muss.«

»Nur zu.«

»Er hat mich angerufen und gebeten, zu seiner Oma zu kommen. Ich war müde und wollte nicht hinfahren. Er hat immer wieder gesagt, ich müsse kommen, er brauche Hilfe. Ich habe ihn gefragt, wobei, aber er meinte, er würde es mir sagen, wenn ich da wäre.«

Ms. Centro sagte: »Du musst aufhören, auf ihn zu hören. Du hast deinen eigenen Kopf; wenn du etwas nicht tun willst, dann tu es nicht. Siehst du, was du davon hast?«

Sie hatte recht, und sie zu unterbrechen, könnte die Lektion, die sie ihm zu erteilen versuchte, abschwächen.

»Ach, komm schon, Ma.«

Derrick sagte: »Weiter. Jason Reedy hat Sie angerufen und gesagt, er brauche Hilfe. Und dann?«

»Ich bin los und zu seiner Oma gefahren.«

»Was ist passiert, als Sie dort ankamen?«

»Er hat mich unterwegs angerufen, als ich noch so fünf Minuten weg war. Er war total nervös und sagte, ich solle keinen Lärm machen, wenn ich ankomme.«

»Hat er Ihnen gesagt, warum?«

»Nein.«

»Fahren Sie bitte fort.«

»Na ja, ich kam an und klingelte. J öffnete die Tür und sah gestresst aus, wissen Sie. Ich machte einen Schritt, um reinzugehen, aber er sagte: »Nein, bleib da«, und schloss die Tür. Eine Minute später öffnete er die Tür und sagte: »Nimm das hier und lass es verschwinden. Ich will nicht, dass das jemand findet.« Ich musste mal, aber er ließ mich nicht rein. Es war seltsam, er sagte mir nur, ich solle den Sack so schnell wie möglich loswerden.«

»Was hat er Ihnen gegeben?«

»Einen Plastiksack.«

»Was war drin?«

»Weiß ich nicht. Ich habe nicht reingeschaut.«

»Was haben Sie getan?«

»Ich habe gefragt, was drin ist. Und J sagte: »Geht dich nichts an und schau bloß nicht rein.««

»Sind Sie sicher, dass Sie nicht nachgesehen haben, was in dem Sack war? Ich hätte es getan.«

»Nein. Sie kennen Jason nicht; er wäre total sauer geworden, wenn ich es getan hätte.«

»Woher hätte er das wissen sollen? Er hat Ihnen doch gesagt, Sie sollten ihn loswerden.«

»Glauben Sie mir, er hätte es gewusst.«

»Okay. Was für ein Sack?«

»Er war schwarz, wie die, die man für Müllsäcke benutzt.«

»Konnten Sie erkennen, was drin war?«

»Nicht wirklich, vielleicht Kleidung?«

»Wo ist der Sack?«

Centro runzelte die Stirn. »Ich habe ihn entsorgt.«

»Wie?«

»Ich habe ihn ins Wasser geworfen.«

»Wo?«

»Bei der Brücke nach Marco.«

»Sie haben ihn in die Bucht geworfen?«

»Ja.«

»Ist er untergegangen?«

»Ja, ich habe das Radkreuz aus unserem Auto reingetan.«

Die Mutter hatte nicht aufgehört, den Kopf zu schütteln. Der Schmerz in ihrem Gesicht kam nicht von ihrem Rücken.

»Und als Sie das Radkreuz hineingelegt haben, haben Sie nicht gesehen, was drin war?«

»Es war dunkel. Vielleicht war da ein Hemd oder so etwas drin.«

»Erinnern Sie sich, wo an der Brücke Sie ihn ins Wasser geworfen haben?«

»Ja, ziemlich am Anfang. Ich hatte Angst und wollte da weg.«

»Wir brauchen Sie vielleicht, um uns die Stelle zu zeigen. Können Sie das tun?«

»Ja, ich weiß, wo.«

»Gehen wir das noch einmal durch. Sie haben einen Anruf von Jason Reedy bekommen, der Sie gebeten hat, zum Haus seiner Großmutter zu kommen.«

»Genau, und ich bin hingefahren. Aber als ich dort ankam, hat er mich nicht reingelassen. Er sagte, ich solle warten, und dann gab er mir einen Sack und sagte, ich solle ihn verschwinden lassen.«

»Das waren seine genauen Worte?«

»Ja.«

»Ist auf der Fahrt von Ihrem Haus zu seiner Großmutter irgendetwas passiert?«

»Was meinen Sie?«

»Haben Sie irgendwo angehalten? Jemanden gesehen?«

»Nein, ich bin direkt hingefahren, aber J hat mich angerufen und mir gesagt, ich solle leise sein, wenn ich ankomme.«

»Okay. Er gibt Ihnen diesen Sack und was dann?«

»Ich bin abgehauen. Ich war nervös und habe überlegt, wo ich ihn loswerden könnte. Ich wollte ihn verbrennen, aber mir fiel kein Ort ein, und jemand hätte das Feuer sehen können.«

»Haben Sie jemanden gesehen, als Sie wegfuhren?«

»Da war so ein Typ, der mit einem Hund Gassi ging, zwei Hunden. Er ging am Haus vorbei.«

»Haben Sie mit ihm gesprochen?«

»Nein. Ich bin ins Auto gestiegen und in die andere Richtung weggefahren.«

»Andere Richtung?«

»Ich kam die Straße von Golden Gate runter, bin aber den gleichen Weg zurück, damit ich nicht an ihm vorbei musste.«

»Warum waren Sie so darauf bedacht, Leute zu meiden, wenn Sie nichts Falsches getan haben?«

»Keine Ahnung. Es fühlte sich an, als hätte Jason etwas Schlimmes getan.«

»Was gab Ihnen dieses Gefühl?«

Er zuckte mit den Schultern.

»Sie können es uns ruhig sagen. Sie bekommen keinen Ärger.«

»Einfach die Art, wie J war.«

»Haben Sie Jason Reedy erzählt, was Sie mit dem Sack gemacht haben?«

»Ja, er hat mich gefragt und ich habe es ihm gesagt.«

»Was hat er gesagt?«

»Nichts, nur Danke für die Hilfe und dass er das nicht vergessen würde.«

KAPITEL ACHTUNDSECHZIG

Wir ließen Centro und seine Mutter gehen und machten uns auf den Weg zum Vernehmungsraum, in dem Jason Reedy und sein Anwalt saßen. Ich sagte: »Warte mal kurz.«

Derrick fragte: »Was ist los?«

»Wir müssen das Boot der Reedys beschlagnahmen. Wenn er es benutzt hat, um Holmes' Leiche zu transportieren, bekommt er kalte Füße und wird versuchen, alle Beweise zu beseitigen.«

»Auf jeden Fall. Sobald wir fertig sind, setzen wir einen Beschlagnahmebeschluss auf.«

»Ich fürchte, wir können nicht warten, sonst hat er einen Vorsprung. Es wird bestenfalls mehrere Stunden dauern, bis eine Beschlagnahmung genehmigt wird.«

»Du beendest die Vernehmung, ich schreibe den Antrag und reiche ihn nach oben weiter.«

»Danke, Kumpel.«

Unsere Wege trennten sich und ich betrat den Vernehmungsraum. »Entschuldigen Sie die Wartezeit. Es ist etwas dazwischengekommen.«

O'Brien sagte: »Wir haben Verständnis. Haben Sie noch weitere Fragen an uns?«

»Ja. Wir wüssten gern, was Ihr Mandant dem Joseph Centro in der Nacht des dreiundzwanzigsten Mai im Haus seiner Großmutter gegeben hat.«

Die Augen des Jungen weiteten sich. »Ich habe ihm nichts gegeben.«

»Das ist nicht das, was Mr. Centro gesagt hat. Er hat gesagt, Sie hätten ihm eine Plastiktüte gegeben und ihn angewiesen, sie loszuwerden.«

»Ach, das. Das war Müll. Ich habe ihn gebeten, ihn wegzuwerfen.«

»Und Sie wollten nicht, dass es jemand erfährt?«

O'Brien sagte: »Bitte präzisieren Sie die Frage.«

»Als Sie Mr. Centro die Tüte gaben, sagten Sie ihm, er solle Stillschweigen bewahren, nicht in die Tüte schauen oder jemandem davon erzählen.«

»Das war ein Haufen leerer Bierdosen. Außerdem hatte ich reingekotzt. Es hat furchtbar gestunken.«

»Warum haben Sie ihn nicht selbst weggeworfen?«

»Er war an der Tür. Oma bewahrt die Dosen an der Seite des Hauses auf und ich hatte keine Schuhe an.«

Dieser Junge hatte auf alles eine Antwort. Ob sie wahr waren, war die eine Frage, die wir ihm nicht stellen konnten.

»Sie sind am nächsten Tag nicht zur Schule gegangen.«

»Ich habe mich nicht gut gefühlt, weil ich zu viel getrunken hatte.«

»Trotzdem sind Sie am nächsten Tag wieder zum Haus Ihrer Großmutter gefahren. Warum?«

»Felix muss jeden Tag gefüttert werden.«

»Warum haben Sie das Boot genommen?«

»Ich bin nach dem Füttern von Felix eine Runde rausgefahren.«

»Wohin sind Sie gefahren?«

»Angeln.«

»Haben Sie etwas gefangen?«

»Sie haben nicht angebissen und auf dem Wasser ist mir schlecht geworden.«

»Sie haben das Boot gewaschen, als Sie zurückkamen?«

»Das mache ich immer. Man muss dranbleiben, sonst wird der Dreck hart wie Beton.«

»Am Tag, nachdem Ihre Freundin verschwunden ist, gehen Sie angeln?«

»Ich habe Deb angerufen, aber sie ist nicht rangegangen.«

»Haben Sie nach ihr gesucht?«

»Ein bisschen. Ich habe die Gegend um das Haus meiner Oma abgesucht.«

»Sie haben sich aber keine großen Umstände gemacht, oder?«

O'Brien sagte: »Das ist unnötig, Detective. Soweit ich mich erinnere, glaubten alle, einschließlich der Strafverfolgungsbehörden, als Ms. Holmes als vermisst gemeldet wurde, dass sie weggelaufen sei.«

»Einverstanden, Herr Anwalt. Haben Sie sonst noch etwas unternommen, um Ms. Holmes zu finden?«

»Ich habe mich bei Freunden erkundigt, ob jemand etwas weiß, aber da die Polizei eingeschaltet war, dachten wir, Sie würden sie finden.«

Ich zählte bis drei. »Und die ganze Zeit war sie in Marco Bay.«

Er runzelte die Stirn.

»Sie können sicher sein, dass wir herausfinden werden, wer sie dorthin gebracht hat.«

DERRICK TIPPTE AUF SEINER TASTATUR. »WIE IST DER REST DER Vernehmung gelaufen?«

Ich fasste es für ihn zusammen und sagte: »Wo sind die Verbindungsdaten von Jason Reedys Telefon?«

»In der Mordakte, auf der Anrichte.«

Ich nahm sie und fragte: »Bist du fast fertig mit dem Antrag?«

»Der ist schon oben. Ich schreibe gerade den Bericht über die Vernehmung von Centro.«

»Danke. Weißt du, Jason hat Centro nicht von seinem Handy aus angerufen. Meinst du, er hat ihn angerufen, oder steckt Centro tiefer drin, als wir denken?«

»Beide haben gelogen. Vielleicht spielen sie uns zusammen gegeneinander aus.«

»Centro hat gesagt, er ist zur Brücke gefahren, um die Tüte zu entsorgen. Vielleicht hat er die Leiche von dort runtergeworfen.«

»Könnte sein.«

»Wir müssen diese Tüte finden. Was da drin ist, könnte uns ein gutes Stück weiterbringen, um herauszufinden, wer die Wahrheit sagt.«

»Das wird einen Haufen Ressourcen erfordern. Marco Bay ist riesig.«

»Remin wird uns aufs Dach steigen, wenn wir die Tüte bergen und sich herausstellt, dass sie voller Kotze ist.«

Derrick kicherte. »Ich sehe es schon auf *WINK News*: »Stümperhafte Abteilung fischt nach Erbrochenem.««

»Weißt du, wenn wir sie finden und Centro keinen festen Knoten gemacht hat, wer weiß, was wir dann finden. So verrückt es auch klingen mag, ich erinnere mich, dass ich mal auf einem Partyboot in Sheepshead Bay in Brooklyn war. Es war raue See, und ein paar Kerlen wurde schlecht. Sie fingen an, über die Bootsreling zu kotzen. Mann, du hättest sehen sollen, wie die Fische an die Oberfläche kamen, um es zu fressen.«

»Das ist widerlich.«

»Da hätte ich fast mein Mittagessen wiedergesehen.«

»Tja, du hast mir den Appetit verdorben.«

Lachend wählte ich eine Nummer. »Sophia Livoti.«

»Hi, Sophia, hier ist Frank Luca.«

»Wie geht es dir?«

»Gut. Ich wollte mich erkundigen, wie es Lisa Ramos geht.«

»Lisa hat noch einen weiten Weg vor sich, aber es geht ihr viel besser.«

»Das ist gut zu hören. Grüß sie von mir.«

»Mach ich. Danke, dass du dich erkundigt hast.«

»Danke für alles, was du für sie und all die anderen tust, mit denen du arbeitest.«

»Danke, Frank.«

———

DER DUFT VON ROSMARIN LAG IN DER LUFT. ICH KÜSSTE MARY Ann auf die Wange. »Machst du rote Kartoffeln?«

»Nein, ich mache Branzino, so wie du ihn bei La Pescheria magst.«

»Al Forno?«

»Ja, mit roten Zwiebeln und Kartoffelscheiben.«

»Oliven?«

»Ja, ich hoffe, es wird gut.«

»Wird es, und es wird verdammt viel billiger sein.«

»Du hattest Glück. Ich war bei Wynn's Market und habe mich daran erinnert, dass sie Branzino im Angebot hatten.«

Ich trat von hinten an sie heran. »Planst du, später über mich herzufallen?«

»So viel Glück hast du nicht.«

»Hey, das ist nicht fair.«

»Wir werden sehen. Wie sind die Vernehmungen gelaufen?«

»Ziemlich gut. Ich habe den Reedy-Jungen dazu gebracht,

zuzugeben, dass Holmes in dieser Nacht da war, und er hat mit dem Finger auf seinen Freund gezeigt.«

»Wenn sie anfangen, sich gegenseitig zu verraten, ist das Ende in Sicht.«

»Hoffentlich. Was hast du gemacht?«

»Erinnerst du dich, dass ich dir von diesen Leuten erzählt habe, die Hunde auf Craigslist verkaufen?«

»Ja?«

»Ich habe mich umgehört und glaube, dass sie dahinterstecken könnten. Ich habe um Fotos von diesem Yorkie gebeten. Sie war so süß –«

»Wir brauchen keinen Hund.«

»Ich weiß, aber ich zeige sie dir später, sie ist bezaubernd. Aber wie auch immer, auf einem der Bilder, in dem Raum, in dem der Typ das Foto gemacht hat, war ein Spiegel, und er sieht aus wie einer der Diebe in diesem *WINK*-Video. Erinnerst du dich, die beiden Typen?«

»Ja.«

»Einer von ihnen sieht aus wie der Hundeverkäufer. Ich werde um mehr Fotos bitten und nachsehen, ob *WINK* das Video auf seiner Website hat.«

Ich hielt die Chance auf ein wenig Zärtlichkeit am Leben und sagte: »Du hast immer noch einen guten Instinkt.«

KAPITEL NEUNUNDSECHZIG

Als ich mich der Judge Jolley Bridge nach Marco Island näherte, klingelte mein Handy. »Hey, Sarge, was gibt's?«

»Ich wollte dich nur wissen lassen, dass wir das Reedy-Boot sichergestellt haben und es gerade reingebracht wird.«

»Großartig. Danke für die Info.«

»Kein Problem. Hey, viel Glück bei der Suche nach der Tasche.«

Mein Blick schweifte über die Weite der East Marco Bay. »Das werden wir auch brauchen; es gibt verdammt viel Gebiet abzusuchen.«

Ich legte auf und sagte: »Sie haben das Boot. Es ist auf dem Weg ins Labor.«

»Gut.«

Ich bremste auf halbem Weg zum höchsten Punkt der Brücke und hielt an. Derrick sagte: »Schau, da sind sie.« Er zeigte auf vier Boote, die die Flagge des Sheriffs gehisst hatten.

»Hoffen wir mal, dass der Typ von der Gulf Coast University mit der Strömung in jener Nacht richtig lag.«

Die Boote fuhren voneinander weg und wurden langsamer. »Die Taucher machen sich bereit.«

Derrick sagte: »Ich hab ein gutes Gefühl.« Er drückte die Sprechtaste des Handfunkgeräts. »Hier ist Detective Dickson. Lasst euch Zeit da draußen und seid vorsichtig. Haltet euch so gut wie möglich an das Suchraster.«

Eine knisternde Antwort kam durch: »Wir haben ein Boot am Zielort, und die anderen arbeiten sich von der Brücken-mitte zum Strand vor.«

Als ein Taucher über Bord plumpste, sagte ich: »Ich habe meinen Hut vergessen.«

»Die Sonne brennt ganz schön.«

»Es ist friedlich hier draußen. Aber jedes Mal, wenn ich über diese Brücke fahre, werde ich an dieses arme Mädchen denken müssen.«

»Lass uns für eine Weile aus der Sonne gehen. Wenn sie was finden, werden sie funken.«

Als wir ins Auto stiegen, sagte Derrick: »Schau dir mal den Typen auf dem Paddleboard an. Er hat einen Hund dabei.«

»Das ist ja verrückt.«

»Er sitzt einfach da, so brav.«

»Übrigens, Mary Ann hat einen Hinweis, wer hinter der Hundeentführung stecken könnte.«

»Und was hat sie?«

Das Funkgerät erwachte zum Leben. »Einer der Taucher hat gerade etwas hochgebracht. Sieht so aus, als hätten wir sie gefunden.«

»Wir sind auf dem Weg. Treffen wir uns am Bear Point.«

Wir fuhren auf einen sandigen Bereich, stiegen aus und zogen uns Handschuhe an. Die Flottille warf zwanzig Fuß vom Ufer entfernt Anker.

Derrick und ich gingen zum Wasser hinunter, als ein Taucher vom Boot sprang. Man reichte ihm einen schwarzen Plastiksack. Bis zur Taille im Wasser stehend, hielt er den Sack hoch und watete auf uns zu.

Glitzernde Wasserperlen rollten von dem Plastik. »Wir haben sie schneller gefunden als erwartet.«

Mein Blick richtete sich auf den oberen Teil, als er ihn meinem Partner übergab. »Gut gemacht. Danke.«

Derrick sagte: »Sieht nach einem ziemlich festen Knoten aus.«

»Stimmt, aber Wasser findet überall einen Weg hinein.«

Ich klopfte auf den Boden des Sacks. »Wenig bis gar kein Wasser.«

Wir öffneten die Hecktür unseres SUVs und legten den Sack hinein. Mir drehte sich der Magen um. »Das könnte eine Tüte voll Kotze sein oder die Eintrittskarte zur Lösung des Falls Holmes.«

Derrick sagte: »Ich drücke die Daumen.«

Als ich sanft an dem Knoten zerrte, löste er sich langsam. »Na dann mal los.«

Ich breitete die zerknitterte Öffnung aus und schnupperte daran. »Nicht allzu schlimm.«

Mit nur wenigen Zentimetern Abstand zwischen unseren Köpfen schauten wir hinein. Derrick sagte: »Was ist das? Ein Laken?«

»Ein Kissenbezug. Wahrscheinlich der, mit dem sie erstickt wurde.«

»Lass uns Fotos machen, bevor wir irgendetwas bewegen.«

Wir schossen fünf Fotos. Langsam ließ ich meine Hand in den Sack gleiten. Während ich den Stoff abtastete, fühlte ich etwas Hartes. »Holmes' Handy.«

»Wahrscheinlich. Sie hatte ein iPhone.«

Welcher Teenager hatte das nicht? Als ich den Kissenbezug herauszog, wurde ein Lederriemen sichtbar. »Hier ist ihre Handtasche.« Ich reichte Derrick das Bettzeug und nahm die kleine Tasche heraus. Sie war nass.

»Das ist eine dieser Gürteltaschen.«

»Sie war zu Beginn des Abends mit dem Fahrrad unterwegs.«

Er hielt den Kissenbezug an den Rändern und entfaltete ihn. Er zeigte darauf. »Sieh dir das an: Das ist Lippenstift.«

Es fühlte sich an, als würde jemand auf meiner Brust sitzen. »Es klingt verrückt, das zu sagen, aber das ist wahrscheinlich die Tatwaffe. Sei vorsichtig. Was auch immer da dran ist, wir müssen es sichern.«

»Ich tüte ihn ein.«

Ich schob einen Haufen bräunlich verfärbter Taschentücher beiseite, wodurch zerdrückte Bierdosen, zwei lila Snackverpackungen und das Radkreuz zum Vorschein kamen.

Ich packte die Gegenstände einzeln ein, bevor ich mich auf das konzentrierte, was wir für Holmes' Handtasche hielten.

Ich öffnete den Reißverschluss der Tasche und zog ihren Schülerausweis heraus. Holmes hatte ein strahlendes Lächeln im Gesicht. Kopfschüttelnd legte ich den restlichen Inhalt aus: zwei Packungen Kaugummi, einen Taschenspiegel, Lippenstift und einen Schlüssel.

»Also gab es Bierdosen und Erbrochenes, wie Jason Reedy gesagt hat.«

»Jep, er hat nur vergessen, uns von dem Kissenbezug und Holmes' Handy und ihrer Handtasche zu erzählen.«

»Glaubst du, sein Alter war involviert?«

»Er hat uns auf eine falsche Fährte gelockt. Warum?«

»Das werden wir noch herausfinden.«

»Bringen wir das zur Spurensicherung.«

Derrick saß am Steuer und sagte: »Glaubst du, die Spurensicherung kann DNA vom Kissenbezug sichern?«

»Ja. Sie sollten in der Lage sein, Holmes' DNA vom Lippenstift zu bekommen.«

»Es ist erstaunlich, was heutzutage alles möglich ist.«

»Wir müssen prüfen, ob Fasern davon in Holmes' Rachen waren.«

»Das hätte im Autopsiebericht stehen sollen, aber ich kann mich nicht daran erinnern.«

Es war bekannt, dass die Chemo das Erinnerungsvermögen zeitweise beeinträchtigen konnte. »Ich auch nicht. Aber es sieht so aus, als hätten wir das, womit sie getötet wurde. Was wir brauchen, ist, Reedy damit in Verbindung zu bringen.«

»Wir werden auch seine DNA auf dem Kissenbezug finden.«

»Er hat Centro den Sack übergeben, ihn angewiesen, ihn zu entsorgen, und zugegeben, dass Holmes bei ihm im Haus der Großmutter war.«

»Ich würde sagen, es ist Zeit, den Champagner zu köpfen.«

Ein Video von Bilotti, der bei der Hochzeit eine Flasche mit einem Schwert öffnete, schoss mir durch den Kopf. »Wir feiern nicht. Eine junge Frau wurde ermordet. Was wir tun, ist, die Sauerei aufzuwischen.«

»Ich weiß, Mann, aber dieser Fall war echt hart.«

»Wir müssen ihn immer noch über die Ziellinie bringen.«

»Das liegt jetzt am Labor.«

»Bis zu einem gewissen Grad, aber überlass dein Schicksal niemals anderen.«

»Wirst du jetzt philosophisch?«

Emotional traf es eher zu. »Nein, vielleicht habe ich einfach die Nase voll von der ganzen Szene. Das ist nicht gerade erbauend.«

»Halt durch, Kumpel.«

»Ja, sicher. Hör zu, ich mache es ungern, aber wir müssen einen weiteren Durchsuchungsbefehl für das Haus der Großmutter schnell durchbringen. Wir müssen den Kissenbezug und die Herkunft des Müllsacks zuordnen, um es dem Reedy-Jungen anzuhängen.«

KAPITEL SIEBZIG

Ich legte auf und sagte: »Remin will mich bei der wöchentlichen Pressekonferenz dabeihaben.«

»Schon wieder? Was soll das denn?«

»Ich weiß nicht. Vielleicht weiß er, dass ich die Medien hasse, und will mich quälen.«

»Mann, er mag dich. Du glaubst es vielleicht nicht, aber es ist so.«

»Es geht nicht darum, ob er mich mag; er findet mich nützlich, manchmal. Wir sehen uns später.«

»Ich fahre mal rüber zur kriminaltechnischen Garage und schaue, wie es mit dem Boot aussieht.«

Ich hoffte, sie würden etwas finden, das Reedy Senior mit dem Mord in Verbindung brachte, wusste aber, wie das klingen würde. »Lass mich wissen, was los ist.«

Remin trug einen hellgrauen Anzug. Er sah seltsam aus. Es war schwer, nicht darüber zu spekulieren, welches Kalkül hinter dem Abweichen von Dunkelblau steckte.

Er trat an das Podium. »Schön, Sie alle zu sehen. Ich möchte mit der Verkehrslage beginnen. Um Geschwindigkeitsüberschreitungen zu reduzieren, die in der vergangenen

Woche zu einem Todesfall beigetragen haben, werden wir die Kontrollen verstärken. Es macht uns keine Freude, Strafzettel an Anwohner oder Besucher zu verteilen, aber wir haben keine andere Wahl.

»Ab Montag werden die Hauptverkehrsadern im ganzen County sowohl von uniformierten als auch von zivilen Fahrzeugen überwacht.

»Eine Razzia in Golden Gate Ende letzter Woche führte zu acht Anklagen. Wir glauben, dass diese spezielle Drogenbande für ein Viertel des Meths im County verantwortlich war.

»Zusätzlich freuen wir uns, bekannt geben zu können, dass die Mitglieder einer Einbrecherbande, die es auf die Häuser von Teilzeit-Anwohnern abgesehen hatte, festgenommen wurden. An dieser Operation, die bisher nicht öffentlich gemacht wurde, waren ein Dutzend Beamte beteiligt und sie deckte eine Verbindung zu einer Bande aus Miami auf. In Zusammenarbeit mit unseren Kollegen in Miami-Dade glauben wir, ihnen das Handwerk vollständig gelegt zu haben.

»Das wär's für heute. Fragen? Fangen wir mit Cynthia an.«

Die Reporterin der *Naples Daily News* stand auf. »Sheriff, können Sie uns einen neuen Stand zum Mord an Deborah Holmes geben? Das Dezernat hat ein Boot beschlagnahmt und verschiedene Gegenstände wurden aus der Marco Bay geborgen.«

»Die Ermittlungen laufen noch, und ich bin zuversichtlich, dass wir diesen Fall bald abschließen werden.«

»Steht eine Festnahme unmittelbar bevor?«

»Dazu kann ich im Moment nichts sagen.«

»Das Boot, das Sie beschlagnahmt haben, gehört einem Christopher Reedy. Sein Sohn Jason hatte eine Beziehung mit Debbie Holmes. Sind sie Verdächtige?«

»Personen von besonderem Interesse, mehr kann ich nicht sagen.«

»Ab wann können Sie der Gemeinde versichern, dass der Mörder von der Straße ist?«

»Wir erwarten, innerhalb von Tagen eine Ankündigung machen zu können.«

»Warum dauert das so lange?«

»Gerechtigkeit braucht ihre Zeit.«

Es wäre schön, Remin diesen Spruch beim nächsten Mal, wenn er mich unter Druck setzt, vorzukauen.

Remin zeigte auf eine *WINK*-Reporterin. »Melissa?«

»Danke, Sheriff. Mir ist klar, dass Sie zögern, die Familie Reedy als Verdächtige zu benennen, aber gibt es außer ihnen noch einen anderen Verdächtigen?«

»Detective Luca und sein Team leiten die Ermittlungen. Frank, möchten Sie etwas sagen?«

Und einfach so schob Remin mir die heiße Kartoffel zu. War Nein eine Option?

»Wie Sheriff Remin bereits erwähnte, stehen wir kurz davor, diesen Fall zu einem Abschluss zu bringen. Es mag länger gedauert haben, als sich alle gewünscht haben, aber wir haben ein Rechtssystem und müssen es richtig machen.«

»Und Sie denken, Sie haben es richtig gemacht?«

»Ja, Ma'am. Wir brauchen nur noch ein wenig Zeit, damit die Kriminaltechnik zusätzliche Beweise liefern kann.«

»Sie klingen zuversichtlich, dass Sie das in Kürze abschließen werden.«

»Ja, Ma'am.«

»Haben Sie die Familie Reedy unter Beobachtung?«

»Wir geben keine Auskunft darüber, ob eine Operation läuft.«

Remin sagte: »Wir müssen es für heute dabei belassen. Wir werden Sie informieren, wenn wir für eine Ankündigung bereit sind.«

Ich folgte dem Sheriff in den Vorraum, wohl wissend, dass die Presse etwas Interessantes zu berichten haben wollte. Er sagte: »Wir haben ihnen so viel gegeben, wie wir konnten. Den Rest denken sie sich schon aus.«

»Sobald das Labor fertig ist, können Sie die Festnahme bekannt geben, Sir.«

»Ich habe gestern vierzig Überstunden genehmigt. Spätestens morgen sollten sie es haben.«

»Danke.«

Auf dem Weg zurück ins Büro vibrierte eine SMS von Derrick auf meinem Handy. Nur wenige Schritte entfernt schob ich es zurück in meine Tasche.

Sobald ich das Büro betrat, fragte Derrick: »Wie ist es gelaufen?«

»Eigentlich ziemlich gut. Sie wissen, dass es ein Reedy ist, aber wir haben ihnen nichts Konkretes gegeben.«

»Gut, denn auf dem Boot war nichts.«

»Echt?«

»Jep. Haben es auch mit Luminol besprüht und nichts.«

»Das ist seltsam. Luminol schlägt bei einem Teil auf eine Million an. Die gehen angeln, da müsste doch etwas Blut sein.«

»Reedy muss wie ein Wahnsinniger geputzt haben.«

»Wir sollten uns bei seinen Nachbarn umhören, ob sie ihn beim Putzen gesehen haben.«

»Das werden wir nicht brauchen.«

»Jetzt brauchen wir es nicht, aber die Staatsanwälte werden es wollen, um vor Gericht eine Geschichte aufzubauen.«

Mein Bürotelefon klingelte. »Mordkommission.«

»Frank, hier ist Sergio.«

»Wir können bestätigen, dass die Plastiktüte zu der Rolle mit Tüten aus dem Haus der Großmutter passt.«

»Ausgezeichnet. Wie habt ihr das herausgefunden?«

»Die Stärke und die Färbung sind identisch, und die Klinge in der Tütenfabrik, die zur Perforation der Ränder verwendet wird, stimmt überein.«

»Ihr seid die Besten.«

»Ja, das wissen wir.«

»Besorg mir die DNA vom Kissenbezug und ich spendier dir ein Mittagessen.«

»Ein Mittagessen mit dir ist Wendy's.«

»Magst du deren Roastbeef nicht?«

»Tschüss, du Geizkragen.«

Ich legte auf, erzählte es Derrick und er sagte: »Wir haben den Jungen.«

»Ja, aber es fühlt sich nicht gut an. Teenager, die Teenager töten, wo sind wir nur gelandet?«

»Du willst keine Antwort, oder?«

»Nein. Lass uns mit dem Papierkram für die Verhaftung anfangen.«

»Ich geh mal pissen und dann lege ich los.«

Mein Handy summte. Es war Mary Ann. »Hey, Mare, was ist los?«

»Du hast einen guten Tag.«

»Wieso sagst du das?«

»Ich habe die Nachrichten gesehen. Sie haben gesagt, dass du kurz davor bist, Jason Reedy zu verhaften.«

»Wir sind kurz davor. Tatsächlich fangen wir gerade mit dem Haftbefehl an.«

»Glückwunsch.«

»Ich weiß nicht, ob das angebracht ist.« Ich senkte meine Stimme: »Vielleicht werde ich zu alt für diesen Job, aber einen Jungen dafür festzunageln, dass er einen anderen Jungen umgebracht hat, haut mich nicht mehr vom Hocker.«

»Ich weiß, es ist hart, aber du machst deinen Job, und er ist wichtig.«

Mein Bürotelefon klingelte wieder. »Hey, ich muss los. Wir sehen uns später.«

»Mordkommis–«

»Frank, hier ist Sergio.«

»Was hast du für mich?«

»Ein Problem, ein großes.«

KAPITEL EINUNDSIEBZIG

Ich schnappte nach Luft, als hätte mir Mike Tyson in den Magen geschlagen. »Was meinst du damit, der Kissenbezug passt nicht?«

»Wir haben Faservergleiche zwischen dem in Marco Bay geborgenen Kissenbezug und denen aus dem Haus der Fenster durchgeführt. Sie sind nicht identisch; sogar die Farben weichen leicht ab.«

»Was ist mit der DNA?«

»Wir sind gerade dabei, sie zu testen. Sollten bald was haben.«

»In Ordnung. Aber bei den Kissenbezügen bist du dir sicher?«

»Hundertprozentig.«

»Okay.« Ich knallte den Hörer auf, als Derrick zurückkam.

»Was ist los?«

»Serge hat gesagt, der Kissenbezug passt zu keinem aus dem Haus der Großmutter.«

»Wirklich?«

»Jep.«

»Vielleicht hat der Junge ihn mitgebracht.«

»Das würde bedeuten, dass es vorsätzlich war. Ich glaube nicht, dass es das war, warum sollte er sie sonst zum Haus seiner Großmutter bringen?«

»Niemand war zu Hause.«

»Dafür ist der Junge zu clever.«

»Vielleicht war es ein Einzelstück, der letzte Bezug von einem Paar. Er war alt.«

»Ja. Und das Gästezimmer hatte ein Einzelbett.«

»Das könnte es sein.« Er ließ sich auf seinen Stuhl gleiten. »Ja, das muss es sein.«

»Er hätte seinen Vater fragen können. Nee, das ist doch verrückt.«

»Was ist mit Centro? Er hätte einen mitbringen können.«

»Das ist weit hergeholt. Er stammte wahrscheinlich aus dem Gästezimmer. Er dachte sich, sie würde ihn nie vermissen, oder wenn doch, wäre es längst vergessen.«

»Ja, ich bin sicher, die alte Dame hat Gedächtnisprobleme, und das wird mit der Zeit nicht besser werden.«

Es war leicht, leichtherzig über das Altern zu reden, wenn man Anfang vierzig war. In einem weiteren Jahrzehnt würde er merken, dass auch an ihm der Zahn der Zeit nagte.

Ich blätterte durch einen Ordner. »Ich habe die Zusammenfassung, die Bilotti geschickt hat, aber wo ist der vollständige Autopsiebericht?«

»Sollte in der Mordakte sein.«

»Ist er nicht.«

»Ich hoffe, ich habe ihn nicht verlegt.«

»Keine Sorge, ich rufe Bilotti an und hole mir eine weitere Kopie.«

Der Arzt ging beim zweiten Klingeln ran: »Gerichtsmedizin, Bilotti.«

»Hey, Doc. Hier ist Frank.«

»Wie geht es dir?«

»Okay. Ich sage es nur ungern, aber es sieht so aus, als hätten wir die Autopsie von Holmes falsch abgeheftet. Kannst du mir eine Kopie per E-Mail schicken?«

»Für alles gibt es ein erstes Mal. Ich schicke sie sofort rüber.«

Es gab keinen Grund zuzugeben, dass ich mich an etwas aus dem Bericht nicht erinnern konnte. »Danke, du bist meine Rettung.«

Er kicherte. »Genau genommen komme ich erst, wenn das Leben schon vorbei ist.«

»Das ist nicht viel anders als das, was wir hier tun.« Ich senkte meine Stimme. »Geht dir das manchmal an die Nieren?«

»Es ist nicht leicht, besonders bei jüngeren Opfern. Das trifft einen persönlich.«

Er hatte eine Tochter verloren, und ich bedauerte, es angesprochen zu haben. »Amen. Hey, wie geht es deinem Kumpel Coburn? Er hat mich angerufen, aber ich hatte noch keine Gelegenheit, ihn zurückzurufen.«

»Das muss vor ein paar Tagen gewesen sein, denn er hatte einen schweren Schlaganfall.«

»Oh nein. Wie geht es ihm denn?«

»Beim Gehirn weiß man nie, aber es sieht nicht gut aus.«

»Auf der Hochzeit meinte er, er fühle sich nicht so gut, ein wenig aus dem Gleichgewicht. Ich habe ihm gesagt, er solle zu einem Arzt gehen, aber ich hätte nicht gedacht, dass er einen Schlaganfall erleiden würde.«

Es war normal, Wehwehchen, Schmerzen und Unwohlsein zu ignorieren. Aber dieses Mal hatte es ernste Konsequenzen. »Wenn deine Zeit gekommen ist, ist sie eben gekommen.«

»Da wäre ich mir nicht so sicher. Es gibt viele Möglichkeiten, die Chancen auf ein langes Leben zu erhöhen.«

Das war unsensibel von mir gewesen. »Ich weiß. Ich muss weiter. Schick den Bericht, wenn du einen Moment Zeit hast.«

»Ist schon unterwegs.«

»Bilotti hat ihn geschickt.« Ich öffnete den Anhang und überflog die ersten fünf Seiten. Die Information war auf Seite sechs. »Hier ist es: »Winzige Partikel einer Baumwollfaser waren tief im Kehlkopf und in der oberen Luftröhre eingeklemmt. Die Filamente stammten wahrscheinlich von dem Material, mit dem das Opfer erstickt wurde.««

»Keine Überraschung. Das Mädchen hat um ihr Leben gekämpft.«

Diese Erinnerung war nicht nötig gewesen. »Ich versuche nur, alles für die Staatsanwaltschaft wasserdicht zu machen.«

»Warum die Eile?«

»Ich würde mir gerne etwas freinehmen, wenn diese Sache hier vorbei ist.«

»Fährst du irgendwohin?«

»Nein, nur ein Urlaub zu Hause.«

»Das neue Wort dafür, zu Hause rumzuhängen. Pass nur auf, dass du dich entspannst und nicht einen Haufen unerledigter Arbeiten im Haus machst.«

Er hatte recht. »Ich habe sowieso zwei linke Hände. Bei allem, was über eine lockere Schraube hinausgeht, lässt Mary Ann mich nicht ran.«

Er lachte.

»Das ist nicht witzig. Erinnerst du dich an das Chaos, das ich beim Ausbessern der Farbe angerichtet habe?« Ich hatte eine Farbdose auf die Leiter gestellt, und als ich die Leiter verrückte, fiel sie um.

»Das war wirklich wie aus einer Slapstick-Komödie.«

Nur dass es echt war und ich so schockiert dastand, dass ich ein paar Minuten brauchte, um mit dem Saubermachen anzufangen. Bevor ich Derrick zustimmen konnte, klingelte das Telefon.

»Mordkommission, Detective Luca.«

»Frank, hier ist Sergio.«

»Hey. Was hast du für mich?«

Ich hörte einen Moment lang zu. Was er sagte, ließ es in meinem Inneren rumoren. War es Durchfall oder musste ich kotzen? Ich sagte: »Ich rufe dich zurück.« Ich stürmte zur Toilette, unsicher, ob ich es rechtzeitig schaffen würde.

KAPITEL ZWEIUNDSIEBZIG

NACHDEM ICH MEINEN MUND AUSGESPÜLT HATTE, SPRITZTE ICH mir kaltes Wasser ins Gesicht. Der Nebel begann, sich zu lichten. Ich schleppte mich zurück ins Büro.

Derrick kam mir an der Tür entgegen. »Alles in Ordnung mit dir? Du bist ja leichenblass.«

»Die DNA von allen vieren ist auf dem Kissenbezug.«

»Welchen vieren? Was ist passiert?«

»Das Labor hat die DNA von Holmes sowie die von beiden Reedys und von Centro gefunden.«

»Das ist doch verrückt. Es muss Jason sein. Es muss dafür einen Grund geben.«

»Es könnte eine sekundäre DNA-Übertragung sein.«

»Das muss es sein. Centro hat gesagt, er habe nicht in die Tasche geschaut, aber das muss er getan haben.«

»Er hat das Radkreuz hineingelegt. Die Übertragung könnte da passiert sein.«

»Das ist es also.«

»Aber das erklärt nicht die DNA von Reedy Senior auf dem Kissenbezug.«

»Es ist das Haus seiner Mutter. Vielleicht hat er vor Kurzem auf dem Kissen geschlafen.«

»Sie haben keine Haare darauf gefunden. Und wenn es nicht gewaschen worden wäre, wären überall Hautzellen gewesen.«

»Was, wenn alle drei unter einer Decke steckten? Das würde es erklären.«

»Das ist möglich, aber Verschwörungen lassen sich schwer geheim halten.«

»Der alte Mann ist ein Kontrollfreak. Vielleicht zieht er die Fäden.«

Das Bild auf dem Cover von Mario Puzos *Der Pate* kam mir in den Sinn. »Er hat einen Sohn im Teenageralter; er weiß, wie schwierig es ist, zu kontrollieren, was die tun.«

»Warum holen wir sie nicht einfach rein und schauen, was sie sagen?«

»Warte mal.« Ich wählte eine Nummer. »Serge, hier ist Luca. Wir brauchen von dir eine DNA-Analyse von jedem Gegenstand in der Tasche und von der Tasche selbst sowie die Menge der gefundenen DNA.«

»Das können wir machen.«

»Wie lange wird das dauern?«

»Normalerweise würde ich sagen, mindestens eine Woche, aber der Sheriff hat uns einen Block an Überstunden genehmigt. Ich setze sie nur ungern für einen einzigen Fall ein.«

»Das musst du; ein junges Mädchen wurde ermordet.«

»Wir kümmern uns darum.«

Derrick sagte: »Können wir so einen Detaillierungsgrad bekommen, dass wir das alles verstehen?«

»Ich habe keine Ahnung, aber was auch immer wir bekommen, es muss uns helfen, sonst sind wir aufgeschmissen.«

»Ist das nicht typisch für das Leben? Wir bekommen ein großartiges Werkzeug wie die DNA, und jetzt sind die Kits zur

Spurensicherung so empfindlich, dass sie einfach alles aufnehmen.«

»Die einzige Konstante ist die Veränderung. Ich rufe Bilotti an; er war vor einem Monat auf einer Forensik-Konferenz in Tampa. Diese Sache mit der Sekundärübertragung wird für alle zum Problem; die müssen darüber gesprochen haben.«

Er ging schon beim ersten Klingeln ran. »Hey, Doc, hast du eine Minute?«

»Jederzeit, Frank. Was liegt dir auf dem Herzen?«

»Der Fall Holmes. Wir haben den Kissenbezug, mit dem sie erstickt wurde; er stimmt mit den Fasern überein, die in ihrer Kehle gefunden wurden.«

»Ich erinnere mich, Filamente extrahiert zu haben.«

»Nun, die Forensik hat die DNA von drei verdächtigen Personen auf dem Kissenbezug entdeckt.«

»Ihr glaubt, dass alle am Mord beteiligt waren?«

»Das ist eine Möglichkeit, aber ich frage mich, wie hoch die Wahrscheinlichkeit ist, dass die DNA von einem oder zweien durch eine Sekundärübertragung dorthin gelangt ist.«

»Gegenstände, die von den anderen angefasst wurden, kamen mit dem Kissenbezug in Kontakt?«

»Sie waren in derselben Tasche. Was weißt du darüber, wie man zwischen primärer und sekundärer Übertragung unterscheiden kann?«

»Das ist ein Bereich von wachsendem Interesse. Angesichts der erhöhten Empfindlichkeit der DNA-Kits reicht das Fehlen oder Vorhandensein von DNA nicht aus, um festzustellen, ob die gefundene DNA primär oder sekundär ist. Daher müssen DNA-Ergebnisse präziser beschrieben werden, und zwar in Bezug auf Quantität und Qualität, um Merkmale hervorzuheben, die bei der Unterscheidung der Aktivitäten helfen.«

»Doc, da schalte ich langsam ab. Kannst du das vereinfachen?«

»Im Wesentlichen geht es darum, DNA-Spuren zu untersu-

chen und festzustellen, ob sie als sekundär eingestuft werden
können.«

»Wie machen sie das?«

»Die Menge ist ein Faktor. Aber das würde davon abhängen, wo die DNA gefunden wird. Wie man sich vorstellen
kann, ist die Übertragung einfacher, wenn ein Gegenstand mit
einem Stück Stoff in Kontakt kommt, als bei einem Stück
Plastik.«

»Wir haben es mit einem Kissenbezug zu tun. Die anderen
Gegenstände waren Bierdosen, ein Radkreuz, Taschentücher
und Bonbonpapier.«

»Interessant. Auf der Konferenz wurde auf eine erschöp-
fende Studie verwiesen, um Technikern bei der Entscheidungs-
findung zu helfen.«

»Was haben sie gesagt?«

»Gib mir etwas Zeit. Ich suche das Material heraus. Ich
erinnere mich, dass sie ein paar Grafiken hatten, die es leicht
verständlich machten.«

»Danke, Doc.«

Ich legte die Fotos aus, die ich bei der Sicherstellung der
Plastiktüte gemacht hatte, und versuchte, mir vorzustellen, wie
die DNA-Übertragungen hätten stattfinden können. Ich
atmete aus. »Ohne zu wissen, ob Centro die Tasche durch-
wühlt hat oder was passiert ist, als er die Tasche ins Wasser
geworfen hat, ist es unmöglich, zu spekulieren.«

»Wir müssen uns vielleicht darauf verlassen, dass einer von
ihnen einknickt. Wenn sie unter einer Decke stecken, könnte
einer von ihnen anbeißen, wenn wir einen Deal anbieten.«

»Vielleicht.« Mein Handy summte. Es war meine Frau.
»Hey, Mary Ann, was ist los?«

»Hast du viel zu tun?«

»Nö, ich sitze hier und nippe an einem Glas Chianti.« »Was
gibt's?«

»Ich habe bei dem Mann nachgehakt, der behauptet, ein

Züchter zu sein. Der Welpe, an dem ich ihm gegenüber Interesse bekundet hatte, ist weg. Als ich sagte, ich hätte mein Herz daran gehängt, meinte er, ich solle mir keine Sorgen machen, er würde in ein paar Tagen einen anderen bekommen.«

»Okay.«

»Siehst du es denn nicht? Sie stehlen auf Bestellung.«

»Das könnte sein, aber ich kann der Sache im Moment nicht nachgehen. Ich stecke bis zum Hals im Fall Holmes. Gib mir ein paar Tage, dann gehen wir der Sache nach.«

»Okay.«

»Hey, ich muss auflegen. Dr. Bilotti ist gerade hereingekommen.«

Ich stand auf. »Du hättest nicht herkommen müssen. Ich wäre zu dir gekommen.«

»Ich hatte ein Meeting mit der Personalabteilung. Ich kann mich nicht entscheiden, welche neue Krankenversicherung wir nehmen sollen.«

Es war beruhigend, dass sich ein Arzt mit der Komplexität von Krankenversicherungen schwer tat. »Wir haben die mit der niedrigsten Prämie genommen.«

Derrick sagte: »Wir auch.«

»Ihr seid beide ein paar Jahre jünger als wir, und meine Frau nimmt zwei teure Medikamente. Es sieht so aus, als ob keiner der Pläne beide abdeckt, was verrückt erscheint. Es ist entweder das eine oder das andere.«

Derrick war viel jünger, aber ich hatte Blasenkrebs gehabt. »Viel Glück damit.«

»Danke.« Er legte einen Ordner auf meinen Schreibtisch. »Das ist es, was ich dir zeigen wollte. Ich glaube, das wird hilfreich sein.«

KAPITEL DREIUNDSIEBZIG

Über meinen Schreibtisch gebeugt, brüteten wir über den Daten des forensischen Berichts. Ich zeigte darauf. »Sieh mal, an diesen beiden Stellen ist die DNA-Konzentration am höchsten.«

»Die Verteilung ist breiter, als man denken würde, wenn man ihr ein Kissen auf den Mund gedrückt hätte.«

»Holmes hatte nichts im Blut, sie hätte sich gewehrt. Wer auch immer sie erstickt hat, musste den Druck sechs bis zehn Minuten aufrechterhalten, während sie versuchte, sich zu befreien.«

»Stimmt.«

»Und laut der Grafik, die Bilotti uns gezeigt hat, wird durch Druck auf Stoff genauso viel DNA übertragen wie durch Reibung. Das ist der Beweis für die Erstickung. Wir können das nutzen, um ein Geständnis zu bekommen.«

»Sein Anwalt wird das als ungenaue Wissenschaft abtun, und durch diese Entdeckung werden sie wissen, dass auch die DNA von zwei anderen interessanten Personen auf dem Kissenbezug war.«

»Das ist eine Sache für den Gerichtssaal. Remin sagte, er hat es den Staatsanwälten vorgelegt, und die meinten, die geringen Mengen, die von den anderen hinterlassen wurden, deuteten stark auf eine sekundäre Übertragung hin.«

»Ich hoffe, das reicht.«

»Remin sagte, sie haben die zusätzlichen Beweise berücksichtigt, die wir erarbeitet haben. Sie hielten es für ausreichend und gaben grünes Licht.«

———

ICH KNALLTE DEN HÖRER AUF DIE GABEL. »DAS WAR O'BRIEN. Er sagte, er ist mit Jason Reedy auf dem Weg, aber Reedy Senior kommt nicht mit. Er meinte, er vertritt ihn nicht mehr. Sagte, es sei ein Interessenkonflikt.«

»Darauf haben wir gewartet. Aber warum der Rückzieher in letzter Minute?«

»O'Brien ist gut. Er weiß, dass uns das aus dem Konzept bringen wird.«

»Wahrscheinlich.«

»Wir haben noch nicht mal angefangen, und schon fliegt uns der Plan um die Ohren.«

Derrick stand auf. »Das wird schon. Ich hole mir einen Kaffee. Willst du auch einen?«

»Nein, danke.«

Visualisierung war eine Übung, die ich mir aneignen wollte. Die Zahl der erfolgreichen Leute, die diese Technik anwendeten, hatte mich dazu bewogen, es zu versuchen.

Ich schloss die Augen. Während ich ein optimales Verhör durchspielte, schrillte mein Tischtelefon. »Mordkommission, Detective Luca.«

»Hallo Frank, hier ist Marjorie. Der Sheriff möchte dich sprechen.«

»Jetzt?«

»Ja. Er sagte, sofort.«

»Ich habe Verhöre, die in wenigen Minuten beginnen.«

»Genau darüber will er mit dir sprechen.«

Ich kritzelte Derrick eine Notiz hin und eilte nach oben. Marjorie lächelte, als ich ins Büro des Sheriffs rauschte.

»Sir, Sie wollten mich sprechen?«

»Nehmen Sie Platz.«

»Wir müssen Verhöre durchführen ...«

Er nickte und ich setzte mich. »Die Staatsanwälte haben Bedenken geäußert, mit den DNA-Beweisen vor Gericht zu ziehen.«

»Ich verstehe nicht, sie haben doch grünes Licht gegeben.«

»Sie sind schon lange genug dabei; Sie wissen, dass Anwälte ihre Meinung ändern, sobald ihr anfänglicher Mut verflogen ist.«

Oder sobald sie einen Mandanten unter Vertrag genommen haben. »Was ist die Sorge?«

»Die Realität, den Fall zu verhandeln, abhängig von einer Wissenschaft, die sich noch in der Entwicklung befindet.«

Ich rutschte auf dem Stuhl hin und her, und der Schmerz in meinem Knie kehrte zurück. »Wir haben ihn in der Nacht, in der sie ermordet wurde, am Tatort. Seine DNA ist überall auf der Tatwaffe. Was brauchen wir noch?«

»Sie hätten gern ein Geständnis, um das Problem der sekundären Übertragung auszuräumen. Andernfalls befürchten sie, dass das begründete Zweifel aufwerfen wird.«

Und einfach so gab es ein weiteres Problem, und der Druck erhöhte sich.

Sobald ich in der Tür stand, sagte Derrick: »Wo warst du?«

Ich erzählte ihm, was Remin gesagt hatte. »Das ist doch Schwachsinn. Wir haben uns den Arsch aufgerissen, um das zu bekommen, was wir haben. Was wollen die denn von uns, sollen wir den Fall auch noch verhandeln?«

Eine gute Frage. Ich schnappte mir drei Akten von meinem Schreibtisch und sagte: »Legen wir los.«

Während wir den Flur entlanggingen, sagte ich: »Es stört mich, dass der Junge hier ist und nicht der Alte. Ich würde meinen Sohn niemals vor mich stellen.«

»Er hat wahrscheinlich etwas zu verbergen. Schon wieder.«

»Und der Rückzieher in letzter Minute. Jedes Mal, wenn ich die Möglichkeit ausschließe, dass der Alte den Mord inszeniert oder vertuscht hat, gehen bei mir die Alarmglocken an.«

»O'Brien ist die Nummer eins im County. Der Alte weiß, dass der Junge die Hilfe nötiger hat als er.«

O'Brien hatte einen frischen Haarschnitt. Sein weißes Hemd ragte an beiden Ärmeln gleich weit aus seinem Anzug hervor. Jason, der mit seinem Bein wie ein Presslufthammer wippte, trug eine Krawatte, die gut fünfzehn Zentimeter zu lang war.

Derrick spulte den üblichen Text ab und dankte ihnen für ihr Kommen.

Ich sagte: »Anwalt, warum haben Sie das Mandat für Jasons Vater niedergelegt?«

»Interessenkonflikt.«

»Sie glauben, dass die beiden uneins sind?«

»Meine Überzeugungen sind unerheblich. Tatsache ist, dass kein Anwalt zwei Personen im selben Fall vertreten wird.«

»Verstanden, aber warum vertreten Sie nicht Mr. Reedy? Was steckte hinter der Entscheidung?«

»Ich bin nicht hier, um Fragen zu meiner Kanzlei zu beantworten. Machen Sie weiter, Detective.«

Nickend sagte ich: »Ihr Mandant, Jason Reedy, hat uns zuvor in die Irre geführt. Ich würde ihm dringend raten, bei diesem Verhör reinen Tisch zu machen.«

»Wir sind hier, um die verbleibenden Missverständnisse auszuräumen.«

»Ihr Mandant war in der letzten Nacht ihres Lebens bei der Verstorbenen —«

»Das wissen Sie nicht. Der Todeszeitpunkt ist niemals endgültig.«

»Der Zeitrahmen des Todeszeitpunkts platziert ihn bei ihr.«

»Sollte dies jemals vor Gericht kommen, werden wir Ihre Behauptung von unseren eigenen Experten prüfen lassen.«

»Okay, Jason, ich erinnere Sie daran, dass wir wissen, dass Sie Ihrem treuen Freund, Joey Centro, eine Tasche übergeben und ihn angewiesen haben, sie sofort loszuwerden.«

»Ich habe Ihnen gesagt, dass ich zu viel getrunken hatte und mich übergeben hatte. Als ich aufgeräumt habe, habe ich die Taschentücher in eine Tüte gesteckt, in der ich die Bierdosen sammelte.«

»Warum war es so dringend, dass Mr. Centro die Tüte loswerden sollte?«

»Ich habe ihn nur gebeten, sie in die Mülltonnen zu werfen.«

»Sie hatten einen Snack bei Ihrer Großmutter?«

»Ich hatte ein paar Energieriegel dabei.«

»Haben Sie sie gegessen?«

»Ja.«

»Was haben Sie mit den Verpackungen gemacht?«

»Die habe ich in die Tüte geworfen.«

»Sie haben versucht, jeden Beweis zu beseitigen, dass Sie bei Ihrer Großmutter waren.«

»Ich wollte nicht, dass sie weiß, dass wir dort rumgehangen haben, das ist alles.«

»Ihre Großmutter war verreist, und Sie haben Ihre Freundin dorthin mitgenommen, mit Alkohol, wohlgemerkt, und Beweise beseitigt, damit niemand weiß, dass Sie dort waren.«

»Ich schätze schon.«

»Deborah Holmes hat in dieser Nacht nicht getrunken, oder?«

»Nein, sie wollte nicht.«

»Sie hatten also, was, fünf, sechs Bier?«

»So ungefähr.«

»Sie waren ziemlich angetrunken.«

»Ich war nicht betrunken.«

»Warum haben Sie uns dann erzählt, Sie wären zu betrunken gewesen, um Ms. Holmes nach Hause zu fahren?«

Er zuckte mit den Schultern. »Ich wollte nichts riskieren.«

»Dadurch, dass Sie über Nacht geblieben sind, haben Sie weitere Beweise geschaffen, dass Sie dort waren.«

Noch ein Achselzucken.

»Sie sind also betrunken und wollen Sex mit Ms. Holmes haben.«

»So war das nicht.«

»Sie haben Ihrem Freund gesagt, er solle gehen, weil Sie mitten im ›Rummachen‹ mit Ms. Holmes waren.«

»Na und? Das ist nicht gegen das Gesetz.«

»Das nicht, aber sich ihr ohne ihre Zustimmung aufzudrängen, ist Vergewaltigung.«

»Ich habe niemanden vergewaltigt!«

»Detective, es gibt keine Beweise dafür, dass Ms. Holmes sexuell missbraucht wurde.«

»Das stimmt, aber wir glauben, dass Ihr Mandant frustriert wurde, möglicherweise unter der Drohung, dass Ms. Holmes verraten würde, dass er versucht hatte, sich ihr aufzuzwingen. Die Sache geriet außer Kontrolle, und er hat Ms. Holmes erstickt.«

»Ich habe nichts getan. Ich würde Deb niemals etwas antun!«

»Detective, ich verstehe Ihr Bedürfnis nach einer Geschichte, aber wo sind die Beweise?«

»Schön, dass Sie fragen, Anwalt. In der Tüte, die Ihr

Mandant zugegeben hat, an Mr. Centro übergeben zu haben, mit der ausdrücklichen Anweisung, sie loszuwerden, war der Kissenbezug, mit dem Ms. Holmes erstickt wurde.«

»Wenn das wahr ist, bedeutet das nichts. Mr. Centro könnte ihn in die Tüte gelegt haben.«

»Auf dem Kissenbezug war Jason Reedys DNA.«

»Ich habe es nicht getan.«

»Dann sagen Sie uns, wer es war.«

KAPITEL VIERUNDSIEBZIG

Derrick und ich schüttelten Bill Hartmans dicke Hand, und wir brachten die Förmlichkeiten hinter uns.

Der Knopf am Hemd des Verteidigers drohte beim nächsten Schluck Wasser zu platzen. Hartman war angeheuert worden, um Centro zu verteidigen, und spielte nicht in derselben Liga wie Reedys Anwalt. Er war wahrscheinlich zweihundert Dollar pro Stunde billiger, aber Centros Mutter war sowieso nicht in der Lage, ausgenommen zu werden.

Centro kaute an einem Daumennagel. Vielleicht lag es an der Neonbeleuchtung, aber er hatte die Hautfarbe einer Leiche.

»Mr. Centro, Sie waren in der letzten Nacht ihrer Lebens im selben Haus wie Deborah Holmes.«

»Ja, ich hab Ihnen doch gesagt, dass ich da war.«

»Das haben Sie. Allerdings haben Sie gesagt, dass Jason Reedy Sie mit einem Anruf herbeigerufen hat.«

»Stimmt.«

»Eine Überprüfung Ihrer Anrufdaten konnte Ihre Behauptung nicht bestätigen.«

»Das stimmt nicht. Er hat mich angerufen.«

»Sie haben auch gesagt, Jason Reedy hätte Sie angerufen,

während Sie auf dem Weg zum Haus seiner Großmutter waren. Aber Sie waren derjenige, der angerufen hat.«

»Er hat mir gesagt, ich soll anrufen.«

»Bei Ihrer Ankunft, so sagten Sie, ließ Jason Reedy Sie nicht ins Haus.«

»Stimmt. Er hat sich komisch verhalten.«

»Er gab Ihnen einen Müllsack und bat Sie, ihn in die Mülltonne an der Seite des Hauses zu werfen.«

»Nein. Er hat mir gesagt, ich soll ihn loswerden, damit ihn niemand findet.«

»Was war in dem Sack?«

»Weiß ich nicht. Ich hab ihn nicht aufgemacht.«

»Was haben Sie getan, nachdem er Ihnen den Sack gegeben hatte?«

»Das wissen Sie doch; ich hab Sie dorthin gebracht – zur Marco-Brücke, wo ich ihn in die Bucht geworfen habe.«

»Sie haben ihn nicht geöffnet?«

»Nein.«

»Aber Sie haben das Radkreuz aus Ihrem Auto hineingetan, um ihn zu beschweren.«

»Oh, ja. Das hab ich vergessen. Ja, das hab ich reingetan.«

»Warum hielten Sie es für nötig, etwas hineinzutun, um ihn unter Wasser zu halten? Damit er nicht gefunden wird?«

»Ja. Jason hat sich komisch verhalten und gesagt, ich soll ihn verstecken. Ich dachte mir einfach, das sollte ich tun. Ich hab nicht wirklich darüber nachgedacht.«

»Mein Mandant hat Sie zu dem Ort gebracht, an dem er den Sack entsorgt hat. Wenn er befürchtet hätte, dass jemand ihn entdeckt, hätte er Sie woanders hingebracht.«

Das ergab Sinn. »Mr. Centro, was haben Sie noch hineingetan?«

»Nichts.«

»Sind Sie sich da sicher?«

»Äh-huh.«

»Ms. Holmes' Handtasche und ihr Handy waren in dem Sack.«

»Ich sage Ihnen doch die ganze Zeit, ich wusste nicht, was drin war.«

»Wissen Sie, was seltsam ist? Wenn Ms. Holmes im Haus war, als Sie gingen, warum sollte dann ihre Handtasche in dem Sack sein?«

»Detective, ich denke, das deutet eindeutig auf Jason Reedy hin, nicht auf meinen Mandanten.«

»Moment mal, Herr Anwalt.« Ich sah Centro in die Augen. »Joey, weißt du, was wir noch gefunden haben?«

Er schüttelte den Kopf.

»Wir haben einen Kissenbezug in dem Sack gefunden.«

Hartmans Bauch stieß gegen den Tisch. »Mein Mandant hat wiederholt erklärt, dass er den Inhalt des Sacks nicht gesehen hat. Nur weil er ein Radkreuz hineingelegt hat, heißt das nicht, dass er hineingeschaut hat. Er hat es einfach hineinfallen lassen, den Sack geschlossen und ihn entsorgt.«

»Eine plausible Erklärung, nur dass auf dem Kissenbezug die DNA von Mr. Centro war.«

»Ach kommen Sie, Detective. Sie wissen, dass sekundäre DNA-Übertragungen ständig vorkommen. Mr. Centros DNA war auf dem Radkreuz, und sie wurde einfach auf den Kissenbezug übertragen.«

»Das erklärt es nicht.«

»Was erklärt es nicht?«

»Auf dem Kissenbezug befanden sich zwei hohe Konzentrationen der DNA Ihres Mandanten. Passenderweise entsprechen sie den Positionen, an denen Hände beim Ersticken einer Person wären.«

»Das ist reine Spekulation.«

»Nein, das ist wissenschaftlich untermauert. Die Übertragung von DNA ist bei Druck und Reibung sehr hoch, besonders auf Stoff.«

»Wir werden unsere eigenen Experten aufbieten, um Ihre Behauptungen zu widerlegen.«

Ich hob eine Hand. »Wir machen Ihnen ein einmaliges Angebot; wenn Mr. Centro gesteht, Ms. Holmes erstickt zu haben, garantieren wir, dass wir nicht die Todesstrafe fordern werden.«

Centro schlug die Hände vors Gesicht.

»Moment mal, Sie haben keine Beweise –«

»Zurzeit wird das Fahrzeug, das Ms. Centro gehört und in der betreffenden Nacht von Ihrem Mandanten gefahren wurde, beschlagnahmt, und eine Durchsuchung des Hauses der Centros wird durchgeführt.«

Centro jammerte: »Nein! Nein! Meine Mom, sie hat nichts getan. Was passiert ist, war ein Unfall. Ich wollte sie nicht verletzen.«

DERRICK GAB MIR EINEN FAUST-CHECK. »WIR HABEN ENDLICH alle Puzzleteile zusammen.«

Es gab nichts zu bejubeln. »Wenn Centro nicht hätte pinkeln müssen, würde Holmes jetzt in einem Klassenzimmer sitzen.«

»Oder eine Million anderer Wenns, zum Beispiel, wenn Reedy nicht getrunken hätte oder –«

Ich schüttelte den Kopf. »Dass Holmes sich nicht getraut hat, ihre Eltern anzurufen, damit sie sie abholen, ist das, was mich am meisten fertig macht.«

»Ich weiß, aber am Ende des Tages war Centro eine tickende Zeitbombe, die nur darauf wartete, zu explodieren. Holmes weist seine Annäherungsversuche zurück, sie droht, es Jason zu erzählen, und er bringt sie um? Wahnsinn, einfach nur Wahnsinn.«

»Das ist eine Untertreibung. Die Gesellschaft muss herausfinden, wie man Kindern beibringt, mit den Emotionen einer Zurückweisung umzugehen. Das hier ist kein verdammtes Videospiel.«

»Amen. Hey, was ist mit Reedy Senior? Glaubst du, er hat versucht, seinem Sohn den Rücken freizuhalten?«

»Wahrscheinlich. Leute tun alle möglichen dummen Dinge, wenn sie versuchen, ihre Familie zu schützen. Ich kann mir nicht vorstellen, so etwas zu tun, aber ich kann die Zwickmühle nachvollziehen.«

Derrick lächelte. »Nette Wortwahl.«

Mein Bürotelefon klingelte. »Mordkommission, Detective Luca.«

»Detective Luca, Sie haben den Mörder gefasst.«

»Hallo, Bruce. Wie geht es Ihnen?«

»Erzählen Sie mir, wie Sie den Mörder gekriegt haben?«

»Wie wäre es, wenn ich Ihnen erzähle, was ich kann, wenn wir die Mitfahrt machen?«

»Wann?«

»Wie wäre es mit morgen?«

»Oh Mann! Das ist so großartig.«

»Ich sehe Sie dann am Morgen. Sagen wir, um zehn Uhr?«

»Ich werde bereit sein.«

Derrick sagte: »War das Noon?«

»Ja. Er hat sich wegen der Mitfahrt ziemlich reingesteigert.«

»Hoffentlich hast du dich da nicht in etwas verrannt, was du bereuen wirst.«

»Nee, das wird für uns beide gut sein.« Ich nahm unseren Bericht über das unterschriebene Geständnis. »Ich bringe das hier nach oben.«

Anstatt zum Staatsanwalt zu gehen, trat ich auf den Parkplatz und wählte eine Nummer auf meinem Handy. »Jessie, hier ist Dad.«

»Hi, Dad. Wie geht's?«

»Gut. Wie geht's dir? Bist du beschäftigt?«

»Mir geht's gut. Ich bin gerade auf dem Weg zum Studentenzentrum. Stimmt was nicht?«

»Nein, alles ist in Ordnung.«

»Und Mom?«

»Ihr geht es blendend. Ich habe nur angerufen, um dir etwas zu sagen.«

»Was denn?«

»Dass du mich anrufen sollst, egal was ist, ob du in Schwierigkeiten steckst oder nicht, ob du etwas brauchst oder irgendwohin gefahren werden musst, wenn dir irgendetwas unangenehm ist.«

»Woher kommt das denn?«

»Aus keinem bestimmten Grund. Ich will nur, dass du weißt, dass du auf mich zählen kannst. Ich verspreche, keine Fragen oder Urteile. Ich will nur, dass du in Sicherheit bist.«

»Bin ich, Dad.«

»Ich weiß, aber denk dran, du kannst mich wegen allem anrufen, und ich meine *alles*, und ich bin da, ohne Fragen zu stellen.«

»Danke, Dad. Ich weiß, aber du musst dir keine Sorgen um mich machen.«

»Sag, was du willst, aber Mom und ich werden uns immer Sorgen machen. Benutz einfach deinen Kopf, und wenn du in der Klemme steckst, versuch nicht, es selbst zu lösen, sondern ruf mich an.«

»Okay, Dad. Ich hab verstanden. Ich muss los, hab dich lieb.«

»Hab dich auch lieb.«

Ich schloss die Augen, drehte mein Gesicht zur Seite und genoss eine Minute lang den Sonnenschein, bevor ich die Treppe hochrannte.

KAPITEL FÜNFUNDSIEBZIG

AM NÄCHSTEN MORGEN VERLIESSEN DERRICK UND ICH EINE Besprechung mit der Staatsanwaltschaft. Ich sagte: »So, das war's also. Wir sind mit dem Fall Holmes fertig. Aber die Eltern werden für immer damit leben müssen.«

»Ja, das ist echt übel. Aber wir haben getan, was wir konnten. Womit werden wir jetzt unsere Zeit verbringen?«

»Ich werde mal einen Abstecher nach Osten machen.«

»Was ist los?«

»Der Hundeentführrering. Mary Ann hat gesagt, es gibt da einen Züchter in Immokalee, bei dem etwas nicht stimmt.«

»Inwiefern?«

»Ein paar Dinge. Die Gründungsdokumente der Firma sind zwei Monate alt und sie verkaufen die Hunde auf Craigslist. Sie hat sich auf der Seite als Käuferin ausgegeben. Sie hatten verschiedene Kontonamen, waren aber vom selben Verkäufer. Außerdem sind die Preise im Vergleich zu anderen Züchtern zu niedrig. Ich bin überrascht, was sie alles aufgedeckt hat.«

»Sie war Detective.«

»Manchmal vergesse ich das. Ich hätte dich gerne dabei,

aber wenn wir zu zweit auftauchen, schöpfen sie wahrscheinlich Verdacht.«

»Kein Problem.«

Ich hielt vor einem gelben Haus. Rechts parkten ein Kia-SUV und ein alter Pickup-Truck.

Während der Kies unter meinen Füßen knirschte, ging ich zur Haustür des Hauses aus Betonsteinen. Das Klingeln wurde von einem Chor aus Gebell übertönt.

»Ruhe! Ruhe!«

Die Tür wurde von einem Mann mit einer roten Baseballkappe ohne Logo geöffnet. Ich sagte: »Ich bin Peter, meine Frau Maureen hat wegen des Terriers angerufen.«

»Ach ja, kommen Sie rein. Sie hat sich in die Kleine verliebt.«

Ich übertönte das Bellen und sagte: »Sie wollte mitkommen, aber sie sitzt im Rollstuhl und das ist eine ziemliche Aktion.«

»Hat sie mir erzählt. Ich hole mal Missy.«

Er verschwand einen Flur entlang und ich sah mich im Wohnbereich um. Eine Doppelliege stand vor einem Fernseher von der Größe eines Bettlakens.

»Hier ist sie.«

Er reichte mir einen grauen Welpen. »Mann, ist die süß. Wie geht's dir, Kleines?« Die Terrierdame leckte an meinem Finger wie an einem Eis am Stiel. »Wie viel wollen Sie für sie?«

»Fünfzehnhundert. Nur bar.«

»Bargeld ist kein Problem.« Ich hielt den Hund vor mein Gesicht. »Sie ist ein Schatz.« Ich gab sie ihm zurück. »Kann ich ihre Papiere sehen?«

»Wollen Sie sie halten, während ich sie hole?«

»Nein, schon gut.«

Eine Minute später kam er zurück. »Hier sind sie.«

Ich untersuchte die Ahnentafel. Sie schien frisch zu sein. Im Stammbaum waren ein Deckrüde namens Kokopelli Cup of

Joe und die Hündin Maggie Mae Stewart aufgeführt. »Sieht gut aus.«

»So ungern ich sie auch hergebe, wenn Sie das Geld dabei haben, gehört sie Ihnen.«

»Wissen Sie, wir hatten schon Malteser und die sind pflegeleicht.« Ich zog mein Handy heraus. »Maureen hat gesagt, Sie haben diesen hier auch. Kann ich ihn sehen?«

»Klar. Sie wissen ja, Rüden sind auch einfacher, genau wie im echten Leben.« Er lächelte und entblößte eine Zahnlücke.

Ich lachte mit ihm, als er ging, um den Welpen zu holen.

»Hier ist Mr. Sam.«

»Oh, du bist aber ein Hübscher, Sam.« Das weiße Fellknäuel zitterte. »Schon gut.« Ich rieb ihm den Bauch. »Wie viel?«

»Neunzehnhundert.«

»Kann ich seine Papiere sehen?«

»Sicher.«

Ich tauschte den Malteser gegen eine weitere Ahnentafel ein. »Woher kommt er?«

»Von einem unserer Züchter in Ohio.«

Als Vater des Hundes war Sexy Rod Java und als Mutter Hot Legs Jane angegeben. Ich war kein großer Musikfan, aber die Verbindung zu Rod Stewart war nicht zu übersehen. Ich gab ihm die Papiere zurück. »Auch wenn er teurer ist, hätte ich lieber den kleinen Kerl, aber ich muss sichergehen, dass Maureen einverstanden ist. Sie wissen ja, was man sagt: Zufriedene Frau, glückliches Leben.«

»Okay, Mann. Nur damit Sie's wissen: Wir haben andere Interessenten, also beeilen Sie sich.«

Ich sprang zurück ins Auto und fuhr davon. Eine halbe Meile entfernt hielt ich an und rief Gesso an. »Sarge, ich habe bei den Typen vorbeigeschaut, die Mary Ann ausfindig gemacht hat, die, von denen ich dir erzählt habe.«

»Die Hundeentführer in Immokalee?«

»Ja, ich bin mir sicher, dass sie es sind. Die Dokumente sind Fälschungen.«

»Ich schicke ein paar Wagen los und wir nehmen den Laden hoch.«

Als ich an der Oil Well Road vorbeifuhr, wollte ich gerade Mary Ann anrufen, als mein Handy klingelte. Ich erkannte die Nummer nicht, aber sie hatte die Vorwahl 239 und ich meldete mich mit: »Detective Luca.«

»Oh, hallo. Sie kennen mich nicht, aber ich bin eine Krankenschwester und kümmere mich um Mr. Coburn. Er hat darauf bestanden, dass ich Sie anrufe.«

»Worum geht es?«

Sie senkte ihre Stimme. »Ich glaube, er verliert langsam den Verstand; er sagte, ich solle Ihnen ausrichten, Sie sollen einen DEA-Agenten namens Withers überprüfen.«

Der Name ließ bei mir eine Glocke läuten. Die Details waren verschwommen. »Hat er sonst noch etwas gesagt?«

»Das war alles. Er sagte, das würde reichen.«

Per Sprachbefehl rief ich Mary Ann an. »Hey, du hast es immer noch drauf, Kleine.«

»Was ist passiert?«

»Die Papiere waren nicht ganz koscher; das AKC-Logo war nicht korrekt und der Stammbaum war frei erfunden. Diese Typen könnten einen Kurs in Kreativität vertragen.«

»Ich wusste es.«

»Gute Arbeit. Ich habe es an Gesso weitergegeben und er wird sie heute noch hochnehmen.«

»Was ist mit den Welpen?«

Mir sank das Herz. An die hatte ich nicht gedacht. »Ich sorge dafür, dass sie den Tierschutz einschalten, bis die rechtmäßigen Besitzer identifiziert werden können.«

»Sie waren süß, oder?«

»Besonders der Terrier. Hey, hast du dein iPad zur Hand?«

»Ja. Was brauchst du?«

»Erinnerst du dich an diesen DEA-Agenten Withers?«

»Nicht wirklich.«

»Das war vielleicht vor deiner Zeit. Schau mal nach, was du über ihn findest.«

Sie klickte herum. »Oh, du meine Güte. Er hat Selbstmord begangen.«

Richtig. »Was noch?«

»Er arbeitete an einem großen Fall, bei dem hundert Millionen in bar verschwanden.«

»Ich hatte vergessen, dass es so viel war. Haben sie das Geld je gefunden?«

»Sieht nicht so aus. Oh, hier steht, dass das Geld nie sichergestellt wurde. Warum fragst du nach ihm?«

»Ein Freund eines Freundes hat es erwähnt und ich konnte mich nicht mehr an die Geschichte erinnern.«

»Hundert Millionen. Wow. Ich frage mich, wo das Geld ist.«

Gute Frage. »Wer weiß? Die Drogendealer haben es sich wahrscheinlich geschnappt.«

»Wäre schön, es zu finden, nicht wahr?«

»Du müsstest es den Besitzern zurückgeben.«

»Nicht in Florida. Ich erinnere mich nicht genau, aber es gibt so ein ›Wer's findet, darf's behalten‹-Gesetz, das mit der Suche nach versunkenen Schätzen aus der Piratenzeit zu tun hat.«

»Das wusste ich nicht.« Es war eine interessante Wendung. Aber war ich bereit für eine Jagd?

Ende

<<<<>>>>

Vielen Dank, dass Sie sich die Zeit genommen haben, ***Niemand Ist Sicher*** zu lesen.

Wenn es Ihnen gefallen hat, erzählen Sie doch bitte einem Freund davon oder posten Sie eine kurze Rezension. Mundpropaganda ist der beste Freund eines Autors. Vielen Dank, Dan

Dan hat einen zweimal monatlich erscheinenden Newsletter mit seinen Texten, Kurznachrichten aus der Welt des Verbrechens und Sonderangeboten. Melden Sie sich an unter www.danpetrosini.com

Die Luca Mystery -Serie

Bin ich der Mörder?

Verschwunden

Der Serenity -Mord

Eine Dritte Chance

Ein kalter, harter Fall

Polizist oder Mörder?

Tödliches Schweigen

Ein Killer Macht Einen Fehler

Ungewisse Einsätze

Der Opa -Mörder

Gefährliche Rache

Wo sind sie

Am See begraben

Der Preserve Killer

Niemand ist sicher

Mord, Geld und Chaos

Goldenes Schweigen

Spannende Geheimnisse

Corys Dilemma

Corys Flug

Corys Verschiebung

REIHE: DIE KUNST DER RACHE

IM NAMEN DER RACHE

JENSEITS DER RACHE

DIE ABRECHNUNG

ANDERE WERKE VON DAN PETROSINI

DER LETZTE FEIND

COMPLETCICCITIC ZEUGE

ZURÜCKSCHIEBEN

EHRGEIZ KLIPPE

Sie können über mein Schreiben auf dem Laufenden bleiben und Zugang zu Büchern haben, die frei von Discounter sind, indem Sie sich meinem Newsletter anschließen. Normalerweise ist es einmal im Monat ausgestiegen und enthält auch Notizen zu Selbstwertgefühl, Motivationsstücken und Weinartikeln.

Es ist kostenlos. Siehe meine Website: www.danpetrosini.com

Dan ist ein USA-Today- und Amazon-Bestsellerautor, der seine erste Geschichte im Alter von zehn Jahren schrieb und es liebt, Geschichten oder Witze zu erzählen.

Seine Ideen für Geschichten erhält Dan, indem er der Frage nachgeht: Was wäre, wenn?

In fast jeder Situation, in der er sich befindet, geht Dan der Frage nach, was wäre, wenn dies oder das passieren würde? Was wäre, wenn diese Person sterben oder etwas Ungewöhnliches oder Illegales tun würde?

Dans ständiges Gedankenkarussell liefert ihm reichlich Stoff, den er zu interessanten Geschichten verwebt.

Als Fan von Büchern und Filmen mit unvorhersehbaren Wendungen gestaltet Dan seine Geschichten so, dass die Leser den Ausgang nicht erraten können. Er schreibt jeden Tag, ringt notfalls um die Worte und hat bis heute über fünfundzwanzig Romane geschrieben.

Für Dan ist es keine Frage des Wollens, er muss einfach schreiben.

Dan ist der festen Überzeugung, dass Menschen ihre Träume verwirklichen können, wenn sie sich darauf konzentrieren und handeln, und er ermutigt genau dazu.

Sein Lieblingsspruch lautet: „Der Preis der Disziplin ist immer geringer als die Kosten des Bedauerns."

Dan erinnert die Menschen daran, Negativität aus ihrem Leben zu verbannen. Er glaubt, dass sie ansteckend ist, und rät, sich von negativen Menschen fernzuhalten. Er weiß, dass eine wirklich positive Grundeinstellung einem das Gefühl gibt, das Leben spiele einem in die Karten. Wenn er mal vom Weg abkommt, sagt er sich: „Man kann keinen guten Tag mit einer schlechten Einstellung haben."

Dan ist verheiratet, hat zwei Töchter und einen anhänglichen Malteser und lebt im Südwesten Floridas. Der gebürtige New Yorker hat an örtlichen Hochschulen unterrichtet, schreibt Romane und spielt Tenorsaxophon in mehreren Jazzbands. Außerdem trinkt er viel zu viel Wein und nimmt sich selbst niemals, aber auch wirklich niemals zu ernst.

Er veröffentlicht einen zweimal monatlich erscheinenden Newsletter mit Artikeln, seinen Texten sowie Sonderangeboten und Schnäppchen.